林巨正

火賊編 一

林巨正 火賊篇 一

청석골(一)

이때 조선팔도에 도적이 업는곳이 업스되 그중에 황해도가 우심하엿다 황해도 일경은 변동도적의 소굴이엇다 황해도민심(民心)이 타도보다 사나우냐하면 그런것도 아니고 황해도 량반이 타도보다 드세냐하며 그런것도 아니고 또 황해도관원의 탐학(貪虐)과 아전의작폐(作弊)가 타도보다 더심하냐하면 그런것도 아니건만 황해도 백성은 량순(良順)한 사람까지 도적으로 변하엿다 량순한 백성이 강포(强暴)한 도적으로 변하도록 지방의 폐막(弊瘼)이 가지가지만흔데 그중의 가장 큰 폐막은두가지엿다 한가지는 각색공물(各色貢物)이니 나라에 진상하는 물품이 너무만허서 민력(民力)으로 감당할수가업고 또 한가지는 서도부방(西道赴防)이니 평안도 변경(邊境)에 수자리살러가는것이 괴로워서 민정(民情)이 소연(騷然)하엿다 황해도의 지광(地廣)이나 토품(土品)이나 인구나 물산이 다 하삼도(下三道、三南)에 대면 어림업시 못한데 진상물품은 종목(種目)과 수량(數量)이 하삼도보다 훨씬 더만코 또 까다러웟다 가령 노루진상으로 말하더라도 그저 노루면 다쓰는것이아니고 산양군의말로『수전부치』니『대장』이니하는 큰

노루라야 쓰는까닭게 진상에 쓸것을 몃마리 골르느라면 백여마리씩 잡을때도 업지아니하엿다 그래도 노루는 흔하니 소산(所産)이라고나 하겟지만 사슴으로말하면 국초(國初)에는 흔하엿는지 모르나 당시는 거의 절종(絶種)이 되어서 소산도아닌데 진상종목에 들어잇섯다 록용(鹿茸)가튼 약재(藥材)와 록포(鹿脯)가튼 별미(別味)는 진상할만한물품이나 되지만 록미(사슴꼬리)록설(사슴혀빠닥)가튼 약재도아니요 별미도 못되는물품을 진상시키는건 당초에 까닭모를일이엇다 소산이아니라 할수업시 서울가서 사서바치는데 전의진상품이 박게나온것을 되사서바치니 우숩기 짝업는 일이건만 진상품이 사옹원(司饔院)에 들어갓다 나왓다 또 들어가는 사이에 황해도 백성의 고혈(膏血)이 말르니 웃기는 커녕 통곡하야 조흘일이엇다 일기더운때 생물(生物)을 진상하자면 서울오는 동안에 비치변하고 맛이가서 퇴짜를 안마질 쑤업고 퇴짜를 안맛자면 진상밧는 관원으로부터 하인에게까지 인정을 안쓸수업섯다 이까닭게 진상은 고치로 꾀이고 인정은 바리로 실린다는 속담까지 생기엇섯다 진상에 인정에 백성의 고혈이 말러드는 것을 눈으로보고 귀로들으며 작청(作廳)에서 관가에서 또는 감영에서 고혈을 빨아갈수잇는대로 빨아가니 백성은 중병든것가티 피골만 남을수박게 업섯다 황해도의 군역(軍役)은 서울상번(上番)외에 평안도 변경방비(邊境防備)가 더잇서서 갑사(甲士) 긔병(騎兵) 이천명(二千名)이 시월초일일부터 이듬해 이월회일까지 두번에번갈러서 의주(義州) 리산(理山) 강계(江界)가트

변경 요해지(要害地)에가서 수자리를살고 그이듬해에는 다른 이천명이 역시 번갈려가서 수자리를 사는데 도합사천명의 절반 이천명씩 서로돌려가며 일년은 수자리살고 일년은 쉬엇다 수자리살러가는 곳이멀고 가깝고 낫고 못한것이 잇스므로 군무(軍務)마튼 리속(吏屬)이 이것을 가지고 농간하야 인정을 바드면 가깝고 조흔곳을 택하야 보내주고 인정을 못바드면 멀고조치 못한 곳으로 몰아보내니 인정줄것이잇고는 좀하야 안줄사람이업고 수자리살곳에 가서는 서도사람(평안도사람)들이 황군(黃軍)이라 일컷는것을 의례 먹을감으로 여겨서 등골까지 빼어먹는 까달게 수자리를 한번살면 몸에 남는것이 업고 두번살면 집에남는것이업고 세번살면 목숨까지 부지하기가 어려웟다 만일 목숨을 보전하려고 도망을하면 침책(侵責)이 일가에 미치고 이웃에 미처서 일가ㅅ사람과 이웃사람까지 못살게되엇다 을묘년난리뒤에 나라에서 서도부방을 영폐(永廢)하기로 결정하야 황해도 백성은 살수하나 난줄알앗는데 불과 사년만에 평안도 감사병사의 장계로 말미아마 다시 복구(復舊)하게되어 고역(苦役)을 새삼스럽게 치르게되니 민정이 소연하자안흘수 업섯다 황해도 백성들 생각에는 이래 죽으나 저래죽으나 죽기는 일반이니 끄리고사리고 할것이 업다고 칼물고 뛰엄뛰기로 도적들이 되엇다 명화적패가 밤에 불켜가지고 촌에 들어오는건 예사일이고 대나제 읍에 들어와서 옥문(獄門)을 깨트리고 관문(官門)을 에워싸고 관예(官隸)를 죽이고 관물(官物)을 때서가는 일까지 혹간잇섯다 황해도 이신

사관 관하(閣下)에 이러명화적패가 여기저기 잇섯지만 그중에 청석골패가 가장긔세가 무섭고 이름이 노팟다 청석골 본바닥 도적 오가는 텃세와 나이덕과 언변힘으로 은연히괴수대접을 바더왓스나 인끔과 력량이 괴수재목이 못되는줄을 오가 자긔가 다른사람보다 더잘아는 까닭게 긔회보아서 림꺽정이를 괴수로 떠바뜰려고 마음을먹고 잇섯다 꺽정이가 길막봉이와 곽능통이를 데리고 청석골 돌아오든날 여러두령이 꺽정이집 사랑에 모여안저서 연석(宴席)배설할것을 공론하는중에 오가가 한판차리고 나안즈며

『여러분께 내가 말슴한마듸 할것이잇소』

하고 한두번 헛기침을 하고나서

『우리가 이때까지는 적구 큰일을 여럿의 공론으루 해왓지만 이제부터는 우리중에서 대장하나를 뽑아서 우에 세우구 대장의 호령과 약속으루 일을 해가두록하면 조켓소』

하고 여러두령을 돌라보앗다 서림이와 리봉학이와 황천왕동이는 눈치들이 빨러서 오가의 마음을 알고 림꺽정이와 박유복이와 배돌석이는 료량들이 잇서서 오가의 뜻을 짐작하나 눈치업는 곽오주와 료량적은 길막봉이는 오가 자긔가 대장이되고시퍼 하는줄로 여기고 고개들을 가로흔들엇다 오주가 먼저

『대장 노릇이 하구십소』

하고 드리대듯이 만하니 오가는 껄껄 우스며

「내가 하구십다면 자네가 뽑아 줄라나」

대답하고 막봉이가 그다음에

「아무리 급한일이기루 잠ㅅ간 공론할틈이야 업겟소」

하고 심사틀린 말루로 말하니 오가는 수염을 씨다듬으며

「공론이란게 조킨 조치만 잘못하다간 신주 개물려보내는 법이니」

하고 대답하엿다 서림이가 빙그레 우스면서

「잔치차릴것을 이야기하는데 별안간 대장뽑을 공론을 내시니 대장을 뽑아노쿠 아주 큰잔치를 차리잔 말슴입니다그려」

하고 말하니 오가는 손벽을 치면서

「일등 모사가 날르구려」

하고 너털 우슴을 우섯다

「대장을 뽑자면 어떠케 뽑으실랍니까」

「내일 아침 도회청에 모여서 공론해 뽑읍시다」

「대장만 뽑구 중군은 안뽑으실랍니까」

「내 생각엔 중군은 따루뽑지 안허두 조흘듯하나 그것두 종공론해 작정합시다」

오가가 서림이와 서로 수작하는 중에 오주와 막봉이는

「대장쟁이가 나거든 도리깨나 하나 재루치어 달랄까」

「도리깨가 잇는데 또 치어달래서 무어하우 아무것두 업는 나나 하나 치어달라지」

「도리깨가 갓구시픈가」

「나는 굴근철편을 하나 치어갓구십소」

하고 서로 주거니 밧거니 짓거리는것을 유복이가 오주에게 눈을흘기고 돌석이가 막봉이게 손짓하야 더짓거리지 못하게 하엿다

이튼날 아침에 여러두령이 도회청에 모여서 자리를 잡고 안즌뒤에 오가가 좌중을 돌라보며

「자 우리 대장뽑을 공론들 하세」

하고 말을 끄내고 곳 다시

「공론할것 두엇잇나 임두령을 우리대장으로 뫼시지」

하고 말하니 꺽정이만 잠자코 안젓고 그나머지 여러두령들은 일제히 조타고 소리치는데 오주와 막봉이는 오가를 돌아보고 고개까지 끄덕거리엇다 오가가 적은두목을 불러서 미리준비 한 주홍칠한 교의를 갓다가 도회청중간에 노케하고 오가와 서림이가 꺽정이아페 와서 교의에가

서 안기를 청하고 곳 좌우에서 부축하려고하니 꺽정이가 손짓하야 말리고 일어나 두벅두벅걸어 교의에 와서 걸터안젓다 새대장이 교의에 안즌뒤에 오가와 서림이가 여러두령과가치 줄을지어서 군례로 보이고 그다음에 적은 두목과 졸개들을 불러드려서 새로 현신을 드리게하엿다 꺽정이가 대장칭호를 바든뒤에 오가의 말을 들어서 서림이를 종사관(從事官)으로 정하고 또 서림이의 의견을 조차서 신불출이와 곽능통이를 대장좌우에 시위(侍衛)할 군관으로 정하엿다 서장사가 서종사로 변하고 신시위와 곽시위가 새로 생긴외에는 칭호갈린사람이 업스니 여러두령은 전대로 두령이라고 하고 적은 두목은 그저 두목이라고 일커럿다 도회청에 전좌하는 석차(席次)를고처정하고 매일 아침에 조사보는절차를 새로 정하엿다 도회청 정면에 교의셋을 느런히놋코 동편과서편에 교의셋씩을 마주 노핫는데 정면중간에 노힌 교의하나만 특별히 놉고 그나머지 교의들은 일매지게 나젓다 노픈교의가 대장 림꺽정이의 자리인것은 다시말할것이업고 대장의좌편은 늙은 두령 오가의 자리요 대장의우편은 새종사 서림이의자리요 리봉학이 박유복이 곽오주 세두령은 동편자리에 안께되고 배돌석이 황천왕동이 길막봉이 세두령은 서편자리에 안께되엇나 이것은 고처정한 석차이고 대장이 아침일지기 도회청에 나와서 자리에 안즌뒤에 먼저 여러두령이 대장아페 와서 국궁(鞠躬)하고 자리에가서 안고 다음에두목들이 대청에올라와서 국궁하고 나려가고 나종에 졸개들이 마당에 들어와서 국궁하고 물러가는데 국궁진되에 창까지잇섯다 이것은 새로 정한조사절차니 드회청석차와 조사절차만으로도 대장의 위풍(威風)이나타나고 무슨일이 잇슬때 대장이여러두령과 공론하고 시프면 공론하고 그러치 안흐면 종사관하나만 다리고 의론하고종사관과도의론하고 십지안흐면 혼자생각으로 결단하야 여러두령과 두목에게 명령하고 지휘하게되니 대장의 권력(權力)은 그위풍에서 더지낫다 꺽정이가 대장되든날부터 사흘동안큰잔치가 잇섯고 잔치가 끗난뒤에돌석이와 막봉이가 비로소새살림들을 차리어 도회청 좌우엽채가 비게되어서 꺽정이가 불출이와능통이를 갈러들게 하엿는데 불출이는 처자업는사람이라 전날 돌석이나막봉이와가티 졸개두엇을 데리고 홀아비살림을 시작하엿다 꺽정이가 불출이의 홀아비살림을 걱정하야 기집하나를 어더주어야겟다고 말할때 박유복이가 마침 여페잇다가

『오두령집 기집아이년과 짝을 마처주면 어떨까요』

하고 물엇다

『그거조켓다 그년이 나이 몃살이냐』

『올에 열아홉살인가 스무살이지요』

『과년햇구나』

『보기가 징하두룩큽니다』

「오두령을 청해다가 말해볼까」

꺽정이가 오가를 청해오려다가 고만두고 유복이더러

「오두령내외에게다 말을하는것이 조흐니 네가 잠ㅅ간 오두령집에 갓다오너라」

하고 일럿다 오가는 청석골을 꺽정이에게 바치고 바로 한양(閑養) 하기를 청하야 꺽정이가 조사보는것까지 면하야 죽까달게 집에 들어안저서 약국하는 허생원이나 또는 꺽정이가부뜰어둔 관상쟁이를 불러다가 말벗삼아서 한담으로 소일하는때가 만헛다 박유복이가 오가의집에갓다 와서

「오두령 내외분이 다 형님생각대루 하시라구 말합듸다」

하고 말하야 꺽정이가 곳 가까이잇는 불출이를 불러서 의향을 물으니 불출이는 두손ㅅ길을 맛잡고황감한처분이라고 대답하엿다

불출이의 혼인이 쉽사리 완정 되어서 불일 성례를 시키엇다 불출이혼인뒤 불과며칠 안되엇슬때 동쪽 기프내와 북쪽수리미로 관군이 들어온단 소식이들리더니 뒤미처서남쪽양지말과 서남쪽 탑고개와 서쪽금교역말에서 급한보발들이 들어오는데 다가티 관군이 처들온다는기별이엇다 꺽정이가 여러두령을모아노코 관군막을 일을 의론하는데 의호먼저 게책을 말할 서림이가 여러두령이 제가끔 말마듸씩 하도록입을 떼지아니하야 꺽정이가 서림이를 보고

「서종사는 왜 말이업소」

하고 책망하는 긔색으로 말하엿다

「저는 지금 생각하는 일이한가지잇는데 더좀 생각해보려구 아직 말슴안슴니다」

「아직말안하면 언제 말할테요」

「나제 더좀 생각해가지구 밤에 다시와서말슴하겟슴니다」

「그러면 여기안젓슬것 업시 집으로가는게 조치안소」

「조용하게 혼자누어서 생각하는게 조타뿐입니까 지금곳 집으루 갈랍니다」

서림이가먼저 일어나 간뒤에 박유복이가서종사의 계책을 들어보고 다시의론하는것이 조타고 말하엿스나 곽오주는 공연히 푸푸하고 길막봉이와 황천왕동이는 현연히불만하야 하고 게다가 배돌석이가 서종사의 계책을 들어보기전인들 의론하야 낭패될것이 무엇이냐고 말하야 여러두령이 한동안 의론들을 계속하엿다 그의론은 대개 두가지에 불과하엿스니 한가지는 여러두령이 네패로나누여 일시에 사방으로 나가서관군과 접전하자는 것이오 또 한가지는 여러두령이 함께나가서 사방도타가며 차례차례 관군을 처물리치자는것이엇다 꺽정이는 처음부터 의론에 참례아니하고 안저서 듯기만하다가 여러두령이 두가지 의론의 우렬장단을 다투느라고 밧고채기를 서로 떠들때

『고만들 떠들어라 내가서종사하구 상의해서 결정하겟다』

하고 말하야 더떠들지들 못하게하엿다 저녁때가 거의 다 되어서 여러두령은 모두 흐터저가고 꺽정이 혼자 사랑에 안저서 관군막을게책을 이것저것 생각해보는중에 서림이가 들어왓다

『벌써 저녁을먹구왓소』

『먹엇습니다』

『저녁이 일럿구려』

『재촉해서 두어술떠먹구왓습니다』

『아까 더 생각한다든건 인제 말하게됏소』

『조용한틈에말슴하려구 급히 왓습니다』

『대체 무슨 조후 계책이요』

『안 뜰아래ㅅ방 가튼 조용한데 가서 말슴을 햇스면 조켓습니다』

『말이 박게 샐까봐 념려요 그럼 이사랑에 딴사람을 못들어오게하면 되겟구려』

꺽정이가 박글 내다보며

『불출이 게잇느냐』

하고 소리치니 신불출이가 녜 대답하며 곳 조차와서 압툇마루에 량수거지 하고 섯다

「능롱이 밥먹으러갓느냐」

「아직 안갓슴니다」

「능롱이는 밥먹으러 가라구 너는 박게 나가서서 사랑에 사람을 들어오지 못하게해라 그러구 너두 내가 불르기전엔 들어오지 마라」

「두령들이 오시면 어떠케 하오리까」

「내가 사람을 금하랫다구 말못한단 말이냐」

「네 잘 알엇소이다」

불출이가 미처 박게나가기전에 오가가 사랑마당으로 들어왓다 오가는 나제 여러두령이 모엿슬때 빠진까닭게 사과인사를 하러온것이엇다 불출이가 오가를 보고 한거름에 쪼차나려가서 아플 막으며

「대장께서 사람을 금하라셧슴니다」

하고 말하는것을 꺽정이가 방에서듯고 툇마루에 나서서

「저리 비켜서라」

하고 불출이를 구지저 한여프로 비켜세운뒤에 한자리에 박은듯이 서잇는 오가를 나려다보며

「무슨 일이잇서 오셧소」

하고 물으니 오가는

「아니요 나제 못와서 잠간보입구 가려구 왓습니다」

하고 대답하엿다

「다른 일은업소」

「업습니다」

「그럼 가시우 지금 서종사의 계책을 들을참인데 계책이박게새면 안된다구해서 사랑에 사람을 들어오지못하게 금하라구 방금 령을 나렷고티요」

「그럿습니까 그럼 바루가겟습니다」

오가가 돌아서 나간뒤에 꺽정이는

「인제 박게 나가잇거라」

하고 일러서 불출이까지 내보내고 방에 들어와 안저서

「자 인제 게책을 들어봅시다」

하고 서림의말을 재촉하엿다

서림이가 저의생각을 말하기전에

「아까 저간뒤에 여러분이 더 의론들 하셧습니까」

하고 물어서 꺽정이가 나제 의론들의 골짜 두가지를 이야기하야 들리뒤

「내가 서종사하구 상의해서 결정하기루 햇소」

하고 말하엿다

「두가지 의론이 다 좃습니다 그러나 도대체루 말하면 이번 관군은 그다지염려할것이업습니다」

「관군의 속을 어떠케 알어밧소」

「별루 알어본건 업지만 제속에 요량이 잇습니다」

「요량을 좀 이야기하우 어듸 들어봅시다」

「지금 북쪽으로 나려온다는것은 분명신계(新溪)군사일께구 서쪽으루 들어온다는것은 주장평산군사일께구 동쪽과 남쪽을 에워싼다는것은 총도군사일텐데 이중에 혹 경군(京軍)이석전황해감사가 대간(臺諫)의 탄핵(彈劾)을 맛구갈린것두 우리네 때문이구 남행짜리루 나려오던 송도도사를 전에업시 호반이 해온것두 우리네 때문이니까 황해감사와 송도 유수가 협력해가지구 우리를치러오는것이 별써잇슴직한일이건만 황해감사나 송도도사나 온뒤 서너달이지나두록 아두ㅅ소리 업다가 인제일을 일으키는것은 이번에조정명령이 나린모양입니다」

「그런데 념려할꺼 업다는건 무얼보구 하는 말이요」

「아무리 사면팔방으루 들어오드래두 우리힘으루 막을라면 막을쑤잇구 피할라면 피할수 잇습니다 우리가 슬그머니 피해주면 어디가서 좀드적을 잡거나 아무까닥업는 백성을 잡어다가 치도곤으루 두들겨서 대적을만들어 색책하구 말것입니다」

「피하다니 창피스러운 소리하지마우」

「아프루 큰일을 하실텝니까 안하실텝니까 만일 큰일을 하실테면 적은창피는 참으서야합니다」

「창피를 참어서 될일이 무어요」

「지금 우리의 힘으루 해주감영 하나를 빼서 차지할수 잇겟습니까」

「생각잘하는 사람이 생각해보구려」

「화내시지만구 제말슴을 끗까지 들어주십시요 아프루 큰일을 하실라면 순서가잇습니다 먼저황해도를 차지하시구 그다음에 평안도를 차지하서서 근본을 세우신뒤에 비로소 팔도를 가지구 다루실쑤가 잇습니다 그런데 황해도를 차지하시기까지는 아무쪼록 관군을 피하시구 속으루 힘을 길르서야 합니다」

꺽정이가 서림이 말을 들을때눈섭이 처어들리고 입이 벌어지더니 몸을 움직여서 서림이게로

가까이 나안즈며

『황해도 하나를 차지하두룩 되재두 졸개가 사오백명 잇서야 하지안켓소』

하고 물엇다

『졸개는 그리만치안허두 될쑤잇슬껩니다』

『어떠케 해서』

『다른패들을 쓸테니까 우리패가만치안허두 됩니다』

『다른패라니 어떤 패말이요』

『황해도 땅에잇는 패만치드래두 평산에 운달산패와 멸악산패가 잇구 서흥에 소약고개패와 노파고개패가 잇구 신재토산에 학봉산패가잇구 풍천송화에 대약산패가잇구 황주서흥에 정현령패가잇구 재녕에 널분여울패 수안에 검은들패 신천에운산패 곡산에 은금동큰고개패 이외에두 각처에 여러패가 잇지안습니까 한패가 적으면 삼사명 만호면수십명씩 될터이니 이런패를 우리 휘하에 너흔뒤에 각처에서 일시에 일어나두룩 그일을 정해주구 그일에 우리는 해주가서 감영을 뺏구 들어안즈면 황해도가 우리것이 될것아닙니까』

『그럼 이후루는 여러패들을 손아귀에 휘어너토록 애를 써야겟소』

『우리의 정세를 가지구 조금만 애를쓰면 우리손아귀에 척척 휘어들껩니다』

「지금 관군을 피하자면 어떠케 피해야겟소」
하고 꺽정이는 그동안에 벌서창피하다던것도 이저버리고 피할계책을 뭇게되엿다
꺽정이가 관군피할 계책까지 뭇게되는데 서림이는 조하서 싱글싱글 우스며
「관군을 헛물키일 계책이야 얼마든지 잇지요 그런데 먼저말슴할일이 또 한가지잇습니다」
하고 말하엿다
「무슨말이요 어서 말하우」
「여기가 천엽속가튼 산중이라 자리가 조킨조치만 우리가 힘을 길르는 동안은 여기 한군데 붓박여잇는게 조흘것업스니 강원도땅 평안도땅 또는 함경도땅에 이런자리를 몃군데 만들어 노쿠 이도저도루 넘나들어서 종적을 황홀하게하는것이 조쿠요 우리의 힘이언간이 자란뒤에는 황해도에 와서 어느산성하나를 뺏서서 웅거하는데 그것두 거사(擧事)하기전까지는 해주 감영에서 가깝지안흔 산성이 조흘것입니다」
「졸개들을 끌구 이도저도루옴겨다니자면 그게 여간 큰일이요」
「졸개는 일일이 끌구다닐것업시 각처에 무더 두지요」
「각처에 무더둔다니어떠케 한단말이요」
「우선 이번오루 말슴하더라두 우리가 관군을 피해서 다른데루 가는데 두목졸개 백여명을

어떠케 다끌구갈쑤 잇슴니까 강음(江陰)리방 평산(平山)리방가튼 우리의 청을잘들을 사람이나토산좌수(兎山座首)장단호장(長湍戶長)가튼 우리와 긔맥통하는 사람한테 멧사람씩 메어맛겨서 읍촌간에 파무더두어달라지요」

「메어맛겻다가 우리가 다른데루 간뒤에 관가에 내어바치면 어떠케하우」

「졸개를 메어맛길때 말마디나 뒤를 눌러두면 아무일 업슬껩니다 저의들이 언감생심 그런짓을 할수잇슴니까 못합니다」

「강원도 평안도등지에다가 이런자리를 만드자니 조흔자리를 더러 생각해밧소」

「생각해 보구 말구요 제생각의 조흔데를 말슴하면 강원도 땅에는 이천(伊川)의광복산(廣福山)이나 주음동(周音洞)이 조쿠요 함경도땅에는 안변 황룡산속이나 덕원철관(鐵關)근처가 조쿠요 평안도땅에는 양덕(陽德)의 고수덕(古樹德)과 맹산(孟山)의 철옹성(鐵甕城)이 조쿠 성천 회산(檜山)제물성가튼데두 좃슴니다」

「이번에 관군을 피해간다면 어듸루 가는게 조켓소」

「제생각에는 가까운 이천광복으루 가면 조흘것갓슴니다」

「이천을 가재두 한두번 접전은해야할껄」

「우리가 여기서 나가기전에 서북쪽 두군데 관군은 물리처서 길을 틔어놔야지요」

『그러키에 한두번 접전은해야 한단말이지』

『서쪽이 평산군사구 북쪽이 신계군사인것을 적확히 안뒤에는 저의들이 제대루 물러가두록 꾀를 써보지요』

『무슨 그런묘한 꾀가 잇겟소』

『평산부사 장효범(蔣孝範)이는 사람이 멍둘하니까 오죽지 안흔꾀에두 넘어갈것이구 신계현령 이흠례(李欽禮)는 사람이 좀 똑똑한 편이니까 여간꾀에는 넘어가지 안흘것이나 어떠케든지 물러가게 할쑤잇지요』

『동쪽 남쪽 관군까지 다 꾀루물리처버리면 성가시게 피할것두업시 조치안쏘』

『꾀루 물리치는것이 어듸 오래갑니까 한번 물리치드래두 얼마안돼서 곳 도루올께니까 우리가 아주잠ㅅ간 피하는것이 상책입니다』

『어느틈에 벌써 어두엇구려 불켜노쿠 다시 이야기합시다』

『저녁진지를 아주 잡숫구 나오시지요』

『저녁밥을 조금먹구왓다니 내다가 가치먹읍시다』

『미리 저녁을 두번먹어둘까요』

서림이는 소리를내서 웃고 꺽정이는 빙그레 우섯다

꺽정이가 불출이를 불러드려서 불을 켜노코 저녁상을 내오라고 일럿다 불출이가 청심박이 대초에 불을 달려서 초ㅅ대에 부치는중에 꺽정이가 불출이더러

『그동안에 어느두령이 박게 왓다갓섯느냐』

하고 물으니 불출이는 초를 얼른 다부치고 일어나서

『그동안에 황두령과 곽두령이 오섯는데 곽두령은 곳 도루가시구 황두령은 지금 안에 기십니다』

하고 대답하엿다

『그외에는 왓다간사람이 업느냐』

『대장쟁이 박가가 왓다갓습니다』

『철편을 가저왓드냐』

『철편이 아직 조금 덜되어서 내일 갓다밧치겟다구 말슴여쭈러 왓다구 합듸다』

『어제는 오늘 가저온다구 말하던놈이 또 내일이야』

『너무 무거워서 드다르기가 어려운까닭게 일이 맘대루 되지안는다구 중언부언하옵듸다』

『고만 안에 들어가서 밥상이나 내오라구 일러라』

『서종사 진지두 차려내오라구 일르오리까』

꺽정이가 대답으로 고개를 끄덕이엇다

얼마뒤에 안팍심부름하는 졸개들이 칠첩반상 올케차린외상둘을 내오고 또 반주상까지 따로내와서 꺽정이와 서림이가 밥상은각각밧고 반주소주는 잔하나로 돌려 먹엇다 밥을 다먹고 상을물리고나서 꺽정이가 다시 불출이더러

『능통이가 오거든 박게 세워두구 너는 밥먹구 박가에게 가서 철편을 내일해안으루 가저와야 망정이지 만일 또 안가저왓다간 볼기에 살이남지안흘테니 알어하라구 말을 일러라』

하고 분부 하엿다 불출이가 네대답하고 나간뒤에 서림이가

『철편은 길두령 주실꼡니까』

하고 물으니 꺽정이가 고개를 끄덕이며

『아직 막봉이더러두 말안한것을 용하게 아는구려』

하고 말하엿다

『길두령이 철편 노래하는걸 수차 들은까닭에 짐작으로 여쭈어봣습니다』

『막봉이가 이번 가치오는길에 저두 무슨 특별한 병장긔를 하나 만들어 갓구십다구 말 하기에 내가 철편을 일러주엇소 내가 오던 이튼날 바루 박가를 불러서 만들라구 일럿는데 어제 가저 오마구 안가저오구 또 오늘가저오마구 안가저오는구려』

『길두령이 힘은 장사지만 철편을 잘 쓸가요』

『곽오주 쇠도리깨 쓰듯하겟지』

『곽두령은 본래 도리깨질을 잘 햇답듸다 그러니까 법수업시라두 능난하게 쓰지만 길두령이 철편을쓰자면 십팔반무예(十八般武藝) 아는사람에게 좀 배워야할껄이요』

『십팔반무예가 대체 무엇무엇이요 알거든 좀 주서처보우』

『제가 전에 평양잇슬때 진서위사람들에게 들엇는데 그동안 잇지나안헛는지 모르겟습니다』

하고 서림이는 손꾸락을 꼽아가며

『일궁(一弓)이노 (二弩)삼창(三槍) 사도(四刀) 오검(五劍) 육모(六矛) 칠순(七盾) 팔부(八斧) 구월(九鉞) 십극(十戟) 십일편(十一鞭) 십이간(十二簡) 십삼과(十三撾)(십사수(十四殳) 십오차(十五叉) 십육파두(十六把頭) 십칠금승투색 (十七錦繩套索) 십팔백타(十八白打)』

하고 무예이름을 주어 외이는데 간간이 떠듬떠듬하엿다

『지금 외인것이 무슨 주문이요 병장긔이름을 처보라니까 알어듯지두 못하게 그게 무슨 소리요』

『저두 병장긔이름을 어듸 잘 압니까』

『모르거든 진작 모른다구 하지』

서림이는 무류하야 안젓고 꺽정이는 박글 내다보며

『거기 누구 잇느냐』

하고 소리를 첫다

꺽정이의 사람 불르는소리가 한번나자 곳 여러대답소리가 들리고 대답소리 끄테 불출이가 다시 들어왓다

『능통이는 그저 안왓느냐』

『안와서 불르러 보냇습니다』

『너 밥 먹엇느냐』

『능통이 온뒤에 먹으려구 아직 안먹엇습니다』

『이두령께 사람을 보내서 얼른 오시라구하구 다른두령들두 오시는대두 들어오시게해라』

『네』

꺽정이가 리봉학이를 불르러보내는것은 사람소명한 봉학이에게 관군피할일을 상의하려는것이거니 서림이는 시레 짐작하고

『이두령두 관군과 접전되기를 바랄껄이요』

하고 말하니 꺽정이가 한참만에

「그러키쉽지」

하고 대답하엿다

「이번 저의 계책을 여러두령과 상의해서 결정하시려면 말썽이 여간 만치 안흘것입니다」

「내가 한번 결정하면 고만이지 누가 말썽을 부린단말이요」

「만일 상의하신다면 말이올시다」

「상의할꺼 업는걸 상의할까닭두업구 상의하다가두 하기실흐면 고만두지」

「그러타뿐입니까 한번 결정해서 말슴하시면 누가 감히 두말하겟습니까 그런데 이천 광복으로가시겟단말은 아직 뉘게든지 말슴마십시요 그말이 미리 박게 나가면 재미 적습니다」

「재미 적으면 말안하지」

얼마 뒤에 리봉학이가 와서 마루에 올라서 기침하고 방으로 들어오는데 꺽정이는 가만이안저잇고 서림이는 일어나서 꺽정이아페 자리를 사양하고 아래로 나려안젓다 꺽정이가 리봉학이를 바라보며

「내가 물어불것이 잇서서 불럿네」

하고 말하니

「무얼 물어보실것이 잇습니까」

하고 리봉학이는 격정이의 눈치를 살피엇다

『십팔반무예가 무엇무엇인지 다 아나』

격정이의 뭇는 말이 리봉학이게만 뜻박길뿐 아니라 서림이게도 짐작 박기엇다 대체 격정이가 처지의 천한것은 그의선생 양주팔이나 그의친구 서긔(徐起)나 비슷 서로가트나 양주팔이와가튼도덕도업고 서긔와가튼 학문도 업는까닭게 남의 천대와 멸시를 우서버리지도 못하고 안심하고 밧지도 못하야 성질만 부지중 괴상하야저서 서로 뒤쪽되는 성질이 만햇다 사람의 머리버이기를 무 밋둥 도리듯하면서 거미줄에걸린 나비를 차마 그대로 보지못하고 논바테선 곡식을 예사로 짓밟으면서 수채에 나가는 밥풀한낫을 앗기고 반죽이 눅을때는 홍제원 인절미갓기도하고 조급증이 날때는 가랑닙에 불부튼것 갓기도하엿다

격정이가 서림이 더러 십팔반무예를 물을때 서림이가 못 알어들을 글 외이듯하는데 화가나고 곳 조급증이 발작되어서 십팔반무예를 당장 알고말려고 리봉학이를 불러다가 뭇게된것이엇다

『십팔반 무예는 왜 갑자기 물으십니까』

『자네두 잘 모르나』

『왜 몰라요』

『알거든 말해 봐』

『칼이 한쪽날 량쪽날 두가지요 창이 여느창 삼모창 양지창 삼지창 네가지요 도채가 여느도채 긴자루도채 두가지니 칼 창 도채가 도합 여덟가지요 거기다가 활 쇠뇌 철편 철간(簡)방패 작살 몽치 일곱가지를 너쿠 또 올감이치는법 손질하는법 발ㅅ길질하는법 세가지를 너흐면 모두 열여덜가지 아닙니까 그런데 작살과 올감이치는법과 발ㅅ길질하는법을 빼구 그대신에 철퇴와사슬낫과 총통이라구 불질하는긔계가 들기두 한답듸다』

『인제 잘 알엇네』

하고 꺽정이는 곳 서림이를 돌아보며

『서종사두 똑똑이 알엇소』

하고 껄껄 우섯다

그뒤에 황천왕동이가 안에서 나오고 배돌석이와 박유복이가 작반해와서 먼저온 리봉학이까지 두령이 넷이 모엿다 꺽정이와 서림이의 밀담(密談)한 이야기를 듯고십기는 네 두령의 마음이 서로 다를것이업스나 꺽정이와 서림이가 좀처럼 이야기하지 안는것을 보고는 네두령의 생각이각기 갓지아니하엿다

『구경은 우리에게 안알리지 못하겟지』

생각하는것은 리봉학이요

『알려주지 안는것을 지싯지싯 알려구할것업다』
생각하는것은 배돌석이요
『알려줄때까지 기다려 보자』
생각하는것은 박유복이라 세사람은 알고시퍼하는 눈치도 별로 보이지 아니하나 황천왕동이는 얼른 알고시퍼서 몸이 달지경인데 곽오주와 길막봉이가 안와서 이야기를 못듯거니 생각하야
『이사람들은 무어하느라구 아니오나』
하고 혼자 군소리마듸나 조이하다가 나종에 꺽정이를 보고
『오주하구 막봉이에게 사람을 안 보내셧소』
하고 물엇다
『안 보냇다』
『그러니까 안 오지요 아까 오주가 왓다가 사랑에 사람 드리지 말라섯단말을 듯구 두덜거리며갓서요 오주가 막봉이게루 놀러갓스니 막봉이게 사람을 보내봅시다』
『저의들이 오구시프면 오겟지』
『우리는 언제까지든지 기다리구잇나요』
『기다릴일이 무어잇느냐』

『오늘 밤에 이야기 안하실테요』

『무슨 이야기를 안한다말이냐』

『무슨 이야기라니요 관군막은 이야기를 나제 중둥무이하구 말지안헛세요』

꺽정이가 대답을 아니하야 황천왕동이는 또다시 다두첫다

『형님이 서종사하구 상의해서 결정하신다구 말슴하섯지요』

『아직 결정 안햇다』

『서종사가 해지기전에 왓다는데 캄캄하두룩 상의하시구 결정을 못하섯단 말이요 한패루 나가느냐 네패루 나가느냐 결정하기가 그러케 어려울까요』

『다른 계책을 이야기햇다』

『다른계책이 무슨 계책이요 이야기 좀 하시우 사람이 속이 답답해 못견듸겟소』

황천왕동이의 조조히 구는것을 꺽정이가 물끄럼이 바라보다가

『우리가 이번에 관군을 피해서 어듸루 가는것이 조켓다구 이야기햇다』

하고 말하니 황천왕동이는

『형님두 실업슨 말슴하시우』

꺽정이 보고 말하고 리봉학이는

『참말루 삼십륙계의 상책을 생각햇소』

서림이보고 물엇나 꺽정이가

『내가 너 데리구 실업슨말을 할리가 잇느냐』

하고 황천왕동이를 나물하고 서림이가

『삼십륙계의 상책이라구 하는것이 지금 우리게두 상책이될줄 압니다』

하고 리봉학이에게 대답한뒤 네 두령은 서로 돌아보며 어이업서하엿다 황천왕동이가 서림이의 아프로 바짝 가까이 닥어안즈며

『서종사 종일생각한것이 그따위 계책이요』

하고 시비ㅅ조로 말을내니 서림이는 천연스럽게

『오늘 종일뿐 아니라 전부터 생각한것이요』

하고 대답하엿다

『관군온단말 듯기전부터 겁을 집어먹구 잇섯단말이요』

『겁나서 그런계책을 생각한것이 아니요』

『겁 안나면 왜 도망하자우』

『얼마동안은 관군을 슬슬 피하는것이 조흘줄 나는 밋소』

『대체 관군을 슬슬 피할까닭기 무어요』

『이번 관군을 처서 물리친다면 우리힘으루 당할쑤업는 관군이 곳 뒤쪼차 대어 들것이요 경긔도 황해도 평안도 강원도 함경도 오도군사가 우리의 뒤를 찔르구 아플 막구 좌우를 찔르면 우리는 몰사 죽엄하게되거나 풍비박산하게될것아니요』

『그게 겁쟁이 생각이아니구 무어요』

『우리 아페 큰일이 잇스니까 지금은 조심해야하우』

『큰일이란게 무어요 서울루 잡혀가서 능지당할 일이요』

꺽정이가 별안간 화를내며

『소견업는 소리 짓거리지 마라』

하고 소리를 쌕 질러서 황천왕동이가 고만 입을 담을뿐아니라 다른 세두령도 역시 입을 열지 못하엿다

이튼날식전 조사끄래 꺽정이가 군령판(軍令板)을 드리라고하야 군령을 나리는데 꺽정이의 말을서림이가 글로 바더썻다

『대소인원(大小人員)은 삼일내에 타처로 반이하도록 일제히 속장하되 속장할 물건은 경세(輕細)한것에 한(限)하라 너의 대소인원은 나하나를 밋고 령을 순종하라 령하(令下)에 고

의로현화하거나 야료하는자는 물론이요 령의 가부를 의론하는자드 령을 순종치 안는자라 마땅히 군률의 엄한것을 알리리라』

서림이가 군령판에 쓰기를 마치고 한번 나려읽거서 꺽정이는 말한것과 대의가 틀림업는 것을 안뒤에 령을 내 돌리게하엿다

곽오주와 길막봉이는 전날ㅅ밤에 황천왕동이를 만나서 관군을 피해서 다른데로 가기쉽다는 이야기를 듯고 이날새벽에 박유복이를 만나서 대장말슴을 거슬리지 말라고 당부를 바든 까달게 꺽정이가 군령을 나리는동안 고개들을 푹 숙이고 안저잇섯다 도회청에서 흐터저 갈때 황천왕동이가 넌짓이 곽오주더러

『아침 안 먹잇거든 내게루 가치가세』

하고 말하니 곽오주는 고개를 끄덕이다가

『어린애』

하고 손을 내저엇다

『어린것은 입혀서 박그루 내보낼테니 념려말게』

『이쁜이 아주머니에게 공연시리 미움바치게 어린애업는 막봉이게루 갈라우』

『그럼 내가 아침먹구 막봉이게루 나려갈테니 기다리게』

『그러케 하오』

곽오주가 길막봉이를 따라와서 꺽정이의 군령이 창피하다고 가치 피란하고 안젓는중에 황천왕동이가 와서 세사람이 솟발가티 안저 쑥덕 공론을 시작하엿는데 그공론은 서림이를 따려주자는것이엇다 꺽정이가 나린군령은 어기지못하더라도 계책을 내바친 서림이는 가만 둘수업다고 황천왕동이가 발론하야 곽오주와 길막봉이는 다가티 찬동하고 서림이를 따려줄 소임은 곽오주가 혼자 마텃다

이날 점심때 곽오주가 서림이의집 삽작문아페 와서 서종사를 불르니 안마루에 들어와 안젓든 서림이가 곽오주의 목소리를듯고 눈쌀을 잠ㅅ간 찌프렷다가 도루펴고 딸아이를 손짓하야 불럿다 이때 서림이의 안해는 아들아이를 다리고 어듸를 나가고 집에업섯다

『건너집 박두령께 가서 급한일이 잇스니 잠ㅅ간만 오시라구 말슴해라 만일 박두령이 안게시거든 그 엽집 오두령께 가서 그러케 말슴해라』

하고 가만가만 일러서 울뒤로 내보내고 삽작박게 나와서

『무슨바람이 불어서 곽두령이 내게를 다 오섯소』

하고우스며 인사하엿다

『못올데 왓소』

「천만에 말슴이요」

「내가 청할일이 잇서왓소」

「무슨 청이요」

「조용하게 얘기좀 해야겟소」

「그럼 잠ㅅ간 들어오시우」

「여기는 번라하우 내게루 가서 얘기합시다」

「나는 점심먹구 곳 대장께를 가야겟소」

「대장께는 가두 내게는 못 가겟단말이요」

「그럴리가 잇소틈나는대루 가리다」

「언제 틈나기를 기다리겟소 지금 좀 갑시다」

「지금은 못 가겟소」

「일부러 청하러왓는데 못간다니 그게 말이요 무어요」

「나는 점심두 아직 안먹엇소」

「내게 가면 찬밥이라두 잇슬테니 그대루 갑시다」

「대장께서 기다리실텐데 언제 등넘어를 갓다오겟소 나중에 가리다」

『대장만 내세우면 누가 쩔끔하나』

곽오주는 목자를 불아리고

『곳 잡으러 온것갓구려』

『그래 잡으러 왓다』

곽오주는 해라를 내부치며 곳 한손으로 서림이의 멱살을 잡고

『쥐색기 가튼놈 주먹맛좀 보구야 갈테냐』

하고 다른손으로 서림이의 볼치를 보기조케 내우렷다

서림이가 볼을 손으로 가리고 얼굴을 한편으로 돌리면서

『곽두령 용서하시우 내가 잘못햇소 가치 갈테니 멱살을 노하주시우』

하고 항복을 개어올리는데 곽오주는 들은체 아니하고 서림이를 땅바닥에 메어꼿고 깔고 안젓다

『이 불여우가튼놈 아무데서나 좀마저봐라』

곽오주가 서림이를 패어주기 시작할때 박유복이가 쪼차와서 곽오주를 끄들어 일으키고

『네가 미첫느냐 이게 무슨짓이냐』

하고 꾸지젓다 곽오주가 박유복이게는 말대답한마듸 아니하고 잣바저잇는 서림이를 나려다보

며

『이다음 단둘이 만날때가잇지 어듸보자』

하고 별르고 바로 어듸로 가려고하니

『어딀 가느냐 게잇거라』

박유복이가 곽오주를 붓들어 세운뒤에 서림이를 부축하야 일으켯다 서림이는 입에서 피가 좀 나고 망건뒤가 짜개지고 량편 억개쭉지를 마저서 두팔을 들기 어려울뿐이건만 꼼짝 운신못하는 사람가티 박유복이팔에 온몸을 실리엇다

『상하신데는 별루 업나보니 다행이요』

『거테 상한데는 업는지 모르지만 속으루 골병이 들엇슬테니 살수잇소』

서림이가 죽어가는 소리로 박유복이더러 말 하는데 곽오주가 여패서

『이놈아 엄살마라 어듸를 얼마나 마저서 골병이 들엇다느냐』

하고 다시 주먹을 부르쥐고 서림이게 달려들려고하다가 박유복이에게 호령을듯고 물러섯다

어듸나갓든 서림이의 안해와아들은 어느틈에 와서 울ㅅ장들을 하고잇고 서림이의딸은 심부름을 똑똑히 하느라고 오가의집에까지 가서 아비의 말을 전하고 오가와가치왓다 오가는 서림이의 몰골과 곽오주의 상호를보고 대번 곽오주가 서림이에게 행패한것을 짐작하고

「두발부리들은 하드래두 집안에 들어가서나하지 졸개들이 보면 창피하지안흔가 여기가 교샛길이라구 졸개들이 안오는줄 아나 대체 종괴는 곪으면 터지구 터지면 합창이 되는법이니 앙숙이란 종괴가 싸움으루 터저서 엉어리가 쑥 빠젓스면 둘사이의 화해가 합창일세 선손걸은사람이 누군가 잘못햇다구 먼저 사과하게」

하고 입담조케 짓거리는데 곽오주가 박유복이에게

「형님 난 고만가겟소」

하고 말할뿐아니라 서림이도 박유복이더러

「내가 좀 누어야겟스니 방으루 데려다 주시우」

하고 말하엿다 박유복이가 먼저 곽오주를 보고

「내가 네게 할말이 잇스니 다른데루 가지말구 오두령댁에 가 잇거라」

하고 일르고 그다음에 오가를 보고

「오주를 데리구 먼저 가시우」

하고 말하야 곽오주를 오가에게 딸려보낸 뒤 서림이를 거처하는방에 갓다 눕혀주고 서림이가 목이 마르다고하야 그딸아이가 냉수를 갓다먹이는데 도루 일으켜 안처줄뿐아니라 냉수그릇을 입에 대이는것까지 거들어 주엇다 서림이가 냉수 한그릇을 먹고난뒤에는 다시 눕혀달라지안

코 벽에 기대어 안저서

『박두령이 조곰만 늣게오섯드면 나는 죽은사람이요』

하고 한숨을 내쉬엇다

『미욱한 위인이란 소나 진배업소 서종사 쇠게 뜨인셈만잡구 오주를 용서하우』

『뜨는소를 가만두면 여러사람 구치라구요』

『서종사 내낫을 봐서 용서하우』

『내가 용서하구 또 대장께서 용서하시드래두 군률이 용서안할껄이요』

『군률이 용서안타니 무슨 소리요』

『고의루 야료하구 군률을 안당할까요』

박유복이는 서림이말을 듯고 한동안 잠자코 안젓다가 벌떡일어서서 서림이를 나려다보며

『나는 오주를 도독눔으루 끌어드린죄가 잇서서 오주가 만일 죽게되면 가치죽어야할 사람이요 내가 죽게되는때는 손때먹인 쇠뽑창을 서종사께 주리다』

하는 말을 남기고 뒤도 안돌아보고 나가버렷다

서림이는 꺽정이를 충동여서 군률로 곽오주에게 앙가픔하려고 생각하다가 박유복이말에 녀긔가 질려서 망서리게되엇다 곽오주를 군률에 몰아너키는 쉬우나 군률을 켜도록 꺽정이를 충동

이기가 쉽지안하고 밉쌀마즌 팍오주는 아주 죽여업새면 조켓스나 다른두령은 고사하고 제일 정분조케 지내는 박유복이부터 척을 짓게되는것이 조치못하야 이리생각 저리생각하고 안젓는 중에 꺽정이의 가까이부리는 졸개하나가 삽작안으로 들어왓다 서림이는 꺽정이가 불르러보낸 줄짐작하고 얼른 자리에 들어누엇다가 졸개가 방아페와서 긔척할때 나직한 소리로

「게 누구 왓느냐」

하고 물엇다

「대장께서 곳 오시랍니다」

「내가 지금 몸이 아퍼서 누어잇다 잇다나 봐서 가겟습니다구 가서 말슴해라」

졸개는 두말안코 도루가고 그뒤에 신불출이가 쪼차왓다 방에 들어서는 신불출이를 서림이가 누은채 바라보며

「자네가 또 엇재 왓나」

하고 물으니 신불출이는 온 자연을 말하지안코

「대장께서 지금 도회청에 좌기하신답니다」

하고 말하엿다

「웬일인가」

「고대 박두령께서 곽두령하구 가치오셧는데 서종사를 엇재 매렷느냐 서종사를 내 대신으루 매렷단 말이냐 하구 호령하시드니 지금 좌긔하신다구 령을 노흐셧습니다」

「곽두령이 아직 대장댁에 잇나」

「호령듯구 가싯지요」

「박두령은」

「곽두령하구 가치 가셧습니다」

「그 말슴은대체 누가 여쭈엇나」

「박두령이 오서서 말슴하시는갑듸다」

「내가 몸이 아퍼두 가 뵈여야겟네」

「도회청으루 대령하란분부를 내가 바더가지구 왓습니다」

「그럼 자네가 날 잡으러온셈일세그려 할쑤잇나 가치가세」

서림이가 일어나서 불불이 의관을 정제하고 신불출이를 따라서 도회청에 와서보니 곽오주와 박유복이와 오가외에 다른두령들은 모두 먼저와서 안젓는데 서림이를보고 본체들 아니하엿다 서림이가 자리에가서 안즈려고할때 리봉학이가 신불출이를 불러다가 몃마듸 꾸짓더니 신불출이가 서림이에게 와서 자리에 안저서 대령하는법이 업스니 박게 나가잇스라고 말하야 서림이는 다시 도회청 대뜰우에 나와서서 대장좌긔 하기를 기다리엇다 얼마뒤에 박유복이와 오가가 곽오주를 데리고와서 곽오주만 박게 세워두고 각각 자리에 들어와안꼬 다시 얼마뒤에 걱정이가 와서 전좌하엿다

걱정이가 좌긔하며 곳 서림이를 불러드려서 아페세우고 곽오주와 싸움하게된 곡절을 뭇는데 서림이는 여러두령 듯는데 곽오주를처서 말하기어려워서

「하치안흔일 가지구 싸왓습니다」

하고 대답하엿다

「하치안흔일이 무어야」

「곽두령이 놀러가자는데 실타구하다가 언왕설내에 싸움이 되엇습니다」

「누가 선손을 걸엇노」

「저는 손찌검 한번 못햇습니다」

서림이 다음에 곽오주가 불려들어와서 싸움하게된 곡절을 말하는데 서림이가 못된계책을 내바친것이 미워서 한번 때려줄려고 별른것을 고지곳대로 복하엿다

「군령나린뒤에 야료하면 군률당할줄을 몰랏느냐」

「그런생각은 미처 못햇소」

「군률에는 사정이업다 너는 죽는사람이다」

「서림이놈은 죽이지안쿠 나만 죽인단말이오」

「서림이는 죽일죄가 업다」

「서림이놈이 아니면 나혼자 야료할까닭기잇소」

꺽정이가 좌우를 호령하야 곽오주를 끌어내라고할때 황천왕동이와 길막봉이는 함께 나와서 곽오주와 공모를한것을 자복하고 곽오주와함께 죽기를 원하고 박유복이와 배돌석이와 리봉학이는 가치나와서 곽오주의죄를 가치논지하게 하야달라고 청하고 오가는 일어나서 군령을 모르고 잘못범한것과 군령을알고 질짓범한것이 분간이잇다고 말하야 꺽정이가 오가의 분간잇단말을조차서 곽오주를 가짜로 효수하게한뒤 황천왕동이와 길막봉이는 중책하고 서림이는 경책한후에 각각 다 긔과(記過)하게하엿다

꺽정이가 타처로 반이한다는 군령을 나린뒤에 두령들은 거의다 관군과 접전한번못하고 도망하는것을 불쾌하게 여기나 졸개들중에는 리쏙업는 접전을 안하게되어서 은근히 다행하게여기는 사람이 적지안코 두령의 안식구들은 거지반 피란가는것을 해롭지안케 생각하나 졸개의처자들중에는 초막간이라도 의지하고 살던데를 떠나가게되어서 속으로 심란하게 생각하는사람이 만핫다 령을 조타 글때 의론하면 죄를당한다는까닭게 펄처노코 의론들은 하지못하고 쑥덕쑥덕

뒷공론들을 하게되어서 쑥덕거리는소리가 졸개들의초막속에도 나고 두령들의 집안에서도낫다 우선 꺽정이집에서 꺽정의누님 애기어머니는 피란가는것을 조타고하고 꺽정이의안해 백손어머니는 접전안코 피란가는것을 조치안타고하야 시누의 올케간에 조그만 말다툼이되는것을 꺽정이가 마침안방에들어와 안젓다가 듯고 안해를 눈이빠지게 꾸지젓더니 백손어머니는 들이말하다가 혼자 야단만나는데 속이 상하엿든지

「여편네는 죽을겐가 입두고 말도못하게」

하고 중얼거렷다

「무얼 잘햇다구 중얼거려 군령이 조흐니 글흐니 짓거려두 군률이야 군률이 사정잇나 아무리 대장의 기집이라두 군령을 범하면 군률당하지 별수업서」

백손어머니가 시누에게 빗대고

「형님하구 나한테도 군률인지 막둑인지 쓴다니 큰일나지안헛소」

하고 남편의말을 빈정거렷다 꺽정이가 화가나서 쑥덕공론하는 사람의본보기로 안해를 도회청에 끌어내다가 혼구녕내고 시픈생각까지 낫섯스나 꿀꺽참고

「조갈지업는 기집년이란 할쑤업다」

하고 혀를 찟찟차며 사랑으로 나왓섯다 안해에게난 화가 채 갈어안끼도전에 박유복이가 곽오주

를 데리고와서 곽오주와 서림이의 싸움질한것을 이야기하야 꺽정이는 화가벌컥도루나서 박유복이의 이야기도 다들어주지안코 곽오주를 호령질하야 쫏친뒤에 일변 서림이를 불러보내고 일변 좌긔령을 노핫섯다 그러나 꺽정이가 곽오주를 죽일마음은 업던까닭에 도회청에 나가기전에 오가를 불러다가 문의하게되엇는데 오가의 이야기로 황천왕동이와 길막봉이의 간편잇는것도 미리알엇고 두사람이 곽오주와 가치 죄를 당하려고 나서거든 어떠케 곽오주와 분간하야 결처할것까지 대강미리 작정하엿섯다

가짜 효수란것이 본래 효수시늉인데다가 곽오주의 가짜효수는 시늉의 시늉이라 량편귀뒤에 화살은 꿸렷지만 량편팔쭉지를 잡아서 끌어내가는것은 량편에서 부축하고 나가게되고 사방에 회실레시키는것은 도회청대문박게 나서고 말게되엇다 그러나 곽오주가 가짜효수의시늉을 한번당하는것도 착실한 본보기가되어서 그러케만튼 쑥덕공론들이 다 쑥 들어가버리고 아무ㅅ소리업시 군령내로 반이할준비들을 차리게되엇다

청석골서 속장들하느라고 부산한중에도 관군의 동정을 알어드리는 여탐ㅅ군들은 사방에 뻔질떠잇섯다 개성관군은 천마산서편으로부터 청석골 탑고개까지 둘러싸고 차츰차츰 들어오고 평산관군은 강음관군과 협력하야 두석산북편과 서편을 막는데 평산부사 장효범이 금교역말에 나려와잇고 신계관군은 우봉토산 두고을 관군과 합세하야 제석산서남편으로 나려오는데 신계

현령리흠례가 전군(全軍)을 지휘하엿다 관군의동정이 자세히 알려진뒤에 서림이가 이천갈로정(路程)을 정하고 길퇴울계책을 세우려고 조용한틈을타서 꺽정이와 단둘이 이야기하엿다

『이천가는길은 대개 우봉 토산 안협 세고을땅을 지나서가두룩 정하시는게 조켓습니다』

『신계멍으루 해가는것이 길이좀 가깝지안흘까』

『식구들을 끌구가는길에 말썽스러운 신계지경을 지나가는것이 부질업슬줄압니다 그리구 길두 별루 가까운것이업습니다』

『우봉땅으루 나간다면 어느편으루 나가는게 조켓소』

『고석골루 나가서 수리미를 지나 량수합금으루 가는게 길이편할듯합니다』

『고석골루 나가자면 평산강음군사부터 물리처놔야지』

『평산군사가 물러가게되면 강음군사는 따라서 거처갈껩니다』

『평산군사를 제대루 물러가게할계책은 무어요』

서림이가 꺽정이 여프로 가까이 닥어안저서 귀에 입을대이다시피하고 속은속은 이야기하는것을 꺽정이는 다듯고나서

『관상쟁이는 속을는지 모르나 평산부사가 관상쟁이말을듯구 잘속겟소』

하고 말하니

『먼저두 말슴햇지만 장효범이가 위인이 덩둘해서 그런 우수운꾀에두 넘어갑니다 제꾀가 안마질리 만무하니 두구보십시요』

하고 서림이는 장담하엿다

『억석이가 관인쟁이와 친하기나한가』

『그건 제가 다알어봣습니다 친해두 여간 친하지안탑니다』

『그럼 어듸 ㄱ대루 꾀를써보우』

『억석이더러 제가 말을 일르오리까』

『황두령 신계보낼것두 아주 말해두구려』

『황두령에게 제가 말을 일러선 잘듯지안흘껩니다 그러꾸 평산군사가 물러가야 신계길이 터질테니까 황두령 신계보내는것은 나중으루 돌려두 좃습니다』

『요량대루하우』

『저는 지금가서 억석이를 불러다가 오늘밤에라두곳 꾀를쓰두룩 말을일르겟습니다』

서림이가 꺽정이게서 나와서 집으로 돌아오다가 홀제 중간에서 발ㅅ길을 돌려서 뒷산 파수ㅅ군의패두 김억석이의 초막을 향하고 오는데 억석이는 마침 파수막에 올라가려고 초막에서 나오다가 서림이와 마주첫다

「어듸 가시는길입니까」

「자네 보러오는길일세」

「저를 보러오세요 무슨일이 잇습니까」

「남보지 안는데서 조용히 좀 이야기해야겟네」

「댁으루 뫼시구 갈까요」

「자네를 불러다 말하려다가 일부러 왓네」

「그럼 누추한방이나마 들어가시까요」

「자네방에 다른사람이나 업는가」

「자식혼자잇습니다」

「어듸가서 놀다 오라구 내보내게」

「놀러나가라면 혹다합지요」

「자네게 관상쟁이가 자주오나」

「가끔 옵니다」

「이맘때두 혹 오나」

「밤에 흔히 놀러오는데 나제두 혹간옵니다」

「내가 자네하구 이야기할때 관상쟁이가와선 재미업스니 어듸 다른데루 가세」

「어듸루 가실까요」

「뒷산 으슥한데가서 이야기하세」

서림이는 검억석이를 압세우고 뒷고개를 넘어왓다

서림이가티 평소에 도도한체하는사람이 하지안흔 패두에게 무슨일을 말하려왓슬까 서림이의 어운이 관상쟁이에게 상관되는일가튼데 관상쟁이가 무슨말을 지망지망히해서 물음마침이 나지안헛나 그런일이면 불려가든 잡아가든 할터이지 서림이가 친히 물으러올리 업지안흔가 김억석이는 뒷고개를 넘어오는 동안에 궁금증이 나다못하야 아니날의심까지 다낫섯다 서림이가 자리를잡고 안즌뒤에 아페와서 안즈라고 손짓하야 김억석이는 서림이아페 쪼구리고 안저서 그입만 치어다보앗다

「이야기가 좀길른지 모르니 아주 퍼더버리고 안께」

「좃습니다 이야기하십시요」

「자네 관상생이하구 무간하게 친하지」

「관상쟁이가 감금을 당햇슬때 제가 몃번 수직하는놈의 대를 바준일이잇섯습니다 그때 친해서 가끔 상종은합니다만 그는 유식한 사람인데 저의 가튼 무식한놈하구 무간할쑤야 잇습니

까」

「관상쟁이가 자네더러 도망질시켜 달라구 청했단말이 참말인가」

서림이 뭇는말에 김억석이가 입으로는

「그게 웬소립니까」

하고 잡아떼는 대답을 하면서도 얼굴에는 현연히 놀라는비치 나타낫다 서림이는 김억석이의 놀라는비츨보고 빙그레우스며

「내가 들은대루 바루 말하면 관상쟁이가 자네더러 가치 도망하자구 햇다데」

하고 말하니 김억석이는 얼굴비츨 아주 변하고

「그런말슴을 관상쟁이게 들으셧습니까」

하고 물엇다

「내이야기는 나중하구 자네이야기부터 듯세 관상쟁이가 자네더러 무어라구 말하든가」

「청석골잇다가는 이삼년안에 비명횡사하게된다구 말합듸다」

「그러니 진작 가치 도망하자구 말하든가」

「그런말까지 합듸다」

「그래 자네는 무어라구 대답햇나」

「잘못하면 큰일날테니 그런말은 아에 입박게 내지말라구 햇지요」

「자네가 틈타서 가치도망하자구말햇다든데 그건 거짓말인가」

「자꾸 졸르기에 생각해보마구는 말햇지만 가치 도망하자구는 말한일이업습니다 그런줄 몰랏더니 관상쟁이가 거짓말쟁입니다그려」

김억석이는 서림이가 관상쟁이에게 이야기를 듯고 말하는줄로만 여기엇스나 실상 서림이는 도망할생각이 잇슬듯한 관상쟁이가 파수ㅅ군의 패두인 김억석이와 친하게 상종하는중에 혹 그런말도 비처보앗슬려니 어림치고 넘겨지펏는데 의심을 품고잇던 김억석이가 쉽게 넘어박힌 것이엇다

「대장께서두 아셧습니까」

「모르시네」

「만일 대장께서 아시면 관상쟁이는 목이 달아나지안켓습니까」

「관상쟁이가 물구들어가는데 자네목은 성할듯한가」

「큰일 낫습니다 어떠케하면 조켓습니까」

「마침 자네끼 장공속죄할쑤잇는 조훈게제가잇기에 그걸 내가 말해주려왓네」

「조훈게제가 무엇입니까

『자네가 관상쟁이하구 가치 도망하는것처럼 일을 꾸며가지구 금교역말 평산부사진중에 데리구나가서 우리가 일간평산 태백산성을 치러가려구 준비한다구 말을시키게 관상쟁이는 평산부사장효범이두 알구 금교찰방 강려(姜侶)두 안다니까 적굴에서 도망해나와 적굴소식을 알리는것가티 말할쑤잇슬껠세 평산부사가 그말을 고지듯구 태백산성을 지키러가면 그틈에 우리가 자무산성이나 철봉산성으루 옴겨갈작정인데 이것만은 뉘게든지 말을 말게』

『관상쟁이는 관원들하구 면분이잇다니까 살어나갈쑤잇겟지만 저는 십상팔구 관군의 손에 죽게될것아닙니까』

『자네부자두 적굴에 잡혀와서 고생하든 사람이라면 죽을리가 만무하니 조금두 념려말게』

『제말을 누가밋나요』

『관상쟁이하구 짜면되지』

『제가 가드래두 자식은 딸에게 맛겨두구 갈랍니다』

『그러면 관상쟁이가 도망가는걸루 밋지안네 시집간딸은 할쑤업지만 아들은 데리구가게』

서림이 말끄테 김억석이는 한참ㅅ동안 고개를 숙이고 생각하다가

『말슴하시는대루 해봅지요』

하고 말하엿다

서림이가 김억석이에게 관상쟁이를 데리고 수작할말부터 금교어물전에가서 의탁할 방편까지 모두 자세히 일러준다음에

『오늘밤 곳 나가두룩하게』

하고 말하니 김억석이는 대답을 선뜻아니하엿다

『자네가 관상쟁이를 새루 놀려내는것이 아니구 관상쟁이가 먼저 자네를 꾀이는판이니까 가치가자구 꼴구나서면 고만아닌가』

『제가 슬금슬금 돌아다니며 하직두여쭙구 작별두해야할텐데 오늘ㅅ밤은 너무 촉박합니다』

『이사람보게 도망질할사람이 하직작별이 다 무언가 도섭스러운소리 하지말게』

『적어두 딸은 보구가야지요』

『그저 가보는길 말리지안네 그러치만 작별은 혼자 속으로하게』

『딸더러두 말말란 말슴입니까』

『말말어야지 대체 무슨일이든지 들어내노쿠 말하게되기까지는 제그림자를보구 말해두 못쓰는법일세』

『인정에 좀 박절한걸이요』

『이번일이 잘되면 자네는 두목으로 올라설테니 이다음 두목된뒤에 웃구 이야기하게그려 제

잡담하구 오늘ㅅ밤을 넘기지말게』

『네 그러케하겟습니다』

『그럼 나먼저갈테니 자네는 뒤에오게』

서림이간뒤 한참만에 김억석이는 뒷산파수막을 돌아서 집으로 나려갓다

이날밤에 여러두령이 꺽정이집 사랑에 모여안저서 이야기들 하는중에 뒷산파수ㅅ군하나가 겨래도 업시 뜰아프로 들어와서

『사산 총찰두령께 알욉니다 지금 패두 억석이가 제자식과 상쟁이를데리구 어듸두가옵는데 가는데를 물으온즉 장령(將令)을 물어가지구 어듸 잠ㅅ간 갓다온다구 말하옵되다 장령물엇단말이 거짓말이아니온지 빨리곳 뒤쪼치오면 등성이 서넛안에서 붓잡어올수잇슬줄 아옵니다』

하고 알외는데 방안의사람들은 듯고 놀라지안흘뿐일까 서로 돌아보며 빙그레우섯다 이때사산 파수를 총찰하는두령 리봉학이가 파수ㅅ군을 내다보며

『잘 알엇다 오늘ㅅ밤에는 서산패두가 너의게까지 갈것이다 고만가거라』

하고 말을 일러서 파수ㅅ군이 나간뒤에 서림이가 리봉학이를보고

『장령이라구 핑게하구 참말도망하는놈이 생기면 탈이니 이다음에는 붓들어노코와서 보하두

룩사산에 일러두시지요』

하고 말하니 리봉학이는 고개를 끄덕이엇다

수일후에 서쪽으로 나갓던 여탐ㅅ군들이 돌아와서 평산군사가 갑자기 거처갓다고 보하엿다 서림이가 마침 리봉학이 박유복이 두두령과가치 꺽정이사랑에 안저서잇다가 여탐ㅅ군의 보하는말을 듯고

『그것 보십시요 장효범이가 그만꾀에두 넘어가지안습니까』

하고 꺽정이와 밋 두두령을 돌아보니 꺽정이는

『서종사 일요량하는게 무던하우』

서림이를 칭찬하고 리봉학이는

『평산부사가 얼뜬 자식이요』

장효범이를 비웃고 박유복이는

『김가 부자가 무사하게 되엇슬까』

역석이를 념려하엿다 서림이가 꺽정이를 보고

『인제 황두령을 신계 가라구 일르시지요』

하고 말하야 꺽정이는

『지금 곳불러다가 일르겟소』

하고 사람을 보내서 황천왕동이를 불러왓다

황천왕동이가 와서 평산관군의 거처간이야기를 들은뒤에 곳서림이를 돌아보며

『강음관군두 거처 들어가게됏소』

하고 빈정대는말투로 물으니 서림이는

『가만두면 제대루 거처들어 가겟지요』

하고 가볍게 대답하엿다

『그러켓지 몃해가되든지 종당 거처들어가구말테지요』

『강음관군은 거처들어가지안트라두 수효가 적어서 여러길목을 지킬힘두업구 또 우리게 저려서 나가는사람을 막을주제두 못되는데 념려할꺼 무어잇소』

『청석골안 념려를 서종사가 도마터하는데 우리가 념려할까닭잇소』

황천왕동이의 말을 서림이는 더 댓구하지 아니하엿다 곽오주는 본래 서림이를 미워하는 사람이라 다시말할것도 업고 황천왕동이와 길막봉이는 중책을 당한뒤로 서림이와 사이가 조치못하게되엇는데 황천왕동이가 소견이 좁은이만큼 더심하야 서림이와 말할때면 의례로 비위를글그나 서림이가 지고 참어서 겨우 말썽업시 지내는중이엇다 꺽정이가 눈을 곱게뜨지안코 황천

왕동이를 바라보다가

「쓸데업는소리 고만 짓거려라」

하고 꾸지즌뒤에

「인제 신계ㅅ길이 터젓스니 곳 떠나두룩해라」

하고 일르니 황천왕동이는 두말안코

「네」

하고 대답하엿다

이튼날 재벽에 황천왕동이가 건장한 졸개 세사람과 가치 각각 괴나리보ㅅ짐하나씩 가뜬하게 해지고 신계ㅅ길을 떠나는데 꺽정이가 황천왕동이더러

「이천 건천(乾川)역말서 우리를 기다리기가 저북하거든 먼저 광복으로가는데 건천역말아페 큰등구나무가잇스니 그동구나무에 칼자국하나를 큼직하게 내노쿠가거라 우리가 가서 칼자국만보면 네기 먼저 간줄알구찻지안흘테다」

하고 말을 일럿다

황천왕동이의 일행 네사람이 청석골서 떠나든날 해진뒤에 신계읍에 당도하야 사직단아래 사람안보이는곳에서 괴나리보짐들을 끌르고 흰무리덩이를내서 료기들하고 짤븐환도를내서 몸에

들 지나엇다 이날밤에 두령중개 네사람이 함께몰려다니며 마터가지고온 일을하는데 한밤ㅅ중에는 읍근처에서 반명의집을치고 닥울물에는 우봉접경에서 출장사의집을치고 또 새벽녁에는 토산접경에서 농군의집을처서 세군데에서 사람 륙칠명을 죽이고 이천땅으로 넘어갓다 리흠례가 제아무리 벼락방망이라도 치하(治下)에서 서너군데 살인소동이 나면 환관안하지 못하리라 서림이가 생각하고 이꾀를 내것인데 황천왕동이를 보낸것은 급한경우에 빨른 거름으로 도망하란뜻이요 우봉토산접경에서 살인하게한것은 우봉현령과 토산현감에게 얼음짱을 놋는셈이엇다

신계현령은 대당(大黨)이 경내에 들어와서 횡행하며 살인한긔별을밧고 감영에 첩보(牒報)를 띄우며 곳총총이환관하는데 우봉현령과 토산현감도 다가티 경내가 념려된다고 뒤에남아서 적굴을 치려고하지아니하야 할쑤업시 다시모이기를 긔약하고 각각군사들을 거느리고 호터저 가게되엇다

강음현감이 고단한 형세로 잘못하다가 도적에게 욕보기쉽다고 읍으로 들어간것은 신계우봉토산세고을 관원이 호터저가기전이라 청석골 서북쪽에는 관군의 그림자도업고 오직 동남쪽에 개성관군이 남앗는데 동쪽마른도사와 남쪽마른경력이 다가티 군사를 동독하야 길업는 산중에 행진할만한 길을 만들러는중에 서북쪽의 황해도군사들이 퇴진(退陣)하게된 긔별을듯고 도사와

경력이 서로만나서 의론한뒤 기프내와 탑고개 두곳에 각각류진(留陣)하고 적군의 동정을기다리엇다 개성관군이 산박게 류진하고잇는동안에 청석골 산속에서는 장단 토산 강음 각처로 졸개들을 논하보내는데 장단도 뒷길로 떠나가도록하고 여벌병긔와 남은량식과 무거운 세간을 처치하는데 땅속에 뭇기도하고 굴속에너키도하고 또다른데 옴겨다가 감추기도하야 빈집들만 뒤에남도록하고 그뒤에 두령과두목 십여명과 남은졸개이십여명과 여러집식구 이십여명을 다섯패로 나눠서 말에 교군에 긔구잇는 행차 다섯을 구며 가지고 띄엄띄엄 사이를 두고 이천 광복산으로 떠나갓다

청 석 골 (二)

광복산은 산이 놉고 험하고 바위가 성가티 둘린곳인데 주회 시오리에 더는 청석골보다 훨씬 넙으나 인가는 십여호박게 안되어서 꺽정이의 일행이 전접할도리가 맹낭하엿다 황천왕동이 일행 네사람이 먼저 왓슬때는 십여호에사는사람이 모두 와서 정답게 인사하고 이집저집에서 오라고 청하기까지하더니 다섯행차가 차례로 들어오는것을보고는 거지반 문을닷고 들어안저서 내다보지도안코 더러나와서도 슬슬버돌며 동정만 살피엇다 본곳사람들이 일제히나와 마중하지 안는것을 꺽정이는 괘ㅅ심히생각하야 졸개들을시켜서 각집의 주인되는 사람들을 잡아다가 한

바탕 야단을 친뒤에 우선 안식구 드려안칠집 몃채를 비어노호라고 일럿더니 십여호사람이 모두집을 내버리고 도망하려고 단보ㅅ짐들을쌋다 꺽정이가 이것을알고 두목과 졸개들에게 분부하야 본곳사람들을 모주리 잡아서 묵거노케한뒤에십여호 집을 일행상하가 차지하고 들도록 분배하엿다 묵거노흔사람들을 노하버리자고 말하는두령도 잇섯고 두고 부리자고 말하는 두령도 잇섯스나 꺽정이가 그말을 좇지안코 죽여업새라고하야 광복산에 살던 사람들은 뜻박게 참혹한 화를바덧다

꺽정이의 일행이 마소는 치지말고 사람만 륙십여명이라 오죽지안흔 드메집 십여호를 가지고는 구차히나마 용신할쑤업서서 급히 통나무로 귀틀집을 몃채세우기로 작정들하엿는데 집보다도 더급한것이 량식이엇다 본곳사람들의 과동하려든 량식이 고시란이 남아잇스나 서속과귀일이의에는 두태가 얼마잇슬뿐이요 입쌀은 전혀업섯다 험한밥을 먹기실혀하는 사람은 누구누구칠것도업고 숫제먹지못하는사람이 오가내외와 리봉학이내외와 황천왕동이안해와 길막봉이의장인과안해와 곽능통이내외와 서림이와 의원허생원까지 어른이 십여명이라 가지고온 쌀을 그사람들만두고먹어도 이삼일조석거리박게 안되엇다 제백사하고 량식쌀부터 모아드리기로 공론한뒤 꺽정이와 오가와 서림이외의 여섯두령이 둘씩 작패하야가지고 두목과 졸개들을 갈러서 데리고이천 련근읍땅에 나가서 량식을 떨어오는데 리봉학이와 황천왕동이는 신계가서 재원

(灰院)을떨고 박유복이와 곽오주는 평강가서 옥동역(玉洞驛)을떨고 또 배돌석이와 길막봉이는 안변가서 룡지원(龍池院)을떨엇다 세군데서 떨어온것이 쌀이 근이십석이요 다른곡식이 칠팔석이요 소금이 사오석인데 거지반 다 소에실려가지고와서 소는 두고 잡아 고기를 먹게되엿다 량식과찬수가 생겨서 한시름들을 노케되며 곳줄개들을시켜 재목을 내어서 사람잇슬 의지깐과 마소세울 어리깐들 만드는데 두목은 고사하고 두령까지나서서 조역(助役)들하야 광북산들어온지 달포만에 안돈이 대강되엿다

꺽정이가 거름잘것는 황천왕동이를 시켜서 서울남소문안 한첨지집과 련신하게되엿는데 황천왕동이가 서울 삼백여리를 하루가고 하루오고 하는까달게 광복산가튼 드메ㅅ구석에서도 조정소식을 빨리들듯고 지내엿다 황천왕동이가 한번 서울갓다왓슬때 꺽정이와 여러두령이 모여안즌자리에서 듯고온 조정소식을 다전하고 끄트로

『이번에 내가 별소리를 다 듯구왓소』

하고 이야기하기전에 웃기부터하엿다

『어제ㅅ밤에 남소문안 한첨지 아들하구 이런이야기 저런이야기 하는중에 그사람이 날더러 대장형님이 분신술(分身術) 잘하는것을 아느냐구 뭇는데 분신술이 무어냐구 뭇기가 창피해서 더퍼노쿠 나는 그런말 못들엇다구 대답햇드니 그사람말이 이천드메ㅅ구석에 집숙이 듣

어가잇는 자네네 대장이 영평땅에서두 나오구 철원땅에서두 나오구 또 서울안에서두 여기
저기서 나온다니 이것이 분신술을 잘안하구 될일인가 분신술가튼 히한한 재주를 가젓다는
건 자랑두되겟지만 점잔치못하게 유부녀를 겁탈하구 자딸게 나무장사의 주머니미천울떨구
또멀쩡하게 성한사람이 애꾸눈이 병신이되엇다니 듯기좀창피하데하구 깔깔웃습듸다 내가
그게 무슨 소리냐구 자세이 이야기하라구 졸라서 이야기를 들으니까 대장형님의 이름을 떠
대구 유부녀겁탈한것은 야주개서 난일이구 나무장사 떨은것은 버터고개서 난일이구 애꾸눈
이는 영평도덕여울 근방에 사는눔이랍듸다 한첨지의 부하하나가 얼마전에 무슨 볼일루 영
평울 나려갓다가 도덕여울서 애꾸눈이를 만낫는데 그눔이 처음에 대번 나는 임아무개다 네
보따리 게버서놔라하구 한참만에 다시 내가 임아무갠줄 알구서두 우두머니섯스니 한번 칼
맛을 볼라느냐하구 칼을빼들드랍니다 한첨지 부하가 대장형님의 얼굴을 잘아는 사람이라
이눔아 네가 무슨 임 아무개냐하구 우박을 주려다가 그눔의 하는꼴을 볼라구 청석골 임두
령은 지금 서울 남소문안에 와서게신데 게가 임두령하구 동성동명이란말이요하구 물으니까
그눔이 그말은 대답안쿠 네깐눔의 보따리에 무슨 대단한물건이 들엇겟느냐 고만 그대루 가
거라하구 손을 내젓드랍니다 한첨지부하가 서울와서 그눔의 흉내를 내가며 이야기할때 절
문사람은 고사하구 늘근 한첨지까지 허리를 잡엇답듸다」

황천왕동이의 이야기가 끗난뒤에 여러두령은 거지반 다 웃고

『세상사람이 임아무개란 성명만 듯구두 겁을 내니까 그따위놈이 생기는게지』

『우리가 어듸가다 그런놈을 만나는때 어떠케하면 조흘까』

『임아무개라구 창피한짓하는놈을 가만둘쑤잇소 다시 못하두룩 버릇을 가르처 놔야지』

『우리뒤를 수탐하는 포두군사들이 그런것들에게 속아서 이리저리 갈팡질팡할는지 모르지』

『포두군사가ㄷ 산말의 눈을 뺄놈들이 그따위 성명떠대는걸 고지듯나』

『포두군사 아니라두 임아무개라구하구 창피한짓하는것을 고지듯는놈은 미친놈이지』

떠들석하게들 짓거리는중에 꺽정이만은 웃도안코 말도안코 눈쌀을 잔뜩찌프리고 안저잇섯다

그이튼날 식전에 여러두령이 꺽정이게 아침 문안들하러왓슬때 꺽정이가 여러두령을 돌아보며

『어제 밤에 생각해보니 내가 아무래두 서울을 한번 갓다와야겟서 내가 서울가안저서 내이름을가지구 창피한짓하는 놈들을 자세이알어본뒤에 한두놈 본보기를 내놀작정이야 이왕가는길에 우리들에게 잇는 금은보패를 가지구가서 팔아왓스면 이런 드메ㅅ구석에서두 군색지안케지낼쑤잇슬테니 연전에 평양봉물 논흐목한것을 모두도루거둬서 나를주면 조켓는데 여럿의 의향이 어떤가 가지구시픈 물건은 가지구 팔어쓰구시픈 물건만 내노흐란말이야 이번에 내놋는 물건을 팔어서 공용에 쓰거나 내가 쓰게되면 그건 나중에 도루 다 물어주지』

하고 말하니 여러두령은 다 네네 대답들하엿다

꺽정이는 자긔의 이름을 떠대고 창피한짓하는놈을 몃놈 본보기로 버릇가리칠 생각도낫거니와 드메ㅅ구석에 들어안저서 답답하게지내느니 번화한곳에가서 속시원하게 놀다오고시픈 생각이 들어서 겸두겸두 서울ㅅ길을떠나는데 피물 약재 서화(書畵)와긔명 금은부치를 한짐조케만들어서 졸개하나를 짐ㅅ군삼아데리고 단둘이 보행으로떠낫다 광복서 떠나는 날 늣게떠난까달게 이천읍에와서 일력이 다된것을보고 놋다리고개를 향하고 나오다가 어느촌가에 들어가서 하루ㅅ밤을 자게되엿다 꺽정이가 그집박갓주인과 수작하는중에 주인의 고향이 철원인것을 알고

「철원서 언제 이사왓소」

하고 물으니 주인은 손까락을 곱아보고

「올에 아홉해가 됏나보우」

하고 대답하엿다

「그럼 철원일은 모르겟구려」

「무슨 일을 모른단 말이요」

「무슨 일이든지」

「고향에서 사는 형님네와 왕내가 자진까달게 고향일이 쉬배 어둡진안소」

「임꺽정이란 사람이 철원땅에 산다는데 철원 어듸사는지 혹시아우」

「임꺽정이라니 도독눔 아니요」

「그러타는갑듸다」

「집두절두 업는 도독눔이 붓백여사는데가 어듸잇겟소」

「도독눔이라두 몸담어 잇는곳은 잇슬것아니요」

「바위미테 굴을파구 굴속에서 산답듸다 그런데 임꺽정이 잇는데는 왜뭇소」

「임꺽정이가 힘이 장사랍듸다그려 가까이 잇스면 한번 차저가서 힘겨룸좀 해볼생각이잇소」

「힘겨룸할라구 일부러 도독눔을 차저간단 말이요 별냥반 다보겟네」

「철원가서 물으면 임꺽정이 잇는굴을 알쑤잇겟소」

「그눔이 올봄에 살인하구 관채에게 쪼겨서타도루 도망햇다는데 그때는 황해도루 갓단말이 잇드니 요재 들으니까 이골경내에와서 숨어잇단 말두잇습듸다」

「그럼 지금 철원땅에는 임꺽정이가업소」

「임꺽정이가 업서진덕에 올에는철원경내가 조용햇다우」

「똑똑이 아우」

「내말을 못밋거든 철원가서 물어보구려」

꺽정이는 철원과 영평을 거처서서울로가려고 생각햇섯는데 그집주인의 말을듯고 철원은 이다음 다시 알어보고 가기로 속마음에 작정하엿다 이튼날 꺽정이가 촌가에서 일직떠나 짤븐해에 길을 나우걸어서 련천읍 이십여리박게 와자고 그다음날 해가 한나절이 훨씬기운뒤에 영평도덕여울을대어왓다 꺽정이가 졸개더러 짐짝을 길ㅅ가에 버서노코 쉬라고 일른뒤에 이리어실렁저리어실렁하며 애꾸눈이나오기를 기다리는데 승석때가 다되도록 기다려도 나오지아니하야 꺽정이는 슬몃이 화증이낫다 졸개가 여울ㅅ가에 누어자는것을 꺽정이가 와서보고

『이놈아 무슨잠이냐』

하고 소리를질르니 졸개는 건공잡이로 벌떡일어나며 곳 가서 짐짝을 질머지려고하엿다

『짐은 왜 지느냐』

『가자시는줄 알엇습니다』

『누가 가재』

꺽정이가 졸개를 꾸짓는중에 등뒤에서

『거기서 떠드는놈이 누구냐』

볼호령 소리가 나서 돌아다보니 과연 애꾸눈이 한놈이 길엽숩아페 칼을집고 나섯다 꺽정이가 애꾸눈이 아프로 오면서

『오너 나왓느냐 내가 너를 오래 기다렷다』

하고 말을 부치니 애꾸눈이는 당황한 모양으로 외눈을 둥그러케뜨고 꺽정이를바라보며

『넌 날 아는가부다만 난 너가튼놈 꿈에도 본생각 이업다』

하고 말한뒤 곳 다시

『내 아푸루 오지말구 게쯤섯거라 네가 청맹관이 아니면 이것이눈에 보이겟지』

하고 칼을 아프로 내들엇다 꺽정이가 곳 쪼차들어가서 칼을 때서버리려다가 어떠케 하는꼴을 좀 두고 보려고 발을 멈추고 서니 애꾸눈이가 당황하야할때와 딴판으로 바루 큰기침을하면서

『내손에 칼이잇스면 호랭이에 날개도친셈이야 팔도군사가 눈아페 몰려와두 눈깜재기만큼 겁낼 내가 아니다』

하고 흰소리를내노핫다 흰소리를 듯고 꺽정이가 빙그레 우스니 애꾸이눈는 다시 떨떨은하게 여기는 눈치로 고개를 몃번 가로흔들고 슬금슬금 뒤ㅅ거름을치면서

『네가 대체 남 왜 기다렷느냐』

하고 뭇는데 뭇는말은 건정이엇다

『네가 내아페서 내뺄생각이냐』

꺽정이가 소리를질르니 애꾸눈이는 얼른 뒷거름치든것을 그치고

「누가 뉘아페서 내뺀단말이야 네가 아마 내뺄생각이 나는게다」

하고 입을 실쭉하엿다

「내가 네게 물어볼 말이잇다」

「물어볼말이 잇서 무슨말」

「네 성명이 무어냐」

「선성을 미리 듯구온줄 알엇더니 성함두 아직모르느냐 성씨는 임씨시구 함짜는 꺽짜 정자 이시다 네 성명은 무어시냐」

「내 성명이 무어시냐구 내가 임꺽정이다」

애꾸눈이는 입을 딱 벌리고 말을못하다가 잠ㅅ간ㅅ동안지난뒤에 헤헤하고 억지우슴 우스면서

「참말이요 무얼 거짓말이지 저것봐 웃는걸 보니까 거짓말이야」

하고 어린아이 웅석하듯이 말하엿다

「미친눔이루구나」

「대체 무슨 일루 날 보러왓소」

「너를 버릇가리치러 왓다」

「버릇을 어떠케 가리칠라우 다 큰눔을 종아리 때릴라우」

「이눔아 네목아지를 돌려안칠테다」

「목아지를 돌려안치면 아플못보라구」

「이눔이 나를 씨까슬르지안나」

하고 꺽정이가 주먹 부르쥐는것을 애꾸눈이가보고

「잠ㅅ간 가만이서서 말한마듸만 들어주우」

하고 사정하듯이 말한뒤 무슨말을할듯이 헛기침을 한두번하더니

「나는 가우」

하고 휙 돌아서며 숩속으로 도망질을첫다

「이눔 네가 어듸루 도망할테냐」

하고 꺽정이가 애꾸눈이의 뒤를쪼찻다 쫏기는 애꾸눈이와 쫏는 꺽정이가 잠ㅅ간ㅅ동안 숩속에서 숨박꼭질 하듯하다가 꺽정이가 바싹가까이 대어들며

「이눔아」

하고 고함을질르니 애꾸눈이는 얼른 칼을 내버리고 꺽정이 발미테 꿀어앉저서 가쁜숨을 돌리면서

「인제 버릇배웟습니다 용서합시요」

하고 두손으로 빌엇다

꺽정이가 애꾸눈이를 내려다보며

『네가 내게 항거하고 대들엇드면 혹시 용서해줄 생각이 낫슬는지두 모르겟다 그러치만 칼을가지구두 쓰지 못하구 날잡어 잡수하는 못생긴눔은 용서해줄쑤업다 너가튼 못생긴눔이 내이름을 더럽혓스니 그죄가 백번 죽어싸다』

하고 호령하엿다

『제가 원체 생각이 좀 부족한눔인데 그런말슴을 진작해주시지요 지금 칼을 도루 집어가지구 와서 항거해보겟습니다』

하고 애꾸눈이가 새삼스럽게 일어서려고 하는것을

『별 우순눔 다보겟다』

하고 꺽정이는 발끄트로 거더차서 뒤로벌렁 잣바젓다 애꾸눈이가 거더차인가슴을 부둥켜안꼬

『아이구 가슴이야 아이구 죽겟네』

하고 엄부렴을 떠는데 꺽정이가 머리마테 와서서

『너가튼눔은 죽일것두 업시 발루 짓발버 죽일테다』

하고 한편발을 들먹거리니 애꾸눈이는 얼른 두손을 내밀어서 그발목을붓잡고 매달렷다 꺽정

이가 한손으로 여페섯는 나무를붓들고 발을 아프로들고 뒤로채고 또 좌우로 휘둘러서 애꾸눈이는 몸둥이가 끌려나가고 끌려들어오고 또 이리굴르고 저리굴르고하엿스나 붓잡은 발목은 죽어라고 노치아니하엿다

「발목 노쿠 일어나거라」

「이만큼 항거하면 용서하실랍니까」

애꾸눈이가 꺽정이의 발목을노코 일어나며 곳 꿀어안젓다

「그만하구 용서해주시는것두 감지덕지하외다」

「내가 언제 너를 용서해준다드냐」

「용서해줄테니 일어나라구 하섯습지요」

「이눔보지 거짓말이 난당이구나」

「거짓말이든 참말이든 용서만 해줍시요」

「용서못하겟다」

「그럼 어떠케해야 좃습니까 다시 발목을 잡구 매달리오리까」

애꾸눈이의 말하는것이 우수어서 한여페와섯던 졸개가 낄낄거리고 웃는것을 애꾸눈이는 바라보고

『여보 웃는냥반이 뉘신지는 모르지만 웃지말고 이리와서 용서가 나리두룩 말슴좀해주구려』

하고 사정하엿다 졸개가 더욱 낄낄거리다가 꺽정이에게 꾸지람을 바드니 애꾸눈이는 이것을 보고

『죽을꾀에 든사람을 가엽시 생각안쿠 웃기만하드니 아이구 잘코사니야』

하고 말하야 이번에는 꺽정이까지 빙그레우섯다 우슴빗 떠도는 꺽정이의얼굴을 애꾸눈이는치어다보며

『제발 덕분에 죽이지만 말어줍시요』

하고 애걸하엿다 꺽정이가 바른손을 주먹쥐어 내밀면서

『그럼 이주먹으루 세개만 마저라』

하고 말하니 애꾸눈이는 생각해보는것처럼 고개를 기우리다가말고

『주먹을 한개맛구 제가죽으면 두개에 두벌죽엄하구 세개에 세벌죽엄하지안습니까 그런 속임수는 쓰지맙시요』

하고 두손을 얼굴아페 내들고 흔들엇다

『주먹이 무서우면 매를 마질라느냐』

『그대루 용서 해줍시요』

『그건 안되겟다』

『그대루 용서해주시면 아들자식노릇을 하라서두 고분고분이 할테구 종하인노릇을 하라서두 소인하구할탭니다』

꺽정이가 애꾸눈이의 말을듯고 한참 동안 말이업다가

『네가 일평생 나를 따라다닐테냐』

하고 물으니

『따라다니다 뿐입니까 이생의 일평생은 고만두구 후생까지라두 따라다니겟습니다』

하고 애꾸눈이는 열번스무번 고개를 끄덕거리엇다

『네가 성은 임가냐』

『본성은 로가(盧哥)올시다』

『저런눔봐 성도 임가 아닌눔이 내 행세를 햇단말이냐』

『지금이라두 성을 임가루 고치라시면 두말안쿠 고치겟습니다』

『미친눔 가튼이 이름은 무여시냐』

『원이름은 밤이올시다』

『로밤이야 고만 일어서거라』

로밤이는 녜하고 일어나서

『재판으로 문안드리겟습니다』

하고 꺽정이에게 대하야 허리를 굽씬하엿다

꺽정이가 로밤이를 서울로 데리고가서 남소문안 한첨지부자에게 구경시키려고 생각하고

『너 이번에 나하구가치 서울을가자』

하고 말하니 로밤이는 선뜻 녜 대답하고나서

『다른데 가시는길두아니구 여기까지 전위해 오섯구먼이요 요전에 서울놈 한놈을 놔보내구 뒤가 께름하드니 고놈이가서 고자질햇지요 고놈이 천생 고자질이나 할놈으루 생겻습듸다 그매 고놈을잔뜩묵거서 이아래 기픈소에 집어처너으려다가 아버지 살려줍시요 할아버지 살려줍시요 애걸하는데 불상한 생각이나서 풀어놔보냇드니 고놈이가서 고자질을 햇습니다 그려 서울놈들이란 재알복가먹을 놈들이에요 제가 서울놈들에게 만히 속아봣습니다』

하고 수다스럽게 짓거리엇다 로밤이가 고놈 고놈하는 서울사람이 딴사람이면 모르되 남소문안에서 왓던사람이라면 소에 묵거너흐려다가 불상해서 노하보냇다는것이 백판터무니업는 거짓말이라 꺽정이가 황천왕동이의 이야기를 들은것이 잇서서 짐작이업지안컨만 구태어 발기집어서 뭇지안코 다른말을물엇다

「네 집안식구는 머치냐」

「제 집안식구는 잠뿍 둘뿐인데 그나마 하나는 그림잡니다」

「저눔이 성한눔인가 그래 다른식구가 업단말이냐」

「네 스발막대 내둘러두 걸릴데업시 저한몸뚱이뿐이올시다」

「너가치 수다ᄉ러운눔 처음보겟다 이다음엔 너무수다떨면 입을 짜개노흘테니 조심해라」

「둘이잇서 조흔 눈깔은 하나만가지구 하나라야쓰는 아가리는 둘씩 가지면 저는 무어시되라구요」

「쓸데업는 아가리 고만 놀리구 네집에가서 행장이나 수습해가지구 나오너라」

「지금 해가 다저가니 제집에가서 하루ᄉ밤 드새시구 내일 엇뜩새벽 떠나시지요」

「엇겟든지 네집으루 가자 네집이 여기서 멀지나 안흐냐」

「바루 이숩뒤데 업드러지면 코다을만큼 가깝습니다」

로밤이가 꺽정이의 말을 대답한뒤 졸개를 가르치며

「저사람은 데리구오신 짐ᄉ군이오니까」

하고 물어가 꺽정이가 고개를 끄덕이니 로밤이는 곳 졸개를 돌아보며

「여게 어서 짐지게」

하고 저의짐ㅅ군을부리듯이 말하엿다 졸개가 여페노흔짐을 그대로두고 몃지름 꺽정이에게로 가까이 나와서

『저애꾸의 집으루 가시렵니까』

하고 뭇는것을 꺽정이는 대답할사이도업서 로밤이가 대번에 혀를차고

『이자식아 구렝이를 똑 구렝이라야 맛이냐 너가티 뱀뱀이 업는놈은 생전 남의짐이나 지구다녓지 별조업다』

하고 욕설하엿다 가는말이 곱지못하니 오는말도 고을까달기업다

『저놈이 성한눈깔 마저멀구 시픈가』

『이놈아 악담말아 내가 판수되면 네가 먹여살릴테냐』

『이놈이 네가 악담햇지 내가악담햇서』

『나는 이날이때까지 악담이라구 한번두 해본일이업다』

졸개가 또 댓구하려고 입을 벌릴즈음에

『긔탄업시 떠들지말구 짐이나 지구나서라』

꺽정이가 꾸지저서 졸개가 입을 다물엇다 로밤이는 이것을보고 저의 볼기짝을 두들기며

『아이구 고소해라』

하고 웃다가 꺽정이가 별안간

『무에 고소하냐』

하고 큰소리를 질르는바람에 목을 움칠하고 입을 딱버렷다 졸개가 짐짝을 지는동안에 로밤이는 내던진칼을 자저가지고와서 압서서 저의집으로 인도하엿다

로밤이의 집이란것이 후미진곳에 외따로무든 움집이라 집전채가 곳 방한간인데 그방에 거적을 매달은 문이잇고 또 조이를 부친 창구녁이 잇건만 침침하고 음산한 방안이 널직하게만든 초빈속과 비슷하엿다 꺽정이가 거적문을 치어들고 방안을 드려다보다가

『이런속에서 사람이 어떠케 산단말이냐』

하고 여페섯는 로밤이를 돌아보앗다

『안윽한맛이 잇서서 좃슴니다 며칠 계서보실랍니까』

『예기 미친놈 하루ㅅ밤 자기두 답답하겟다』

『이방을 답답하다시면 좁은 굴속에선 잠시를못지내시겟네요 저는 철원잇슬때 겨우 다리뻣구 누을만한 굴속에서 일년이태 지냇슴니다』

『네가 철원서 살인하구 도망한놈이냐』

『살인이라니요 말만 들어두 끔찍스럽슴니다』

『칠원서두 내이름 가지구 도독질 해먹엇지』

『행인을 혼내느라구 함짜를 잠ㅅ간 잠ㅅ간 빌어써봣습니다』

『인제 알구보니 네가 칠원잇던놈이야』

『무슨 소문을 들으신게 잇습니까』

『살인하구 도망햇단 소문을 들엇다』

『살인햇단 악명만 뒤집어씻지 실상 살인한일은 업습니다』

『누가 너를 대살시킨다기에 발명이냐』

『억울한 말슴을 하시니까 자연발명이 나옵지요』

꺽정이가 빙그레 웃기만하고 억울한 사정을 물어주지안는까닭게 로밤이는 제풀에 이야기를시작하엿다

『제가 어느때 하루종일 굼구 자는데 밤에 배가고파서 잠이잘오지안습듸다 그래서 무엇을좀어더먹을까하구 가까운동네에 단 내외사는집을 차저갓습니다 방안에 불은키엿는데 아무 기척이업서서 문구멍을 뚤쿠 드려다보니 서방놈은 아랫목에안젓구 기집년은 웃목에안저서 마주바라보구잇는데 중간에 조그만 떡시루하나가 노혓습듸다 마침 잘왓구나 생각하구 제가 문을열구 들어서지 안헛겟습니까 내외년놈이 다 처다보면서 말한마듸안씁듸다 제가되려 어이

가업서서 한참 우두머니 섯다가 우선 떡이나 좀먹구 이야기할 뱃장으루 시루아페와서 떡을 떼어먹는데 한켜를다먹구 두켜를시작하자 웃목에잇는 기집년이 아이구 저것봐 다먹겟네하구 소리질르구 기집년의 입에서 말이나오며 곳아래ㅅ목에잇는 서방눔이 인제 떡은 내게다하구 소리질르며 쪼차와서 떡시루를 끌어안습듸다 나중에아니 그 년놈이 다흉악한 떡보라 조그만 시루하나가지구 둘의량이 차지못하는 까닭게 내외간에 누구든지 말을 먼저하는 사람은 떡을 못먹기루 내기를 햇드랍니다 제가 그때 그건 알지못하구 떡을 맛나게 먹는중에 서방눔이 시루째 빼스려구하는것이 괘씸해서 왈칵 떠다박질렷드니 손에 살이잇든지 그눔이 시루를 안구잣바지며 바루천장을 쳐다보겟지요 이래서 제가 살인악명을 뒤어쓰게 되엇습니다」

「네 이야기란것이 천생 미친눔의 이야기다」

꺽정이가 껄껄 웃는데 졸개도 한여페서 낄낄우섯다 로밤이는 저녁하늘을 치어다보며

「해가 다젓네 저녁을지어서 잡숫게해야지」

하고 방안에 들어가 쌀한박아지를 들고 나와서 한데걸린 곱돌솟에 밥을짓는데 꺽정이의 졸개와 오래사귄 친구가티 너나드리해가며 가치지엇다

거적문아페서 지녁밥들을 먹어치우고 방안에 들어와서 등잔불을 켜노코 안젓슬때 꺽정이가 로밤이더러 고향을 물은것이 로밤이의 신세이야기를 자아내엇다

로밤이는 본래 해주사람으로 황해감영에서 금도군사를 다니엇는데 힘ㅅ골이든든하고 위태한 일에 몸을 사리지아니하야 군사로 들어간지 불과사오년에 도적잘잡기로 감영안에서 이름이낫섯다 어느때 도적몃놈이 약산청량사(藥山淸涼寺)란 절을 떨어가서 그도적놈들의 종적을 수탐하는중에 임판서댁(任判書宅)이란 해주서 한골나가는 량반의댁행랑에 수상한놈이 파무처 잇는것은 알엇스나 량반의댁 랑속이라 막 들어가서 잡지못하고 그놈이 동네테박게 나오기만 기다리엇다 어느날 그놈이 친구하나를 데리고 어듸나가다가 로밤이 손에 붓들리는데 그놈이 항거할뿐아니라 그친구놈도 편을들어서 로밤이혼자 둘을 대적한끄테 두놈을함께 오라를지워 젓다 그친구놈은 한여페 제처두고 그놈만 잡아내서 밥을 내려고한즉 그놈이 독하고 모질어서 좀처럼 불지아니하야 그친구놈도 간간이 족처보앗섯다 두놈을 며칠두고 단련하는 동안에 임판서집에서 어떠케 감사께 청질을하엿든지 감사가 두놈을 다 그대로 들어내노케하고 로밤이는 량민포착하엿다고 눈을 빼게하야 대통을 눈짜위에 박고 뒷통수를처서 눈알을 뽑는마당에 감사가 무슨선임으로 사를 나렷스나 사가 느저서 눈알하나는 뽑앗다가 다시박은까닭게 애꾸눈이가 되고말엇다 로밤이가 병신되고 밥줄떨어저서 집에 나와잇슨지 불과일년만에 늘근어미는 굼주린끄테 병나서죽고 절믄기집은 어떤 총각놈을부터서 도망하야 기집차저 나선다고 고향을 등지고 떠나서 일년남짓이 정처업시 떠돌아다니다가 운달산패에 입당하야 박편중이 수하에서 칠팔년을 지내엇는데 이동안에 양주장사 림꺽정이의 이야기를 만히 어더들엇섯다 박련중이가 자녀까지나흔 첩이잇건만 절문첩을 여러번 갈어드리엇는데 한번 원첩이 새로 들어온 첩을 모함하야 내쫏는통에 로밤이가 재첩에게 심부름 잘한탓으로 원첩에게 먹혀 운달산에 잇지못히게되어서 운달산서 나온뒤 오륙년동안 재녕 서흥 신계 로산 철원 여러고을 땅으로 굴러다니고 철원서해ㅅ수로 삼년을 지내것이 한군데서 가장 오래잇슨것이라고 하엿다

로밤이의신세 이야기가 대강 끗난뒤에 꺽정이가 로밤이더러

『네기집은 이내못차젓느냐』

하고 물으니 로밤이는 고개를 외치며

『운달산 들어가기전까지는 차질생각이 바이업지 아헛지요만 지금은 눈아페잇대두 찻지안켓습니다』

하고 대답하엿나

『남에게 뺏겨두 아깝지안흔 기집이드냐』

『말뼉다귀라누 제것을 남에게 뺏기구 엇지 아깝지 안켓습니까 그러치만 일이 석어서 아까운 맘두 다 업서젓습니다』

『네나이 지금 한사십되엇지』

『마흔에 우사하나가 더부터습니다』

『사집호래비놈이 각처루 돌아다니며 남의 기집 겁탈두 만히햇겟구나』

『실타는 기집을 우격다짐해서야무슨 재미가 잇습니까 저는 남의 기집겁탈해본일이 업습머다』

『이놈 거짓말 말아』

『제가 어듸서 기집겁탈햇단소문을 들으셧습니까』

『그럼 십여년동안 기집을모르구 지냇단말이냐』

『저를보구 꼬리치는 기집은 대개 다 바더주엇지요』

『너가튼 놈을보구 꼬리치는 기집이 다 잇더란 말이냐』

『저는 사내가 아닙니까 왜 기집이 꼬릴치지 안켓습니까 대체루 사내실탄기집은 제평생에 아직 하나두 못밧습니다』

『그런데 왜 다시 장가는 들지못햇느냐』

『맘에드는 기집을 골르는중입니다 이번 서울가거든 조혼 기집이나하나 골라서 장가를 드려주십시요』

『미친년이나 하나 골라주랴』

「세상에 성한계집이 동이낫습니까 왜 하필 미친년입니까」

「네가 미친놈이니까 미친년이 얼맛지」

꺽정이가 누으려고 빌것을차즈니 로밤이가 일어나서 퇴침과 이불을 갓다주는데 서울량반의햇구를 빼아슨것이라 오시목(烏柹木)퇴침과 명주이불이 토굴방과는 어울리지안토록 훌륭하엿다 꺽정이는처신으로 실업슨 말을 안할뿐외라 천성이 실업슨말을 잘하지못하는까달게 졸개가근일년동안 꺽정이 수하에 가까이 돌앗건만 누구하고든지 실업슨말하는것을 들어본적이업섯다 꺽정이가 로밤이 데리고 수작하는말을 졸개는 여제서듯고 속으로 괴이쩍게까지여겨서 슬금슬금 꺽정이의 얼굴을 바라보니 로밤이가 손끄트로 엽구리를 쿡 질르며

「경치게시리 눈치보는 자식일세」

하고 허허허 우서서

「존전에서 방자스럽게 그게 무슨 우슴이냐」

졸개가 로밤이를 나물하엿다 누어잇는 꺽정이가 빙그레 우스면서

「너의들 맘대루 웃구떠들어라」

하고 말하니 로밤이는 졸개보고

「자 어듸 꾸중하시나봐라 이때까지 눈치만 보구두 꾸중하실지 안하실지 모른단말이냐」

하고 오굼박듯 말하엿다

『꾸중만 안들으면 장사냐 사람이도리를 차릴줄 알어야지』

『나두 대장을 뫼시구 지내본사람이야 도리차리는것두 너깐눔한테 지지안는다 이자식아』

『이자식 저자식 아니하면 말을 못하나 말뻐릇두 고약하다』

『네가 하늘에서 떨어지거나 땅에서 솟지안흔바엔 쇠자식이든 사람의자식이든 자식은 자식이겟지』

『욕지 거리가 난당일세 망한자식가튼이』

로밤이와 졸개가 한동안 우스개로 욕질들하는데 졸개는 입심이 로밤이를 당치못하고 또 꺼정이에게 눌려서 대거리를 톡톡히하지 못하다가 나종에

『아가리를 더럽게 놀리면 주먹으루 우겨줄테다』

하고 팔을 내미니

『재종아리가튼 팔뚝을 내들구 힘자랑하는 모양이냐』

하고 로밤이는 코우슴을첫다

『우리 팔씨름 한번 해볼라느냐』

『네깐눔은 회목잡어주지』

「힌소리가트면 하늘의 별두 따겟다」

「하늘의 별을딸놈은 잇슬는지 몰라두 팔씨름으루 날이길놈은 아직 생겨나지두 안혓다」

로밤이의 시룽시룽하는것이 밉지는아니하나 시룽시룽하는까닭게 더욱 미덥지아니하야 꺽정이는 로밤이가 저의집으로 가자고청할때

「저놈이 무슨딴맘을먹구 가자지안나 그러나 저깐놈이 딴맘을 먹는다면 나를 엇지하랴」

넘보아서 두말안코 가치왓섯스나 가치자는데는 조심이 바이업지못하야 잠을 다소 설치게되엇다 이튼날꺽정이가 새벽잠이 들어서 한숨달게자고 로밤이와 졸개가 아침밥을 지어노흔뒤에 비로소 일어낫다

아침밥이 끗난뒤에 로밤이가 행장을 수습하는데 내버리고가기 아까운것이 한가지 두가지 차차로 만하저서 부담상자하나가 뚜껑이 잘 덥히지안토록 쑤시어너코도 여패 부치고 우에언질것이 만히남엇다 그중에 돗자리와 기직자리는 함께 돌돌 말앗스나 기리가잇서 거추장스럽고 입살과 서속쌀은 한자루에 올망졸망하게 너헛스나 무게가 묵직하야 이 두가지를 로밤이는 졸개에게 떠맛길 생각으로

「자네 짐은 내짐버덤 훨씩 가볍지」

하고 졸개보고 발을 부칫다

「왜 그래 가벼우니 짐을 바꾸어줄까」

「자네가 그런 선심이잇스면 제법이게 건너다보니 절더가 환한걸」

「내가 난생 처음 선심을 좀 써볼랫드니 제법소리가 듯기창피해서 고만두겟네」

「짐을 바꾸면 자네는 선심잇는사람되구 나는 염의업는사람되니 내가 곱는속아닌가 자네가 바꾸어준대두 내가 바꾸지안네 그런데」

「그런데 어떠탄말이야」

「우리 둘이 대장을 뫼시구가는데 내가 무거운 짐을지구 허덕거려서 길이 더듸어지면 그게 황송하지안흔가」

「그러키에 누가 짐을 무겁게 만들라나 다 내버리구 맨몸으루가세그려」

「짐에 더너허 조흘것은 만이잇지만 짐에서 도루 빼노흘것은 하나두업네」

「그러면 무거운짐을 지구가는게지」

「우리 둘이 무거운짐 가벼운짐을 돌려지구가면 어떠켓나」

「그건 내가 실흔걸」

「우리가 인제는 한집안식군데 그걸 실탄단말이냐 사람의자식이 인정더리가 그러케 업선 못 쓴다」

「골을내면 내가 얼른 그러케 하자구할껄」

「실타는걸 누가 치사스럽게 졸르겟나 고만두게」

「고만 두라면 겁나는데」

「자리뭉치하구 쌀ㅅ자루나 자네맛게」

「그건 왜 마트래」

「자리는 대장 깔어드릴께구 쌀은 길낭식이야」

「대장께서 분부나하시면 모를까 자네가 마트래선 못맛겟네」

로범이가 꺽정이를 바라보고

「분부좀 해줍시요」

하고 청하는것을 꺽정이가

「너의끼리 의론해서 하려므나」

하고 들어주지 아니하니 로밤이는 다시 졸개를보고

「의론해서 하라시니 우리 의론하세 내 짐은 무겁구 자네 짐은 가벼우니 자네가 더 저야 사리가 올치안흔가」

하고 바루 의론ㅅ성잇게 말하엿다

『나는 내짐외에 지프래기하나두 더 지구갈생각이 업는데 어떠케하나』

『내가 자네더러 아저씨라구할테니 더 지구가세』

『아버지라구나 한다면 생각해보지』

『아버지라구하면 꼭 지구갈텐가』

『그래보지』

『그럼 아버지라구 함세』

『아버지라구 불러봐라』

로밤이가 졸개더러 호부까지하고 필경 자리 뭉치와 쌀ㅅ자루를 떠맛겻다

꺽정이가 졸개와 로밤이를 데리고 영평 도덕여울서 떠나서 포천 솔모루와서 중화하고 일마정가량 길을왓슬때 바른손편 갈림길에서 초립동이 하나가 무엇에 쪼긴것가티 업드러지며 곡그라지며 뛰어왓다 로밤이가 맨아페 오다가 먼저보고 괴상히여겨서 거름을멈추고 섯는중에 초립동이가 허둥지둥쪼차오더니 가슴에 안기려는것가티 아프로 달려들며 밋도끗도 업시

『어머니 좀 살려주세요』

하고 소리질럿다 로밤이가 초립동이를 쓰러지지안토록 붓들어 주면서

『어머니가 어디잇서』

하고 물으니 초립동이는 숨이 턱에다어서 입을벌리고 헐떡거리다가 얼마만에 우는소리로

「석문령 고개서 도적을 만낫세요」

하고 대답하는데 우름반 말반이라 말이 똑똑지못하엿다

「어느고개에 도적이 낫서」

「석문령 고개요」

「그래 그 고개서 어머니가 도적에게 잡혓단말인가」

「네」

「도적이 어머니를 죽이려구하든가」

「죽이려구하는건 못 봣세요」

「그럼 어떠케하든가」

「붓들구 끄는것만 보구왓세요」

「어머니가 나이 절문걸세그려」

「얼른가서 어머니 좀 살려주세요 그동안에 벌써 어떠케 됏는지 모르겟세요」

로밤이가 뒤에 와 섯는 꺽정이를 돌아보며

「어떠케 할까요 가봐주는게 조켓지요」

하고 의향을 뭇는데 꺽정이는 로밤이의 말을 대답안코 초립동이보고 말을물엇다

「도적이 여러놈이드냐」

「한놈이에요」

「단 한놈이야 너만큼 큰 자식이 어미를 도적 한놈에게 뺏긴단말이냐」

「어른인걸요 제가 어떠케 당해요」

「못 당할듯해서 어미는 내버리구 혼자 도망해왓느냐」

「가라구 발ㅅ길루 차는걸 어떠케해요」

초립동이가 발명가티 말하는것이 꺽정이 비위에 거슬려서

「너가튼 못 생긴 자식은 어미를 뺏겨두싸다 얼른 네집에가서 네아비더러나 말해라」

하고 언성을 노펴서 꾸지즈니 초립동이는 엉엉 울기 시작하엿다 로밤이가 초립동이의 등을 뚜덕뚜덕 두들기며

「이사람 울지말게 울면 어머니죽네 어머니가 살어야 젓을먹지」

하고 롱ㅅ조로 달래다가

「집이 어딘가 여기서 가까운가」

하고 물으니 초립동이가 량편 손으로 눈물을 이리씻고 저리씻고 하면서

「비선거립니다」
하고 대답하엿다
「비선거러서 어듸 가는길인가」
「포천읍네 외가에 가는 길입니다」
「그럼 얼른 포천읍네가서 외가ㅅ사람을 데리구오게」
「그동안에 어머니는 죽으라구요」
「자네 어머니가 죽지안흘건 내가담보할테니 념려말구가게」
「실혀요 나하구 가치가서 어머니를 살려주세요」
초립동이는 또 엉엉울면서 로밤이에게 매어달렷다 로밤이가 꺽정이를 돌아보며
「이걸 어떠케합니까 불상하니 잠ㅅ간 가봐주시지요」
하고 사날조케 권하듯말하니 꺽정이는 얼굴에 미타한 긔색을보이며 고개를 외첫다 로밤이가 꺽정이를보고
「그까지 좀도독놈 한놈쯤 저의만 가두 넉넉합니다 잠ㅅ간 여기서 쉬십시요 저의 둘이 얼른 갓다 오겟습니다」
말한뒤 곳 졸개를보고

『우리 둘이 잠ㅅ간 가봐주구오세』

하고 말하니 졸개는 꺽정이의 기색을 보고

『난 실타 갈라거든 네나 혼자가거라』

하고 역시 고개를외첫다

로밤이가 혼자 석문령을 갓다 오겟다고 나서는것을 꺽정이가 못가게 금하지아니하야 로밤이는 저의 짐을 길ㅅ가에 벗어노코 졸개짐에 부친 자리뭉치속에서 환도를 끄내서 몸에지니고 초립동이를 데리고 갈림길로 나갓다 졸개가 로밤이와 초립동이의 가는것을 바라보다가 꺽정이아페와서

『석문령 고개가 예서 멀진 안습니까』

하고 물으니 꺽정이는 전에 다녀본 가량이 잇서서

『아마 삼마장쯤 될께다』

하고 대답하엿다

『삼마장이나되면 갓다만 오재두 한참될텐데 밤이놈이 제멋대루 지체하구오면 길이 여간늣지 안켓습니다』

『오늘 당일 서울 대가기는 이왕틀렷스니 길이 느저두 낭패될꺼업다』

『여기서 기다리시렵니까』

『길ㅅ가에 안젓느니 어듸 양지바른 잔듸바트루나 가자』

길 좌우편이 모두 논바티라 안저 쉴만한 잔듸바티업서서 꺽정이는 로밤이의 짐을들고 졸개는 저의 짐을지고 길림길로 들어서서 한참 늘어지게 오다가 산기슭 양지쪽에 자리를잡고 안젓다

『숭물스러운 밤이놈이 어떤짓을하나 슬그머니 가보구 올까요』

졸개가 말하는것을 꺽정이가 허락하야 졸개는 로밤이의 뒤를쪼차서 석문령으로 오게되엇다 로밤이가 초립동이를 데리고 석문령 고개우에 돌라와서

『도적난데가 어듼가』

하고 초립동이를 돌아보니 초립동이가 소나무 만히 들어선곳을 가리치며

『조기 조 솔밧 아핍니다』

하고 말하엿다 로밤이가 초립동이더러 멀지기 따라오라고 일르고 솔밧 가까이 나려오며 바라보니 솔밧 속에 버푼거리는 흰 옷이 눈에 뜨이엇다 도적이 여편네의 사지 잡아맨것을 풀어주느라고 허리를 구브리고 잇는중에 로밤이가 환도를 빼들고 솔바테 들어서며

『이 개가튼 못된놈아』

하고 큰소리를 질르니 도적이 얼른 허리를 펴고서서 로밤이를 빤히바라보앗다

『인두겁을 쓴 놈이 백주대도에서 개가튼짓을 한단말이냐』

「네놈이 웬놈인데 남의 일에 참견이냐」

「하늘이 노픈지 땅이 나진지 모르구 이놈 죽일놈가트니」

「이놈아 남의 일 참견말구 어서 너 갈길이나 가거라」

「너가튼놈을 살려두면 우리네 이름까지 더러워진다 얼른 나와서 칼바더라」

「네가 대체 어듸서 온놈이냐」

「뉘손에 죽는지나 알구 죽으려느냐 나는 임꺽정이다」

적이 임꺽정이란 성명을듯더니 대번에 눈이 휘둥그래젓다

「인제 내가 누군지 알엇느냐」

「양주읍네서 사시든 장사십니까」

「그러타」

「장사신줄 모르구 말슴을 불공스럽게 햇습니다 제가 다시는 이런짓을 안할테니 이번 한번 만용서해줍시요」

「내가 초립동이의 청을밧구 너를 죽이러왓다」

「그저 이번 한번만 용서해주십시요」

「봐허니 나이 새파라케 절믄놈이라 불상해서 특별용서할테니 빨리 도망해라 초립동이가 올구 매달리면 난처하다』

도적은 몃번 허리를 굽실거리고 솔바테서 뛰여나가며 곳 쏜살가티 고개미트로 나려갓다 여편네는 눈을 감고 이를 악물고 죽은 사람가티 잣바저 잇는데 초립동이가 달려들어서 어머니를 불르며 몸을 흔들어 보다가

『아이구 어머니 죽엇네』

하고 헌감스럽게 우름을 내노핫다 여편네가 겁과 분과 독을 못이겨서 긔함되엇던것이다 로밤이는 이것을 짐작하고

『내가 침을 잘놋네 침한대루 자네어머니를 살려낼수잇스니 우지말게』

하고 초립동이를 달래엿다

『얼른 침을 놔주세요』

『가만잇게 맥이나 좀보구 침을놋세』

도적이 여편네의 사지를 네군데 나무에 벌려매엿다가 두다리만 풀어노코 쫏겨간 까달게 두팔은 벌려매인채 잇는것을 초립동이가 돌아다니며 풀어 노흔뒤에

『자 맥을봐주세요』

하고 청하니 로밤이는 여편네 바른손편에 주저안저서 천연스럽게 맥을집고 고개를 끄덕끄덕

하다가
『이 근처에 샘이 잇나』
하고 초립동이를 돌아보앗다
『샘은 어듸잇는지 몰라두 도랑은 가까이 잇습니다』
『얼핏 샘을 차저가서 물을 좀 떠오게』
『무어세다 떠와요』
『참말 떠올 그릇이업지 길ㅅ가에 혹시 깨진 박아지쪽을 내버린것이업나 눈살펴 차저보게』
『깨진 박아지쪽을 누가 이런 산중에와서 내버리겟세요』
『올치 된수가 잇네 자네 주머니를 찻지』
『네 찻세요』
『주머니세간은 괴춤이나 바지가랑이에 너쿠 그주머니에 물을 담어가지구오게』
『주머니안이 더러운걸이요』
『변통성 업는 사람이로군 주머니 안을 뒤집어가지구 한번 북적북적 빤뒤에 물을 담깨그려 빨리갓다 빨리 오게』
모밤이가 초립동이를 물뜨러보낸 뒤에 한번 싱긋웃고 여편네 아래뚜리에 잘 여미어지지안흔

옷틈으로 살이 들어난것을 손으로 더프면서

『보아하니 누두점두 안흔신터수에 이런 망신이 어듸잇습니까 백주에 행길에서 이런 망신을 시키다니 그놈이 사람이 아닙니다 그러나 막비 일쑤불길한 탓이니 이러니 저러니 할것잇습니까 이걸 남이 알면 망신에 더 망신이 되실테라 나하구 자제하구 말을 내지 안허야 할텐데 자제가 아직 지각이 좀 부족할듯하니 말내지 말라구 단단이 일러두십시요 일르시기가 거북하시다면 내가 일러두겟습니다』

로밤이가 정신잇흔 여편네하고 이야기하듯이 시벌시벌 짓거리는중에 살을 더퍼주던 손이 닿치안케 기피들이갓다 로밤이는 홀쩨 그손을 빼치고

『나는 점잔흔 사람이지만 잠ㅅ간 점잔을 떼노쿠 이야기할일이잇소 내가 지금 꼿본 나비갓구 물본기력이가터서 그저 갈쑤가업소 용서하우』

하고 흡사 귀ㅅ속말하듯이 속살거렷다

이때 졸개가 소나무뒤에 부터서서 로밤이의 동정을 엿보고잇다가 국직한 나무작대기 하나를 어듸가 집어가지고 와서 신발소리업시 로밤이뒤로 들어가서 볼기를 한번 되게 후려갈기고 또 망하엿다 로밤이가 일어나서 돌아다볼때 졸개의 그림자는 벌써 어듸로 업서저서 보이지 아니하야 로밤이는 솔밧박게까지 나와서 두리번 두리번하다가

「그 도독놈이 안가구 어듸 숨어 잇섯든가베」

하고 중열거기며 다시 여편네 잇는곳으로 들어갓다

졸개가 꺽정이에게 와서 보고온 로밤이의 지저구니를 자세자세 이야기하고 난뒤

「그따위 숭물스러운 놈을 수하에 거두어 두시면 일후에 무슨 낭패를 보여들릴지 알쑤업스니 여기서 쪼처버리시는게 조흘듯십소이다」

이런말로 간언까지 하엿다

「밤이놈이 숭물스럽긴해두 밉상은아니다」

「미친놈가티 시룽시룽하는것이 밉지는 안하와두 위인이 하두 숭물스러워서 말슴이올시다」

「그놈이 오거든 너는 아무소리 말구 가만이 잇거라」

졸개가 나려온 뒤에 보리밥 한솟짓기나 착실히 지나서 로밤이가 혼자 털털거리고 나려와서 꺽정이를 보고

「너무 오래 기다리시게해서 황송합니다」

인사말한마듸하고 곳 뭇지도안는 이야기를 거짓말루성이로 늘어노핫다

「제가 초립동이를 데리구 고개에 올라가서 초립동이 어머니가 도적에게 붓들린자리를 차저가본즉 그 여피 바루 큰 솔밧인데 솔밧속에 절믄놈 한놈이 여편네를 찻바트려 노핫습듸다 그래

서 당장 그놈의 복아지를 돌려안치려다가 절믄놈이 얼굴 얌전한 여편네를보구 불칙한 맘을먹기가 용혹무괴거니 널리 생각하구 온언순사루 타일러서 보내려구 솔밧 박그루 불러냇습드니 그놈이 손에 환두를들구 쪼처나와서 제잡담하구 대어듭듸다 선손거는놈을 가만들쑤 잇습니까 제가 칼을 빼가지구 마주 싸왓습니다 그놈이 원력두 세차거니와 칼 쓰는것두 제법 벱수가 잇서서 한바당 젝지게 싸왓습니다 제가 변변치 못하지만 아무러케하든지 그따위놈 하나야 못당하겟습니까 나중에 그놈이 제칼을 밧느라구 찔찔 매다가 홀째 뒤로 뛰어 물러나며 칼을 잠ㅅ간만 내몰러 달라구 청하구 칼 쓰시는걸보니 유명한 검객가트신데 성함이 누구십니까 혹시 양주 임장사아니십니까하구 뭇습듸다 그래 나는 양주임장사 수하에잇는 로밤이란 사람이다하구 대답해주엇습지요 그놈이 그말한마듸 듯구설 대번에 칼을내던지구 아페와 업드려서 살려달라구 애걸복걸합듸다 그놈의 한짓이 괘씸치 안흔건 아니지만 죽일맛이야 잇습니까 호령하구 꾸짓구 나물하구 타일르구 경계해서 보냇습니다 이동안에 초립동이는 그 어머니를 구호하느라구 솔밧 속에 들어가 잇섯는데 그 어머니가 긔함이된것을 죽은줄루 알구서 울며 하기에 제가 샘물을 떠다가 얼굴에 뿜구 가슴을 문질르구 다리 팔을주물러서 펴어나는걸 보구 곳 나려왓습니다 남에게 적선하다가 길이 느저젓습니다 서울을 내일 들어가긴 매일반이니까 길느진건 장관업겟습지요만 너무 오래 기다리지게해서 황종합니다」

로밤이가 양양자득하야 짓거리는것을 꺽정이는 가만 내버려두고 잇다가 나중에

『이놈아 네가 사람놈이냐』

하고 소리를 꽥 질렷다 로밤이가 초풍하듯이 놀라서 눈치를 살펴보면서

『꾸중을 들을까봐서 얼른 온다는것이 이러케 느저젓습니다 초립동이가 가치가자구 붓들구 매달리는것까지 뿌리치구 왓습니다』

하고 늣게온것을 발명하다가 여페서 웃는 졸개를 흘겨보며

『남 꾸중듯는것이 저 칭찬바든것버덤 더 조흔가배』

하고 중얼거렷다

꺽정이가 로밤이의 거짓말한것을 발간적복하야 야단친끄테

『너가치 거짓말 잘하는놈은 처음봣다 거짓말하는데 정이 떨어저서 너를 데리구 갈맘이업다 여기서 너는 너대루 가거라』

하고 말하니 로밤이는 숙이고 잇든 고개를 들고 꺽정이의 얼굴을 치어다보면서

『거짓말이 무슨 큰 죄라구 경가파산하구 뫼시구 나온 놈을 가라구 쪼치십니까 야속합니다 진정 야속합니다』

하고 고개를 다시 청승맛게 비틀어꼬잣다

『야숙해 야숙하대두 할수업다』

『대체 가긴 어듸루 가란 말슴이오니까』

『그건 나더러 물을것 아니다 너 가구시픈데루 가려므나』

『제가 가구시픈데는 서울이올시다』

『서울루 가드래두 나만 따라 오지말아』

『서울가선 어떠케 되든지 서울까지는 따라 가게해줍시요』

꺽정이가 로밤이의 말은 대답안코 졸개를 돌아보며

『고만 가자』

하고 말한뒤에 먼저 일어나서 길로 나려갓다 졸개가 짐에서 쌀자루와 자리뭉치를 떼어노흐려고하니 로밤이가 얼른 와서 졸개의 손을 붓잡고

『자네까지 웨 이러나』

하고 말하엿다

『네것은 인제 네가 가저가야지』

『아버지라구 한건 어떠케하구』

『아버지소리 한번 듯구 여기까지 짐을 저다줫스면 무던하지』

『언제 여기까지 저다주기루 햇든가 딴소리 말구 그대루 지구가세』

『대장께서 너를 가라구 쪼치섯는데 네짐을 내가 왜 지구 간단말이냐』

『내가 쫏겨가구 안쫏겨가는건 서울가서 말하게 서울서 아주 쪼겨가게 되거든 그때 짐을 도루주게그려』

꺽정이가 길에서 졸개를 바라보며

『무어하구 잇느냐 어서 나려오너라』

하고 소리 질러서 졸개가 일변 네 대답하며 일변 짐을 그대로 지고 일어나는데 로밤이는 뒤에서 짐을 거들어주는체하며 붓들고 자리 뭉치속에 환도를 질럿다

『이눔아 왜 붓드느냐 얼른 가지안흐면 꾸중듯는다』

『꾸중 듯는데두 동무가 생기면 든든해 조치』

『이눔아 놔라 노치안흐면 소리질를테다』

『나만 꾸중을 겹처들으라구 자 가거라』

졸개는 꺽정이 뒤를 쪼차가고 로밤이는 졸개 뒤를 따라갓다

꺽정이가 다락원에 숙소참을 대려고 길을 바삐 걸어서 졸개는 짐을지고 쪼차오기가 가쁜중에 축석령 고개를 올라오느라고 전신에 땀을 흘리엇다 고개를 너머선 뒤 꺽정이가 잠시 쉬는것

을 허락하야 졸개는 긴춤을 내쉬고 길엽 너럭바위에 짐을 나려노코 주저안즈면서

『쌀짜루 때메 찜이 무거워서 등골 빠지겟다』

하고 혼자말로 궁열거리는데 로밤이는 뒤에 와서

『거짓말이래두 남의 아비노릇하기가 쉽지안치』

하고 싱글싱글 우섯다

『이눔아 아들두 다 귀찬다 짐이나 도루 가저가거라』

하고 졸개가 쌀싸루와 자리뭉치를 떼어 내던지니 로밤이는 무어라고 두덜거리며 갓다가 저의 짐에 언젓다

축석령을 넘어서 이십리쯤 왓슬때 해가 지고 장수원을 채 못와서 벌써 캄캄하야 꺽정이는 다락원을 대지못하고 장수원에 와서 숙소를 잡게되엇다

장수원은 다락원과 상거가 십리못되는곳이라 오고 가는 행인들이 중화참이나 숙소참을 다락원으로 대는까닭게 장수원에 손이 드는건 일년가야 한두번이 잇거나 말거나하엿다 원ㅅ집이라고 곳 원주인의 살림집이 되엇는데 손들 재우는 큰방은 풍창파벽이라 사람이 거처하지안코 허접쓰러기 세간을 너허두어서 밤이면 쥐들이 잔치하는 처소이엇다 원주인이 꺽정이의 일행이 자러 들어온것을보고 상을 찌프리며

『엇재 다락원을 참대지못하구 이리 온단말이요』

하고 핀잔 주듯이 말하니 꺽정이가 눈을 곱게 뜨지안코

『여긴 원ㅅ집이 아니요 원ㅅ집에 행인이 들면 주인이 시중이나 들어줄께지 갓지안케 두잔소리요』

하고 꾸짓듯이 대답하엿다

『잔소리가 아니요 여기는 손님들 주무실 방두업소』

『원ㅅ집에 행인 잘방이 업다니 웬소리요』

『지금 여기는 원이랄것이 업소』

『원이랄것이 업스면 이집이 사가ㅅ집이요 설혹 사가ㅅ집이라두 좀 자구가야겟소』

『방이 업서 걱정이요 큰방 적은방 방둘에서 큰방은 폐방하구 적은방은 우리식구가 듸서들 주무신단말이요』

『폐방한 방에서라두 자겟소』

『명색이 방이지 마루광만두 못한데 주무실쑤가 잇슬라구 그러면 자 이리 들어들 오시우』

원주인이 큰방아페 와서 광솔로 화토ㅅ불을 노코 방에 들어가서 세간을 한여프로 치우는데 꺽정이가 방을 드려다보니 방안에는 찬바람이 돌고 방바닥에는 쥐똥이 깔려잇섯다

『딴방이 참말 업소』

『딴방이 잇스면 왜 안내드리겟소』

『주인쓰는 방에 가서 좀 부처잘쑤 업겟소』

『우리방을 손님께 내드리구 우리가 이웃집에 가서 부처자두 조켓지만 마침 자식색기 남매가 돌림곱뿔루 알어누어서 어떠케 할수가업소』

『방쓸 비하구 방에 깔자리나 좀 빌려주우』

『빌려드릴 자리가 업는데요』

『자리가 업스면 멍석이라두 한닙 빌려주구려』

『저녁들은 어듸서 잡숫구 오섯소』

『저녁을 안먹엇는데 밥좀 지어주겟소』

『밥짓는 수구는 덜어드릴테니 저녁거리를 내주시우』

주인의 말을 꺽성이가 미처 대답하기전에 로밤이는 얼른짐에서 쌀 짜루를 나려서 주인을 내주며

『우리는 서울 가는 사람이라 내일 아침까지 먹으면 길량식이 소용업스니 저녁 아침 두끼니만 해주구 남는것은 주인이 차지하우 그대신으루 찬을 좀 해주우』

주인이 비를 가저오고 또 멍석을 가저와서 졸개가 방을쓸고 멍석을 까는동안에 로밤이는 부지런히 자리 뭉치를 끌르고 또 짐을풀르더니 자리를 사이띄워서 두군데 잡는데 한자리에는 기직자리를 깔고 무명이불을 내노코 한자리에는 기직자리에 돗자리를 덧깔고 명주이불에 퇴침까지 내노핫다 방문아페 서잇던꺽정이가 돗자리깐데를 가르치며

『저건 내자리냐』

하고 물으니 로밤이는 여공불급하게 녜 하고 대답하엿다

꺽정이와 졸개가 로밤이의 냥식으로 료긔하고 로밤이의 침구로 어한하야 하루ㅅ밤을 지나고 이튼날 식전에 꺽정이가 로밤이의 말을 들어보려고

『너는 서울 가면 뉘게루 갈테냐』

하고 물으니 로밤이는 서슴지도 안코

『남소문안 한첨지께루 갈랍니다』

하고 대답하엿다

『나를 따라오지 말랫는데 따라올테냐』

『어제는 따라오지말라구 하섯지만 밤잔원수 업답니다 오늘은 그런말슴 마십시요』

『네가 내 아페서 다시 거짓말을 안할테냐』

『거짓말을 조하 안하시는줄 미리 알엇드면 어제두 거짓말 할리가 업섯습니다』

『너가튼 실성한눔이 아닌담에 누가 거짓말을 조하한단 말이냐 미친눔가트니』

꺽정이는 마침내 로밤이를 용서하야 데리고 서울로 올라오게되엇다

청석골 (三)

남성밋골 노름ㅅ군 한치봉이란자가 저의 첩을 가지고 미인게(美人計)를 써서 천량잇는 집 왈짜자식을 올감이씨우고 노름미천을 뺏기 시작한것이 남소문안패란 도적패의 생기든 시초이엇다 남소문안패기 처음에는 한치봉이의 동류사오명에 불과하엿스나 하나 늘고 둘 늘고 연해늘어서 한치봉이 당대에 도록에 성명올른 부하가 사오십명 조이되엇젓는데 태반은 량반의집종들이엇고 이외에 매파(媒婆)뚜쟁이와 상쟁이 점쟁이와 무당 판수와 태주 돌파리 보살할미등속을 부하와 다름업시 부리어서 한치봉이는 남북촌 대가의 밥끌코 죽끌른것을 눈으로 보듯이알고 지내엇젓다 한치봉이의 뢰물이몃손을 거치면 지엄한 궐내에까지 들어가고 또 한치봉이의 청이 몃다리를 건느면 당로(當路)한 재상에게까지 미처가서 연산(燕山)당년에는 후궁히첩(後宮姬妾)의 도움을 만히 바덧고 중종(中宗)초년에는 반정공신(反正功臣)의 힘을 일쭈 보앗젓다 조광조(趙光祖)이하 일대명현들이 조정에 등용되며 한치봉이가 시세의 리롭지못함을

진즉깨닷고 부하들을 조심하도록 단속하엿건만 철업는 절문아이 서넛이 이전세월만 여기고 도적질을 좀 크게하다가 포교 손에 때어가 죽게되어서 한치봉이는 부하를 살리려고 백방으로 길을 뚤허보앗스나 뢰물이 손을 잘 거치지못하고 청이 다리를 잘 건너지못하야 헛수고만 한일이 잇섯다 이까닭게 남곤(南袞) 심정(沈貞) 홍경주(洪景舟)의 무리가 명현들을 모함하야 긔묘사화(己卯士禍)를 일으킬때 한치봉이는 뒤에서 숨은 힘을 가지고 그 무리를 도아주엇섯다 우선 남곤이가 김덕순(金德純) 박련중(朴連中)의 해를 바들까 겁을내서 밤ㅅ중에 잠ㅅ자리를 이리저리 옴길때 한치봉이의 친한 기집이 남곤에게 수청을 만히들엇고 한치봉이의 신임하는 부하가 남곤의 좌우를 별로 떠나지아니하엿섯다 긔묘년을 지난뒤에 한치봉이는 늘거서 들어안고 그의 아들 백량(百良)이가 아비대신으로 도중일을 알음하다가 인해 아비의 지정을 물려가지게 되엇는데 용심처자(用心處事)가 아비보다 관후하야 부하의 인심을 엇고 또 아비의 수단을 배운것이 잇서서 윤원형의 첩 란정(蘭貞)이의 단골 무당이며 왕대비의 스승 보우(普雨)의 상좌중들을 친하야두고 란정과 보우의 세력을 빌어 쓰는까닭게 포교들이 한백량이의 용모파긔까지 다 짐작하면서 잡을생의를 내지못하엿다 남소문안패의괴수 한첨지란 곳 한백량이나 한첨지가 남소문안에서 일평생을 태평으로 지내고 지금은 나이륙십여세라 그아비의 만년(晩年)과 가티 도중대무한일외에는 모두 그 아들 한온(韓溫)이에게 쓸어맛기고 절믄 첩들을 데리고 우스개로 소일하엿다 한첨지의 아들이 윤(潤)과 온(溫)이 형제인데 맛아들 윤이는 지랄장이 병신이고 둘째아들 온이는 긔골 든든하고 성미 팔팔한것이 그할아비를 만히 달머서 한치봉이대부터 나려오는 늘근부하가 온이의 행동거지를보고

『어쩌면 저러케 할아버님을 잘 담쑤엇노』

하고 감탄할때가 만헛다 한온이는 나이 불과 이십사오세박게안된 젊은사람이건만 대대 꼽사등으로 첩을 두세씩두고 그리고도 오이려 부족하야 부조에업시 기생방 오입이 심하엿다 오입쟁이에도 패가 잇서서 기생방에서 다른패와 마주치면 틀개를노코 서로치고 닫코하던 세월이라 한온이는 기생방에서 남을만히 치는대신 남에게 가끔 어더맛기도하엿다

꺽정이가 로밤이와 졸개를 데리고 한첨지의 큰집을 차저와서 문깐에서 련통하엿더니 서사일을 보는사람이 쪼차나와서 마저드리는데 사랑방에 한첨지 부자가 다 업섯다 꺽정이가 서사를 보고

『주인부자분 나 어듸가섯소』

하고 물으니

『네 곳 긔별하겟습니다』

서사가 대답하고 사람을 보내서 첩의 집에 가 잇는한첨지를 청하야왓다

한첨지가 사랑 중문에 들어올때 좌우부액한 사람이 쉬ㅅ소리를질러서 방과 마루에 잇던사람들은 모두 뜰아래로 뛰어나려갓다 꺽정이도 마루 끄테 나섯는데 한첨지가 치어다보고

『오늘 아침에 까치가 유난히 짓더니 귀한손님이 오셧소그려』

하고 너스레조케 우스면서 마루우로 올라왓다 꺽정이가 한첨지와가치 방에들어와서 좌정하고 한헌(寒暄)수작을 하는중에 한온이가 머리를 싸매고 안에서나왓다 한온이는 첩의 집에서 누어알타가 꺽정이 왓단 말을듯고 일어나서 큰집으로 오는데 혼자 뒷골목길로 와서 안으로 돌아나온것이엇다 꺽정이가 한온이의 절인사를 밧고나서

『머리를 엇재 싸맷나』

하고 물으니 한온이는 상글상글 우스면서

『기생방에서 드잽이를 노타가 압이마를 좀 다쳣습니다』

하고 대답하는데 한첨지가 눈쌀을 찌프리고

『이자식아 남에게 어더마진게 자랑이냐』

하고 나물하엿다

『누가 자랑햇습니까』

『자랑아니면 낫바닥이 뻔뻔하게 기생방 치다가 어더마젓다구 말슴한단말이냐』

『기생방 치다가 어디미진걸 기일건 무어잇습니까』

『기생방 출입한것을 아비나 손님아페서 들어내노쿠 말하는게 무엄한 일인줄 모르느냐』

『기생방에 가는게 무엄하다면 모를까 기생방에 간걸 갓다구 바루 말슴하는거야 무엄하다구 할것이 업지인습니까』

『너는 하우불이의 자식이야』

한첨지 부자간에 오고 가는 말을 꺽정이는 빙그레 우스면서 듯다가 한첨지를 돌아보고

『말인즉 자제밀이 올쏘』

하고 우섯다

『올킨 무에 올탄말이요 설혹이 올타구 치드래두 자식으루 아비 말대답하는법이 어듸잇소 자식은 아예 웅석으루 기를께 아닙듸다』

한온이가 아비의 잔소리를 가로막으려고 얼른 꺽정이를 보고

『이천서 언제 떠나셧습니까』

하고 말을 물엇다

『그끄적게 떠낫네』

『그끄적게 떠나셧스면 바루 서울루 오셧습니까』

『영평 도덕여울을 들러왓네』

『도덕여울을 들려오섯서요 올치 애꾸놈을 보러 가셧습니다그려 그래 그놈을 보셧습니까』

『봣네』

『그놈을 어떠케 처치하셧습니까』

『하인삼어서 여기 데리구 왓네』

『어듸잇습니까』

『박게 잇겟지』

『그놈을 좀 불러 보겟습니다』

한온이가 마루문을 열고 건넌방편을 바라보며

『거기 누구 잇나』

하고 사람을 불러서

『청석골 대장께서 데리구오신 사람을 좀 들어오라구 불르게』

하고 말을 일럿다 얼마뒤에 마당에 신발소리가 나는것을 듯고 한온이가 웃간 방문을 열고서 내다보더니 곳 몸을 돌처서 아래ㅅ간에안즌 꺽정이를 바라보며

『그놈은 애꾸눈이라는데 두눈이 멀정하니 사람이 틀리는가봅이다』

하고 말하야 꺽정이가 박글 향하고

『게 들어온것이 누구냐』

하고 소리처 물으니

『소인이올시다』

하고 대답하는것이 졸개의 목소리이엇다

『로밤이는 어듸 갓느냐』

『박게 잇습니다』

『들어오라구 불러라』

졸개가 다시 나가서 로밤이와 가치 들어온뒤에 꺽정이가 분부하야 한첨지부자에게 각각 문안들을 드리게하엿다 한온이가 로밤이를 내다보며

『저골에 임아무라구 행세 햇단말인가』

하고 우스니

『봐하니 남의 꼰을 우슬 경황두 업스실것 갓습니다』

하고 로밤이가 말댓구하야 한온오는 골이나서 방문을 탁 소리나게 다치엇다

꺽정이가 로밤이를 아프로 불러서 말댓구 함부루 하는것을 꾸지즌뒤에 박게나가 잇스라고 졸

개와 가치 내보내고 나서 한온이더러

『그눔이 무어라구 짓거리든가』

하고 물엇다 꺽정이는 한첨지와 수작하느라고 로밤이가 한온이에게 댓구하는 말을 잘 듯지못하엿던것이다

『병신이 급쌀한다드니 그눔이 장이 어쭙지안은 눔입니다』

『그눔이 미친눔가티 시룽시룽하데』

『그따위눔을 왜 서울까지 데리구 오셧습니까』

『하인노릇이라두 하겟다구 따라나서기에 그대루 데루구 왓네』

『하인으루 내세워두 번때가 잇서야지요 보름보기 병신하인을 무엇에 씁니까 병신두 병신이려니와 얼굴에 전판 겁긔가 낀것이 불길해보입니다』

『글세』

꺽정이가 가볍게 한온이의 말을 대답한뒤 한첨지를 돌아보며

『내가 이번엔 한동안 서울 잇다 갈테요 페를 만히 끼치겟소』

하고 말하니 한첨지는 선뜻

『페가 무슨 페란말씀이요 조석 공궤쯤은 해드릴힘이 넉넉하니 념려 마시우』

하고 대답하엿나
『물건두 좀 팔어줄께 잇소』
『무슨물건이요』
『평양 봉물 나머지를 가지구 왓소』
『물목을 가지셧거든 좀 보여주시우』
『물목이 짐쪽에 들엇슬테니 차차 보시우』
『갑진 물건이 만히 잇슬테지요』
『거지반 다 갑진 물건이요 서림이가 것가량 잡는데 상목 삼천통인가 사천통 갑어치가 된다구합듸다』
『아이구 굉장하구려 그러치만 물건 갑시란 작자만나기에 달렷스니까 것가량가지구야 알쑤잇소』
『두구두구 작자를 구해서 잘 팔어보시우』
『그건 다시 부탁하실것두 업소』
한첨지가 아들을 보고
『이 사랑을 쓰시게 해두 조치만 사랑이 번라할때가 만으니 어느 집 한채를 치워서 조용이 기시게 해드리는게 조켓지』

하고 꺽정이의 거처할 처소를 의론하엿다 한첨지의 집은 큰 집이란것이 간쑤로 이십여간박게 안되고 그외에는 십여간 오륙간씩되는 적은집이 수십채 큰집좌우에 늘어잇는데 그것은 대개 량대(兩代)첩의 집들과 부하의 살림집들이엇다

『엽집을 치워서 기시게하구 조석을 큰집에서 공궤하두룩 하지요』

『엽집이라니 어느집말이냐』

『지금 제가 쓰는 집말입니다』

『그거 조켓다 그집안ㅅ방에 기시게하구 박갓방을 네가 써라』

『박갓방은 데리구 오신 하인들을 주어야지요』

『그럼 너는 다른집으루 옴길라느냐』

『건너방이 잇스니까 건너방 쓰지요』

『네가 가까이 뫼시구잇스면 여러가지루 배울것두 만쿠 조켓다』

아비 말끄테 한온이가 꺽정이를 보고

『참말루 칼쓰는법을 좀 가리처 주실랍니까』

하고 말하니 꺽정이는

「어려울거 업지」

하고 대답하엿다

「칼을 얼마동안 배우면 잘 쓰게 됩니까」

「칼을 잘 쓰자면 한이업네 예사 검객소리를 들을만큼 쓰재두 멧해동안 애를써야할껠세」

「아이구 그거 어듸 배우겟습니까」

「법쑤만 대강 배우자면 한두달에두 배울쑤 잇네」

「그럼 법쑤만 좀 가리처 주십시요」

「그러게」

누가 어느틈에 일럿든지 안에서 주안ㅅ상이 한상 나오는데 안주를 떡 벌어지게 차린 품이 예사 잔치상만 못지아니하엿다

꺽정이가 한첨지와 대작하야 술을 네댓잔 마신뒤에 아페돌아온 술잔을 한온이에게 내어주며

「자네두 한잔먹게」

하고 권하니 한온이가

「저는 술을 못먹습니다」

하고 술ㅅ잔을 밧지 아니하엿다

『아버지 아피라 어려워서 안먹나』

『본래 접구두 못합니다』

한첨지가 꺽정이를 보고

『저자식이 술을 먹을줄 알면 행혀나 아비아피라구 안먹겟소』

하고 말하니 꺽정이는 한첨지와 한온이를 반반씩 갈러보면서

『사내 대장부가 술을 못먹다니 될말인가 칼버덤두 술을 먼저 내게 배우게』

말하고 껄껄 우섯다

한첨지의 주량이 꺽정이를 당하지못하야 꺽정이가 아직 술먹은것도 갓지안흘때 한첨지는 벌서 건아하게 취하엿다

『내가 소시적엔 며칠식 밤을 새워가며 술을 먹어두 끄떡업던 사람인데 되지못한 나쌀을 먹은 뒤루 술이 조금만 과하면 술에감겨서 백이질 못하우』

『우리게 오두령은 나이 육십줄이건만 지금두 각금 절믄사람들하구 술타령으루 밤재임을하우』

『그자가 계양산괴수의 심부름으루 우리게 다닐때 나이 이십남짓 햇섯슬까 그런데 벌서 오십이넘엇단 말이지』

『장인의 심부름으루 서울을 자주왓섯다구 오두령두 말합듸다』

『그때 우리는 계양산 졸개 개도치루만 알엇섯소』
『개도치가 오루령의 이름이요』
『가치 기시면서 이때것 이름두 모르섯소』
『자긔가 말안하는걸 우리가 어떠케 알쑤잇소』
『그러면 그자의 행적두 모르시겟구려』
『무슨 행적이요』
『그자가 계양산 괴수의딸 원씨여편네와 해로한다지요 그 원씨여편네가 내숙모되엇던 사람이요 나버덤 나이적은 삼촌하나가 잇섯는데 그삼촌이 이십안에 돌아가서 숙모가 청춘과부로친정에 가잇는것을 개도치가 달구도망햇섯소 계양산 괴수가 딸을 내주구 거트루 몰래도망햇다구 햇는지 그속은 모르지요 그때 우리 아버지는 죽은삼촌의 뒤를이어주려구 양자할 아이를 물색하던중인데 계양산 긔별을 듯구 화를 내기시작하드니 얼마동안은 매일가티 화를내서 집안사람들이 모두 들들 복겻섯소』
『과부는 임자가 업스니까 설혹 피여냇대두 행적이 나뿔건업소』
『그러치요 나는 그때두 숙모일이 잘됏다구 말햇섯소』
한첨지가 옛날 이야기를 하는끄테 꺽정이더러

『이장곤 이찬성하구 어떠케 되시지 안쏘』

하고 물엇다

『이찬성부인이 우리 아버지하구 이성사촌이요』

『그러면 이찬성이 이성오촌 고모부가되니까 그자제들하고 륙촌척이지구려』

『촌수를 따진다면 그러케 되겟지요』

『상종이 업스시요』

『업소』

『이찬성의 유모의아들 작불이란 사람을 아시우』

『그사람을 보진못햇지만 말은 만히 들엇소 우리부모의 혼인중매두 그사람이하구 우리선생님의 소실중매두 그사람이 햇답듸다』

『외조되서는분은 양주서 푸주하구 선생님되시는분은 동소문안에서 갓일하섯지요』

『그럿소』

『외조는 우리아버지 수하에 잇던이구 선생님의소실은 우리 아버지하구 가치살던이요』

『그럼 작불이란 사람이 그여편네를 빼돌렷드란말이요』

『아니요 그사람이 우리 아버지께 신임을 밧던사람인데 그런짓을 할리가 잇소 우리 아버지가 노래에 첩이 만허서 귀찬타구 하나만 남겨두구 그나머지는 다내보냇섯는데 그이두 내보낸사람이요」

한첨지의 옛날이야기의 출판이 식어서 꺽정이가 한첨지더러 술을 그만두자고 말하야 한온이가 사람을 불러서 주안상을 치우게하엿다

꺽정이가 거처할처소로 작정된 적은집 안방은 한온이가 사랑으로 쓰는방이라 방치장이 재상의 사랑과 가터서 병풍 방장이 둘러치이고 보료 방석이 들어깔리고 놋요강 놋타구 등속이 늘어노혓섯다 한온이가 문서궤 세간궤 궤몃개만 건넌방으로옴겨가고 그나머지 방치장은 하나도건드리지안코 그대로 꺽정이에게 내어주엇다

한첨지부자가 꺽정이를 칙사대접하듯하는데 당세호걸을 공경하는뜻도 잇스려니와 일등물주를 후대하는뜻이 업지안헛스니 남소문안에서 청석골 재물을 팔어서 리를 나누는 까닭이엇다

꺽정이가 졸개는 서울구경을 대강시켜 광복산으로 돌려보내고 로밤이만 수하에 머물러두엇는데 로밤이는 주인집의부리는 사람들과 박갓방을 가치썻다 로밤이가 언죽번죽 이야기를잘하고 익살맛게 우순소리를 잘하고 더욱이 천하만사를 무불통지로 잘알어서 여러사람이 보름보기라고 웃지못하고 시굴뚝이라고 깐보지못하야 거연이 박갓방에서 령위노릇을 하게쯤되어서 여러사람의 출물로 식전에 팟죽집과 저역에 모주ㅅ집을 하루도 빼지안코 다니엇다 꺽정이의 심부름

은 로밤이아니라도 할사람이 만하서 로밤이가 조석문안외에 별로 꺽정이 아페 들어오지 아니하야 어느날 아침에 꺽정이가 로밤이의 문안을 밧고나서

『나제는너를 팔두 볼쑤업스니 날마다 낫잠자느냐』

하고 꾸짓듯이 물으니 로밤이는 싱글싱글 우스면서

『제가 낫잠속이 출명합니다 봄에는 노곤해서 낫잠자구 여름에는 해가 길어서 낫잠자구 가을에는 벼티 따거워서 낫잠자구 겨울에는 박기 추워서 낫잠잡니다 이러케 사시사철 잘자는 낫잠으루 서울온뒤는 아직 한번 자지못햇습니다』

하고 길게 늘어노하서 대답하엿다

『짓거리기 입아귀두 안아프냐 그래 낫잠을 안자면 무어하느냐』

『구경하러 돌아다녓습니다』

『무슨 구경이냐』

『서울안을 돌아다녓스니 서울 구경입지요』

『서울구경이 조트냐』

『것구경만 하구 속구경을 못해서 아직은 조은지 어떤지 모르겟습니다』

『것구경 이란게 다 무어냐 별눔의 소리를 다듯겟다』

『술집아페 달린용수만 보구서야 서울술맛이 단지 쓴지 알쑤잇습니까 또 기생집아페 매인말만보구서야 서울기생 낫바대기가 이쁜지 미운지 알쑤잇습니까 제말이 거짓말 아닙지요』

『수다스럽게 짓거리지말구 고만나가거라』

로밤이는 각골하인 본새로 녜소리를 길게하고 박그로 나갓다 한온이의 부리는 사람들이 로밤이를 둘러싸고

『대장존전에서 말대답을 막 농판으로 하네그려』

『청석골 대장이 성미가 무섭다드니 거짓말이군』

『우리집 절문이는 말할것두업구 사람조흔 늘근영감이라두 우리가 그런 말대답을하면 당장 초축엄을 시킬걸』

하고 이사람한마듸 저사람한마듸 짓거리는데 로밤이가 틀을짓고

『자네네들이 아직 문리가 안낫네 내게 강미를 바치구 글을 배우게 남의 부하노릇두 좀 편이하려면 대장이구 괴수구 길을 잘드려놔야하네』

하고 말하엿다

『대장을 어떠케 길드린담』

『무서운 호랭이 색기두 길드릴쑤잇는데 사람의 자식을 길드리지 못한단말인가』

『길드리는 묘득이 잇거든 우리들좀 가리처주게』

『묘득이란 말루 가리치기 어려운것이야 나하는것을 보구들배우게』

『우리집 절믄이를 한번 길드려 보겟나』

『어렵지안치 이거 마찬가지야』

하고 로밤이가 손바닥을 여러사람아페 내밀고 한두번 뒤집어 보이엇다

한온이가 나제는 도중일을 보느라구 큰집사랑에 만히가잇고 또 밤에는 첩재미를 보느라고 첩들의집으로 돌아다니고 꺽정이 잇는집 건너방은 명색 자긔방으로 쓴다고만 하엿지 밤에와서 자는일이 통히 업슬뿐아니라 나제와서 안는일도 별로 업섯다 밤낫비여두는방에 화로ㅅ불을담앗다 파냇다하고 초ㅅ불을 켯다 껏다하고 이부자리를 깔앗다 개켯다하는것이 공연한 군일가터서 상노아이는 성가지게생각하야 로밤이더러

『건너방을 아주폐방하두룩 해보겟소』

하고 물으니 로밤이는 상노아이의 얼굴이 반반한데 욕심이 업지아니하나 여러사람과 석겨자는 까닭게 욕심을 풀지못하는터이라

『폐방하두룩 하느니 우리둘이 써볼라느냐』

하고 대답하엿다

『누가 우리더러 쓰랍듸까』

『우리가 쓰면 쓰는게지』

『청석골 대장께서 말슴하시면 혹시 쓰게될까 그외엔 누가 말하든지 어림업소』

『너의 주인냥반의 허락은 나중 바들셈잡구 우리들이 오늘밤부터 건느방에 들어가서 자자』

『들키면 경칠라구요』

『밤중 지난뒤 들어가 자구 어뜩재벽에 일어나 나오면 들킬까닭기 업지안으냐』

『누가 그따위 구차스러운짓을 한단말이요 나는 실쏘』

『실커든 고만둬라 나혼자 들어가 잘테다』

이날밤부터 안방의 꺽정이가 취침한뒤에는 로밤이가 슬그머니 건넌방에 들어와서 한온이의 이부자리를 깔고덥고 자다가 재벽녁이면 박갓방으로 나가서 개잠을 잣다 며칠지난뒤 어느날 아침에 한온이가 건넌방에와서 무슨문서를 끄내려고하다가 문서궤우에 너한마리가 기는것을 보고 다시 살펴본즉 기는놈외에 업드린놈도 잇는데 마리ㅅ수가 하나둘이 아니라 한온이는 이도 잡지안코 궤도 열지안코 큰소리로 장노아이를 불럿다 장노아이가 박게서 들어오자 한온이가 곳 궤우를 가르치며

『이리와서 이거좀봐라 이게 무어냐』

하고 소리질렷다

『이올시다』

『누가 이를 몰라서 뭇느냐 이놈아 이이가 대체 어듸서 펴진게냐』

『모르겟습니다』

『모르다니 너외에 또 이방에 드나드는 사람이 누구냐』

상노아이는 여짓 로밤이를 대려다가 령이 되거든 대려고 아무소리 아니하엿다

『이가 궤우에까지 올라왓스니 다른데 업슬리가 잇나』

하고 한온이가 가만이 보료를 드려다보더니

『이거봐라 여기 전판 이로구나』

하고 벌떡 일어섯다 왕니 가랑니가 보료바닥에서 슬슬기고 또 보료가장자리에 주줄이 매첫섯다 한온이가 온몸이 군실거리며 눈아페 해끔해끔한것이 모두 니로 보이엇다

『누가 이를갓다 방에다 뿌렷단말이냐 이게 대체 웬일이냐』

하고 한온이는 옷자락을 떠느라고 한참 정신이업섯다 건너방 니소동에 꺽정이는 안방에서 내다보고 로밤이와 다른 아래ㅅ사람들은 박갓방에서 들어왓다 로밤이가 한온이를 보고

『사람업는 빈방에서 사는 니는 복니올시다 죽이지말구 가만둡시요』

하고 말하는것을 한온이가 볼메인 소리로

『복니란게 다 무어야』

하고 핀잔주듯 말하니 로밤이는 다시 상노아이를보고

『복니를 죽이라시거든 잡어서 나를다구 내가 취종하겠다』

하고 말하엿다

로밤이의 니를취종한다는말이 하두 우수어서 다른사람은 고사하고 한온이까지 싱긋우섯다

로밤이가 여러사람의 웃는것을보고 뒤변덕스럽게 곤대짓을하며 한온이를보고

『이에 복니가 잇는것을 모르십니까 저는 복니 서되서홉 가진사람하구 가치자본 일이잇습니다』

말하고 이야기하라기를 바라는 모양으로 한참잇다가 제풀에 다시

『이얘기하께 들어봅시요』

하고 이야기하기 시작하엿다

『제가 십여년전에 황해두 재녕 제홍원(濟興院)에서 하루ㅅ밤을 자는데 다른행인 두엇하구 가치잣습니다 그때 제여페서 자던사람이 새벽일직 남버덤먼저 일어나서 보찜에서 솔하나 되하나를 끄내디니 바지 저구리를 버서노쿠 이를 솔루 쓸어모아서 되루되는데 이가 서되가

넘겟지요 꼼찍꼼찍합듸다 그사람이 이를 되어보구나서 서되서홉 이가 밤새 두홉가량이나 축낫다구 혼자 중얼거리다가 저를 돌아보구 내 이가 임자의 새옷냄새를 맛구서 만히 올마간것가트니 미안하지만 옷을 좀보게 버서주시우하구 말합듸다 저는 몸이한참 군질군질해서 옷을버서보구시픈판이라 두말안쿠 얼른 버서주엇습니다 제옷에서 쓸어넌 이가 한움큼착실이 됩듸다 거지도회청에가서 누데기옷들을 벗겨 노쿠 이를 잡히드래두 하루에는 그만큼만히 모으기 어려울겝니다 나중에 그 사람의말을 들어본즉 그사람이 어듸 손으루 갓다가 오래비어두엇던 방에서 그이를 올렷는데 복니라구 잡어죽이지 말라구 일러주는 사람이잇서서 그대루 내버려두엇더니 과연 그이를 올린뒤루 우환이업구 재난이업구 집안형세가 불닐듯햇답니다」

로밤이가 이야기를 마친뒤에 다시 한온이를보고

「복니를 몸에 올려두시지안쿠 잡어업새실테면 저를줍시요 제가 얼마동안 이건느방에 들어와서 자겟습니다」

하고 말하니 한온이가 로밤이의 말은 대답안코 상노아이에게 문서궤 세간궤 보료 이부자리등속은 다른데로 치우라고 일르고나서

「이는 떨어버리든지 죽여업새든지 맘대루해라」

하고 일럿다 한온이가 상노아이에게 일르는 말이 로밤이에게 반허락하야 주는 폭이라 로밤이는 곳

『복니를 제게 내주시니 황감합니다』

하고 허리를 두세번이나 굽씬굽씬하엿다

이날밤부터 로밤이가 들어내노코 건넌방에들어와서 자게되엿는데 상노아이더러

『인제는 너두 가치들어가 자자』

하고 말하니 상노아이가

『나는 복니 실쏘』

하고 도리머리를 흔들엇다

『네가 실타면 복니라두 잡어업새마』

『그이가 대체 로서방 몸에서 퍼진것아니요』

『내가 이꾸럭인줄 아느냐 거기는 내이두잇구 또 다른사람의 이두잇다 재벽마다 불켜노쿠 안저서 잡어모은것이다』

『이를 잡어서 옷속에 너헛다가 밤에 건너방에 들어가서 퍼처놧소』

『왜 남의이까지 내옷에 넛는단말이냐 종이봉지에 모앗다가 재벽에 건느방에서 나올때 이봉

지를 보료우에두 떨어 노쿠 또 꿰 에두 떨어놧지』

『별 궁흉스려운짓을 다 하는구려』

『어른더러 궁흉스러운 짓이라니 버릇업는 고현놈이로구나』

로밤이가 상노아이를 데리고 건넌방에 들어와 자게된지 수일후에 한온이가 로밤이를 보고 우슴의 말로

『복니를 만이 올렷나』

하고 물으니 로밤이는 천연덕스럽게

『제가 복이업는지 이가 차차루 업서저갑니다』

하고 대답하엿다

한온이가 너마 다친것이 다나흔뒤에 꺽정이에게 칼을 배우기 시작하엿다 한온이는 성질이 물건이고 일이고 무엇에든지 물리기를 잘하고 실증을 수이내는대신 처음에 탐도잘내고 재미도 수이부처서 물건이면 잠시도 손에서 노치안호려고하고 일이면 당장에 끄틀 낼것가치 서드는 사람이라 한동안 열일 스무일을 다젓치고 칼에만 골뚝하여젓다 치고 찔르는 여러가지 법을 배우고 이키는데 한온이가 꺽정이를 어렵게 알아서 가리처내라 마라 무랍업시하진 못하건만 그래도 만히 꺽정이를 성가시게하엿다 어느날밤에 한온이가 그아버지에게 붓들려서 도중일을

여러가지 결처하고 스무날께 달이 노피 올라온뒤에 꺽경이 처소에 와서보니 안방 건넌방에 모두 불이 꺼졋섯다 한온이가 그대로 나가려다 말고 안방 머리맛창아페 와서

『선생님 벌서 취침하셧습니까』

하고 소리하야 보앗다 칼을 배우기 시작한뒤로 꺽경이를 선생님이라고 불르게 되엇던것이다 방안의 꺽경이가 막 잠이 들엇다가 깨엇다

『엇재 이러케 늣게왓나』

『달이 발근데 어느새 주무십니까』

『일업시 오래안젓기 심심해서 일직 누엇네』

『약주좀 잡수시렵니까』

『아까 밤참을 먹엇는데 또 무슨술을 먹어』

『밤참 잡숴올때 제가 오지못해서 죄송합니다』

『별말을 다하네 좀 들어오려나』

『선생님께서 곤하시지 안커든 나제 가리처주신 남의칼 막는법을 좀 이키게 해줍시요』

『우선 들어와서 불이나 켜노케』

『덧문을 안 거섯습니까』

『안 걸엇네』

한온이가 방에 들어와서 화로에 무친 숫ㅅ불덩이를 파내가지고 초ㅅ불을 부처놋는 동안에 꺽정이는 일어나서 허리띄 다님을 다시매엿다

『달이 박다니 마당에 나가서 한바탕 뛰어볼까』

『주무시다가 찬데 나가서서 감긔드시지 안켓습니까』

『나는 나이사십에 아직 감긔 고뿔이란건 모르네』

『그럼 마당에 나가서 가리처 주십시요』

『그러게 나가세』

한온이가 꺽정이의 뒤를따라서 방박게 나오며 곳 마루구석에서 나무로 칼모양만든것을 두지루 차저내오는데 꺽정이가보고

『그거 하나는 날주구 자네는 방에 들어가서 내환도를 가지구 나오게 내기 그걸루 환두를 막어보여줌세』

하고 말하엿다

날이 서리가튼 환도를 빼어든 한온이가 목도(木刀)를 든 꺽정이와 달아래 마주섯다

『자네 재주것 처보게』

「칼날이 혹시몸에 스치기라두하면 어떠케 합니까」

「그런 사정 무지말구 나를 죽일것가티 치게」

한온이가 나려치고 후려치고 치다못하야 찔러보고 찔르다못하야 다시처서 치고 찔르는 법을 배운대로 다 하엿건만 칼이 한번도 꺽정이 몸에 범접하지 못하엿다

「이제 막는묘늑을 대강 짐작하겟나 자 내가 치께 자네 막어보려나」

꺽정이가 목도를 치어들어 세로치고 빗겨들어 가로치고 하는데 세로 나려올듯 가로나오고 가로 나올듯 세로 나 와서 한온이가 더러 막아내기도 하엿지만 만히 어더마젓다 꺽정이가 아무쪼록 힘드리지안코 살짝살짝 건드리듯 치건만은 한온이는 어더 마질때마다 입이딱딱 벌어지고 아이쿠 소리가 저절로 입에서 나왓다

건너방에서 자든 로밤이와 상노아이가 어느틈에 일어나 나와서 대뜰우에 서서 구경들 하엿다 꺽정이의 목도를 밧지못하고 어더마질때 구경하는 로밤이가 여러번 아이구 소리를 질러서 한온이는 자긔흉내를 내는줄로 생각하고 꺽정이더러

「선생님 저자좀 보십시요 흉내를 자꾸 냅니다」

하고 고자질루로 말하니 꺽정이가 대뜰우를 향하고서 청천벽력가튼 큰소리로

「이놈아 네가 뉘숭내를 내느냐」

하고 호령을 내노핫다 아무죄도 업는 상노아이는 로빔이여페 잇다가 벼락을 마질까 겁내는것가티 얼른 뒤로 들어서는데 로빔이 당자는 대뜰아래로 나려오며

『저의들은 숭내낸일 업습니다』

하고 발명하엿다

『아이구 소리는 숭내가 아니구 무어냐』

『아니올시다 주인 냥반께서 자꾸 어더 맛는게 보기에 딱해서 아이구 소리가 절루 나왓나봅니다』

『무엇이 엇재 이놈아 네가 좀 어더맛구 시프냐』

『저더러 좀 바더보란 말슴입니까 저야 설마 주인냥반가티 어더맛기만 할라구요』

『저놈이 사람인가 무언가』

한온이가 꺽정이를 보고

『저자가 칼쓸줄을 압니까』

하고 물어서 꺽정이는 로빔이를 꾸짓다 말고 한온이를 돌아보며

『저깐놈이 무슨 칼쓸줄을 알겟나』

하고 대답하엿다

『저와 어떳슴니까』

『그건 모르겟네』

『제가 한번 메리구 시험해보까요』

『그래보게나 자네가 만일 창피불지경이면 내가 거들어줌세』

꺽정이가 로밤이더러 마루에잇는 목도를 가지고 오라고 일르고 자긔의 가젓던 목도는 한온이를 주엇다 한온이와 로밤이는 목도를 들고 마주서고 꺽정이는 환도를 집에 꼬자서 한손에 쥐고 한온이겨테 가까이섯다 꺽정이 입에서 자 소리가 한번 떨어지며 한온이와 로밤이의 목도가 서로 어울렷다 로밤이의 칼쓰는법이 맹낭치 안허서 서투른 한온이보다 훨씬 낫건마는 한온이 여페섯는 꺽정이가 로밤이 몸에 빈구석이 나는것을 노려보며 억개니 다리니 칠곳을 똥겨주어서 로밤이가 한온이보다 훨씬 더만히 어더마젓다

이뒤에 한온이가 수차 로밤이와가치 칼쓰는법을 이키는데 꺽정이가 보지안흘때는 로밤이가 흉물을 피어서 일부러 만히지는까달게 한온이는 로밤이를 훌악훌악한 적수로 생각하야 꺽정이에게 배우는것을 로밤이데리고 이키게되엇다

로밤이가 한온이게 친근하야진뒤 박갓방 여러사람들 틈에서 더욱 코가 웃득하여젓다

한온이가 칼을 배우기시작한지 한 보름되엇슬때 성천 기생 소월향(小月香)이가 서울와서 이

름이 낫섯다 한온이는 소월향이집에 다니느라고 칼배우던것을 이저버릴뿐 아니라 꺽정이 처소에 오는것까지 번쑤가 드물어젓다

『자네 요새 무슨 일이잇나』

하고 꺽정이가 물으면 한온이는

『도중에 일이 좀 잇습니다』

대답하고

『밤저녁에는 어듸 가는데가 잇지』

하고 꺽정이가 넘겨지퍼 물으면 한온이는

『요새 웬일인지 저녁때만 되면 신열이 나서 초저녁부터 자리보전합니다』

핑게로 대답하엿다 얼마동안 밤에는 현형도아니하던 한온이가 어느날밤에 왓는데 꺽정이 보고 무슨말을 하고시픈것가튼 눈치를 보이엇다

꺽정이가 한온이의 눈치를보고

『자네 무슨 할말이잇나』

하고 물으니 한온이가 입으로는

『아니요』

하고 대답하면서도 눈치로는 여전히 할말이잇는것 가텃다

『무슨말이든지 할말이 잇거든 어려워말구하게 혹시 내가 와서묵는데 비편한일이 생겻나』

꺽정이가 의심쩍어 하는말에 한온이는 펄쩍 뛰다시피하며

『천만의 말슴이올시다』

대답하고 한참잇다가 상글상글 우스면서

『선생님 전에더러 기생방에 가보셧습니까』

하고 물엇다

『그건 왜 뭇나』

『글세 혹 가보신일이 잇나 말슴이올시다』

『기생을 데리구놀기는 햇지만 기생방에 가본일은 업네』

『선생님이 소시때 서울기셧다며 기생방에두 한번 못가보셧단 말슴입니까』

『자네 아다시피 내가 천인대접밧든 사람으루서 무슨 주제에 기생방출입을 햇겟나』

『기생방에 한번 가보실랍니까 가신다면 제가 뫼시구 가겟습니다』

『한나이라두 절물때 가트면 혹하구 가겟네만 지금나이 사십에 기생오입이 당한가』

『나이 오십 육십된 건달두 수두룩 합니다』

『그런사람은 기생방에서 늘근사람이겟지 설마 오륙십 늘근이가 처음 천이야텃겟나』

『선생님 연갑세 오입쟁이 발천하는 사람두 만씁니다』

『나이 만흔건 고만두구래두 내가 지금 상제몸일세 아무리 상제노릇은 올케안하지만 기생방에는 갈염의가 업네』

『상제님 복색을 안하섯기에 저는 단상하신줄루 알엇습니다』

『내복색은 말할것이업네 집에 잇슬때는 두혹시 건두 쓰구 베중단두 입지만 박게 나올때는 진사립(眞紗笠)에 남천릭으루 관원복색을 차리기두 하구 병거지에 군복으루 군사복색을 차리기두하구 기외에두 가진복색을 다차리네』

『하여튼지 선생님께서 색에는 범연하신가봅니다』

『기생방에 안가면 색에 범연한가』

『만일 색을 조하하시면 첩두 두시구 오입두 하실것아닙니까』

『이때까지는 그런데 유의할 처지두 못되구 겨를두 업섯지만 아프루야 누가아나』

『우선 요새만하드래두 긴긴밤에 혼자주무시기 고적하지 안씁니까』

『고적하니 어떠케하나』

『저는 나이절믄 탓인지 몰라두 무슨변통이든지하지 선생님처럼 여러날 혼자자진 못하겟습니다」

「자네가 나 위해서 무슨변통을 해줄맘이잇나」

「꾸중만 안하신다면 논다니구 들어안진계구 얌전한걸루 얼마든지 끌어다 드리지요」

「자네덕에 내가 기집복이 터지는가베」

「기집보는 눈두 다각각인데 선생님은 어떤기집을 조하 하십니까」

「기집이란 허리아래는 무비일색이라네」

「그러케 말씀하시면 선생님하구는 기집이야기 할수업습니다」

「여보게 지금 서울 기생중에 옛날 송도 황진이(黃眞伊)나 성주 성산월(星山月)이나 평양 옥매향(玉梅香)이가튼 절등한 미인이 혹시잇나」

「성천기생 조월향이가 근래 이름이 놉습니다 옛날명기에 대면 어떨른지 모르저만 당세인물루는 절등하다구 할만합니다」

「한번 불러다가 데리구 놀쑤업슬까」

「조월향이를 불러다가 놀게까지 되자면 한번 를개를 단단이 놔야할판입니다 그러지 안허두 선생님께 청을 해볼까 생각하는 일이 한가지 잇는데」

한옥이는 잠간 말을 끈헛다가 다시 이어서

다지기부터 하고 꺽정이의 긔색을 살피면서 말하기 시작하엿다

『선생님 오시든때 저 머리싸맨것 보셧지요 제가 기생방에 다니다가 그런 소조를 전에두 수차 당햇지만 지난번가티 분한꼴을 본일은 처음입니다 전에는 대개 저의패의 실수로 시비가 낫섯구 또 서루치는판에 다른 패사람두 깨어지구 터지구해서 피장파장이나 되엿지만 지난번에는 저의패만 난장개가 되두룩 어더마젓는데 그나마 시비두 저편패사람이 일부러 실수해가지구 낸시빕니다 그나 그뿐인가요 그날밤에 부서진 기생의 방안세간을 제가새루 해보냇더니 기생년이 밧지안쿠 돌려보냇습듸다 그때 기생년이 세간녕거해간 사람을 불러드려서 방안의 재세간을 보이면서 노인정활량패에서 이러케 먼저 해보내서 바뎃스니까 두벌씩 바들 염의가업다구 하구 밧지안트랍니다 제꼴이 무슨꼴이 됏습니까 화가 어떠케나든지 깨진 압니마가 아픈것두 이저버리구 그세간 한벌을 모두 제손으로 깨두들겨 부서버렷습니다 그러구 화ㅅ병을 겸해서 며칠동안 알어누엇다가 선생님께서 오시던날 비로소 긔동을하기 시작햇습니다 그날밤일은 이야기 하기두 창피하지요만 선생님께서 심심푸리루 들으시겟다면 이야기를 한번 자초지종 다하겟습니다 장차꼴다리 이편에 장악원 시사하는 소홍이란 기생이잇는데 풍뉴잘하구 소리잘하기루 지금 서울안에서 첫재꼽는 기생입니다 제가 그날밤에 사람오륙명 데리구 놀러 나섯다가 소홍이게를 갓섯습니다 마침 방이 조용해서 기생을 데리

구 허튼수작을 하는중에 노인정 활량패들이 우 몰려들어옵듸다 전에두 더러 마주친일이 잇서서 안면들은 대개 짐작하는 터이지요 노인정 활량패에는 무장대가의 자질두 더러끼어서 세력잇구 재물잇구 힘꼴쓰는장사까지잇는 서울안 기생방을 주름잡구 돌아다니는 왈짜패인 까달게 저의는 이런패하구 시비를 내지안흐려구 처음부터 조심들햇습니다 기생방에서 다른패 사람하구 가치합석할때는 일언일동을 맘대루하는 법이업시 반드시 말을 먼저 좌중에 돌려야합니다 이것이 기생방 격식입니다 저편사람들은 기생에게 말두 부치구 안젓던자리두 옴기구 번질 말을돌리는 데 이편사람은 가만이 안즌대루 안저서 말두 별루 돌리지 안헛습니다 저편에서 처음부터 트집잡구시퍼 애쓰는눈치가 보엿지만 원악 이편에 실수가 업스니까 무슨 트집을 잡을수가 잇습니까 그래서 자리가 무사햇스나 제가 이런자리에 오래안젓기 재미업서서 가치 간사람들을 데라구 차차 일어서려구 하는중에 저편사람이 발론해서 토막돌림으루 시조하나씩을 불르게 됏습니다 저편이편에서 두서넛이 점잔흔 시조들을 불르구난고테 제가 세사금삼척(世事琴三尺)을 불럿습니다 초상(初章)을 시작할때 저편사람들이 별서서루 눈짓하고 웃습듸다 이건 다른까달기 아니지요 종상(終章)에 가서 동각(東閣)의 설중매(雪中梅)다리고 완월장취(玩月長醉)라구 불르기만 하면 시조루 트집잡잔 생각이지요 저두 다아는 장단입니다 누가 그러케 불르나요 『설중매 다리고』를 『설중매 피엇스니』

루 고처불럿습니다 저편에서 헛다리를 지펏지요 제다음에 저편의 절믄놈하나가 불를차례가 되엇는데 괴란업시 『옥으로 함을파고』를 내놋습듸다 이런 드러운시조를 불르는건 좌중에잇는 다른사람 얼굴에 침을뱃는것버덤두 똥을칠하는 셈입니다 하두 괘셈해서 제가 시비를 걸어가지구 구경 소조를 당햇습니다 선생님 생각좀 해보십시요 일이 분하지 안습니까』

『옥으로 함을파는게 엇재 드러운가』

『선생님 시조를 모르십니다그려 옥으로 함을파고 너와나와 너노흔뒤 금거북잠을쇠를 어쑥비쑥 잠거노코 창천이 우리뜻바더 열쇠업시 라는시조가 잇습니다 그사의가 드럽지안습니까』

『사의가 조흔데 왜 드럽다나』

『그런시조는 점잔케 노는자리에서 불르지 못하는법입니다 시조 이야기는 고만두구 저의 남은 이야기나 마저 들어주십시요』

한온이가 성작 청할말은 하지안코 또다시 허든이야기를 계속하야 로인정 한량패 게 분풀이하기전에는 다시 놀러다니지 안키로 마음에 작정하고 달포동안 기생방에 발을 끈헛다고 이야기하고 소월향의 인물칭찬이 하두 굉장하기에 작정한마음을 깨트리고 소월향에게를 가보앗다고 이야기하엿다 한온이가 저녁때마다 신열이나서 알엇다고 전에 거짓말 한것을 엄적하려고

칠팔일동안 매일 놀러간것을 바루 말하지안코 흡사 한두번 보러간것처럼 말하엿다

『대체 내게 청할일은 무엇인가 소월향이게를 가치 놀러가잔 말인가』

걱정이가 한온이의 긴이야기를 중간에 가로막앗다

『선생님께서 가신다면 뫼시구 가다뿐입니까』

『자네가 내게 청하구십다는일이 무어냐 말일세』

『말슴하기 황송하지만 노인정패에게 분풀이를 한번해주섯스면 조켓습니다』

『분풀이를 어떠케하면 조켓나』

『저의가 당한것처럼 한번 망신을 시키면 속이 시원하겟습니다』

『이사람 나를 기생방 매질ㅅ군으루 내세우구 십단말인가』

『천만의 말슴입니다』

『그럼 노인정에가서 풍파를 내잔말이야』

『노인정에가서는 사정의 기둥뿌리를 소처놔두 분풀이가 못됩니다』

『그러니 기생방에가서 매질하잔말이 아닌가』

『선생님께 매질해 줍시사구는 말슴하지 안습니다 노인정패에 장사하나가잇는데 그장사하나만 꿈쩍못하게 해주시면 그나머지는 저의들이 능준이 해낼수잇습니다』

『장사라니 힘이 얼마나 세든가』

『제눈으루 본것은 소홍이집에 큰청동화루가 하나잇는데 숫불이 가득담긴 화루전더구니를 한손으루 쥐구 처들어서 이리저리 옴겨 놋습듸다』

『그게 그리장한가』

『선생님께서는 그런힘을 우숩게 보실른지 모르지만 저의 보기에는 그것두 엄청납듸다 제사람륙칠명이 다들 힘꼴쓰는 장정이건만 꼼짝들못하구 그눔한눔에게 어더맛다 시피햇습니다』

『기생방에 가서 힘자랑하는것이 좀 창피한일이지만 자네 처음청이니 한번 들어줌세』

『인제는 제가 분을 풀게됏습니다 벌서부터 선생님께 한번 청하구 시픈것을 어려워서 못햇습니다 오늘저녁에 제가 소월향이 집에를 갓다가 노인정패들이 와잇는것을 보구 못들어가구 왓습니다 소월향이집 문아페서 돌아설때 치가 곳 떨립듸다』

『그럼 지금 다시 그년의집으루 가려나』

『지금 느저서 그패들이 그저 잇슬른지 모르지요 그러구 이왕 분풀이를 해주실바엔 꼭 소홍이집에가서 해주셋스면 조켓습니다』

『그건 자네맘대루 하게』

『그럼 그패들이 소홍이 집으루 몰리는때를 염탐해서 알어보겟습니다』

『아무리나 하게』

한온이가 꺽정이에게 분풀이해주마는 허락을 밧고 마음이 흐뭇하야 다시 한동안 안저서 가진 우수운 이야기를 다하는데 그이야긴즉 대개다 기생방 이야기이엇다

이삼일 지난뒤다 날이 아침부터 끄물거리다가 나제 눈이 시작하야 기와골이 형적업시 무치도록 쏘다지고 저녁때 끔하여젓스나 아주 그치지 아니하고 오다마다하다가 밤이 된뒤에 눈이개이고 달이 발거서 눈우에 야경(夜景)과 달아래 설경이 희한하게 조핫다 이런 조흔밤에 꺽정이는 혼자 짬짬하게 안젓다가 의관을 벗고 팔벼개하고 누엇슬때 한온이가 와서

『선생님 노인청패가 지금 소홍이집에 모엿답니다』

하고 말하야 꺽정이가 버섯던 의관을 다시 입는데 한온이의말을 조차서 림선달로 행세하려고 출신한사람의 복색을 차리엇다 꺽정이가 한온이를 압세우고 방문박게 나설때 마당 눈우에 웅긋중긋 섯던 십여명 사람이 각기 아프로 나와서 꺽정이게 인사를하엿다 한온이가 기생방에 데리고 다니느라고 다년간 골라모은 절믄사람들이라 모두 믹근믹근하게 생긴것이 물고 뽑은것가텃다 꺽정이가 한온이를보고

『저사람들두 다 데리구갈텐가』

하고 물으니 한온이는 꺽정이의 뭇는뜻은 생각해볼 사이도업시

『사람을 모두 불러모으느라구 한참 걸렷습니다』

하고 대답하엿다

『여러사람을데리구가서 편쌈하려나』

『사람이만어야 긔세가좃습지요』

『여보게성군작당 해가지구 갈것업네 자네하구 나하구 단둘이가세』

『이왕불러모앗스니 가치 데리구가는게 조습니다』

『그저 내말대루 저사람들은 고만두게』

한온이는 꺽정이말에 눌려서 다시 두말못하는데 여러사람들중의 한사람이 꺽정이를 치어다보며

『저의야 가나 무엇하겟습니까 가나안가나 마찬가집지요 그러치만 저의중의 몃사람두 전날가서 몰골충한일을 당햇스니 오늘밤에 뫼시구가서 긔광좀 부리게 해줍시요』

하고 솜씨잇는말로 가치 가기를 청하엿다 꺽정이가 그사람의 말을 듯고 고개를 한두번 끄덕이고 곳 한온이를 돌아보며

『저사람들이 가고자하면 가치가긴 가드래두 기집의집에 들어갈때는 한께 우 몰려들어가지말구 우리둘이만 먼저 들어가서 저편의 하는꼴을 좀보세』

하고 말하니 한온이는

『박게서들 기다리다가 불르거든 들어오라구합지요』

하고 꺽정이에게 대답한다음에 여러사람들더러

『자네들 다들엇지 자네들은 장찻골다리 천변에서 서성거리다가 나중 들어오두룩하게』

하고 일럿다

한온이가 꺽정이와가치 십여명 한패를 끌고 남소문안에서 영풍교(永豐橋)아래로 나와서 새다리(新橋)수표교로 천변을끼고 올라왓다 장통교(長通橋)에 와서 여러사람은 뒤에 떨어트리고 단둘이 남쪽 큰실로 조금 나오다가 다시 동쪽 실골목으로 꺽겨 들어왓다 이골목 막다른집이 소홍이의집이다 소홍이의집 평대문이 열리어 잇는데 노래소리 장고소리가 문박께까지 들리엇다

한온이가 꺽정이의 아플서 들어와서 마루에 올라서며 큰기침하고 방에 들어오며

『평안하우 무사한가』

인사하는데 꺽정이는 벙어리가티 아무말안코 한온이의 뒤를 따라들어왓다

방한중간에 초ㅅ대와 큰 청동화로가 노히고 화로ㅅ가으로 한량오륙명이 둘러안고 그중 의표선명한 절문한량서패 주인기생 소홍이가 장고를 아페노코 안젓는데 좁은 아랫간에는 발드려

노흠틈도 변변히 업섯다 좌석을 사양하는 사람이 업서서 한온이는 꺽정이와 가치 장지박 웃간에 자리잡고 안젓다 소홍이가 안즌자리에서 한팔집고 인사하는데 『안녕합시요』라든지 『어서옵시요』라든지 의례하는 인사말도 한마듸업시 머리만 까땍 까땍하고 말엇다 한온이가 좌중에 인사를 청하야 인사수작이 끗난뒤에

『재미잇는 좌석에 불청객이 자래해서 천만미안하나 우리두 설월(雪月)조흔밤에 흥이 바이 업지아니하야 놀러왓스니 동낙(同樂)합시다』

하고거탈수작을 한번 먼저본즉 내색이조치안흔 한량들이 빈말로라도

『좃소』

답하는 사람은 하나도업고 소홍이여페 가까이안즌 나이절문한량이 큰소리로

『여보게 소홍이 장구 고만치우게』

하고 말하니 그말은 곳 한온이더러

『너의하구는 가차 놀지안켓다』

대답하는 셈이다 한온이가 시비를 차리려고 다리를 도사리고 안는중에 절문한량과 어빼속 마주안즌 허우대큰 사람이 절문한량을 보고

『새루 들어온 오입장이들이 치우신 모양이니 우리 화루를 내드립시다』

하고 말한뒤 한손으로 큰화로를 번쩍들어서 한온이와 꺽정이사이에 내노핫다 한온이가 밋는 구석이잇는까닭게 힘자랑하는것을 보고도 긔운이 죽지아니하야 그사람을 똑바로보면서

『이분 힘꼴이나 쓰는구려』

하고 비앙스럽게 말하엿다

『말이라면 다하는겐줄 아네』

『말이란 사람봐가며 하는게거든』

『무엇이 엇재』

그사람이 주먹을 부르쥐고 뻘떡 일어서는데 살긔가 갑자기 방안에 떠돌앗다 다른한량들은 동무따라서 일어서고 기생은 덩다러서 일어서고 한온이는 엉겁결에 일어서고 꺽정이하나만 일어서지안코 안저서 화저까락으로 화루불을 쑤시고 잇섯다 여러사람의눈이 꺽정이게로 몰리엇다 꺽정이가 화저까락을방바닥에 빼노흐며 곳 두손으로 화로전을 잡더니 량쪽에서 안으로 오그리는데 그 유착한 청동화로를 해박쪼가리가티 오그려노핫다 로인정한량들은 전에한번 혼뜨검내노흔 오입쟁이가 털보하나를 데리고 단둘이 들어올때 털보가 벌서 눈에 거치적거리고 털보의 인물이 영특하고 털보의 긔색이 태연한것을 살펴볼쑤룩 점점 마음이 실쩍하여저서 선뜻선손을 걸지못하던차에 털보가 청동화로 오그려놋는것을 보고 혀들을 홰홰 내둘럿다

절문한량이 허우대큰 사람에게

『자네두 저러케 오그릴쑤 잇겟나』

하는뜻을 눈으로 물으니 그사람은 고개를 바루 끄덕이지도 안코 가로흔들지도 안코 한여프로 비틀어꼬잣다 여러한량들이 서로보고 눈짓하는중에 절문한량이 턱으로 박글 가리치니 허우대큰 사람외에는 다들 고개를 끄덕이엇다 방안에 떠돌던 살긔가우습게 사라젓다

『신입구출이라니 먼저온 우리는 먼저갑시다』

한량하나가 말을내고

『좃소』

한량두서넛이 대답할때 이때까지 안저잇던 꺽정이가 일어서서 아래ㅅ간을 나려다보며

『내말듯기전에 못갈테니 게들안저라』

하고 따라지게 해라로 내부칫다

꺽정이 말한마듸에 다른한량들은 모두 찔금하야 말뗏구를 못하는데 허우대큰 사람만이

『뉘게다 함부루 해라야』

하고 제법 뇌까렷다

『오 네가 힘꼴이나 쓰는 모양이니 힘좀 어듸 보자』

하고 꺽정이가 아래ㅅ간으로 올라오는데 그사람이 슬그머니 주먹을 쥐고잇다가 면상을 노리고내갈겻다 뚱뚱한 주먹에 면상을 어더마지면 아무리 천하장사라도 코ㅅ잔등이 으서지거나 눈뚜덩 이 터지거나 할것인데 눈이발고 손이잰 꺽정이가 자긔의 얼굴을 얼른 뒤로저치며 그사람의 팔목을 덥석잡고 또한 손으로 올려훌트니 그사람의 입에서 아이구 소리가 연해나왓다

『하잘것업는 놈이구나』

꺽정이가 손을 노흐니 그사람의 팔목에서 불근피가 똑똑 떨어젓다 한번 올려훌튼데 가죽이벗겨지고 살이 밀더엇던것이다 꺽정이의 손에도 피가 무더서 그사람의 옷옷짜락으로 손을 썩썩 씨슨뒤에 여러한량들을 둘러보며

『내가 아즈라는데 너의들이 종내 안찌안쿠 섯슬테냐』

하고 소리를 질럿다 여러한량들은 자긔네몸에 손찌검이 돌아올까 겁을 내서 벌벌떨며 주저안고 기생은 저의몸에 손맬리업슬줄 번히 알것만 공연히 무서워서 쪼구리고 안저 발발 떨엇다

꺽정이가 한온이더러

『인제 길에잇는 사람들을 들어오라게』

하고 말하야 한온이가 나가서 가치온 사람들을 데리고 들어온뒤에 아래웃간에 안질좌석들을 정돈하엿다 꺽정이와 한온이는 주인기생 소홍이를 데리고 아랫목에 느런느런 안고 로인정하

량들은 방문마진편에서 장지압까지 비좁게 안치고 웃간에는 십여명 사람이 겹겹이 둘러 안젓다 꺽정이가 한온이를 가리치고 한량들을 바라보며

『이사람패가 너의들에게 당한것처럼 너의들을 죄다 성하게 보내지 안을것이로되 감잔치 못해서 손찌검은 안하겟다 그러나 이사람에게 사과들을해라 그래야 놔보낼테다』

말하고 나서

『사과할테냐 안할테냐 말들해라』

하고 뒤를 눌럿다 여러한량이 서로 돌아보며

『사과하세』

『사과를 무어라구 하나』

『아무러케나 하지』

하고 가만가만들 짓거리고 나서 각각 한온이에게 사과를 하는데

『전번일은 우리가 잘 못햇나보우』

말하는 사람도 잇고

『용서하우』

말하는사람도 잇는중에 허우대큰사람은 머리만 숙이고 절믄한량은 입쌀만 달싹달싹 하엿다

절문한량이 교피부라는것을 꺽정이가 눈꼴사납게 본터이라 짐짓곤욕을 보이려고

『사내자식이 사과를 하기실으면 안하구 할테면 남이알어듯게 똑똑히 할것이지 입쌀만 달싹거린단 말이냐 대체 너가튼자식은 아직 대가리에 피두 안마른것이 기생방 출입이 다 무어냐봐하니 밥술먹는집 자식갓구나 네 아비 할아비 모아노흔 천량 작작 업새라』

하고 여지업시 낫잡어서 꾸짓고

『똑똑이 요전번에 잘못햇습니다하구 사과해라 그러치 안으면 아가리를 찌저놀테다』

하고 얼러대니 얼굴이 새빨개진 절문한량이 입쌀을 악물고잇다가 한참만에 나직하나마 알아들을만한 목소리로 꺽정이 시키는대로 사과하엿다 그절문한량은 시임 우변포도대장 리몽린(時任右邊捕盜大將李夢麟)의 망내아들로 로인정 한량패중의 출물ㅅ군 노릇하는 사람이요 허우대큰 사람은 상(桑)가 정을가진 안변사람으로 리포장 남병사쩍에 한두번 승안(承顏)한것을 연줄삼아 리포장집에 와서 문객 노릇하는 사람인데 리포장의 아들이 장가를데리고 기생방에다닌지 수년동안에 참혹하게 망신을 당하기가 이날밤이 처음이엇다

로인정 한량패들이 사를과 다한뒤에

『너의들 인제 고만 가거라』

소리를 듯고 소홍이집에서 몰려나와서 길에가면서 여럿이 씩둑깍둑 짓거리엇다

『별놈의망신 다 해보네』

『기생방에 와서 사과란 무어야 별꼴을 다보지』

『여보게 방구 자네 팔목이 얼마나 아픈가 세상에 긔막힌놈의 힘두 다만치 어쩌면 한번 잡어훌는데 팔목이 그모양이 되나』

상(桑)가를 뽕으로 삭이고 뽕을 방구로 옴겨서 방구가 상가의 별명이 된것이엇다

『팔목원수를 어떠케든지 가퍼야겟는데 무슨 도리가 업겟나 생각들좀 해보우』

『그털보놈이 대체 웬놈일까』

『남소문안 절믄오입쟁이 연석이 어듸가서 데려온게지 우리에게 앙갚흠하려구』

『남소문안 오입쟁이 여석이 수상한놈의 자식이라든데 그털보두 역시 수상한놈이 아닐까』

『포두청에서 도독놈 이라구 잡어다가 치도군으로 패주어 내보냇스면 조켓네』

『그랫스면 방구의 팔목이 당장에 나올테지』

『여보게 장내대장 자네가 춘부녕감께 말슴을 잘여쭤서 해볼쑤업겟나』

장내대장이란 리포장아들의 별명이다

『무어라구 말슴을 여쭙나 기생방에서 망신햇단말이 들처나면 아버지와 형님네게 잔소리나 듯게되지 아버지는 노인이시라 잔소리 하실년세나 되섯지만 형님네 잔소리란 사람이 머리

가 살지경일세 밤에 놀러다니지말구 무경을 일거라 손이뜨면 못쓰니 짝지를 놀리지말아 글씨를 배워라 관방을 이켜라 잔소리가 한이업네』

『자네 백중씨가 무슨 염체에 그런소리를 한다든가 기생방에 놀러다니지 안은지가 며칠이나 되엇다구』

『그러키에 말이지 기생방출입을 고만둘생각이 나다가두 형님네 잔소리에 도루들어가네 그러나 잔소리듣듯구 집에 들어안젓드면 오늘밤가튼 망신은 안햇겟지』

『오입쟁이가 기생방에서 남을 망신주기두 예사구 남에게 망신당하기두 예사지 그까지껄 가지구 속썩일께 무어잇나』

『암 그러쿠말구 오입판에서 한번 망신한게 무슨 대산가 헌갓쓰구 똥누기지 여보게 방구 그러치안은가』

『망신이라두 오늘밤에 내가 당한망신은 죽을 망신일세』

『망신이면 망신이지 죽을망신 살망신이 어듸잇나』

『여보게 장내내장 속썩이지말구 다른데루 놀러가세』

『아니 나는 고만 집으루 갈라네』

『집에가서 조ㅅ불하구 눈쌈할라나 우리 소월향이 집에가서 재판으루 놀아보세』

『올치 소월향이게루 가세 장내대장이 소월향이를 조아하지그려』

여럿이 소월향이게 놀러가기로 의론이된뒤에 한량하나가 상가성가진 사람을 보고

『장내대장이 가는데 방구가 안가지못할텐데 어듸 그팔목가지구 술먹으러 갈수잇겟나』

하고 말하니 그사람이

『팔목은 걱정이아니라두 피무든옷을 어떠케 하나』

하고 대답하엿다 다른한량 하나가 그사람 아프로 나서며

『내옷이 자네게 얼추 마질테니 나하구 웃옷을 바꿔닙세』

말하고 곳 웃옷을 버서주엇다

『피무든 옷을 누가 입든지 마찬가지 아니야』

『아따 남의 걱정까지 하지말구서 날 버서주게』

그한량이 피무든 웃옷을 돌돌 말아서 여페끼면서

『요러케하면 됏단말이야』

하고 자긔의 의사스러운것을 자랑하듯이 혼자 우섯다

『그걸 내가 여페끼구 가지』

『고만두게 이건 내가 집에까지 가지구가서 빨어고처다 줌세』

『나는 객지에잇는 사람이니까 후의를 실탄말안쿠 바들테여』

『자네 팔목을 정한수건으루 다시 잘 동이세』

『나는 코수건박게 업는데』

『내가 인심쓰는김에 수건하나까지 마저 인심씀세』

그한량이 재명주 손수건으로 그사람의 상한팔목을 다시 동여준뒤에 여럿이한께 소월향의 집으로 몰려갓다

꺽정이가 로인징 한량들을 한온이에게 사과시키고 노하보낸뒤에 한온이더러

『우리두 차차 가보세』

하고 말한즉 한온이가

『남의 자리를 빼서가지구 바루 일어서면 재미잇습니까 여기서 한참놀다 가시지요』

대답하고 나서 곳 데리고온 사람들을 바라보며

『자네네 멧사람이 평 집에가서 술ㅅ상을 차려달래서 아이놈들 이어가지구오게 술못먹는사람두 먹을것이 잇서야할테니 만두비저논것이 잇거든 잇는대루 다 쌀머달라게 그러구 서사더러 사랑다락에 잇는 청동화루에 그중 크구 조은것을 한개 골라달래서 가지구오게』

하고 말을 일럿나 집여명 사람이 잠지동안 너밀욱내밀욱 하더니 나종에 네댓이 가치갓다온다

고 일어서들 나갓다 술ㅅ상을 차려오려간 동안에 한온이는 남아 잇는 사람들을 데리고 짓거리고 기생은 꺽정이에게 맛겨서 꺽정이가 기생을 여페 가까이 안치고 수작하게되엿다

『자네 이름이 소홍이라지』

『네 그럿습니다』

『나는 임선달이란 사람일세』

『네 그럿습니까』

『자네가 소리두 잘하고 풍뉴두 잘한다네그려』

『공연한 두슴 맙시요』

『내가 서울잇는 동안 종종놀러와두 조켓나』

소홍이가 그말은 대답안코

『시굴댁이 어듸십니까』

하고 물엇다

『나는 먼시굴 사람일세』

『보입기엔 서울냥반 가트신데요』

『서울냥반이라면 내가 듯기 조와할줄 아나』

「아니 참말 서울냥반 가트세요」

「무어시 서울냥반가튼가」

「사투리업는 말슴을 듯든지 제도맛는 의복을 보든지 다 서울냥반 가트십니다」

「의복은 어머넙구 말은 배웟네」

「그러신줄은 몰랏습니다」

「이후에 놀러올때 시굴쌍눔이라구 푸대접이나 하지말게」

「천만의 말슴을 다하십니다」

「자네는 어듸 싸람인가」

「제고향은 종도올시다」

「종도야 진이 난곳일세그려」

「제가 아이쩍에 소리를 그에게 배웟습니다」

「자네가 당대명기라드니 연원이잇네그려」

「선생은 명기지요만 제야 무슨명집니까」

「자네 나이며친가」

「나이 몃살이나 되어보입니까」

「글세 몰라서 뭇지안나」

「눈어림으로 말슴을 해보십시요」

「스무남은 되엿슬까」

「스물다섯이올시다 나이 만씁지요」

「날가튼 사십객사람하구 놀기 꼭 조은나일세」

한온이가 여러사람과 짓거리다가 말고 소홍이를 돌아보며

「여보게 소홍이 저어른이 우리 선생님이신데 소시쩍부터 오입안하시기루 유명한 어른이니 자네 수단으루 한번 오입길을 더드려보게」

고 말한뒤에 다시 소홍이귀에 입을 대이고 몃마듸 소곤소곤 말하니 소홍이가

「그런소리 누가 듯구십다오 저리 가시우」

고 몸으로 한온이를 떠밀엇다

「무슨 소릴하기에 골이낫나」

정이가 소홍이더러 뭇는데 소홍이는 대답을 아니하고 한온이가 우스면서

「선생님 힘조으신것이 팔뿐이아니라구 말해주엇더니 공연이 쌀쌀스럽게 굽니다」

하고 대답하야

『실업슨사람』

하고 꺽정이도 역시우섯다 꺽정이가 술ㅅ상오는 동안이 지리한줄을 모르고 안젓는중에 남소문안에 갓던사람들이 돌아오는데 화로와 술ㅅ병가튼것은 자긔네가 들고 술ㅅ상과 밤참목판으아이들 시켜서 이여가지고 왓다

소홍이가 처음에 꺽정이를 흉악한귀신만 여겨서 여페가까이 가는것도 마음에 끔찍스러워 하다가 서로 수자도 해보고 다시 인물도 살펴보는중에 사내다운 사내로 생각이 들기시작하며 친할마음까지 나서 나종에는 꺽정이가 손을 만지는것도 실케여기지 아니하엿다 말할때 번화하게 웃기도하고 술칠때 나즈막하게 권주가도 불럿다 소홍이의 노래와우슴속에 주석이 길어서서 상나기를 기다리고 문ㅅ간방에 들어안젓던 아이들은 잠한숨을 달게잣다 오랫만에상이나서 자다가 일어난 아이들이 먹을건 먹고 버릴건 버리고 빈그릇들을 참겨가지고 가는데 안방의 웃고 떠드는 소리는 좀처럼 그칠것갓지 아니하엿다

아이들 간뒤에도 한식경이 조이지나서 겨우 일어서게들 되엇는데 소홍이가 이자탐 저자탐에게 몰밀어서

『안녕히 갑시요』

하고 인사한뒤 특별히 한온이에게 와서

『자주 놀러오세요』

하고 다정스럽게 당부하니 한온이가 짓궂게 소홍이의 얼굴을 드려다보며

『자네가 날더러 자주 놀러오랄때가 다 잇스니 별일일세 아마두 나를 조방군이노릇 시키구 시픈게지 아따 그러게 내가 선생님 뫼시구 자주옴세』

하고 깔깔 우섯다 여러사람들이 한온이를 따라서 웃는중에 꺽정이도 역시 빙그레 우스면서 소홍이를 보고

『우리 또 만나세』

하고 인사하엿다

밤이 기프니 달은 더발근것갓고 눈이 싸혀서 밤은 차지아니하엿다 한온이와 꺽정이가 느런히 서서 장통교와 수표교사이 천변을 나려올때 뒤에오던 여러사람이

『오늘밤가튼 조흔밤엔 자지말구 돌아다녓스면 조켓네』

『우리 단골술집에 가서 밤새두록 술타령해볼까』

『누가 마대』

하고 짓거리는것을 듯고 한온이도 집에 들어갈마음이 적어저서 꺽정이보고

『선생님 이왕 나서신길에 소월향이집에까지 가보시렵니까』

하고 물엇다

『지금너무 늣지안헛나』

『느지면 대삽니까』

『기생자는걸 가서 깨운단말인가』

『저혼자 자거나 제서방하구 자는건 깨워두 조치요』

『소월향이 집이 예서 멀지 안흔가』

『헤민골이라 가는길에 그리 돌아갈쑤두 잇습니다』

『그리 가긴가드래두 자거든 깨울껀 업네』

『소월향이집 안방 뒷들창이 행길루 낫스니까 자는지 안자는지 박게서 알쑤잇지요』

한온이가 뒤에오는 사람들을 돌아보며

『소월향이 집으루 가세』

하고 말하니 여러사람이 여출일구로

『좃습니다』

하고 대답들하엿다

헤민골 소월향이집에 뒷들창으로 불비치 보이고 방안에서 여러사내의 목소리가 나는데 목소리들을 가만이 들어보니 갈데업시 로인정 한량패라 한온이가 펄펄 뛰다시피하고 집아프로 들아와서 지처노흔 일각문을 긔세조케 열어부첫다

『평안하우 무사한가』

방문을 열고

『신입구출합시다』

방안에 들어서는데 꺽정이만 한온이의 뒤를니어서 들어서고 여러사람들은 방박게 둘러섯다 로인정 한량들이 꺽정이를 한번 치어다보고는 곳 부지런히 버서노흔 옷들을 주서닙고 도망하듯이 몰려나갓다 로인정 한량패의 노는자리를 하루ㅅ밤에 두번재 깻고 한온이는 한업시 조하서 꺽정이가 고만 일어서자고 말하여도

『조금만 더 놀다가시지요』

하고 잘 일어서지 아니하다가 소월향이가 잠에 부대껴 못견듸어할때 비로소 일어섯다 남소문안으로 돌아오는길에 한온이가 소흥이와 소월향의 우렬을 물어서 꺽정이가 소월향의 약한것을 타박하고 소흥이의 투덕투덕한것을 칭찬하엿더니 뒤에오는 여러사람들이 듯고

『임선다님이 소흥이게 반하섯네』

『소흥이두 맘에 잇서하는 모양이데』

『소홍이년이 코 큰 사내를 골르거든』

이런소리들을 짓거리며 낄낄 거렷다

한온이가 꺽정이의 힘을 빌어서 로인정 한량패에게 톡톡이 분풀이한뒤 사오일이 지나갓다 이동안에 꺽정이는 소홍이의 루덕루덕한 모양이 마음에 이치지 아니하야 다시 놀러갈생각이 업지아니한터에 하루아침 한온이가 와서 식전인사를 마치고

『어제밤에 소홍이에게 놀러갓다 왓지요』

하고 공연히 우스니 꺽정이가

『왜 웃나』

하고 웃는까달글 물엇다

『소홍이에게 무안을 당햇습니다』

『무슨 무안을 빵햇서』

『선생님을 안뫼시구 왓다구 거짓말쟁이라구요』

『그런 무안은 당해싸지』

『선생님까지 저버케 말슴하시네』

『나를 따구갓스니 내가 그러케 말안허겟나』

「선생님 오늘밤에 가치가십시다」

「봐서 가치가세」

「봣서가 아니라 꼭 가서야해요 만일 안가시면 제가 소홍이게 무안버덤두 망신을 당하게됩니다」

「그건 또 엇재서」

「제가 꼭 뫼시구온다고 말하구 왓습니다」

「내말두 안들어보구 그런말 한사람은 망신을 당해두 조에」

「선생님 안가실 말슴입니까」

「자네가 미리 허락하구온게 미워서 안가겟네」

「선생님이 제자의 수구를 몰라주시니 야속합니다」

「무슨수군가」

「오늘밤에 가보시면 아실껩니다」

「엇재든지 가잔 말일세그려」

「제청을 한번 또 들어주시는셈잡구 가십시다」

이날밤에 꺽정이와 한온이가 아이놈하나를 압세우고 소홍이집에를 놀러왓다 한번보면 초면이요 두번보면 구면이라 안면도 익숙하려니와 대접도 다정하엿다 소홍이가 멀리안저서는 추파를보내고 가까이 안저서는 아양을 부리는데 그것이 모두 꺽정이 마음속에 스며드는것 가텃다 한온이가 방을 가르치고 또 소홍이를가르치며

「전날밤과 어떳습니까」

하고 물어서 꺽정이가

「무에 어떠탄 말인가」

하고 무심히 본것을 다시 살펴보니 방에 병풍과 보료도 전날밤에 업던것갓거니와 소홍이의 의복과 단장도 전날보다 몃배 더고흔듯하엿다

「소홍이가 선생님을 마지려구 정성을 이러케피우는데 저의 수구두 적지안씁니다」

하고 우스니 꺽정이는 빙그레 할뿐이요 소홍이는 곱게 눈을흘겻다

「여보게 눈 흘기지말게 신정은 여구하구 구정은 여진해야 쓰는법일세」

「신정은 무어구 구정은 무어요 지각좀 차리시요」

「이사람이 이러다가 욕하지 안켓나」

「말이 빠저서 니가 헛나갓스니 용서하시요」

「자네가 어느재 선생님세를 밋나 아직좀 닐네」

『예 여보시오』
『한다할쑤록』
『술ㅅ상이나 내오리까』
『내가 술못먹는줄을 자네가 아직 몰르네그려』
『술을 못잡숫거든 안주나 잡숩시오』

소홍이가 사람을 불러서 술ㅅ상을 드리라고 일르더니 기집아이 하나가 뻔찔날러 드리는데 안주가 굉장히 만헛다 그러나 꺽정이가 혼자 먹다시피하는 술이라 만히먹지 아니하야 술ㅅ상이 오래가지 아니하엿다 상을 물려낸뒤 한동안 지나서 한온이만 아이놈을 데리고 돌아가고 꺽정이는 소홍이집에 머물며 자게되엿다

이뒤로 소홍이가 장악원에서 찻는날 탈하는일이 이따금 잇섯스나 이는대개 꺽정이가 놀려오는날이요 왈짜들이 오는밤 문을다치고 밧지안는일이 종종잇섯스나 이는대개 꺽정이가 자러오는 밤이엇다 소홍이는 사내를 놀리는 수단이 조코 꺽정이는 기집을 거느리는힘이 조하서 둘의 사이가 찰떡과갓고 꿀과 가텃다

청 석 골 (四)

남소문안패와 련락잇는 매파(媒婆)들이 꺽정이의 재물만흔것과 기집조하하는줄을 알고 꺽정이 거처하는 처소에 하나둘 오기시작하더니 얼마안되어서 여럿이 드나들게 되엇는데 서로들 시재워가며 이쁜과부가잇소 음전한 처자가잇소 첩을 어드시요 첩장가를 드시요 천거도하고 인권도하엿다 여러매파중에 순이할머니라는 나이 한륙십된 늙근이가 잇는데 사람이 상업지 안흔것가터서 그 늙근이의 말은 꺽정이가 가장 만히 귀담아 들어주엇다 어느날 나제 꺽정이가 마침 혼자안젓슬때 순이할머니가 와서

「오늘은 조용합니다그려」

하고 방으로 들어왓다

「언제는 조용치 안튼가」

「나는 올때마다 사람이 잇습듸다」

「사람업는때 할말이잇나」

「꼭 사람업는데 할말이잇다는게 아니라 그러탄 말슴이요」

「그래 나를 첩하나 안어더 주려나」

「조흔자리를 모두 퇴짜만 노흐시며 안어더준다구 말슴하시우」

「내맘에 합당해야 조은자리지」

「저편에서 합당하다구 하는자리는 선다님이 합당치안타구 선다님이 합당하다구 할만한 자리는 저편에서 합당치안다니 그러니 어렵지안쏘」

「대체 내가 합당하다구 할만한 자리가 잇긴잇나」

「십만장안 억만가구에 선다님맘에 흡족할자린들 작히 만켓소」

「왜 그런자리를 하나 못튀겨내나」

「글세 그런자리는 저편에서 도리머리를 흔들어요 우선 잘너무골 조흔색씨가 하나잇지만 남의첩으로는 죽어두 안간다니 어떠케하우」

「첩으루 오지안는다면안해루 데려오지」

「안해잇는 냥반이 또 안해루 데려와요」

「시굴잇는건 시굴안해라구 서울잇는건 서울안해라면 되지안나 예전 송도서울 시절에는 그런일이 만엇다데」

「고려쩍 이야기가 지금 시절에 당한가요 그래 저편에서 육례를 가추자면 그대루 하실테요」

「색씨가 내맘에 들기만하면 저편에서 하자는대루 하지」

「잘너무골 색씨가 선다님맘에 드실것은 내가 다짐하지요」

「내눈으루 보기전에 알쭈잇나 대체 어떤집 딸인가」

「가난한 냥반의집 홀어머니의 의딸인데 그색씨를 데려오시려면 홀어머니의 빗을 갑허주서야해요」

「그건 어렵지안은 일일세」

「빗을 갑자면 상목이 다섯동이나 들겟답되다」

「가난한집 과부에게 누가 빗은 만이주엇네」

「그 홀어머니의 이야기를 들어보니 그빗이 긔막히는 빗입되다 그의남편 박생원이란 냥반이 노름을 조와해서 여간세간을 노름으루 다 떨어마치구 간구하게 지냇는데 노름판 친구중에 윤정승댁 차지노릇하는 사람하나가 박생원 생존햇슬때 가끔쌀말 나무바리를 보내주구 박생원돌아갓슬때 초종을 치러주구 돌아간뒤 삼년동안 모녀의 의식을 대어주어서 그차지를 모녀가 다 은인으루 여겻드랍니다 그랫드니 올구월에 박생원의 삼년이 나자 그차지가 사람을 중간에 너쿠 딸을 첩으루 달라드라지요 아무리 은인이라두 딸을 첩으룬 줄쑤업다구 거절햇드니 그뒤에 그차지가 와서 빗을 내라드랍니다 빗이 무슨 빗이냐구 물어본즉 초종때쓴것이 얼마 삼년간대어준것이 얼마 조목조목 적은것을 보이는데 그중에 박생원 생존햇슬때 보내준 쌀말 나무바리갑까지 저저이 다 적혓드랍니다 그게 모두 상목다섯동이래요 그 홀어머니는 빗에 부대끼다못해서 딸을 내주구시픈 맘두업지안은 모양인데 그딸이 죽어두 첩으루는 안가겟다구한대요 그래서 그홀어머니가 나를보구 빗가퍼주구 장가들사람을 하나구해달다구 부탁 합듸다』

『빗은 다섯동말구 오십동이라두 가퍼주겟지만 그색씨를 한번 내눈으루 보게 해주게』

『보시기가 좀 어려운데 내가어떠케 해볼테니 지금나하구 가치갑시다』

꺽정이는 순이할머니의 말을듯고 의관을 차리고 순이할머니를 따라나서서 산림골로 색씨를보러가게 되엇다

산림골 궁벽한 구석에 와서 향나무박힌 우물이 하나잇고 그우물에서 멀지안흔 곳에 초가 외딴집이 하나잇섯다 순이할머니가 꺽정이와 가치 우물게 왓슬때 그 초가집안에서 떠들석하게 짓거리는 사내목소리가 나는것을 듯고

『저긔가 색씨집인데 지금 아마 빗쟁이가 와서 떠드나보우 내가 가보구오께 잠간 여기서서 기다리시우』

하고 꺽정이더러 말한뒤 혼자 그집을 향하고갓다 꺽정이가 한동안 우물여페서 오락가락하는 중에 떠들석하던 소리는 그치엇는데 순이할머니가 나오지아니하야 갑갑증이 나서 초가아페와서 집안을 드려다보앗다 사내하나는 들마루에 걸터안젓는데 두팔을 뒤로집고 비스듬이 안즌꼴이 장히 뱃대가 벗고 주인과부는 방안에 들어안저서 얼굴도 내노치안코 사정을하는데 목소리가

다 죽어가는 사람과 가텃다 주인과부가 죽어가는 소리를하면 할쑤록 그사내는 긔가노파지며

『더참어줄쑤 업서』

『안된다니까 그래』

하고 반말지거리를 럭럭하엿다 못된놈이 의지업는 과부 릉멸하는것을 꺽정이가 눈아페보고 패씸한 생각에 곳 쪼차들어가서 꼭두잡이하야 들어내고 시픈것을 겨우 참고서 순이할머니를 불럿다 방안에 들어안젓던 순이할머니가 꺽정이의 부르는 소리를듯고 박그로 나오더니 오래 기다리게 한탓으로 책망이나 바들줄알고

『빗쟁이가 가거든 색씨어머니에게 귀틈좀하구 나오려니 쇠귀신가튼 작자가 밋질기게 안가구 안저서 가진 긔평을 다부리는구려 색씨아이는 방한구석에 업드려서 소리두못내구 우는데 보기에 하두 불상해서 조은말루 달래느라구 진작나와서 말슴두 못햇소』

하고 발명을 부산히하엿다

『그빗쟁이눔이 윤가의집 차지라든가』

『윤정승댁 차지가 보병옷을 닙구 다니겟소 꼴이 그차지가 보낸사람 갓습듸다』

『심부름 온눔이 주제넘께 무얼 못하느니 안되느니 하나』

『차지의 몸바더가지구 온사람인갑듸다』

「대체 무얼못한다구 무얼 안된다구 그러든가」

「색씨어머니가 빗을 좀 더참어달라구 사정하니까 못한다 안된다 합듸다」

「그래 상목다섯동을 당장에 내라든가」

「사흘안에 상목을 못내노켓거든 딸을 내노으라구 땅땅 얼릅듸다」

「그럼 사흘안에 상목을 내준다구 말해서 보내라게」

「선다님께서 내주시려우」

「내가 내주겟네」

「색씨두 안보시구 작정하실테요」

「색씨는 봐서 맘에 들지안으면 파의하드래두 상목은 주겟네」

「정말이요」

「한번 준다면 주는게지 정말거짓말이 웨잇슬까」

「그럼 얼른 들어가서 색씨어머니더러 말하겟소」

순이할머니가 몃거름 안으로 들어가다가 다시 돌처나와서

「색씨를 내가 상면하도록 해들릴테니 선을 똑똑이 보지우」

하고 말하니 꺽정이가

「색씨를 지금 그사내눔 안진데 좀만 내세워두 예서 볼쑤잇지만 들어가서 상면하게되면 더조치」

하고 대답하엿다 순이할머니가 안으로 들어간뒤 얼마아니잇다가 주인과부와가치 부억모퉁이에 나와 부터서서 한동안 수군거리는데 꺽정이는 박게서 드려다보고 섯기가 창피하야 우물둥천 향나무여페 와잇섯다 곳 나올듯한 빗쟁이사내는 나오지안코 순이할머니가 다시 또 나와서 일변 우물편으로 쪼차오며 일변꺽정이더러 오라고 손짓하엿다 꺽정이가 집아프로 들어오면서

「왜 그러나」

하고 물으니 순이할머니는 멀리 나가지안코 서잇다가 꺽정이가 가까이 온뒤에

「저작자를 어떠케하면 조탄말이요」

하고 말하엿다

「무얼 어떠케 한단말인가」

「빗졸르러 온사람이 간뒤에 선다님께 색씨를 보인다구 햇는데 그작자가 안가구 안저서 말썽을 부리우」

「빗을 사흘안에 갑는다구 햇스면 고만이겟지 또 무슨 말썽이야 수표를 써내라구 하든가」

「수표나 써내라면 조케요 숫제 안간대요 그작자의 말본새좀 들어보실라우」

순이할머니가 목소리를 우령우령하게 변하여가지고

『생쥐 입가슴할것두 변변이 업는집에 하루이틀새 상목멧동이 어듸서 난담 공연한 소리지 사흘안에 야반도주하라구 패를 내주는 사람이 잇는모양이지만 잘안될껄 그래 지금 내가 안가구잇스면 나를 보낸이가 이리올테니 그가 오거든 말해보라구』

사내의 말을 흉내내고 다시 자긔의 본목소리로 말하엿다

『색씨어머니가 사정을 다해서 말하구 내가 경계를 따저서 말해두 그작자는 어느바람이 부느냐는드시 들은척 안하구 안젓스니 저걸 어떠케하면 좃소』

『그눔이 천하 고약한눔일세 나하구가치 들어가보세』

꺽정이가 순이할머니를 압세우고 집안으로 들어왓다 꺽정이가 마당에서서 그사내를 바라보며

『네가 이집에 빗바드러온 사람이냐』

하고 불호령칠직하게 말을 부치니 그사내는 어이업는 모양으로 대답을 안하엿다

『다른말 길게할것업시 이집빗은 내일와서 바더가거라』

『게가 대체 무어다니는 사람이게 함부루 아무더러나 해라를합나』

『아무것두 안다니면 너가튼 눔더러 해라를 못하랴』

『너가튼눔은 무어야 날 누구루 알구그래 내가 윤정승댁 사람이야 우리댁대감 말슴한마듸면

하늘에 방망이달구 도리질하는놈이라두 금부아니면 포두청이야」

『네가 윤원형의집 종놈인줄 알엇다 잔소리말구 빨리 일어나거라」

『하늘이 노픈지 땅이 나진지 아직 모르는군」

『가라구 말루 일를쩨 얼른 가거라」

『사람을 바루 떵떵 얼르네」

『요놈 네가 버릇을 좀 배워야겟다」

꺽정이가 한두거름에 지대우로 뛰어올라오며 곳그사내를 멱살잡아 치켜들엇다 그사내가 똥깨 업는 사람이 아니건만 헛개비가치 번쩍 들려서 두다리가 대롱대롱 하엿다

『너가튼 맨망스러운놈은 태기를처서 창아리를 터처노을테다」

꺽정이가 그사내를 한손으로 치켜든채박그로 나오는데 순이할머니가 뒤따라 나오면서

『그대루 놔보내시우」

하고 말하니 꺽정이가 본래 손찌검까지 할생각은 업는터이라

『아따 그러지」

하고 멱살을 노하주엇다 그사내가 똥줄이 빠지게 도망한뒤에 꺽정이와 순이할머니가 다시 안에 들어와서 꺽정이는 들마루에 올라안고 순이할머니는 방으로 들어갓다

『아에 안들어 오시려구 하시는것을 내가 억지루 뫼시구 들어왓소』

순이할머니가 거짓말로 공치사하고

『우리 알지도 못하는 냥반이 순이할머니께 우리 정경을 들으시고 가긍하게 여기서서 우리 빗을 가펴주신다고 말슴하신다는데 우리가 뵈입고 백배치사래도 해야하지 안켓느냐 그래서 순이할머니께 뫼시고 들어오시라고 말슴햇다 누추하나마 방으로 들어옵시사고해서 모녀가 다가치 뵈여야겟지만 홀어미의 처신으로 남의말이 무서우니 네가 마루에 나가서 어미대신겸뵈여라』

주인과부가 딸에게 일르더니 한참만에 부스럭 소리가나고 다시 한참만에 방문이 열리고 그리고 순이할머니가 먼저 나서고 그뒤에 색씨가 나왓다

음산하던 들마루가 홀제 환하야지는것 가텃다 색씨가 얼굴은 탐스럽고 살비츤 히엇다 으젓한중 아름답고 현연스러운데 태가낫다 오랫동안 울고난끄티라 해당화 비에저저 무게를 못니기는듯 가련하야 보이엇다 석정이가 색씨를 보는데 정신이 팔려서 색씨의절을 바들때 마저주라고 순이할머니의 눈짓하는것도 모르고 가만이 안저 잇섯다 색씨가 절한번하고 곳 도루 들어간뒤에 순이할머니가 꺽정이 여페와서 귀ㅅ속말로

『색씨 조치요』

하고 물으니 꺽정이는 고개를 끄덕 끄덕하엿다

『아주 아귀를 지어서 말하구 갈까요』

『나는 먼저 박게나가잇슬테니 말하구 나오게』

꺽정이가 박게나와서 서성거린지 얼마만에 순이할머니가 박그로 나왓다

『말 다됏소』

『그래 대례를 지내기루 말이됏나』

『상처하시구 후취하신다구 햇지요』

『후취라니까 조타구하든가』

『후취는상관업지만 년치가 너무틀려서 흠이라구 합듸다』

『색씨나이 멧살이랫지』

『열아홉이요』

『내나이 곱절이 넘네그려』

『선다님 년세를 설흔넷으루 주려 말햇건만 만타구 합듸다』

『나이만타구 파의한다든가』

『아니요 모든것이 다 조흔데 년세좀 만흐신것이 흠이라구 하드란말이요 내일이라두 곳 주

단거래하구 속히 택일해서 성톄하자구까지 말이됏소」

「그럼 다됏네 고만가세」

「내말슴좀 들으시우 나하구 색씨어머니하구 이야기하는 동안 색씨는 방한구석에 돌아안젓드니 내가 간다구일어설때 얼른 바루안즈면서 어머니 저할머니더러 좀 기서숩시사고 하세요 아까 쫏겨간사람이 무슨흉게를 꾸며가지고 다시 올른지 누가 알어요 하구 말하겟지 내가 색씨말을 들어보려구 이늘근이가 안가구잇슨들 무슨 소용잇서 하구 말하니까 색씨는 내얼굴만 처다보구 말대답을 안합듸다 색씨가 사람이 얼마나 슬금하우」

「그런 념려두 바이업지 안치만 날더러 들마루에 쭈구리구 안저잇스란 말인가」

「색씨어머니가 딸을 데리구 부억에 나려가 잇슬테니 날더러 뫼시구 방에 들어가 잇스랍듸다」

「여보게 색씨는 이왕 장면 햇스니까 다시 말할것업구 장모깜만 마저장면하면 한방에 못안질것업지 안은가 방에 가치 안젓는다구해야 내가 가지안쿠 잇겟네 자네들어가서 내말루 말해보게」

춘이할머니가 방안에 들릴만큼 큰소리로

「내가 오늘 이집에 드나들다가 재신발이 날나겟네」

하고 떠들며 들어가더니 한참만에 들마루아페서 박글향하고

『선다님 들어오시우』

하고 소리하엿다

꺽정이가 방에 들어와서 색씨어머니와 맛절로 인사를 마친뒤에 꺽정이는 색씨어머니의 내주는 아래ㅅ목자리에 와서안꼬 순이할머니는 방문아프로안는 색씨어머니와 마주안꼬 색씨는 웃목한구석에 벽을 향하고 안저잇섯다 꺽정이가 색씨의 뒷모양을 실로록 바라보다가 바루 안치라는 뜻으로 순이할머니에게 눈짓하야 순이할머니가 색씨에게 가서

『바루안찌 왜 잔뜩 돌아안젓서』

하고 꺽정이와 대면되도록 돌려안첫더니 색씨가 다시 반쯤 돌아안저서 꺽정이는 색씨의 엽모양을 바라보게 되엿다 색씨가 고개를 다수굿하고 아래만 나려다보고 안젓는데 어찌하다가 겻눈이 꺽정이의 얼굴을 스치어갈때가 잇섯다 방안 네사람에 한사람은 말이업고 나머지 세사람도 말쑤가 적어서 조용하게들 안젓는중에 홀제 떠드는 소리가 박게서나며 곳 여러사람의 신발ㅅ소리가 삽작안으로 들어왓다

꺽정이가 색씨어머니와 자리를 바꾸어 안꼬서 방문을 열고 내다보니 마당 한중간에 주속의복을 입은 늙수그레한 사람이 가장 아프로 나서고 그뒤에 십여명 사람이 둘러 서는데 먼저 쪼

차보낸사람도 그중에 끼어잇섯다 꺽정이가 곳 나가서 혼구멍들을 내노흐려다가 말을 좀 해볼 작정으로

『이집빗은 내일 바드러오랫는데 엇재 오늘왓소』

하고 물으니 주속의복을 입은사람이 꺽정이를 흘겨보면서

『빗갑는단말을 준산할수업서서 기집아이를 데려다 마터둘테니 상목을 가지구와서 빗갑구 차저가라구』

하고 말하는데 말본새는 고사하고 말하는 조격부터 거드럼스러웟다

『기집아이라니 이집 딸색씨 말이지 내가 벌서 마텃는데 또 누가 마터』

『네가 대체 웬놈인데 중뿔나게 나서서 말썽이냐』

저편에서 오는말이 곱지안흐니 이편에서 가는말도 험하엿다

『네가 윤원형의집 차지눔이라지 봐한즉 나쌀이나 조이먹은눔이 염체두 업시 남의집 색씨를 빼서가려구 몃해씩 근사를 모앗단말이냐 근사모으느라구 애는썻겟지만 헛애썻다 이집색씨는 임자잇는 사람이야 그임자가 내다』

그사람이 어이가업서 말이 선뜻 안나오는지 한참잇다가

『임자라니 임자란게 다 무어냐』

하고 뇌엇다

『속시원하게 분명이 말해주라 이집딸색씨가 내안해ㅅ감이다』

『안해ㅅ감이야 안해ㅅ감은 고만두구 안해라두 내빗갑기전엔 내가 데려갈테다』

『네 소위빗이란것이 터문이업는 빗인줄까지 내가 잘안다 그러치만 이왕 물어준다구 말한게니 내일 바드러오너라 만일 오늘 말썽을 부리려들면 내일빗두 다 바덧다』

그사람이 꺽정이에게 목자를 부라리며

『이눔 되지못한눔이 거센체말아』

불호령하고 곳 뒤에섯는 사람들을 돌아보며

『저눔부터 끌어내오게 잘안끌려나오거든 막 사그리 나려조기게』

말을 일르니 십여명 사람이 제각기 꽁무니에서 몽치들을 빼어들고 몰려들어와서 오륙명은 지대우에 올려서고 사오명은 들마루로 올라왓다 꺽정이가 눈ㅅ결에 한손을 내밀어서 들마루를 들어 아프로 기울르며 곳 뒤지버어펏다 들마루에 올라왓든 사람들은 대개다 거공잡이로 나가떨어지고 지대우에 올라섯든 사람들은 거지반 마루에 치어 잣바젓다 그동안에 색씨가 어머니뒤로오고 순이할머니까지 한데가몰려서 셋이 옹긔종긔 안젓는것을 꺽정이가 보고 한번 빙그레 우슨뒤에

「나잇는 동안은 적마위 눔들이 몃백명이 오드래두 겁날것이 업지만 내가 간뒤에 오면 탈인데 여기 단칸방에서 내가 자기는 어려우니 숫제 이집을 버리고 모녀분다 나잇는데루 가치 가면 어떠켓소」

하고 색씨어머니의 의향을 물은즉 색씨어머니는 선뜻 대답을 못하고 자저하다가 딸이 속은거리는 말을 듯고 비로소

「조투룩 해주세요」

하고 가고잇는것을 꺽정이에게 맛기엇다

「그럼 지금 곳 일어습시다」

「저사람들 간뒤에 찬찬이 가지요」

「저눔들을 쪼차보내자면 치구달쿠 자연 성가실테니 여기들 내벼려두구 갑시다」

「세간나부랭이는 어떠케할까요」

「그까지것 내버리구 갑시다 저눔의 빗갑홀것만 가지구두 훌륭한세간을 얼다든지 작만할수 잇지안쏘」

「옷이나 갈어입여야지요」

「얼른 갈어입으시우」

「미안하지만 잠ㅅ간만 박게나가 기세요」

주인과부 모녀가 옷갈어입는 동안 꺽정이는 방문박게 나와섯섯다 들마루는 비록 륙중하지안트라도 사람이 사오명이나 우에 올라섯는데 한손으로 한편여플 처들어서 아프로 뒤지버 업는것이 여느사람보다 동뜬힘가진 장사가 아니곤 생의도못할일이라 윤원형의집 차지는 힘센 주먹이 몸에 미칠까 겁이나서 다른사람을 돌볼 생각도 못하고 박그로 뛰여나갓다가 얼마만에 다시 안으로 들어와서 몃남은 성한사람과가치 나가떨어진 사람을 일으키고 치어자바진 사람을 빼놋는중에 그장자가 방문열고 나오는것을 보고 고만 질겁하야 또다시 박그로 뛰여나가는데 팔다친사람은 고사하고 허리삔사람 발접질린 사람도 모두 천방지축 뛰여나갓다 차지가우물께 와서 뒤를 돌아보며 겨우 발을 멈추어서 여러사람이 차지여페 모혀서는데 서잇기 어려운 사람은 주저안기까지하엿다

「이걸 어떠케하면 조흔가」

차지가 여러사람을 돌라보며 의론하듯 말을 내니

「얼른가서 도차지께 말슴하구 사람을 오륙십명 풀어달라지요」

「그눔이 댁대감마님을 착호성명하지 안씁듸까 그런 죽일눔이 어듸잇나요 아주 대감마님께나 정경부인마님께 말슴을 여쭤서 별반거조를 내시두룩 하시지요」

『아직두 둘이 저안에 남어잇는데 우리가 가면 그사람들은 어떠케하나요』

『우리가 여기섯스면 소용잇습니까 그눔이 쪼처나오기전에 얼른 가십시다』

『그눔이 만일 쪼처나올맘이 잇스면 벌서 쪼처나왓지 이때까지 꾸물거리구 잇겟습니까』

『제가 어제밤에 꿈을 잘못 꾸엇드니 꿈땜이 너무 지독한걸이요 엽구리가 결려서 죽겟습니다』

『저는 엉겁결에 어떠케 여기까지 뛰어왓지만 인젠 꼼짝못하겟습니다』

여러사람이 중구난방으로 짓거리엇다 차지가 여러사람을 보고

『그만들 짓거리구 내말좀듯게 내가 얼핏가서 사람들을 데리구 올테니 자네들은 여기잇게 저안에 남어잇는 사람두 마저 끄내오려니와 그눔의 동정을 잘살펴보게 그눔이 만일 어듸루 가거든 뒤를 발버서 가는데를 똑똑이 알어 오두룩 하게』

하고 말을 일르는중에

『벌서 저기 나오는데요』

하고 누가 소리하야 차지와 여러사람이 다가치 과부의집으로 머리를 돌리엇다 꺽정이와 순이 할머니가 과부모녀를 치마쓰이어 압세우고 집아페 나오는것을 차지가 바라보고

『저눔이 기집아이 모녀를 다 데리구 나오지안나 어듸루 돌려안치려는겔세 여보게 모두 향나무뒤에 가서 아무ㅅ소리말구 인저잇다가 저것들 가는뒤를 발버보세』

하고 여러사람의 아플서서 향나무뒤로 올려갓다
꺽정이가 세사람을 데리고 우물여플 지나서 가는중에 몃사람이 슬금슬금 뒤따라오는것을알고 순이할머니더러 색씨모녀를 데리고 먼저 남소문안으로 가라고 일르고 자긔는 돌처서서 우물께로 걸어왓다 뒤따라오던 사람들이 급한거름으로 향나무뒤에 가서 그곳에 안젓는사람들을 분주히 붓들어 일으키는데 꺽정이가 바라보고
『이눔들 어듸루 내빼려구들면 한눔 남기지안쿠 모주리 목아지를 빼노을테니 거기서 꿈쩍들 말아』
하고 큰소리를 질르며 한다름에 쪼차와서 우물아페 버티고 섯다
『내가 너눔들에게 손대지 안는것이 큰덕택인줄 모르구 내뒤를 발브면 어쩔테냐 괘씸한눔들 가트니 너의눔들은 모두 저빈집에 가서 방속에 가만이 들어안저잇거라 그래야 목숨들을 살려줄테니』
꺽정이가 호령질을 통통히 하는데 향나무뒤에잇는 여러사람은 꿀꺽소리도 못하엿다
『이러들 나려오너라』
『얼른들 못나려 오겟느냐』
꺽정이가 여러사람을 불러나려서 도야지떼 몰듯 몰고 빈집에 와서 방안에 몰아너코 들마루에

치일때 중하게 다처서 운신못하는 사람들까지 마저 방안에 끌어 너흔뒤에 여편네들의 거름으로 남소문안에 갈동안쯤 지키고 잇스려고 들마루를 들어다가 방문안폐 노코 걸터안젓다 방안에서 수군거리는 소리가 나는것갓더니 얼마뒤에 여러사람의 알른소리가 이어나고 중간에 가끔 벽의 흙떨어지는 소리가 석기어낫다

『이놈들이 벽을 뚯지안나』

꺽정이가 허허실실로 방문을 열어보니 몃사람이 방문마진편 들창을 뜨더키우는데 소리나는것을 감추려고 여럿이 일부러 알른소리들을 하고 잇섯다

『들창을 왜 뚯느냐 죽구들시퍼 몸살이 나느냐』

꺽정이가 방안으로 들어오니 여러사람은 이러나 저러나 죽는줄알고 악들이 올라서 운신못하는사람들 외에는 모두 몽치 창칼 방망이짝들을 손에쥐고 꺽정이에게 달겨들엇다 도망갈데업는 쥐가 괴양이를 물러덤비는 셈이라 꺽정이의 주먹과 발ㅅ길이 왓다갓다 하는동안에 십여명 사람이 놀비하게 쓰러젓다 차지가 여러사람의 뒤로돌다가 맨나종발ㅅ길에 거더차이는데 공교히 웃목에 노힌 질화로우에가 쓰러저서 화로가 깨어젓다 정신업는 중에도 불을 피하야 엉금엉금긔어나오는 차지를 꺽정이가 쪼차가 발끄트로 거더질러서 그자리에 업들어지며

『오냐 사람을 죽이구』

하고 안까님을 쳣다 꺽정이가 눈을 부릅뜨고 차지를 나려다보다가 혼치마와 매무든 이불을갓다노코 폭을찌저서 차지부터 뒤ㅅ결박을 지우기시작하엿다 어느사람이 하나먼저

『살인이야』

하고 소리를 질르며 곳 여러사람이 따라서 소리들을 질르니 꺽정이가 뒤ㅅ결박들만 지우지안코 이불솜을 뜨더서 입들까지 틀어막엇다 이동안에 차지의 옷짜락이 불에타느라고 연긔가 나는데 꺽정이가 불을 끄지안코 도리어 이불폭 이불솜 남은것을 불우에던저서 얼마안잇다가 불꼬치 일어낫다 연긔가 방안에 자옥할때 꺽정이는 마루로 나오고 연긔가 방안에서 쏘다저나올때 꺽정이는 마당으로 나려오고 또 검은연긔속에 불근불ㅅ길이 넘실넘실할때 꺽정이는 박그로 나왓다

산림골 사람들이 과부모녀사는 외딴집에서 불이난것을알고 동의자박이들을 들고 쪼차와서 우선 우물을 드려다보니 동천에섯던 그리적지도안흔 향나무가 뿌리째 뽑혀서 까꾸로 우물속에 처박혀 잇섯다

『이 향나무를 누가 뽑아서 처박엇슬까』

『이것을 뉘장사루 뽑는단말인가』

『글세 이거 별일아닌가』

「잔소리말구 얼른 물들 퍼내게」

「박샌네 과택모녀가 저불속에 들엇스면 벌서 화장헷네」

「아까운 처녀가 죽엇네」

「그처녀가 살어두 우리겐 차례오지안네 뻑다구가 우리와달러」

「아따 이사람들 어서 물들 좀푸게」

「이눔의 나무를 뽑어내야 물을푸지」

여러사람이 우물속에 처박힌 향나무를 뽑아내기전에 불난집은 다타서 퍽석주저안젓다 남은불을 잡고 여럿이 불탄자리에 들어서서 방잇던데를 허처보니 남녀도 분간할수업슬만큼 빠싹탄 송장들이 나오는데 수효가 열이넘엇다

「이집에 웬사람이 이러케 만이 잇섯슬까」

「못된눔들이 처녀를 빼서가려구 작당해가지구 왓다가 불에 타죽은겔세」

「불은 대체 어듸서 낫슬까」

「과부가 딸뺏기지 안으려구 불을 놧는지 모르지」

「바지저구리만 다니지 안는바에야 불속에 가만이 안저서 타죽을눔들이 어듸잇단말인가」

「과부모녀가 수단으루 눔들을 역병 먹여서 골아떨어트렷는지 누가아나」

「그럼 과부모녀는 도망햇슬까」

「도망햇는지두 모르지만 내생각엔 이속에서 가치타죽은것가테」

「엇재서」

「너두죽구 나두죽잔 심사루 불을놧기 쉬우니까」

「자네말이 근리한 말일세」

「우물둥천의 향나무가 뽑힌것두 심상한일이 아니야 과부모녀가 죽을때 원통한긔운이 뻐처서 생나무뿌리가 뽑혓는가베」

「글세 그런일누 잇슬까」

「기집이 함원하면 오뉴월에두 서리가 온다네 생나무뿌리 뽑히는일두 더러잇지 업겟나」

이사람들의 짓거리는 말을 곳 참말가티 밋는사람이 만햇스나 그중에는 밋지안는사람도 업지 아니하엿다

과부모녀가 순이할머니를 따라서 산림골을 지나갈때 길ㅅ가에서 본사람들이 잇서서 과부모녀는 불나기전에 도망한 형적이잇다고 말이 떠돌앗다 남부(南部)에서 산림골 적은화재에 인명이 만히상한것을 한성부(漢城府)와 형조(刑曹)에 보하고 한성부에서 윤정승댁차지 한사람과 탕숙열한사람이 산림골로 빗바드러가서 돌아오지 아니한것을 탐지하야 남부에 알린뒤에 남부

의 주부(主簿)와 참봉(參奉)은 (五部의 主簿參奉을 都事奉事로 고친것은 後世일이다) 날마다 형조관리의 뒤를 따라 산림골에 나와서 화재뒤를 조사하엿다 타죽은 송장들이 타기도 몹시 탓거니와 끄낼때 함부루 달워서 검시할여지는 변변히 업스나 수효는 열둘인것이 분명하야 과부모녀는 가치타죽지 안흔줄을 짐작하고 뒤로 종적을 찻는중에 과부모녀의 도망한 형적을 아는사람이 잇단말을 듯고 말출처를 채근하야 사람을 하나씩 둘씩 연해 잡아갓다 남의말을 듯고옴긴 사람들은 매를 맛기도하고 안맛기도하고 즉시즉시 노혀 나왓스나 말을낸 사람들은 여간 매를 마질뿐아니라 죽도록 단련을 바덧다 그러나 그사람들도 불나기전에 여편네 셋이 향나무박이 우물께서 나려오는것을 보앗슬뿐이라 셋중에 과부모녀가 잇섯는지 업섯는지 셋의둘이 과부모녀라면 하나는 어듸사는 누구인지 얼굴들은 가리어서 보지못하고 가는곳은 살피지 안허서 알지못하므로 미심스러운 말이나마 더주어대일 건덕지가 업섯다 서슬이 푸른 윤원형의 집사람이 자그마치열둘이나 한꺼번에 죽엇는데 죽은까달글 자세히 알아바치지 못하야 형조의판서와 참판이 추고(推考)를 당하고 남부의 주부와 참봉이 벼슬들이 떨어젓다 간세배(奸細輩)가 과부모녀와 부동하야 음모로 살인하고 화재로 엄적한것이 아닌가 윤원형이 의심이 늘어서 포도청을 시켜 널리 렴탐하게하엿다

이때 우변포도대장은 리몽린이요 좌변포도대장은 남치근인데 남치근은 을묘년 난리에 방어사

로 전공이잇고 그뒤에 전라도의 병사(兵使)로 위명(威名)이잇서서 비록 신임(新任) 포장이나 년로무능한 리몽린보다 상하신망이 두터운까닭게 윤원형이 남치근을청하여다가 간세배의 형적과 과부모녀의 종적을 렴탐하야 보라고 부탁할때 우포장과도 상의하라고일러서 남치근이 리몽린을 차저왓섯다 리몽린은 일이 생기는것을 머리쌀 아프게도 여기거니와 윤정승이 자긔 후배(後輩)인좌 포장에게만 부탁하것을 마음에 고깝게여겨서 남치근의 말하는것을 흥흥하고 듯기만하다가

『녕중추대감 분부시니까 녕감께서두 헐후히 아실리 업겟지요』(이때 尹元衡의 벼슬이 領中樞府事이엇다)

남치근이 말할때 리몽린은 펄적 뛰다시피하며

『헐후라니 될말이요』

하고 대답한뒤

『녕중추대감 분부가 기시기전에 나는 미리다 염탐해보앗소 녕중추댁 차지하나가 반명(班名)의집 딸을빼서다가 작첩하려구 그어미 과부에게 백문선이 헛문서루 빗을 지워노쿠 빗을 못내거든 딸을 내라구 위협해오던끄테 그날 그딸을 강탈하려구 성군작당(成群作黨)해가지구 갓다가 화재에 타죽엇다우 화재가 엇재서 나게되구 십여명이 엇재서 다 죽게된것은 자세

이알길이 업스나 과부모녀가 여러사람을 방안에 드러안치구 술을 만양먹여서 다들 취해 쓰러진뒤에 불노쿠 도망햇단말이 근리한 추칙일줄아우 간세배라면 차지나 간세배라구할까 다른간세배라는 업는모양이구 과부모녀는 다른기집 사람하구 가치 도망하는것을 본사람들이 잇다구형조에서 사람들을 잡어다 단련햇지만 구경 아무 끄투리두 엇지못하구 말엇다우 과부 모녀가 서울안에 잠복해잇스면 어떠케든지 종적을 차저낼쑤 잇겟지만 형조 북새에 벌서 어듸루 고비원주한모양이요 령감두 아무쪼룩 엄탐시켜보시우만 별수가 업스리다」

하고 말하엿다

우포장 리몽린의 망내아들이 하루 자긔사랑에서 삿가성가진 문객을 데리고 잡담하는중에

『자네 산림골 이야기 자세이 들엇겟지 그게 우리를 욕보이던 텁보놈의짓이 아닐까 그놈이 사람십여명을 쥐두새두 모르게 죽이구나서 엄적하느라구 집에 불을노쿠 뒤에 불끄러오는 사람들이 얼른 물을깃지 못하게 하느라구 향나무를 뽑아서 우물속에 박구 가지안헛슬까 향나무가 절루 뽑힐리치가 만무하니 사람의 한짓은 분명하나 그나무를 사람의 힘으루는 뽑을 장사가업스리라구 말들하데 나는 이말을들을때 청동화루 접어부치던텁보놈이 생각나데」

하고 말하니 그사람이 무릅을 치면서

『참말 그런가보우』

하고 대답한뒤

『내가 대령포교에게 귀틈해주리까』

하고 물엇다

『대령포교 한두놈에게 말해선 아무소용업네 그런장사놈을 잡자면 대적을 잡는일체루 좌우포청이 다풀려야 할테니 적어두 아버님께 여쭈어서 착수하시두룩해야 할껠세』

『그럼 녕감께 말슴을 여쭈시우』

『말슴을 여쭤두 잘들으실른지 모르겟네』

『댁녕감께서 전에는 일에쇠ㅅ소리를 내셧는데 근년에는 무사태평만 제일루 여기시니 아마 년로하신탓인가봅듸다』

『년만하신터이니까 후회두 업스시겟지』

『그러나 한번 잘 여쭤보시구려』

상가의 권하는말에 리포장의 아들은

『틈을 봐서 어듸한번 여쭤보자네』

하고 대답하엿다

어느날 밤에 리포장의 아들이 느지기 그아버지에게 저녁문안을 와서 지싯지싯하고 물러가지

아니하니 그아버지가 무슨 할말이잇느냐고 물엇다

『향자 산림골서 화재낫슬때 우물우에섯던 향나무가 우물속에 들어가 박혀잇섯답지요』

『그래 그게 뉘작난인것을 너는 짐작하느냐』

『사람의힘으론 뽑을장사업다구 나무가 절루 뽑힌것가티 말들한다오나 그럴리치야 잇습니까』

『힘꼴이나 쓰는놈이 뽑잇슬께지 집에잇는 상가의 힘으루는 뽑지못할까』

『상가가 향나무와 향나무 박혓던 자리를 보고와서 제힘으루는 해로머리 물씬물씬한 땅에서두 뽑기 어렵겟드라구 말합듸다 그향나무가 밋둥이 제법 굵드랍니다』

「상가버덤 더 센사람두 세상에잇지 업겟느냐』

『상가가 서울온뒤에 저버덤 왕청뜨게 힘센자를 하나만나 봣답는데 그자가 지금 서울안에서 돌아다닌답니다』

『그자두 기생방에나 다니는 왈짜겟지 산림골사람들이 불끄러갓슬때 향나무섯던 자리근방 눈우에 여러사람의 발ㅅ자국이 남어잇는것을 보앗다구 말들하드라기에 나는 벌서 힘꼴쓰는 왈짜놈이 한턱먹기 내기한줄루 짐작햇다』

『사람죽이구 불노흔것을 향나무 뽑은자의 한짓으루 보시지 안습니까』

「향나무 뽑힌것이 화재낫슬때 비로소 여러사람 눈에 뜨이엇다구 한데 관련을 부쳐서 이런소리 저런소리 하지만 실상 향나무는 향나무대루 뽑히구 화재는 화재대루 나서 그사이에 아무 관련이 업슬께다」

「힘센자아니면 십여명을 어떠케 몰사죽엄 시키겟습니까」

「향나무뒤에 남은 발ㅅ자국이 여러사람의 발ㅅ자국인것은 말말구 네말대루 힘센자가 혼자한짓이라구 하자 그자가 사람들을 죽이구 나와서 무슨 의사루 향나무를 뽑아노쿠 가겟느냐」

「불끄러오는 사람들이 물을 얼른 길어내지 못하두룩한게 아니겟습니까」

「여러사람이 우물에서 나무하나 들어내는데 얼마나 오래걸리리라구 수탐하기조흔 표적을 뒤에 남기구 간단말이냐 그런 어리석은 놈이 어듸잇겟느냐 대체 사람이 무슨일을 당하든지 첫째 일의갈피를 잘잡어야 쓰는법이다」

리포장의 아들은 그아버지의 말에 눌려서 다시 말을 더하지 못하엿다

꺽정이는 불타는집에서 나오든때 공연히 뒤가 궁금하야 우물둥천에 올라와서 연긔속에 불ㅅ길이 솟는것을 한동안 바라보고 섯는중에 멀리서 사람의 소리절르는것이 풍편에 들리어서

「아래ㅅ동네 사람이 불난것을 안게다」

생각하고 곳 몃거름 나려드듸는중에 불그러오는 사람들이 우불물을 얼른못쓰게 해노코 갈생각이 불현듯이 나서 거름을 멈추고 향나무를 와서쥐고 흔들어 보다가 언땅에 생나무가 쉽게 뽑히지 안흘줄 짐작하고 두팔을 거더부치고 대들어서 두손으루 나무밋둥을 쥐고 한발로 땅을 빼드팅기고 온몸의힘을 다하야 끙소리 두서너번에 나무뿌리가 끈키며 뽑히며 소사올라왓섯다 둥그러케 우가 퍼진 향나무를 가꾸로 우물속에 틀어박는데 틀어박을쑤잇는대로 깁숙이 틀어박고나서 속이 다 시원한것가치 긴숨을 내쉬엇섯다

꺽정이가 불그러오는 사람들과 마주치지 안흐려고 산림끝막바지로 올라갓다가 모르는길을 이리저리 휘매고 날이 저물어갈때 남소문안 처소로 돌아오게 되엇는데 순이할머니가 혼자 방에 들어안젓다가 나와마즈며

『엇재 이러케 느지셧소』

하고 물엇다 꺽정이는 색씨 모녀가 방에업는것을 괴이쩍게 여겨서 순이할머니의 뭇는말을 대답하는둥 만둥하고

『엇재 자네 혼자잇나』

하고 도리어 말을물으니 순이할머니는 우스면서

『건너방에 편이들 깁시니 아무 념려맙시요』

하고 조롱하듯 대답하엿다

「누가 건너방에 드려안치라든가」

「절므신 냥반이 한바탕 수선을 떠젓지요」

절므신 냥반이란 한온이말이니 한온이가 그동안 와서 순이할머니에게 대강이야기를 듯고난뒤 건넌방에 잇던 보밤이와 상노아이는 박갓 사랑방으로 내보내고 색씨모녀를 한갓지게 드려안친것이엇다

「절믄 주인이 와봣단 말인가」

「나하구 가치안저서 섣다님 오시기를 고대고대 하다가 산리무끌루 사람을 보내보러가젓소 내가 자꾸 권햇지요 나는 꼭 무슨일이난줄 알엇구려」

「나간제가 오랜가」

「나가신뒤에 내가 건너방에가서 늘어지게 오래 안젓다가 색씨가 고달퍼하기에 편이좀 누어 잇스라구 일르구 다시 이방에와서 한참되엇스니까 그동안에 굼벵이가 굴러가두 넉넉이 산리무끌을 갓다왓슬께요」

「자네좀 가서 내가 왓다구 말하구오게」

꺽정이가 순이할머니를 한온이의 큰집에 보내고 방으로 들어가는길에 건넌방에 와서 방문을

열고 드려다보며 색씨어머니와 말몃마듸 수작하고 섯슬때

『선생님 오셧습니다그려』

하고 한온이가 들어왓다 꺽정이가 건넌방문을 다치구 한온이와가치 방에 들어와 안즌뒤에

『산리무꼴에 사람을 보내 봣나』

하고 물으니 한온이는 고개를 가로흔들며

『사람을 보내지안쿠 제가 갓다왓습니다』

하고 대답하엿다

『화재난데 가보앗나』

『선생님 큰일을 내셧습듸다 세력이 충천하는 윤원형의집 사람이 십여명씩 죽엇스니 뒤가 조용할것 갓지안습니다』

『일이 감짝가치 되엇스니까 뒤념려업슬줄아네』

『글세요 일이 아프루 어떠케 벌어질른지 아직은 모루겟습니다』

『이번에 일을 저질른건 내본의두아닐세』

『그눔들이 뒤를발버서 쪼치러 가섯다드니 어떠케 집에다가 몰아너쿠 태죽이섯습니까』

꺽정이가 여러사람을 집에 몰아너흔것부터 대강대강 이야기하는중에 방문이 열리며 순이할머

너의 얼굴이 나타낫다

한운이가 순이할머니를 보고

「내가 선생님 뫼시구 조용이 의론할일이 잇스니 자네는 잠간 건너방에 가잇게」

하고 말하야 순이할머니가 방문을 도루다치고 건넌방으로 건너간뒤에 꺽정이는 하든이야기를 마저 다하고 한운이는 산림꼴 사람들의 짓거리든 소리를 들은대로 옴기엇다

「과부모녀는 불에 타죽은줄루 알구 향나무는 절루 뽑힌걸루 친다면 뒤는 만사태평일세」

「포교놈들이 나번드기게 될것은 정한일인데 그놈들이 어리무던하게 그런말을 밋겟습니까」

「순이할미가 번설할 념려는 업겟나」

「선생님께서 상급이나 후하게 주시구 그우에 제가 잘단속을 시키면 념려업습니다」

「상급 후하게주지 순이할미만 말조심하면 탈로날구석이 업슬줄아네」

「언땅에백힌 생나무를 뽑을장사가 어듸 세상에 만습니까 그것을 꼬루리루 잡어가지구 수탐할른지 모르지요」

「그런 생각은 못하구 공연이 부질업슨짓을 햇네그려」

「아니하신이만 못하나 그건 지금와서 어떠케 할쑤업는 일이구 색씨모녀나 잘 숨겨두두룩 하시지요」

「여기두기가 조심스럽거든 광복으루 보내세」

「차차봐가며 하십시다」

한온이는 목소리가 본래 국지안흔 사람이라 말할것업고 꺽정이도 말소리가 건넌방에 들리지 안흘만큼 나직나직 하엿다

한온이는 꺽정이의 일이 조심되어서 한첨지와 부자간 의론한뒤에 순이할머니와 집안사람들을 일체로 말조심하라고 단속하고 이목을 늘어노하서 윤원형의집 동정을 알어오게하고 또 심복을 시켜서 좌우포도청 소식을 날러오게하엿다 우포청에서는 건정으로 렴탐하나 좌포청에서 엄탐하는줄을 알고 한온이는 꺽정이와 의론하고 과부모녀를 광복산으로 치송하려다가 길에서 잡힐념려가 불무하야 파의하고 꺽정이잇는 처소에서 다른곳으로 다려다가 기피 은신시켜 두엇다 어느날 윤원형의 집에서 부정풀이굿을 시키려고 날짜바더 노핫다는 말을 듯고 한온이가 윤원형의집 단골무녀를 뒤로 불러다가 말을 일러서 무녀가 굿을할때 죽은차지의 말로 모든것이 저의죄요 과부모녀의 탓이 아니라고 의수하게 꾸며서 공수를 주게하엿다 윤원형의집 정경부인마님 란정이가 그 무녀는 신통히 여기고 죽은차지는 불상히 여기지 안는까닭게 무녀의 공수가 란정의입을 거쳐서 윤원형의 귀에까지 들어가게 되엇다 수일후 장참(常參)날 윤원형이 예궐을 늣게하야 궐문안에서 퇴궐하는 남치근을 만낫는데 남치근이 아페와서 문후하고난

그때 과부모녀 수색하는데 별반방침이 잇서야 할것을 말하니 윤원형이 고개를 끄덕이고 아무 말업시 빈청으로 가다가 중간에서 다시 남치근을 불러서 너무 뇨란하게 수색할것은 업다고 말하엿다

『뇨란하게 수색하지 말랍시면 잡을가망이 적사온데 어찌하오리까』

『잡히거든 잡구 안잡히거든 고만두게그려』

『안잡힌다구 고만두어두 좃소리까』

『내가 조타구해서 잡을걸 이때까지 안잡엇나』

『황송하오이다』

남치근이 궐내에서 윤원형에게 미안한말을 듯고 그날밤으로 곳 사제(私第)에 대령하야 윤원형의 눈치를 살피는중에 과부모녀 잡기를 윤원형이 그대지 조이지 안는줄 알고 술그머니 비위가 틀려서 우포장 리몽린과가티 우물주물도 하지안코 내노핫던 포교들을 곳 다 거두어드리게하엿는데 남소문안에서는 남치근이 밤에 윤원형의집에 왓다간것을 알뿐아니라 궐내에서 윤원형과 만나서 수작한것까지 모르지 아니하엿다

좌포청의 엄탐이 그친뒤에 꺽정이와 한온이는 순이할머니를 불러다가 색씨 성례시킬것을 공론하야 성례날까지 정해 노코 잇는중에 의외의 다른일이 한가지 생기엇다

꺽정이 아페서 심부름하는 상노아이가 꺽정이에게 상급바든 상목한필을 오궁골사는 저의부모에게 갓다 주러간뒤 이틀이 지나도록 돌아오지 아니하엿다 저의집에 가서 병이 낫스면 그부모가 긔별이라도 할것인데 아무긔별이 업섯다 한온이가 오궁골로 사람을 보냇더니 그사람이 돌아올때 그아이의 부모가 다가치 따라와서

『그날 저녁밥을 먹여서 댁으루 보냇는데 댁에 안오구 어듸를 갓슬까요』

『그애가 저녁을 먹구난뒤 전에 업시 집에서 자구십다구하는것을 댁에서 기다리신다구 저의어른이 쪼차 보내다시피햇답니다』

하고 내외가 밧고채기로 말하엿다 나이 열여닐곱된 큰아이놈이 방향모르는 어린아이와 가티 길일허버릴리도 업슬것이고 사내아이놈을 기집아이처럼 누가 붓들어갈리도 업슬것이라 혹시 무슨횡액에 걸려서 포도청가튼데 잡혀가 가치지 안헛나 한온이는 이리저리 생각하야보다가 우선 그부모를 안심시키려고

『내가 사람들을 사방 내놔서 차저봄세 어듸서든지 나오겟지』

하고 말하야 아이의 부모를 돌려보내고 꺽정이에게 와서 아이의 일을 이야기하엿다

『그놈이 어듸루 도망한건 아니겟지』

『도망할 까닭이야 업겟지요』

『자네 짐작에는 어듸를 갓슬것가든가』

『짐작이 잘 나서지 안습니다 혹시 횡액으루 포청에 때어가지 안헛나 의심이 들뿐입니다』

『만일 포청에 때어갓스면 당치안흔일까지 횡설수설하지 안을까』

『그놈이 위인은 똑똑하지만 경난이 업서서 포교들 손에 걸리면 횡설수설할른지두 모르지요』

『포청에 얼른 알어보게』

『저의집에 다치는일이 잇스면 미리 통긔해줄 사람이 잇습니다』

『그것만 밋구 잇슬일이 아닐세』

『오늘밤으루 알어볼라구 생각합니다』

『오늘밤이나 무어나 할것업시 지금당장 알어보게』

『선생님 산리부골 일이 념려되시는가 봅니다그려』

『저런 사람보게 내가 내일때문에 념려하는줄 아나 향일에 남치근이가 포교들을 뻰질 내돌릴때두 자네집에 누를 끼칠까봐 념려는햇지만 내몸을 념려한일은 업네 나는 언제든지 한몸 떨구 일어서면 고만일세』

『저두 잘압니다』

『잘아는사람이 그따위 소리를 한단말인가』

『선생님께서 하두재촉하시기에 실업시 한마듸 햇습니다 용서 하십시요』

『첫재 아이놈일이 궁금하지안은가 속히 알어보게』

『지금 나가서 곳 알어보두록 하겟습니다』

좌우포청 여러간(間)에 상노아이놈이 업는것은 한온이가 그날로 즉시 알어보앗고 이튼날부터 여러사람을 각처로 내노하서 아이놈의 종적을 찻는데 로밤이는 상노아이와 정든까달게 저대로 큰길에 나가서 아무나 붓들고 키가얼마쯤되고 얼굴이 어떠케생긴 아이놈을 못보앗느냐고 뭇다가 가끔 편퉁이까지 마지면서도 아침부터 저녁까지 쉬지안코 돌아다니엇다 사흘동안 사방차저도 종적이 업서서 아이놈이 죽지안혓는가 의심하는 사람이 생기기 시작하엿다 사흘되던날 저녁때 한온이가꺽정이에게 와 안저서 아이놈의 일이 괴상한것을 말하는중에 홀제 여러사람신발 소리가 들려서 방문을 열어보니 여편네하나가 지둥한둥 압서 들어오고 그뒤에 사내너덧이따라들어왓다

여편네는 상노아이의어미요 사내들은 상노아이의 아비와 사랑에잇는 부리는 사람인데 상노아이의 아비도 죽을상이거니와 상노아이의 어미는 언진머리가 허트러지고 입은옷이 흙러저서 평일에 머리 곱게언고 옷매무재 얌전히하든 여편네와 뗜사람가텃다 한온이가 방에서

「웬일들인가」

하고 뭇는것은 대답안할뿐외라 그서방이 뒤에서

「어듸루 들어가나박게서 말슴여쭙구가세」

하고 일르는것도 들은척 안하고 상노아이의 어미는 방안에 들어와서 한온이아페 주저안즈며 목쉬인소리로

「우리아들 저차주시오」

하고 지다위하듯 말하엿다

「대체 웬일인가」

하고 까닭을 물어도

「우리아들 차저주시우」

가 대답이요

「차저줄테니 념려말게」

하고 위로쪼로 말하여도

「우리아들 차저주시우」

가 대답이라 한온이는 어이가업서 물끄럼이 상노아이의 어미를 바라보는 동안에 꺽정이가 박

게셧는 그서방을 내다보며

「아들의 종적을 알엇나」

하고 물엇다

「그놈이 보쌈에 잡혀간것 갓습니다」

꺽정이가 다시 자세한말을 뭇기전에 한온이가

「보쌈에 잡혀갓서」

하고 소리를 질르며 박글향하고 돌아안젓다

「네 그런듯한 의심이 듭니다」

「의심드는걸 자세이좀 이야기하게」

「그날저녁 땅금이 지난때 아이놈하나가 야주개 큰길루 나려가는데 장정몃놈이 어듸서 뛰어나와서 제잡담하구 홋이불가튼걸루 싸서 숭교바탕에 담어가지구 모전뒷길루 갓답니다 저의동네사는 의녀(醫女)가 병가(病家)에 갓다오다가 이것을 보구와서 이야기 하드라기에 저의내외가가서 자세 물어본즉 그말하는 아이놈이 제자식놈과는 갓지안은데두 만습듸다 우선키부터 자식놈버덤 훨씬 큰낭으루 말하구 의복이라든지 거름거리라든지 모다 자식놈과 틀리게말합듸다 그러나 날ㅅ자가맛구 시각이 근사해서 의심이듭니다」

하고 말을 한번 끈혓다가 다시이어서

『그것의어미는 오늘식전에 의녀에게 가서 이야기를 듯구 오는길루 이때까지 께께울다가 왓습니다 꼴을 좀 보십시요 녕낙업시 상성한 사람입니다』

하고 말하는중에 방안의 기집이 한숨을 터지게쉬더니 방바닥을 치면서

『아이구 이놈아 어틜 갓느냐 살엇느냐 죽엇느냐 네가 죽엇거든 날마저 데려가거라』

하고 넉두리를하는데 목이 가러안저서 넉두리두 잘하지 못하엿다 꺽정이가 한온이를 보고

『전에 내 자형되는사람이 보쌈에 죽을뻔한일이 잇섯거니』

하고 말을 내어서 한온이가

『죽을뻔햇스면 죽지는 안헛습니다그려』

하고 뒤를 달엇다

『죽지안쿠 살어왓섯네』

『그건 히한한 일입니다』

『사람의 명이란 알수업는것일세 보쌈에 들어서 죽지안을쑤두 잇지』

『옛이야기루는 보쌈에 잡혀갓다가 아주 장가를 들어가지구 잘 산사람두 잇답듸다』

상노아이의어미가 이야기에 귀를기우리다가 또 먼저와가티

『우리아들 차저주시우』

하고 한온이에게로 빠싹 대어들엇다 한온이는 선뜻 기집더려

『차저줌세』

하고 말한뒤에 곳 고개를 박그로 돌리고

『모전 뒤루 가는전 누가 봣다든가』

하고 물으니

『그의녀가 얼마동안 뒤를 쪼차가봣드랍니다』

하고 상노아이의아비가 대답하엿다

『내 가 잘 탐지해볼테니 자네내외는 집에가잇게』

『제가 말슴을여쭈려 오려는데 그것의어미가 먼저 압질러 뛰어왓습니다』

기집과 가치온것을 발명한뒤 기집더려 가자고 나오라고하여도 기집은 잘일어나려고 하지아니하엿다 한온이가 이것을 보고 먼저

『너의들은 왜 죽들어와 섯느냐 무슨 구경이 낫느냐』

하고 부리는 사람들을 꾸지저서 내보내고 그다음에 상노아이의 어미를 살살 달래서 그서방과 가치돌려보냇다

보쌈이란 대개 긔구잇는집 안부인네가 자긔의 딸이나 손녀의 과부될팔짜를 미리 때웨준다고 남의집 자손을 잡아다가 혼인하는 시늉을내고 곳 귀신모를 죽엄을 시키는일이니 안팎하인몃 사람만 입을 봉하면 한집안에서도 알지못하는수가 만타 이런일이 뉘집에서 난것을 알자면 먼저 의심나는집을 점찍어노코 그다음에 그집 속내를 과보아야 할것이다 한온이가 꺽정이와 의론한뒤 자긔집에다니는 매파 수모 무당 판수 상쟁이 사주쟁이들을 하나씩 둘씩 꺽정이처소에 불러다노코 남북촌과 중바닥에 큰집 지니고 당혼ㅅ감 규수두고 내주장인집을 물어보다가 서울안에서 유수한 량반의집에 그런집이 의외로만흔것을 알고 모전군방을 지정하고 물어보는중에 모교 북쪽천변에 사는 원계검(元繼儉)원판서집이 어느 매파의 입에서 들처낫다 그매파는 원판서집일을 잘 알어서 한온이가 캐어뭇는말을 상세하게 대답하엿다

『원판서 의 딸이 나이 몃살인가』

『지금 갓스물이요』

『시색조혼 재상가에서 엇재 딸을 과년하두록 두엇슬까』

『당자의 팔짜가 험한건 인력으로 하는수업는 모양입듸다』

『색씨가 어듸 병신인가』

『병신이 다 무어요 아주 이쁘게 잘생겻소』

「그런데 엇재 나이 이십이 되두룩 여위지못햇슬까」

「처음에 용인 이승지영감의 손자하구 혼인을 정햇다가 신랑ㅅ감이 툭 죽어버려서 까막과부가되고 그다음에 다시 함춘동 황참의 영감의 아들하구 혼인을 정햇는데 황참의영감 상사가 나서 지금 대삼년 하는중이라오」

「까막과부에 대삼년에 참말 팔짜험한 색씨로군」

「그뿐만이면 오이려도 조치만 아직 두번이 더 남엇다오」

「무에 두번이 더 남엇단 말인가」

「색씨의 팔짜가 어떠케 험한지 세번과부된뒤에라야 잘살쑤 잇스리라고 한다오 개가를 큰험절로치는 냥반의댁 따님으로 세번씩 과부될쑤잇소 그러니까 까막과부로 팔짜매움을 하는모양인데 세번과부가 팔짜에 매엇다면 아직도 두번이 더남지안헛소」

「원판서내외가 긔막히겟네」

「원판서 대감은 어떠신지 몰라도 그댁 정부인마님은 노상 시름속에 무처 지내시지오」

「원판서집에 근래 보쌈을 한일이 잇다드니 참말인가베」

「당치안혼 말슴 하지마시요 댁에잇든 상노놈이 보쌈에 죽엇다고 말들합듸다 그러나 나는 밋지안쏘 전부터 사내하나가 어듸로가서 종적이 업서지면 잡혀갓다고 떠듭넨다 호랭이에게 불려간것도 보쌈 제발로 도망간것도 보쌈 보쌈이 흔하기도 하지요 사람모힌 구경터에 아이안낫는때 잇습듸까 그나 마찬가지에요 고레적가트면 모르지만 지금가티 발근세상에 섯불리 그런짓 하다가 집안을 망하게요 혹시 하고시픈사람이 잇드래도 좀처럼 엄두를 내지못할줄 아오」

『자네말두 근리하나 이번 원판서집에서는 엄두를 낸모양이데 자네는 그래 소문두 못들엇나」

『그런 소문 못들엇소」

『소문이 참말인가 아닌가 자네 그집에가서 눈치를 좀보게」

『눈치보긴 어렵지 안치만 내생각에는 그런일이 잇슬것 갓지안쏘 그댁마님이 따님때문에 하두성화를 하시니까 누가 그런말을 지어낸게지」

『그런지두 모르지」

한온이가 그매파를 보낸뒤에 꺽정이를 보고

『원계검의집이 의심쩍지요」

하고 의견을 물으니 꺽정이는 곳

『의심쩍은게 더무언가 녕낙업시 그눔의 집에서 한짓일세」

하고 잘러 말하엿다

「인제 속내를 파봐야 할텐데 어떠케 파보면 조을까요」

「그눔의집 하인을 멧눔 잡어다가 족처보세」

「글세요 그러자면 너무 왁자할걸이요」

「왁자할것두 별루 업지만 설옥 좀 왁자하기루 어떤가」

한온이는 왁자하게 하지안흘 도리를 생각하느라고 고개를 숙이고 말대답이업섯다

한온이가 한참만에 고개를 치어들고서

「그집하인을 주식(酒食)이나 재물루 꾀여서 말을 시켜보지요 이것이 잡어다가 족치는것 버덤 나을것갓습니다」

하고 말하니 꺽정이는 고개를 천천이 가로흔들며

「내생각엔 나을것갓지 안흔데」

하고 시원치안케 대답하엿다

「왁자하지 안을테니 낫지안씁니까」

「여간 꾀임에 빠저서 그런말이 나올까」

「말이 나오두룩 꾀일만한 사람을 골라서 시키지요」

「정이친한사이면 그런말두 혹시 나올는지 모르지 그러치만 친한친구를 꾀임에 빠트릴눔이

어디 잇슬까」

「주식과 뇌물이 들면 서름서름한 사이라두 친하게 만들거든이요」

「그러자면 시일이 만히 걸리겟네」

「술ㅅ잔이나 나눌만한 터수면 시일두 별루 걸리지 안흘겝니다 지금 제가 생각하기는 원계겸이가 이량이와 가깝게 지내는 처지라 하인들끼리두 자주 만날터이니까 이량의 집에서 구중 노릇하는 사람을 불러다가 시켜볼까합니다」

「아무리나 자네 생각대루 해보게」

「이래봐서 잘안되거든 잡어다가 족치지요」

「그래두 조켓지」

한온이가 리량의집에 들어가잇는 부하를 불러다가 상노아이가 모교 원판서집 보쌈에 죽은 형적이잇는데 시체나 차젓스면 조켓스니 그 집하인중의 그런 심부름할듯한 사람에게 주식과 뢰물을 먹여서 시체버린 곳을 알어오라고 일르고 상목을 십여필 주어보냇다 불과 수일후에 그부하가 다시 와서 원판서집하인 서너사람을 붓들고 삼는데 상목이 부족하다고 말하야 한온이는 그부하의 람용하는줄까지 짐작못하지안흐면서 상목을 아주 반동으로 채워주엇다 격정이가 산림골 색씨와 초례를 지내고 또 남성미테 조그만 집하나를사서 새살림을 차리는데 한온이가 모든것을 주선하야 주느라고 날마다 분주하야 그부하가 두번째 상목을 가저간뒤 칠팔일이 지나도록 재촉한번 아니하고 상노아이의 부모가 아들의 일을 물으러오면 번번이

『가만잇게 조금만 더참께』

하고 말하야 돌려보냇섯다 어느날 다저녁때 그부하가 와서 원판서집 보쌈에 죽은아이가 모래ㅅ말(沙村)우사장 이러이러한데 무처잇다는것을 말하고 원판서집 하인의 입에서 이말을 파내느라고 이만저만하게 애쓰지안헛다고 이야기하엿다

『엇재 하필 모래에 갓다무더슬까 거짓말이 아닐까』

『거짓말은 아닐줄 압니다 어름에 구멍을 뚤쿠 강에 집어너흐려구 갓섯는데 동이 환하게터서 어름우에 낙시ㅅ군이 여기저기 보이는까달게 강에까지 나가지못하구 모래사장에 파뭇구 왓다구 말합듸다』

『말들은 사람이 가치가야 자리를 찻기 쉬울테니 내일나제 틈좀내가지구 내게루 오게』

『그러케 해보겟습니다』

이튿날 나제 한온이와 꺽정이가 리량의집 구종과 로밤이와 그외의 몃사람을 데리고 모래ㅅ말우사장에 나와서 시체를 찻는데 이러이러한데라고 말들은것이 잇건만 사장의 목표가 분명치못하야 한동안들 헤매는중에 한곳에 파파발븐 발ㅅ자국이 남아잇서서 그곳을 시험삼아 파보

잇다 한자기파쯤 들어가서 광이질하는 사람이 광이끄테 마치는것이 잇다고 말하더니 지미구에 옷이 내다보이고 뒤미처 시체가 들어낫다 그 시체를 파내노흐니 한온이는 외면하고 꺽정이는 언짠하하고 로밤이는 외눈에서 달기똥가튼 눈물이 뚝뚝 떨어젓다

상노아이의 부모가 아들의시체 차젓다는 긔별을 듯고 강변으로 쪼차나오는데 그아비는 한거름이라도 빨리오려고 지름길로 옴줄까지 알엇지만 그어미는 어듸로 어떠케오는지도 모르고 먼줄만 알어서 먼길로 끌고온다고 붓들어주는 서방을 핀잔하엿다 그어미가 사장에 와서 시체를 보고는 곳펄썩 주저안저서 몸부림을치며 울엇다 여러사람이 붓들고 말리는데 적이 정신을 차려서 죽은자식 얼굴이나 보겟다고 시체여페 가서 더퍼노흔것을 치어들고 드려다보더니 바루 고개를 딴데로돌리고 슬몃슬몃 뒤로 물러나왓다 눈뜨고 입벌린 얼굴을보고 고만 정이 떨어진것이엇다 그뒤에는 별로 울지도못하고 넉일흔사람가티 멍하니 안저잇섯다

시체를 문안으로 드려오지못하고 문박세서 집을잡고 치상하야아주 매장은안하고 우선 초빈하야 두는데 한온이와 꺽정이가 각각 우후하게 부의를 주어서 훌륭한 수의로 렴도하고 조후관재로 관까지 쎳다 그어미는 한번 정이떨어진뒤로 시체근처에 가기를 실혀하야 렴하는것도보지안코 입관하는것도 보지안코 초빈하는데도 따라가지 아니하엿다 그러나 슬픈것은 창자 구비구비에 매치고 원통한것은 뼈 마듸마듸에 박혀서 원수를 못갑고는 못살것가티 날뛰엇다 그아

비 역시 불상히죽은 자식의 원수를 갑고시픈 마음이 속에 가득한중에 더욱이 기집에게 부대껴서 정장질을 해보려고 작정하고 한온이에게 와서 조력하야 달라고 청하엿다

『세ㅅ줄이 든든한 시임형조판서를 걸어가지구 정장해서 일이될것가튼가 일두안되구 욕만보기쉬웨 내가 조력해서 일이 될것만가트면 자네가 와서 청하기를 기다리구 잇겟나 벌서 정장질하라구 가르처주기두 햇지』

사내는 한온이의 말을 올케듯고 가서 정장질안하려고 하는것을

『정장질 안하면 칼가지구 가서 원수를 갑흘테요 죽는놈도 잇는데 욕볼것이 겁난단 말이요 겁나거든 고만두오 내가 하리다』

기집이 사람을 펴부어서 마침내정장질을하게 되엇다 사내가 소지를들고 먼저 포청으로갓더니 포청에서는 형조로가라고 밧지안코 형조에는가야 바더줄리 업서서 나종에 대사헌(大司憲)이 거리에 나왓슬때 로상에서 바치엇다 대사헌리감(李戡)이 리량의패로 원계검과 사이가 막역인것을 모르고 무슨 조흔처분이 나릴까 바라다가 흑의(黑衣)짜락에 바람이나는 사헌부 라장들에게 끄들려가서 소지의 사연이 주작부언이라고 초사를 올리기까지 매를죽도록 어더맛고 멀정한사람이 병풍상성한놈이란 소리를듯고 등밀려 쪼겨나왓다

사내가 정장질하다가 볼기만 어더마진뒤에 기집은 한온이에게 쪼차와서 더퍼노코 자식의 원

수를 갑하내라고 부득부득졸랏다 한온이가 기집더러

『어떠케하면 원수를 갑흘쑤 잇겟나 원수갑흘 도리를 자네가 가르처주게』

하고 말하니 기집은 서슴지도 안코

『원가의 집안을 도륙 내주세요』

하고 대답하엿다

『그건 내힘으루 할쑤업네』

『집안을 도륙 낼쑤업스면 그기집년 하나만이라도 죽여주세요』

『그것두 내힘으루 할쑤업구』

『원수를 갑하주실맘이 업는게지 엇재할쑤업세요』

『내가 원판서집 안에 뛰어들어가서 색씨를 죽이구 올만한가 자네는 나를 퍽 담대한 사람으루 밧네그려』

『누가 친히 가줍시산말입니까 댁문하에 드나드는 사람이 작히 만켓습니까』

『그런일 할만한 사람부터 물색해노쿠 이야기하세』

한온이가 서뿔리 뒤에 이야기하자고 말한마듸 한탓으로 기집에게 성화를 밧게되엇다 기집이 편일 오기도 하고 하루걸러큼 오기도하는데 한온이가 하루는 기집을 조용히 불러가지고

『이사람 저사람 생각해봐야 내집사람 중에는 그런 큰일을할만한 사람이업구 우리선생님 입선다님이 만일 하시러들면 하실수가잇는데 내말만 듯구서는 움측이실것갓지 안흐니 자네가 먼저정성스럽게 졸라보게』

하고 말하야 성화꺼리를 슬그머니 꺽정이에게로 떠밀엇다

꺽정이가 색씨장가를 들어서 새로 살림까지 차렷건만 전과가티 한첨지집에서 류숙하고 식사하엿다 꺽정이는 새집으로 아주옴겨갈 의사도 업지안헛스나 거처음식이 불성모양일것을 념려하야 한온이가 지성으로 붓들어 못가게한것이엇다 그러나 꺽정이가 매일 밤에가서자고 올뿐아니라 나제 가서 안젓다오는 까달게 처소에 잇슬매보다 업슬매가 더만헛다 한온이가 기집에게 성화를 밧다못하야 색책으로 말하는것을 기집은 짜장 조흔도리를 일러주는것으로듯고 즉시 꺽정이의 처소로 쪼차왓다 꺽정이가 마침 처소에 업는때라 기집이 빈안방문을 열어보고 방에들어가 안저잇슬까 집에갓다가 다시올까 자저하는중에 건넌방에혼자 들어업드렷던 로밤이가 소리업시 방문을열고 내다보며

『아주머니 왓소』

하고 말을 부처서 기집은 곳 건넌방아프로 다거섯다

『선다님이 어듸출입하섯소』

『우리 선다님이 요새는 밤낫 번쩔가시는데가 잇다우』

『가시는데가어된지 좀 여쭤올쑤업소』

『조금 잇스면 오실께니 여기 들어와서 기다리시구려』

기집이 실탄말안코 건넌방에 들어와서 문아프로 안즈니 로밤이가 아페잇는 화로의불을 헤처
노흐며

『이리와서 불쪼이시우』

하고 화로가까이 오라고권하엿다

『나는 불쪼임생각이 업소』

『칩지 안으시우』

『네』

『오늘가튼 치운날 치운줄을 모르면 장사시우』

『자식일훈뒤루 종일 박게서살아야 별루 치운줄두 모르구 두세끼 밥을굴머야 배고픈줄두 모
르우』

『지금은 속에 불떵이가 들어안저서 모르지만 뒤에 해가 날테니 몸조심하시우』

『몸조심해서오래살구두 십지안쏘』

『살구십지안타구 산목숨을 어떠케 억지루 끈소 내가 일전밤 꿈에 그애를 만나밧는데 꿈이 하두 녕절스러우니 이야기좀 들으실라우』

『내자식을꿈에 만나밧단 말이요』

『네 이리와서 불쪼이며 이야기를 들으시우』

기집이 화로여프로 다거안젓다

『아주머니두 아실른지 모르지만 내가 거의 두달동안 그애하구 한이불속에서 둥굴엇소 저두 내게 정이들구 나두제게 정이들엇는데 죽은뒤루 꿈에두 한번 보이지안어서 사람이 죽구보면 이러케 매정스러운가 나는 혼자 한숨지운때가 만엇소 그랫드니 어끄적게밤 꿈에 그애가 왓겟지요 꿈에두 생시의먹은 맘이잇서서 붓들구 매정스럽다구 사잘하니까 그애가 저승일이 끗나거든 오려구 그동안 안왓다구 말하구 오늘 염라대왕께서 저를 불러서 너는 인도환생을 시킬텐데 원통하게 죽은것이 불상해서 특별히 생각하구 사흘동안 세상에 나가 돌아다닐 긔한을줄것이니 사흘안에 네가 태어나구 지픈집을 맘대루 골라서 가게해라 분부하셧다구 말합듸다』

『엇재 내게는 와서 그런말을 아니햇슬까요』

『그러치 안어두 그애가 말합듸다 우리어머니가 하두 나를 못이저하는 모양이라 다시 아들루 태어나려구 집에를 갓다가 아버지의 끙끙 알른소리가 듯기실여서 들어가지안쿠 노서방 보구 부탁하려구 바루 쪼차오는길이요 하기에 무슨부탁이냐구 뭇지안엇겟소 그애말이 내가사흘안에 어떠케든지 해서 다른사람업는때 우리어머니를 이리 뫼시구 올테니 내이야기를 자세이 하시우 하구 지재지삼 부탁합듸다 나는 꿈을 허사루만 여기구 밋지안엇드니 지금 아주머니가 오신걸 보니 가슴이 뜨끔하우 꼭 그애가 뫼시구온것 갓구려』

기집이 어리석은 탓으로 로밤이의 꿈이야기에 속아서 죽은자식의 환생부탁을 저바리지 안흐려고 로밤이에게 한번 몸을허락하엿다

기집이 로밤이와 가치안젓기가 새삼스럽게 서먹서먹하고 마주보기가 갑자기 면란스러워서 가려고 일어섯다

『선다님 안보구 가실라우』

로밤이의 뭇는말을 변변히 대답도안코 건넌방에서 나와서 신발을 신는중에 꺽정이가 박게서 들어왓다

『자네가 엇재 왓섯나』

『선다님을 보이러 왓습니다』

『나를 보러왓서 무슨 할말이잇나』

「조용이 보입구 청할말슴이 잇습니다」

「그럼 방으루 들어가세」

기집이 꺽정이의 뒤를따라 안방에 들어와서 안즌뒤에 꺽정이가 먼저

「자네 남편 일어낫나」

하고 물으니 기집은

「웬걸이요 아직 일어안찌두 못합니다」

하고 대답하엿다

「참말 몹시 마진겔세그려」

「맛기두 몹시 마젓지만 사람이 원악 약해서 그래요」

「의원은 보겟지」

「동네잇는 의녀가 와 봐줍니다」

「의녀가 아무래두 사내의원만 못할테니 고명한 사내의원하나를 청해다 보이게」

「그의녀는 한동네서 살구 저의를 불상히 여겨서 공히 봐주다시피 하지만 다른의원이야 어듸그러케 됩니까」

「치료에 드는부비는 내가 절믄주인하구 의논해서 넉넉이 보내줌세」

『황송합니다』

『지금 곳 절믄주인께 가서 내가 오시란다구 말하게』

『선다님께 정할일이 한가지잇는데 말슴하오리까』

『치료부비말구 무슨 다른청이잇나』

『치료부비를 줍시사구 청하러온게 아니올시다』

『그럼 내게 정할일이 무언가』

『죽은자식의 원수를 좀 갑하주십시요』

『원수를 갑하달라니 어떠케 갑허달란 말인가』

『원가놈의 집을 통이 도륙내주시거나 그러치못하면 그집딸년 하나만이라두 죽여주십시요』

『내가 아직은 사람을 죽이라구 형조나 포청에 분부할힘이 업네 이다음에 혹시 그런힘을 가지게 되거든 그때와서 말하게』

꺽정이가 껄껄 우섯다

『선다님가튼 낭반이 그까지 기집애년 하나를 못죽이시겟습니까 죽이실라면 죽이실쑤 잇는걸 제가다알구와서 청하는게 올시다』

『죽일쑤가 잇구 업구 간에 그청은 못듯겟네』

꺽정이가 눈쌀을 찌프렷다

『원통하게 죽은놈이 불상하지 안습니까』

『아무리 불상해두 그청은 못들어』

『제발 한번만 다시 생각해주십시오』

『쓸데업시 잔소리말게』

꺽정이가 눈을 곱지안케 떳다

『선뜻 허락하시면 잔소리를 할리가 잇습니까』

『고만 가게』

『허락하시는 말슴을 들어야 가겟습니다』

『무엇이 엇재』

꺽정이가 언성을 노피엇다 기집이 안존자리에 엽드려서 우름을 내노키시작하니 꺽정이가 일어나서 반짝들어 방문박게 내노핫다 로밤이가 건넌방에서 나와서 기집을 울지말라고 말리는데

『임자나 내자식의원수를 갑하줄라우』

하고 기집이 칭징거리니

『갑허드릴테니 념려마우』

하고 로밤이는 히떱게 허락하엿다 꺽정이가 방안에서

『미친놈 쓸데업는 아가리 놀리지마라』

하고 소리질러서 로밤이가 움찔하는것을 기집이보고 악이나는 바람에 방문을 열어저치며

『당신이 못해주거든 가만이나 잇지 왜 남이 해준다는것까지 헤살이요』

하고 방자스럽게 말한즉 꺽정이 입에서 벼락가튼 호령이 나오지안코 어이업는 우슴이 나왓다 꺽정이가 말한마듸안코 한참ㅅ동안 잇다가 예사 말소리로 로밤이를 불러서 절문주인을 청하야 오라고 일넛다 기집이 방문박게 펴더버리고 안저서 넉두리를 해가며 울며불며 하는중에 한온이가 와서 나물하고 타일러서 우름을 그쳐노코 방으로 들어오는데

『아주 보내구 들어오게』

하고 꺽정이가 말하엿다 한온이가 다시 기집에게 가서 조용히 할말이잇다고 문박그로 끌고나가더니 쉽사리 보내고 들어왓다

『그 기집에게 나는 오늘 봉변햇네』

꺽정이 말에 한온이가 대번에

『제가 선생님께 미안합니다』

하고 대답하엿다

『자네가 시켯나』

『그 기집이 하두 성화를 바치기에 우리 선생님께나 가서 청해보라구 실업시 한마듸 햇습니다 제가 곳 쪼차올것인데 아버지께서 셈마춰불것이 잇다구 붓드서서 못왓습니다』

『그럼 자네가 날 봉변준 셈일세』

『죄송합니다』

『그 기집이 날 욕하구 가든가』

『욕이 무업니까 내일 와서 석고대죄한다구구 말하구 갓습니다』

『그것이 자네가 시킨게지 자꾸 오면 성가신걸 그러케 시킨단말인가 그서방 치료시킬 부비나 내셈속으루 보내주구 다시 오지 말라게』

『오지 말래두 제발루 오는걸 어떠케합니까』

『자제두 내가 그 기집의 청들어주기를 바라는 모양인가』

『아니올시다 상성한 기집의청을 들어줍시사구 할리가 잇습니까』

『그럼 그 기집이 오드래두 자네가 마터서 쪼처보내게』

걱정이와 한온이의 수작하는 말을 로밤이가 박게서 다 들엇다 이튿날 식전 꺽정이가 재집에서 자고 오기도 전에 기집이 공석한닙을 가지고 와서 마당에 깔고 업듣리는데 로밤이가 보고 쪼차나왓다

『아주머니 잔땅에 이게 무슨짓이요』

『선다님께서 청을 들어주시두록 내가 종일이라두 여기 업드렷슬테요』

『고만두구 일어나시우 어제 선다님하구 절믄낭반하구 이야기하는걸 들으니까 청을 들어주긴 썩 틀렷습듸다』

『절믄낭반이 권해두 선다님은 일향 못들어주겟다구 말합듸까』

『절믄낭반이 권하긴 권하는데 아주머니의청을 들어주지 말라구 권합듸다』

『그럴리가 잇소』

『내귀루 들엇는데 그럴리잇소가 무어요』

『그럼 나를 속엿군 가서 한번 대판씨름을 해야겟다』

기집이 일어나서 한온이의 큰집으로 쪼차가려고 하는것을 로밤이가 붓들엇다

『나만 공연이 새중간에 찍혀 들어가지 아주머니에겐 조금두 이쪽이 업슬테니 고만두우』

『내가 절믄낭반을 끌구와서 가치 선다님을 졸르겟소』

『떡줄 사람은 생각두 안는데 김치ㅅ국만 헛마시지마시우』

「노서방 대체 어떠케하면 좃소 참말 노서방두 할쑤잇소」

「나두 불쪽이 둘이지 하나아니요 그만일을 못하구야 어떠케 갓철대를 니마에 부치구 다니겟소」

「그럼 다 고만두고 노서방을 밋구 잇슬테니 속히 해주시겟소」

「그런데 내가 원가의집 안지형을 잘 몰라서 좀 어렵소」

「지형이 무어요」

「문이 어듸루나구 방이 어듸루붓구 더욱이 기집애 자는 처소가 어듸잇는걸 자세이 알어야하지 안쏘」

이때 박갓방을 쓰는 사람들이 한첨지에게 아침문안을 갓다가 돌아와서

「오궁골 아주머니 식전에 웬일이요」

「노서방 죽집에 안갈라나」

「이공석이 웬계야」

이사람 한마듸 저사람 한마듸 짓거리는중에 로밤이는 기집을 보고

「선다님이 지금 안기시니 갓다가 다시 오시우」

하고 말하며 외눈을 끔적 끔적하엿다

이른아침때가 지난뒤에 꺽정이가 새집에서 왓섯다 로밤이가 기집의 석고대죄하러왓든것을 이야기하고

『선다님께서 어듸 가섯다구 말해서 쫏처 보냇습니다 어제저녁때 시골서 급한긔별이 와서 총총이 떠나섯는데 언제 오실지 아직 모른다구 의수하게 꾸며 말햇드니 고지 들으면서 그래두 미심한시 잇다 나제 다시한번 와본다구 말하구 갑듸다 다시올테면 말을 말어야지 말까지하구가니 선다님께서 나제 출입마하시면 고만 아닙니까 기집이란 도대체 오장륙부에 구멍이 덜뚤린것들이예요』

하고 수월수월 짓거렷다 로밤이가 허무맹낭한 꿈이야기로 기집을 롱락하기는 견물생심으로 흉칙한 마음이 난것이요 원수 갑하준다고 기집에게 장담하기는 배내병신인 실답지못한 천성이시킨것인데 실답지못한 장담을 밋기삼아 다시 흉측하게 롱락할 생각이나서 기집은 다시 오라고하야 노코 꺽정이는 출입하도록 하려고 거짓말을 참말가티 짓거린것이엇다 이날 나제 모든일이 로밤이의 소원대로 되어서 꺽정이는 나가고 다른 사람은 오지안코 기집은 와서 고븐고븐 말을 들엇다

로밤이가 죽은 상노아이를 남달리 생각하야 원수를 갑하줄 마음까지 업지안치만 제력량으로 재상가의 규중처녀를 살해할 엄두가 나지안는까닭게 그 어미에게 말은 선선히 하고도 뒤가

나서 원계검의 집지형 알어볼것을 핑계삼고 한번 두번 밀어 오는중에 그어미가 어듸가서 지형을 샅샅이 알아가지고와서 자세히 일러주고 오늘 밤으로 곳 가 달라고 백번 천번 간청하야 로밤이는 할일업시 그리하마고 대답하엿다 기집이 간뒤에 로밤이는 혼자 가진궁리를 다하야 보앗다 갓다가 성공을 못한것처럼 속여볼까 아주 배씸을 부리고 내대어볼까 숫재 어듸로 피신하야볼까 이것저것 모두가 신통치못하고 걱정이를 움죽여보앗스면 조흘것만 가튼데 어떠케 하면 움직일쑤 잇슬까 종일 생각하엿다

이날 석후에 걱정이가 재집에 가려고 나설때 로밤이는 미리 의관을 정제하고 잇다가 얼른 정하에 나려가서 밋도 끗도업시

『저는 오늘저녁에 선다님께 마주막 하직을 여쭙겟습니다』

하고 허리를 구브렷다

『마지막 하직이라니 무슨소리냐』

『오늘밤에 제가 모교를 가기루 작정햇는데 꾸중을 들을까바 말슴을 진작 여쭙지못햇습니다』

『모교를 가다니』

로밤이가 다른사람업는것을 번히 알면서도 사방을 휘 돌아보고나서

『기집애를 죽이러 갑니다』

하고 나직이 말하엿다

『네가 원수를 갑허주마구 햇느냐』

『네 제가 오전자 기집의 우는것을 달래느라구 위로쪼루 말한마듸하구 꾸중까지 듯지안엇습니까 그때 그말한마듸에 발목이 잡혀서 성가심을 바덧는데 사내자식의 면목이 잇서서 실쿠조쿠되구 안되구 모두다 불계하구 일을 담당하구 나서지 안을쑤업시 되엿습니다』

『그런데 마지막 하직이란건 웬소리냐 기집애를 죽이구 다른데루 도망할작정이냐』

『도망하게될것만 가트면 마주막 하직을 여쭐것이 업습니다 이리와서 뵈입든지 광복가서 뵈옵든지 다시 뵈입지요 그러치만 기집애를 죽이구 못죽이구간에 저는 십상팔구 잡힐것가튼데 잡히면 죽는목숨 아닙니까 그래서 아주 마주막 하직을 여쭙는것이올시다 그런데 제가 잡혓다는 소문이 들리거든 선다님이시나 이집주인냥반이시나 얼마동안 자리를 옴겨안지시두룩하십시요 제가 지금맘을 먹기는 압슬(壓膝) 포락(炮烙)을 당하드래두 함부루 말을 불지안을작정입니다만 혹시 정신을 일혼중에 입에서 무슨말이 나올른지 모릅니다 매사가 불여튼튼이아닙니까』

로밤이의 말할때 태도가 전과가티 뒤숭숭스럽지안코 제법 침착하엿다

꺽정이가 물끄럼이 로밤이의 얼굴을 바라보다가

「내가 알어볼껀 다 알어봣느냐 우선 그집 안팍길을 환하게 잘 알엇느냐」

하고 물으니 로밤이는 선뜻

「알어볼쑤 잇는데까지 소상이 알어봣습니다」

하고 대답한뒤 다시 이어말하엿다

「그집이 모교ㅅ다리 북쪽천변 첫골목안 남향대문집인데 대문안에 들어서면 하인청과 행낭방들이 잇구 대문과 마주난 박갓중문안에 들어서면 잡이ㅅ간 마구ㅅ간 광들이 구 사랑ㅅ중문은 서편으루 꺽겨나구 안ㅅ중문은 마진편층게우에 드놉게 매달려서 대문박게서 안ㅅ중문이 곳게 드려다보입니다 안ㅅ중문ㅅ간을 지나들어서면 룩간대청이 남향으루 노이구 안ㅅ방은 동쪽이구 건넌방은 서쪽이구 건넌방 모롱이에 사랑에서 드나드는 일각문이 잇답니다 안뒤는 훨씬 널버서 서편으루 사당방채가잇구 동편으루 별딴채가 잇는데 별땅채는 안ㅅ방뒤 광채와 비슷한 줄에 서향으루 노엿답니다 별ㅅ당채만두 조그만 여염집만해서 안ㅅ방이 이간, 마루가 삼간, 건넌방이 한간인데 별ㅅ당안ㅅ방이 곳 그 처녀의 방이랍니다 아프루 대문 박갓중문 안중문을 지나서 안뒤에 잇는 별ㅅ당에까지 들어가는건 애초에 엄두를 내지 못할일이구 그집 동편에잇는 막다른 실골목을 한참들어가면 노픈담안에 큰배나무 선데가

잇는데 그배나무가 별ㅅ당뒤에 백인것이라니까 어떠케 그쪽담을 넘어 들어갈수박게 업습니다 그런데 별ㅅ당에 상직군두 여럿이려니와 별ㅅ당에서 소리를 치면 안방에 들리구 안방에서 큰소리를 질르면 사랑수청방에 들리구 수청방에서 설령을 치면 하인청 하인과 행낭방낭속이 쏘다저나오게 될텐데 만일에 박그루 실골목어구를 막구 안으로 쪼처들어오면 옴치구뛸데가 업슬껩니다」

로밤이의 길게 말하는것이 저의안것을 자랑하는것도 갓고 또는 꺽정이의 모르는것을 가르처주는것도 가텃다 꺽정이가 로밤이의 말을 갓까지 다 듯고나더니

『가긴가드래두 내일 내말을듯구 가거라』

하고 분부하엿다

『기집이 내일식전에 하회를알려 올텐데 오늘밤에간다구해 노쿠 안가구잇스면 창피하지 안습니까』

『기집이 내일오거든 오늘밤에 내 분부가 잇서서 못가구 일간 갈텐데 하회를 뻔질 알러다닐것두 업스니 집에가만이 안저서 소문을 들으라구 일러보내려므나』

『어듸 그러케해봅지요 그러치만 좀 창피를 볼것갓습니다』

꺽정이가 재집으로 가는것을 로밤이는 문박게까지 전송하고 들어올때싱글싱글 우스면서

『바루 들어마젓다 인제는 됏서』

하고 혼자말로 짓거렷다

이튼날 식전에 상노아이의 어미가 와서 로밤이는 전날밤에가지못한 사정을 말하는데 꺽정이의분부는 쑥빼고 환도날에 녹이나서 오늘밤까지 갈어야 쓰겟다고 거짓말하야 속이엇다 그러고 로밤이는 꺽정이 입에서 분명한말을 듯게되기만 종일 바라고잇섯다

꺽정이가이날나제 모교 원계검의집에 가서대문박게서 드려다보고 동편 실골목안에 들어가서자세히 둘러보고돌아오는길에 한온이큰첩의 집아플 지나오다가 마침 한온이를 만나 끌려들어가서 국수장국으로 점심요긔를 하게되엇는데 그자리에서 이런수작이 잇섯다

『자네 선전관의 표신(標信)가튼것을 하나어더줄수 업겟나』

『그건 무엇하실랍니까』

『무엇에 좀 쓸데가잇는데 쓸데는 나중 알게』

『언제 쓰실랍니까』

『오늘해전에 어더주면 조켓네』

『선전관의 표신과 꼭갓게 위조한것이 큰집에 여러개잇습니다 한개갓다드리지요』

꺽정이가 나제 나간것을 새집에 간줄로만 짐작하는 로밤이는 꺽정이 오기를 잔뜩 기대리고잇

다가 꺽정이가 온뒤에 곳아페 나가서

『어제ㅅ밤에 오늘들으라신 말슴은 무엇이 오니까』

하고물으니 꺽정이는

『아직 가만 잇거라』

한마듸꾸짓듯말하고 다른말을 더 하지아니하엿다

이날밤에 꺽정이가 새집에 가지안코 처소에서 잠을잣다 새집을 배치한뒤 이십여일동안에 두어번 광복산에서 황천왕동이가와서 가치자느라고 못가고 그외에는 밤마다가서 자든사람이 초저녁에 잠ㅅ간 다녀만오는것이 무슨까달기잇는일인데 그까달기 별게아닐것이라 로밤이는 속으로

『올치 이냥반이 여기서 자다가 밤에 기집애를 죽이러갈작정이구나 그런데 나더러 말안허는게 웬일일까 기집애 대가리를 끈허가지구와서 엣다바더라 할생각인가 그러치 어둔밤에홍두깨대신 사람의 대가리루 나를 놀라킬라는게지』

혼자 다 안것가티 생각하엿다

로밤이가 자리에 누은뒤에 얼굴에 찬바람끼치는것이 실혀서 이불을 머리우까지 뒤어쓰고 잠이들어서 코를곤며 곤히 자는중에 몸이 혁혁한데 잠이깨어서 눈을떠본죽 껏든불이 다시켜지

고 무서운군관하나가 눈아페서잇섯다 로밤이는 눈뜨고 꿈꾸는줄로 여겨서 눈을 도루감고 배
아래에 나려가잇는 이불을 더듬어 끌어올리다가
「눈까지 떠보구 도루 잘테냐 얼른 일어나거라」
말ㅅ소리가 꺽정이라 그제사 꿈질거리고 일어나 쪼구리고 안저서 눈을 부비엇다
「빨리 옷 입어라」
꺽정이의 말은 로밤이가
「빨리 바더라」
로 빗듯고
「어듸 잇습니까」
하고꺽정이를 처다 보앗다
「무에 어듸잇단말이냐」
「기집애 대가리 말입니다」
「저눔이 잠주정하지안나 정신을 얼른 못차리겟느냐」
꺽정이가 발끄트로 압정강이를 찍신하야 로밤이는 깜짝놀라 벌떡일어서는데 허리띄안맨 바지
를붓들지도안하서 갑대기가 훌떡 버서젓다

『저게 무슨풀이냐』

『녜 녜 옷을 입겟습니다』

로밤이가 주저안저서 바지를 치키고 보선을 신고 허리띄 다님까지매고 다시 일어선뒤에

『지금 나하구 가치가자』

하고 꺽정이가 말하니 로밤이는 어떨떨하야

『어듸 가시렵니까』

하고 물엇다

『어듸 가다니 네가 간다는데를 가치 가잔말이다』

『선다님혼자 가시지요』

『저놈보게 저혼자 보내기가 념려돼서 가자니까 되려 나더러 혼자가란말이냐』

『선다님께서가시면 고만이지 제야 가서 무어합니까』

『네가 갈맘이업스면 나두고만두겟다』

『아니 가겟습니다 가서 망이라두 봐드리겟습니다』

『갈테거든 얼른 군사복색을 차리구 나서라』

군관이나 군사의 복색을 차리는것은 야순도는 군사에게 잡히지안호려는것인줄 꺽정이가 말아

나하여도 로밤이는 짐작을 잘하였다

선전판복색을 차린 꺽정이가 군사복색을 차린 로밤이를 데리고 밤중의 인적그친 큰길을 아무거침업시 지나서 모교천변을 아래서끼고 올라오다가 원계검의집 동쪽 실골목을 잡어들어섯다 실골목안은 천변보다 훨씬 더 어두어서 어둠속에 발들을 더듬어 메노흐며 차점차점 들어 오는중에 어느집의 들창이 펄떡 열리며 오줌을 내버리는데 꺽정이보다 뒤떨어진 로밤이가 마침 들창아플 지나오다가 옷에다 흠빽 바덧다

「이런 제기」

로밤이가 무심ㅅ결에 말ㅅ소리를 내고 도리어 놀라서 뒤에나오든 욕설을 입속에서 삼켜버리고 압서간 꺽정이를 부지런히 쪼차왓다 꺽정이가 배나무설데를 먼저와서 잇다가 로밤이가 아페온뒤에 비로소

「아까 오줌을 바덧더냐」

하고 물엇다 거기는 량편이 모두 큰집담이라 가만가만 이야기하여서는 들릴테가 업것다

「이거 좀 마터 보십시요」

「지린내 난다 저리 비켜서라」

「저는 여기서 망보구 잇슬테니 혼자 담넘어 들어가십시요」

『망이 무슨 망이냐 가지고온 바ㅅ줄이나 이리내라』

『바ㅅ줄가지구 어떠케 넘어가실랍니까』

『내가 먼저 뛰어 넘어가서 바ㅅ줄 한끄틀 넘겨보낼테니 네가 붓잡구 넘어오너라』

『저는 몸이 비둔해서 그러케 안됩니다 선다님 담넘어가시는데 소용안되면 바ㅅ줄은 일부러 가지구 올것두 업는걸 공연이 가지구 왓습니다 그러구 대가리는 꼭 떼어가지구 나오십시요 제가갓다보여주마구 기집에게 허락햇습니다』

꺽정이가 한참 생각하다가

『그럼 너는 여기잇거라』

로밤이에게 말한뒤에 발을 몽굴려가지고 길이넘는 노픈담을 뛰어넘는데 담안에가서 쿵소리도 나지안니하엿다

꺽정이는 로밤이가 서뿔리 살인하다가 위급한일을 당할경우에 여페서 도아주려고 생각하고 가치왓는데 로밤이가 취편하려고 꾀를 피울뿐 아니라 다시 생각하야보니 로밤이를 담안으로 끌어드리고 담 박그로 끌어내는것이 공연한 군일이라 로밤이는 제소원대로 담박게 남겨두고 혼자 담을 뛰어넘어섯다 꺽정이가 힘도 장사려니와 몸이 날래서 뛰엄질을 잘하야 승례문을 뛰어넘엇다고 헛소문까지 난 사람이라 원계검의집 후원 담이 놉지 안흔건 아니로되 여반장으

로 뛰어넘엇든것이다 걱정이가 담안에 들어온뒤 혹시 무슨 긔척이잇나 잠시 서서 귀를 기우리엿다 자리는 후원의 동떨어진곳이요 때는 한밤ㅅ중이 훨씬 지난뒤라 사방이 괴괴한데 여자의 이야기책보는소리가 어듸서 나는듯하엿다 처음에는 원채안방에서 나는줄 생각하엿더니 나종에 알고본즉 별ㅅ당안ㅅ방에서 나는데 소리가 가늘어 멀리서 오는것 가텃다 걱정이가 발자국소리를 별로 숨기지도안코 별ㅅ당뜰아페까지 걸어왓슬때 책보든소리는 벌써 끈처지고 희미하든 불비치 다시 발가지더니 방안에서 말소리들이 나는데

『할멈 할멈』

하고 몸달게 불르는건 기집아이의 소리요

『웨 그러시우』

하고 성가신듯이 대답하는건 늘근할미의 소리엿다

『박게서 신발ㅅ소리가 낫소』

『무슨 신발소리가 낫단말이요』

『내가 똑똑이 들엇는데 누가 뒤ㅅ겨테서 아프루 나온것가터』

『정월 고사를 안지내드니 대감이 떡생각이 나서 돌아다니는게지』

『할멈 일어나서 박갓 좀 내다보오』

『자근아씨가 밤 늣두룩 잠을 안자니까 이런소리 저런소리 귀에들티지요 어서 불끄구 잡시다』

『불 업스면 더 무서우라구』

『언제 또 큰초까지 부처낫소』

『건넌방에서 자는것들이나 좀 깨워 데티구오』

『그까지 아년들 깨워오면 무어하우 할멈이 여기잇스니 조금두 무서워마시우』

『무서운생각이 자꾸나니 어떠커우』

기집아이의말과 늘근할미의말이 석바구여 나는것을 꺽정이가 서서 듯다가 말의등안이 뜰때 더 섯지안코 마루으로 올라왓다

『각항저방심미긔 두우녀허위실벽 규루위묘필최삼 정귀뉴성장익진』

『진익장성뉴귀정 삼최필묘위루규 벽실위허녀우두 긔미심방저항각』

방안에서 이십팔수 별 이름을 바로 오이고 거구로 오이고 하는중에 꺽정이는 걸린지게문을 걸리지 안흔것가티 잡어달려서 열고 방안에 들어섯다 웃목의 상직할미는 자리속에 누은채 이불을 푹 뒤지버쓰고 아래ㅅ목의 기집아이는 자리우에 안젓다가 그대로 폭 업드리는데 기집아이의 몸도 떨리기너와 상직할미의 이불도 떨리엇다 꺽정이가 눈아페 업드린 큰기집아이를 나

려다 불때 죽일마음도 안나고 살려두고갈마음도 안나서 어찌할까 자저하는중에 문득 산사람으로 잡아가지고 갈생각이 낫다 꺽정이는 방안을 한번 돌라본뒤 아매ㅅ목에와서 벽에걸린 세수수건으로 기집아이의 입을 친친동이고 발채에노힌 명주천의로 기집아이의 몸을드루루 싸서 한편억개에 둘러메고나오려는데 늘근할미가 어느름에 앙금앙금 일어나서 떨리는손으로 옷자락을붓들엇다 늘근할미는 겁이 되우나서 혀가 구덧든지 소리는 못질르고 턱만 들까불렷다 꺽정이가 늘근할미를 발ㅅ길로 차서 쓰러트린뒤에 다시 일어나지못하도록 두서너번 짓발버주고 방에서나왓다 후원에 와서 꺽정이는 다시담을 뛰어넘으려다가 억개우에 기집아이도 메엇거니와 담너머에 로밤이가 어듸잇는지를 몰라서 뛰지못하고 먼저 담미테부튼 뒷간 지붕으로 올라오고 거기서 다시 담우로 올라와서 구버살펴보며 사뿐뛰어나렷다 배나무선데쯤 안젓다섯다하든로밤이가 꺽정이의 뛰어나리는 소리를 듯고 서니간 조이아프로 쪼차나왓다

「억개우의것이 뭐십니까」

「기집애다 업어라」

「총장아닙니까」

「아니다」

꺽정이가 천의에싼 기집아이를 로밤이게 업혀가지고 남소문안으로 돌아오는데 구리개 한중간

에와서 순경도는 군사들을 만낫다

꺽정이가 군사두엇을 어떠케든지 처치못할것이 아니로되 이런일이잇슬때 말성업시 모면하려고 일부러 가짜복색을 차리고 나왓든길이라 군사들이

『그게 무어요』

하고 로밤이의 아플 막아설때 꺽정이는 얼른 나서서 선전관의 표신을 군사들 눈아페 드려밀면서

『봉명한사람의 길을 막지말구 저리 비켜서라』

하고 긔세조케 말하엿다

『저 군사등에 동여맨것이 무업니까』

기집아이 싼것이 업은등에 잘 부터잇지아니하야 담 넘을때 쓰려고 가지고갓던 바ㅅ줄을 띄개비대신 삼아 우아래로 여러번 돌려맨까달게 군사들 눈에 동여맨것으로 보이엇든것이다 꺽정이는 표신보이고 봉명하엿다고 말하면 군사들이 두말 못할줄 알엇더니 의외에 붓잡고 힐난하려는눈치가 잇는것을보고 달리 군사들을 처치할까생각하다가 우선 한번 호령을하야 보앗다

『표신 물어가지고 나온것을 보면서 너의들이 붓잡아 여러말하느냐 죽일놈들가트니 냉큼들

비켜나지 못하겟느냐」

호령이힘진데 군사들이 심겁이 낫든지 슬몃슬몃 뒤로 물러서서 꺽정이는곳 로밤이를가자고 재촉하엿다 뒤를발필 념려가 잇서서 자주돌아보며 오는중에 군사들이 과시 뒤따라오는것을 알고 꺽정이는 로밤이를 한거름 압서보내고 어둔구석에 은신하고 서 잇다가 아페 지나가려는 군사들을 한손에하나씩 붓잡아서 이손으로 하나 저손으로 하나 둘을 다 메어꼬진뒤에

『이놈들 또 뒤를 발버봐라』

열름장까지노코 로밤이를 쪼차왓다 그뒤는 남소문안 처소에까지 오도록 내처 무사하엿다 꺽정이가 방에 들어와서 먼저 초ㅅ불을 켜노흔뒤에 로밤이의 업고젓는 기집아이를 바ㅅ줄 끌르고 천의에싸힌채 바더나려서 눕히엿다 천의를 헤치고 입막은 수건을 풀르고보니 기집아이의 얼굴이 죽은사람과 가텃다 긔색이 된모양이다 로밤이는 가까이와서 얼굴을 드려다보다가

『제물에 죽엇구먼이요 기집애는 아깝습니다』

하고 말하엿다

『긔운이 막힌게다 사향소하반이나 한개 먹여보자』

『어떠케먹이실랍니까 제가 씹어서 입에 너허주리까』

『이놈아 당치안혼소리 말구 자리끼나 조금 떨허서 데워놔라』

로밤이가 자리ㅅ기물을 그릇뚜정에 딸허서 화로ㅅ불에 따끈하게 데우는동안에 걱정이는 손그릇속에잇는 시향소합원을 차저 노핫다 걱정이가 따듯한물에 소합원을 개어서 입을 벌리고 흘려너주고 또 로밤이를시켜 두손바닥을 문질러주는중에 기집아이가 긴숨을 한번 내쉬엇다

『이크 돌렷습니다』

『손바닥을 고만 문질러라』

『이기집애를 대체 어떠케 처치하실랍니까 원수갑흐라구 내주실 의향이십니까』

『내주든지 어떠케든지 차차 생각해서 처치할테다』

『기집애 얼굴을 보시구 선다님 딴생각이 드섯습지요』

『미친놈 가트니』

『저를주시면 당장 갓다 노정을 내겟습니다』

『어떠케 노정을 낼테냐』

『대가리를 끈허놉지요 그까지께 무어 어렵습니까』

『미친소리 작작하구 고만 가서 잣바저 자거라』

『아무래두 선다님께서 딴생각이 기신것 갓습니다 그러구보면 저는 안으서님한분 뫼서다드리느라고 죽을고생만 한폭입니다』

『고만 짓거리구 자거라』

『네 저는 가서 혼자 잘 자겟습니다』

로밤이가 건넌방으로 건너간뒤에 꺽정이는 기집아이여페 누엇다 기집아이의 천의가 얇븐것은 고사하고 로밤이 옷에서 지린내가 옴겨배어서 그대로 둘쑤업는까닭게 꺽정이가 천의를 빼어내서 웃묵에내던지고 기집아이를 자긔요에 올려눕히고 자긔이불을 가치 덥헛다 기집아이가 그동안에 정신ㅅ긔가 나서 이불박그로 튀어나려고 애를 쓰는것을 꺽정이는 우스며 품안에 끌어안엇다

이튼날 식전에 꺽정이가 로밤이를 보내서 한온이를 청하야왓다 전가트면오라고 일부러 청하지안허도 한온이가 의례 꺽정이를 보러왓겟지만 꺽정이가 만히 새집에 가서 자게된뒤로 느진아침때전에는 오지아니하는까닭게 일직 만나려면 보러가거나 청하야 오는수박게 업섯다 한온이와 로밤이가 마당에 들어올때 꺽정이는 방에서 마주나와서 로밤이는 박갓사랑으로 내보내고 한온이를 데리고 건넌방으로 들어왓다 꺽정이가 전날밤 이야기를 시작하기전에 한온이는먼저

『밤이에게 지금 대강 이야기를 듯구왓습니다』

하고 말하엿다

『벌써 들엇나 그러면 이야기는 할것업구 뒤ㅅ일 조처나 좀 의론하세』

『원판서가 딸을 일쿠 찻지안을까요 차지러든다면 일이 크게 벌어질것 갓습니다』

『찻는단 소문이 잇거든 자네가 요전처럼 어듸갓다 잘 숨겨주게』

『이번에두 또 장가를 드시렵니까』

『나는 기집애를 밤이에게 내주어볼까 생각하네』

『어제밤에 데리구 주무시기까지 하셧다지요 냥반의집 딸이 이사람 저사람에게 몸을 맛기겟습니까 잘못하다가는 죽네사네하기가 쉽습니다』

『밤이란눔이 날따러 서울올때부터 기집하나 어더달라구 졸른눔일세』

『다른기집 하나 어더주시지요』

『그럼 그건 나중 다시 이야기할셈 잡구 우선 저 기집애를 어듸다 두어야 조켓나 밤이를 박갓사랑으루 내보내구 이방에 둘까』

『아직은 이방에 두어두 조켓습니다만 처음부터 아주 제첩의집 뒤ㅅ방가튼 은슥한데 데려다두면 어떠켓습니까』

『그게 조켓네 그런데 오궁골 기집이 알면 원수갑는다구 와서 야료하지안을까』

『그건 제가 담당할테니 념려마십시요 밤이의 입만 막어노면 그 기집이 알까닭두 업습니다』

「그 놈의 입이 사구일쟁인데 그걸 어떠케 틀어막나」

「그 기집에게 알리면 죄책을 당한다구 얼르구 또 조은기집이나 하나 어더준다구 달래두면 그 기집이 설혹 다른데서 알구와서 뭇드래도 그놈이 능청맛게 잘 속일껩니다」

「자네 요량대루 해보게」

「얼르는건 선생님께서 얼르서야 됩니다」

꺽정이가 또 무슨말을 할라고 할즈음에 안방에서 괴상스러운 소리가 낫다 꺽정이와 한온이가 안방에 건너와보니 기집아이가 수건을 다락문 고리에 꾀여서 목을 매고 킥킥하엿다 꺽정이는 한온이를 돌아보며 웃고 기집아이를 와서 끌러노핫다 기집아이가 어설피 목을 매엇다가 죽지도 못하고 죽을의사가 잇는것만 들키어서 한온이의 첩의집으로 옴겨간 뒤 늘근녀편네 두엇이 밤낫 여풀 떠나지 아니하엿다 수일동안은 기집아이가 물한목음 입에 너치안코 줄곳누어서 울기만하다가

「사람의 팔짜란 억지루 못하는게요」

「꼿가튼나이에 왜 죽는단말이요」

「부모두 모르게 죽으면 원통치안쏘」

「부모를 다시 만나볼라면 살어야하우」

이런말로 늘근녀편네들이 달래는데 기집아이 소견에 죽더라도 한번 부모를 만나보고 죽을 생각이 들게되어서 권하는 마음을 조금씩 바더먹게 되엿다

원판서 집에서는 출가전 딸이 상직할미와 가치 자다가 하루ㅅ밤사이에 둘이 가치 급사하엿다고 상직할미의 시체는 그자식들 내주어서 초상을 치르게하고 자긔네딸은 내외가 손수 수시하야 당일로 입관하고 오일만에 갈장(渴葬)하엿다 원판서집 소식을 한온이가 알어다가 꺽정이에게 이야기하고

『일이 의외루 무사하게 잘 됏습니다 인제 선생님께서 처자를 들어내노쿠 데리구 사서두 아무탈이 업겟습니다 원판서의딸은 죽구 처자는 살엇스니 누가 처자를 원판서의 딸이라구 하겟습니까 냥반의집에서 원체 남의 이목수습을 잘 하지만 이러케까지 심할줄은 몰랏습니다 하여튼지 일이 무사하게 돼서 조씁니다』

하고 우스니 꺽정이도 허허허 너털우슴을 우섯다

그동안에 죽은상노아이의 어미가 어찌된하회를 알려고 로밤이를 차저왓섯는데 로밤이는 꺽정이의 분부와 한온이의 당부를 미리 바든까닭게 바른대로 일러주지안코

『기집애 대가리를 끈치못햇슬뿐이지 원수는 톡톡이 갑헛스니 그러케 아시우 내말이 미심스럽거든 차차 소문을 들어보우 자연 알일이 잇스리다』

하고 구렁이 담넘어가는 수작으로 말하야 보냇더니 모교 원관서의 딸이 밤에자다가 급사하엿다고 소문이 난뒤에 다시와서 로밤이를 보고 원수 갑하준 은혜를 죽어도 이즐수업다고 눈물흘리며 치사하엿다

한온이 첩의집 뒤ㅅ방에서 생병으로 알어누엇든 기집아이가 일어안저서 소세하게되엇슬때 한온이가 꺽정이와 상의하고 날짜를 가리어서 기집아이의 머리를 언치엇다 첫날밤은 꺽정이가 색씨잇는 뒤ㅅ방에 와서 자고 그다음날부터 로밤이쓰는 건넌방을 치우고 색씨를 다려내다가 재웟다 꺽정이가 새집에 가고 처소가 비는때 색씨를 아직 혼자두기 념려되어서 한온이의 분별로 늘근녀편네들이 한께와서 잇섯다

색씨는 한번 죽지못한 탓으로 한되고 욕스럽고 분하고 창피한마음이 속에 가득하면서도 구경림선달의 사람이 되고말앗는데 늘근녀편네들의 말을 대강 추려듯더라도 림선달은 인물이 영특하고 힘이 천하장사고 칼을 잘쓰고 말을 잘타고 기외에 여러가지 비범한것이 옛이야기책에 나오는 영웅호걸과 방불하엿다 색씨가 이야기책을 남뉴달리 조와하고 이야기책을 보는데 책속에 나오는 영웅호걸을 사모하는 마음이 날때가 만코 자긔가곳 그영웅호걸의 배필이된듯이 근심과 기쁨을 책속사람과 가치할때도 종종잇섯다 이까달게 림선달이 옛날영웅호걸과 방불한것을 은근이 불행중 다행으로 녀기엇다 대체 자긔일이 보쌈에서 그릇되기 시작한것을 알고

팔짜를 한탄하고 또 자긔가 지금 살어서도 죽은사람인것을 알고 부모에게 욕된것을 깨달엇다 그뒤로 오직 한가지 바라는것은 림선달이 출장입상하게 되는날 부모를 만나보는 일이라 몃해동안 매두몰신(埋頭沒身)하고 살면서 림선달의 출세하기를 기다리려고 생각하야 림선달과 서로 말까지사귀게 된뒤 한번 옷깃을 여미고 단정이 안저서 자긔의 소회를 숨김업시 말하엿다

꺽정이가 집 사가지고 살림배치할것을 한온이와 의론하는데 집은 동소문안으로 구하겟다고말하엿다 동소문안은 꺽정이가 아이적에 뛰고놀든곳이라 문턱에잇는 산언덕과 산골에서 나오는 시내물은 말할것업고 심지어 일초일목(一草一木)까지도 다른데와달리 눈에 익고 마음에 정다운까닭게 전날 박씨를 치가할때도 동소문안을 말하엿스나 한온이가 우선 가까운데 정하엿다가 나종 보아가며 옴기라고 권하야 남성미테 집을정하게되엿섯다 이번에는 꺽정이가 친히 사람을 데리고 동소문안에가서 집을 구하는데 아모쪼록 갓바치와 리봉학이의 외가가 살든 근처에 구하려고 여기저기 물어보앗스나 그 근처에는 알마진집 나는것이 업서서 차차아래로 나려오며 물어보는중에 마침 박유복이 어머니가 행랑살이하든 심좌랑집여페 조그만집 하나 파는것이잇서서 그집을 사기로 작정하엿다 심좌랑집은 그동안 주인이 몃번 바꾸엿든지 심좌랑이 살든것은 이웃에서 아는사람도 업고 그집을 홍문집이라고들 부르는데 그집문ㅅ간에는 주홍칠

이 아직 바래지 아니한 홍문하나가 부터잇섯다

꺽정이의 먼저 어든 박씨는 한미한집에서 고생으로 자라난 색씨라 진일 마른일 여편네일치고 못하는일이 업는데다가 더구나 어머니가 잇서서 남의사람 열 스물 둔것보다 나은까닭게 꺽정이가 박갓 심부름할 아이년 하나만 어더 주엇지만 새로 어든 원씨는 손 끄트로 물이나 튀겻슬 재상가의 딸이라 사람업시는 못살 위인인까닭게 상직할미 하나와 아이년 두엇을 어더주려고 생각하고 집부터 간수적고 방만흔것을 구하야 정하엿다 동소문안에 새로 산집이 꺽정이가 거처하는 한온이의집과 흡사하야 안에 안방 건넌방이잇고 또 박게 박갓방이잇서서 건넌방에는 상직할미와 아이년들을 두고 박갓방에는 행랑사람을 드릴수잇섯다 꺽정이가 한온이와 상의하야 상직할미 하나와 아이년들과 행랑사람까지 다 어더노코 원씨를 동소문안 새집에 가서 들게하고 원씨가 새집든뒤로 꺽정이는 나제 흔히 와서잇고 밤에 자주 와서잣다 동소문안에서 자고 남소문안으로 밥먹으러 다니기가 불편하야 꺽정이는 한온이 부자에게 말하고 조석을 동소문안에서 먹기로 하엿는데 한온이가 와서 저녁한두끼를 먹어보고 원씨의 음식 솜씨를일등이라고까지 칭찬하엿다 꺽정이가하루 한두번씩 한온이에게를 가는까닭게 자연 박씨도 가서 드려다보지만 자러가는것은 이삼일 혹은 사오일에 한번씩 박게 안되엇다 꺽정이가 원씨를 엇고 박씨를 박대하는것이 아니라 박씨가 속에 냉이 생겨서 꺽정이의 자러오는것을 괴로워하는

눈치가 간간 보이엇섯다

동소문안 거지가 마음에들고 원씨 공궤가 비위에마저서 꺽정이는 박게 나가 돌아다니나 집에 들어안저잇스나 눈쌀을 찌프릴일이 업는중에 오직 한가지 불쾌한것은 담하나를 격한 홍문집에서 여편네가 하루도 몃번씩 큰소리를 질르는데 그 소리가 왕방울로 통노구를 가시는것가터서 꺽정이는 눈쌀이 절로 찌프러질때가 업지아니하엿다 어느날밤에 꺽정이가 원씨의 이야기책보는 소리를듯고 누엇슬때 홍문집 여편네가 기집하인을 불르다가 대답을 빨리 안한다고 연놈이 초저녁부터 쩌고 잣바젓느냐고 소리소리 질럿다 꺽정이가

『저녀편네 또 악을 쓰는군』

하고 혀를 낄낄 차니 원씨는 이야기책 보든것을 끈치고

『녀편네가 퍽 사나운가봐요』

하고 말하엿다

『저집에 사내는 씨가젓나 엇재 사내소리는 영 들을수가 업서』

『저 녀편네의 시아버지가 잇다는데요』

『시아비체것이 사람이 어떠게 못생겻기에 저런때 소리한번 못질르노』

『소리 질르는게 다 무어에요 뒵다당합듸다 일전에 손자아이 두던하다가 며느리게 참혹하게

당하든걸이요 그날 남소문안 가서서 못들으섯지』

『시아비를 야단치는 며느리가 어듸 잇담』

『그래도 저 녀편네가 정문바든 녀편네랍니다』

『시아비 야단친다구 정문을 바덧슬까』

『불효부 정문이 어듸 잇서요』

『그러커에 말이지』

『저 녀편네가 렬녀래요 정문에 색인것을 유의해보시지 안흐셧세요』

『내가 낫노쿠 기억자두 모르는 무식군인데 보면 아나』

『글을 왜 못일그셧나요』

『글은 닐기실여서 안닐것서』

『그럼 병서를 어떠케 보세요』

『조은 선생님한테서 귀동냥으루 더러 들엇지』

『남의말로 듯는게 내눈으로 보는것만 합니까 적어도 병서는 보서야할테니 지금이라도 공부를 시작해 보시지요』

『사십 늘근이더러 하늘천 따지를 시작하란말이야 쓸데업는소리 고만두구 이야기책이나 봐

들리라구』

원씨가 다시 이야기책을 보기 시작할때 이웃집에서는 기집하인이 방망이 찜질을 당하는지 아이구 지이구하는 소리가 낫섯다

이튼날 아침뒤에 동자하는 행랑사람이 부억아페서 설거지를하면서 마루훔치는 상직할미를 보고 담너머ㅅ집 기집하인의 신세불상한것을 이야기하엿다

『그녀편네 참 불상하듸다 어제ㅅ밤에 죽두룩 어더마젓다는데 그래두 식전에 물 길러 나왓겟지요 일어나서 꿈질거리지 안흐면 사정업는 사매질에 더 죽어난다누구면이요 상전이 어떠케 망난이지 하인 남진기집의 자는것까지 촘찰한답니다 한밤ㅅ중이구 닥울녘이구 나가자라구해서 나가자야 아무말이 업지 몰래 나가서 서방하구 자다가 들키기만하면 언제든지 어제밤가튼 야단이 난뎁듸다 그러구 사람이 살쑤잇겟세요 서방이 똑똑하면 냥반을 제독을주든지 기집을 속냥을 하든지 무슨짓이든지 하겟지만 위인이 할쑤업는 반실이래요 그녀편네가 이야기하면서 눈물흘니는걸 보니 남의일이라두 불상해 못견듸겟습듸다』

동자치의 이야기를 상직할미가 듯고나서

『그 녀편네두 사람이 똑똑진 못한가베』

하고 말하니 동자치는 고개를 가로 흔들며

『아니요 시굴생장이라두 사람만 똑똑합듸다』

하고 대답하엿다

『똑똑한 사람이 왜 그런집에 부터잇단말인가』

『그 녀편네 말하는 눈치가 그집 씨종인갑듸다』

『씨종은 도망질두 치지 못한다든가』

『그러지안허두 내가 그런말을 햇드니 그녀편네말이 서울온지 삼년에 아직 친한사람두 하나업구 더욱이 나다니지를 못해서 어듸가 어딘지두 모르는데 섯불리 도망질을 치다가 붓들리는 날이면 지질한 목숨이나마 보전못할테니까 엄두가 안난다구합듸다』

『냥반이라면 벌벌떠는 시굴뜨기 소릴세 단비(單婢)부리는 무세한 냥반의 집에서 단비가도망하면 무슨수루 찻겟나 한것해야 장녜원(掌隷院)에 가서 차저달랄텐데 장녜원에서 무세한 집일을 대단이 여기나 차저주려구 애쓸리엄지 도망할생각이 잇거든 념려말구 도망하라게』

동자치와 상직할미의 짓거리는말을 원씨가 방안에서 듯다가

『공연히 쓸데업시 그런말들하지말어 잘못하다가 남의집종 꾀여냇단 누명이나 쓸라고 그래』

하고 나물하야 둘이다 말을꾼치고 더 짓거리지못하엿다

며칠뒤ㅅ일이다 그날희릉(禧陵)에 릉행(陵行)이 잇서서 이집저집에서 거동구경들을 나가

는데 원씨집에서는 아이년들이 구경가고시퍼서 발동을하다가 주인아씨가 안나가는까달게 그대로주저안젓고 담너머 홍문집에서는 여편네가 식전부터 들싼을 노하서 시아버지 늙근이와 아들아이와 안팍세식구가 다 가치 나가는데 비부쟁이는 데리고가고 기집하인 하나만 집에남겨서 집을보이엿다

동자치가 아침을 해서치르고 담너머ㅅ집으로 놀러 가는데 상직할미는 그집의 사는꼴을 구경하고 온다고 따러가더니 얼마만에혼자 돌아와서 꺽정이와 원씨를 보고

「홍문집 기집하인이 오늘 상전서방 다 업는틈에 어듸루든지 도망을 시켜달라구 울면서 매달리는데 어떠케하면 좃습니까」

하고 물엇다 원씨는 먼저

「부질업는짓 하지말게 나종에 그집 주인이 알면 이웃간에 시비 나지안나」

대답하고 그다음에 꺽정이는

「자네 생각에는 어떠케 해주구시픈가」

하고 되 물엇다

「남조문댁으루 보내주면 어떨까요」

「자네가 그러케 해주시구시프면 해줘두 조켓지」

상직할미가 다시 원씨를 보고

「아씨 그만일두 적선이니 그러케 해주지요 아씨는 그집에서알구 시비할까봐 념려하시지만 알까닭이 업지안허요」

하고 말한뒤 곳 건넌방으로 건너가서 나드리옷을 입고나오는데 꺽정이가 내다보며

「여보게 할멈」

하고 다서 불럿다

「지금곳 데리구 갈텐가」

「구경터에서 오기들전에 일직 데려다주려구 합니다」

「내가 지금 남소문안에 갈텐데 내뒤를 딸려보내면 자네는 안가두 조켓네」

「그러케 해줍시사구 말슴하구 시픈걸 어려워서 못햇습니다」

「그럼 그기집을 이리 데리구오게」

「네 곳가서 데리구 오겟습니다」

상직할미가 다시 담너머ㅅ집으로 가더니 한동안뒤에 동자치와한께 그기집하인을 데리고 와서 꺽정이와 원씨에게 문안을 드리게하엿다 그기집하인은 나이 새파라케 젊은 아직 애송인데 시

골티는 빠지지 안헛스나 사람이 똑똑하야 꺽정이의 뭇는말을 대답할때도 주지버하는 긔색이 업섯다

꺽정이가 그기집하인을 뒤에 딸리고 한첨지집에 와서 한온이에게 맛기고난뒤 그 기집하인의 입에서 렬녀의 래력이야기를 소상히 들엇다

렬녀는 충주(忠州) 김씨의집 딸로 나이 열닐곱살때 제천(堤川) 권씨집 열세살먹은 신랑과 혼인하엿는데 맛자란 신랑이 적기가 조막만하야 다큰 색씨에게대면 어린동생 폭박게 안되엇섯다 꼬마동이 신랑이 첫날밤에 색씨의옷도 못벗기고 저혼자 쓰러저 자다가 한밤ㅅ중이 지난뒤에 홀제 일어나안저서 뒤를싸겟다고 징징울며 말하야 색씨가 뒷간에 데리고 나와서 바래주는데 어스름 달빗아래 바라보니 울박게 수상한 긔척이 잇섯다 색씨집은 장산날가지 야산미테라 개호주가 대나제 집뒤까지 나려오는일도 업지아니하엿섯다 색씨가 얼른 나오라고 재촉하야 신랑이뒷간에서 나오다가 아이구 소리 한번하고 호랑이에게 물리엇는데 색씨가 이것을 보자 곳 호랑이 꼬리를 붓잡고 소리를 질렷다 호랑이가 아가리에 한사람을 물고 꼬리에 한사람을 달고 산으로 들로 뛰엇다 색씨는 살이 찌저지거나 몸이 으스러지거나 죽자고 꼬리를 잡고 노치아니하엿다 날이 훤하게 밝끼 시작하야 먼산 나무ㅅ군이 나가고 들의 여름일ㅅ군이 나오게 되엇슬때 호랑이가 색씨악지에 저서 아가리에 다들어온 밥을 토하야 노핫다 색씨가 호랑이

꼬리를 노코 신랑목을 얼싸안을때 까지는 정신이 잇섯지만 그뒤에 드메사람의 집에 와서 신랑과 느런히누어잇게 된것은 정신이 돌아서 감앗든 눈을 떠볼때 겨우 알엇다고한다 색씨집에서 첫날밤의 신랑신부를일코 사방으로 찻는중에 연풍땅에서 신랑신부 차저가란 긔별이와서 색씨의 아버지가 신랑의 우유와가치 인마를 데리고 갓는데 신랑은 우유를 맛겨서 바로 제천으로 보내고 신부만 충주로 데려왓섯다 신랑이 호랑이 아가리에 죽을뻔하고 그뒤 한일년동안 개신개신 살다가 마침내 죽어서 색씨는 망문과(望門寡)와 다름업는 숫색씨 과부가 되엇섯다 열닐곱살먹은 신부가 호랑이 아가리에서 신랑을 빼섯단 소문이 퍼저서 원근각처에서 일부러 색씨를 보러오는 녀편네가 허다하엿섯고 희한한 렬녀를 표창하야 달라고 선비들이 관가에 등장을 들어서 충주목사가 감영에 보하고 충청감사가 조정에 장계하야 마침내 조정에서 렬녀 정문을 나리엇섯다 렬녀의 정문은 바루 제천권씨집에 와서 부텃섯스나 렬녀는 과부된뒤 칠팔년동안 충주서 친정살이를 하다가 긔유년에 충주서역옥(逆獄)이 나서 충주사람이 만히죽을때 역옥죄인 삼십여인중에 렬녀의 친정일가가 하나끼인까닭으로 렬녀의집안 여러집이 통히 망하야 렬녀는 비로소 제천와서 시집살이를 하게되엇섯다 렬녀가 시어머니게도 가끔 말썽은 부렷지만 그다지심하지는 안튼것이 며느리잘거느리든 시어머니가 돌아간뒤로 긔탄업시 큰소리를 질르기 시작하야시아버지가 덧모르고 타일르다가 여러번 창피한꼴을 당하고 마침내 가래지를 못하엿다 럴녀의 성질이 거세고 사나워서 부리는 종은 말할것업고 늘근 시아버지와 양자한 어린아들을 못살도록 복는까닭게 동내에서 뒤ㅅ손가락질 안하는 사람이 업게되엇슬때 럴녀는 아들아이 가르칠것을 핑게삼아 대처로이사가자고 시아버지를 욱여서 서울로 이사온것이 삼년전 일이엇다

럴녀의 래력이야기를 다 들은뒤에 꺽정이가 박씨집에를 가려고 일어서는데 한온이는 그기집하인을 큰첩의집에 다려다 둔다고 꺽정이와 가치일어섯다 꺽정이가 한온이 큰첩의집 문아패다와서 한온이더러

「내일 만나세」

하고 인사하니 한온이가

「다시 오시지안쿠 바루 가시렵니까」

하고 뭇고

「저의 큰집에서 저녁잡숫구 가시지요」

하고 말하엿다

「무슨 별찬이잇나」

「오늘이 형수의 생일이니까 여느때버덤 찬이 낫겟지요」

『그럼 다녀옴세』

꺽정이가 박씨에게 가서 해를 지우고 한첨지집에 다시 와서 저녁밥을 먹고 석후에 한온이의 발론으로 오래간만에 소흥이에게 놀러갓다가 눌러자게 되어서 이튼날 아침때에야 동소문안으로 돌아왓다 원씨가 꺽정이를 보고

『아침은 잡숫고 오섯세요 안잡수섯스면 잡수서야지요』

하고 물으며 부지런히 행주치마를 아페 둘르는데 꺽정이가 조반을 먹어서 아침밥이 급지안다고 말하고

『어제 담너머ㅅ집에서 야단법석이 낫섯겟지』

하고 물으니

『공연히 부질업슨일을 하서서 어제 내가 창피를 당햇세요』

하고 원씨가 대답하엿나

『무슨 창피를 당햇서』

『어제 다저녁때 그집 비부쟁이가 박게와서 제기집이 도망하는것을 우리집에서 혹시 본사람이 잇느냐고 뭇고 석후에 그자가 다시 박게와서 저의집 안주인이 나를 좀 오라고 한다기에 아무리 이웃간이라도 상종이 업는터에 엇재 오라느냐 물어보랫더니 그자말이 기집이 도망할때

댁으로 오는것을 빗다는 녀편네가 잇서서 그녀편네를 청해다놧스니 댁에서 와서삼 조대면하라고 하드랍니다 상직할미가 이말을듯고 쪼차 나가서 녀편네가 우리댁에 온일도 업거니와 설혹 왓다고 하기로소니 우리댁 아씨께 삼조대면 하러오라다니 별 망칙한 소리를 다듯겟다고야단을 치니까 그자가 아무ㅅ소리 못하고 무류해 가드랍듸다 비부쟁이 간뒤에 얼마 아니잇다가 그녀편네가 마당에 나서서 어떤년이 남의집 종을 빼돌렷느냐고 소리소리 질르는데 어떤년이란것이 나더러 하는소리겟지요 내가 남에게 년 소리를 들어도 한가할수업는 신세지만 맘에야 창피한 생각이 업겟세요」

「한번 버릇을 가르처 놔야겟군」

원씨가 말을 그칠때 눈물이 핑돌앗다 꺽정이가 대뜸

말하고 벌떡 일어섯다

「남의집 안녀편네를 어떠케 버릇을 가르치실랍니까」

「내가 가서 삼조대면 하자지」

「그런일을 하시면 더 창피합니다」

「그럼 욕먹구 가만잇슬테야」

「가래지안코 가만내버려 두면 욕을 먹어도 덜먹지요 북은 칠수룩 소리가 난답니다 그러고 우리아피 뻣뻣해야 탄하지요」

『우리아피 뻣뻣하구 안하구가 어듸잇담 잘햇스면 종이 도망할까」

꺽정이는 곳 담너머집으로 쪼차가고시펏스나 원씨가 말리는통에 참고 주저안젓다

꺽정이가 아침 밥상을 밧고 안젓슬때 담너머집에서 녀편네의 큰소리가 나기 시작하엿다 처음에는 비부쟁이가 기집일코 가만이 잣바저잇다고 야단을 치더니 다음에는 시아버지가 도망한 종을 차질생각안는다고 사설을 퍼부엇다 비부쟁이더러 밥빌어먹을 자식이니 똥물에 튀할놈이니 욕설하는것도 해괴하거니와 시아버지를 무참하게 해내는것은 호트로 해괴할뿐아니라 곳듯기가 송구하엿다

『사랑방 구석에 쥐죽은듯이 들어안저 무어하십니까 도망한 종년을 찻지안쿠 가만 내버려두면 제발루 걸어들어올까요 엇재 차질생각을 안하십니까 올치 나를 종년대신 부려먹을 작정으루 아주 태평이십니다그려 그러치만 며느리 명색이 물ㅅ동의를 니게되면 샌님두 편히 안저자시지못하리다 하다못해 비짜루라두 드서야 할껄이요 종년은 찻든마든 맘대루 하십시요 무어요 차질 도리가 업서요 빼돌린 년놈들이 잇는데 그년놈들을 잡아족치두룩 주선을 못하신단 말입니까 포두청에 올가너흘쑤가 업스면 장리원인가 어듼가 가서 송사질이라두 하지요 그래 차질도리가 업다구 손곳맷구 가만이 안젓서요 참말루 막하십니다」

녀편네의 신이야 넉시야 퍼붓는사설이 한마듸도 빠지지안코 다 들리엇다 꺽정이 밥상머리에 안젓는 원씨가 처음에는 혼자말로

「저녀편네 입은 막우난 창구녕이야」

「저런 시아버지를 개꾸짓듯 하네」

하고 짓거리다가 나종에 꺽정이더러

「빼돌린 년놈이란소리 들으섯지요 그게 우리더러 하는말아니에요 공연한일에 욕어더먹는것도 분하지만 시비가 크게되면 저걸 어떠커나요」

하고 말하니 꺽정이가 원씨의말은 대답도안코 바루 방문을 열어저치며

「저따위 망한기집년이 무슨 쭉찌어질 렬녀야 그저 그년을 홍문미테 잣바트려노쿠 아가리에 똥삼태기나 퍼너주엇스면 조켓다」

하고 소리를 질럿다 원씨는 꺽정이의 맛장구치는것이 마음에 마땅치 못하야

「아이」

하고 눈쌀을 찌프렷다가 다시펴고 방문을 다치며

「욕을 왜 자청해서 먹으려고 그러세요」

하고 사살하듯 말하엿다

「무슨욕을 자청한담 말이야」

「그럼 그녀편네가 대거리안코 가만잇겟세요」

「내게다가 욕만하라지 담넘어가서 그년의 아가리를 찌저 노치안나」

「뒤ㅅ탈은 생각 안하시구요」

「뒤ㅅ탈이 난다면 한것해야 이집에서 못살게박게 더될까」

「구구로 사는목숨이 창피한 끌이나 더 당하지안케 그런짓 마세요」

「냥반의댁 따님이라 창피는 되우아네」

「오장육부 가지고 창피한것 모를사람이 어듸잇세요 상사람이나 냥반이나 오장 육부는 마찬가지겟지요」

「말대답말어」

껴정이가 소리를 때 질른뒤 아직까지 손에들엇든 수까락을 내던지고 뒤로 물러 나안젓다 웝씨는 말을 다시 안하려는것가티 입쌀을 자긋이 물고 한동안 재촘하고 잇다가 싹싹하게 마음을 돌리어서 껴정이를 보고

「진지나 마저 잡수세요」

하고 권하엿다

「고만 먹을테야」

「공연히 화를 내서가지고 진지까지 안잡수세요」

「먹을만큼 먹엇서」

「어듸 얼마 잡수섯나요」

「그런데 그년의 녀편네 아무 꺽소리가 업네」

꺽정이가 소리한번 질른뒤로 이웃집 녀편네는 꿀꺽소리 한마듸가 업섯다 원씨 생각에 대거리로 욕질할듯한 녀편네가 욕질 안하는것은 괴상하고 축히 행패할 꺽정이가 행패안하게 되는것은 다행하엿다

기집아이년들이 상을 내가고 방을 훔치고 건넌방으로 건너들간뒤 한동안 지나서 벌서 자수를 다 서르짓고 나갓슬 동자치가 누구하고 짓거리는 소리가 나더니 안방아페 와서 아씨를 불럿다 원씨가 마침 골방안에서 바느질꺼리를 끄내다가 고개를 방문편으로 돌리면서

「왜그래」

하고 물으니 동자치가 문틈을 조금 벌리고 드려다 보며 간특스럽도록 가는목소리로

「담넘머ㅅ집 인에서 와서 아씨를 잠ㅅ간 보입잡니다」

하고 말하엿다

원씨는 담너머집 녀편네 왓단말을 듯고 의외ㅅ일에 놀라서 손에 들엇든 바느질꺼리를 방ㅅ바닥에 떨어트리고 말을 못하고 안젓는데 아랫목 벽에 비스듬이 기대고 안젓는 꺽정이가 문틈의동자치 얼굴을 바라보며

「왓스면 데리고 들어오지 무슨 선통이야」

하고 꾸지람하듯 말하엿다

「여기 들어왓세요」

하고 동자치가 고개짓으로 뒤를 가리치니 꺽정이는

「어듸」

하고 물으며 곳 아프로 나 안저서 동자치가 문아페서 비켜서기 바쁘도록 왈칵 방문을 열어저치엇다 마당안에 들어섯는 녀편네가 꺽정이와 눈이 마주치자 아래ㅅ입쌀을 깨물고 슬쩍 외면하엿다 녀편네는 누도 점도 안코 크도 적도 안코 몸ㅅ집은 뚱뚱하고 낫판은 둥그런데 거벽스럽고 심술스럽고 억척잇고 끼억잇고 를지고 거방저 보이엇다 꺽정이가 눈이 뚤허지도록 녀편네를 내다보는 동안에 원씨가 살그머니 꺽정이 귀뒤에 와서

「내가 건넌방으로 다리고 들어가서 잘말해보낼테니 안방에 가만이 안저기세요」

하고 가만가만 말한뒤 곳일어나 아래ㅅ간 방문은 다치고 웃간 지게문을 열고 마루로 나갓

다

『좀 올라오시지요』

원씨의 말끄테 그 녀편네는 천천히 대뜰우로 올라와서 건너방 엽마루에 턱걸터안젓다

『이방으로 들어오세요』

원씨가 건너방 지게문을 열어노흐니 그녀편네는 고개를 한두번 가로흔들고 자기안즌 여플가리치며

『이리와 좀 안지우』

하고 명령하듯 말하엿다 원씨가 그녀편네더러 올라오너라 방으로 들어오너라 권하는것은 것인사썽이지 속마음으로는 올라오지도 말고 얼른가기를 바라는 까닭게 방으로 들어오지 안는것을 은근히 해롭지안케 생각하야 더 권하지안코 그녀편네 가까이가서 사이를 두고 쪼구리고안젓다 이때까지 건너방 안에서 삐금삐금 내다보든 상직할미와 아이년들이 모두 나와서 원씨뒤에 둘러서고 기동여페 부터섯든 동자치도 원씨 여프로 가까이 나섯다

『엇재 오셧습니까』

원씨의 말은 곱고 깍듯하고

『엇재 왓느냐 할말이잇서서 왓소』

그녀편네의 말은 거칠고 거만하엿다

『네 하실말슴이 잇세요 무슨 말슴인가요』

『대채 댁에서 우리집하구 무슨 원수가잇소』

『그게 무슨말슴입니까 우리가 이웃간이라도 서로 누군지를 모르고 지내는 처지에 무슨원이 잇겟습니까』

『그런데 엇재 댁에서 우리집 종년을빼돌렷소』

원씨의 대답이 나오기전에 상직할미가

『우리댁에서 종년을 빼돌렷다구 누가 그런 거짓말을 합듸까』

하고 나서고 또 동자치가

『봣다는년이 어떤년이요 그년은 눈깔이 둘이아니구 네집듸까』

하고 나서는것을

『잠자코잇지 왜들 나서 짓거려』

원씨가 꾸지서 제지하엿다

『잡어떼두 속울리 업스니까 잡어뗄생각 마우 그러구 고대 날더러 욕한사람이 잇지안쏘 목소리가 사냅듸다그려 그래 남정네가 남의집 안녀편네에게 대구 더러운 입정을 놀리는것이 세상천하에 어듸잇는 법이요 그런법이 잇스면 좀 압시다」

그녀편네가 손바닥으로 마루짱을 치면서 드리대는 서슬에 잔약한 원씨가 말문이 막히어서 잠자코 잇스니

「할말업소」

「할말잇거든 하우」

하고 그녀편네는 더욱 긔성을 부리엇다 안ㅅ방에 들어안젓는 꺽정이가 벌서부터 나서고시픈것을 그동안 참기도 만히 참엇는데 인제 더참을수 업서서 방문을 열어젖드리고

「욕한사람이 내니 나하구 말하자」

하고 대뜸 해라를 내부치엇다

꺽정이가 방문을 벼락치듯 열고 말을 불호령쪼로 내놋는 바람에 원씨는 놀라서 벌떡 일어서고 상직할미와 아이년들과 동자치는 일시에 머리를 돌려서 꺽정이를 바라보는데 정작 그녀편네만은 흘낏한번 안ㅅ방편을 바라본뒤 곳 섯는 원씨를 치어다보며

「긴말 할것업시 종년은 오늘 해안으루 도루보내주구 또 사내의 상업는 구습은 고치두룩하우」

하고 말하는품이 곳 분부가 신칙하는것과 다름이 업섯다

「사내의 구습이라니」

꺽정이가 말끄를 잡아가지고 되까리니 녀편네는 시침을 뚝메고 원씨더러

「아무에게나 함부로 욕하는것이 상업는 구습이지 무어요」

하고 말하는것으로 꺽정이에게 대구하엿다

「꼴보니 사내를 조하하게 생겻구나 이리와 나하구 말하자」

꺽정이의 정말 상업는 구습이 골을 도다서 녀편네는 흘긔흘하고 원씨를 향하야

「보아하니 냥반의 딸가튼데 엇재 순 불상놈을 데리구사우」

하고 말하엿다 꺽정이가 마루로 뛰어나왓다

「무어 엇재 이년아 불상놈 그래 나는 불상놈이다」

꺽정이가 녀편네게로 가까이 대들때 얼빠진 사람가티 멍하니 기동에 기대어섯든 원씨가 아프로 고꾸라지는듯 꺽정이의 소매를 잡고 매달리엇다

「저리비켜」

「제발 손찌검 마세요」

원씨는 말소리가 여짓 울랴는 사람가텃다 꺽정이가 한편손의 식지가락을 내빼치고 흔들면서

「이년아 아까한말 다시 해봐라」

하고 열려대는데 녀편네는 딴전하고 본체도 아니하엿다 꺽정이가 한거름 아프로 나서서 녀편네의 저고리 뒤ㅅ고대와 머리ㅅ뒤를 검처잡고 마루우로 끌어올렷다

『아이구머니 이놈보게』

『이년 죽일년 가트니』

『놔라 이놈아』

녀편네의 언즌머리가 풀어저 나려와서 꺽정이가 고처 머리채를 잡앗다 녀편네가 꺽정이게 아플두고 엉거주춤 일어서며 곳 눈ㅅ결에 수염을 움켜쥐고 잡아다렷다 녀편네와 꺽정이는 고개를마주 숙이고 원씨는 말리려고 사이에 들어서 세사람이 한데 뭉치엇다 아이년들이 원씨에게

『아씨』

『아씨 이리 나오세요』

하고 소리를 지르고 동자치가 꺽정이더러

『나리마님 아씨 다치십니다』

하고 소리치고 또 상직할미가 꺽정이여패 와서

『나으리께서 참으십시요 저따위 망한녀편네가 세상에 어듸 또 잇겟습니까 봉변하신건 미친

개에게 물린셈 잡구 참으십시요』

하고 짓거리엿다 꺽정이가 머리채를 노코 팔회목을 쥐어 손아귀에서 수염을 빼넨뒤에 한편억개를 툭 치니 여편네는 마루에 궁둥방아를 짓고 주저안젓다

『이년 내손이 한번 더가면 너는 죽는다』

『오냐 죽여라 내가 이망신을 당하구 살면 무어하겟느냐 자 죽여라 내가 죽는걸 무서워할줄아느냐 자어서 죽여라』

하고 녀편네가 안저서 뭉개뭉개 아프로 나오는것을 꺽정이가 발끄트로 한번 거더차서 쿵하고 뒤로 나가잣바지며 곳 사지를 펴고 두눈을 감고 꼼짝도 아니하엿다 원씨가 속에서부터 떨려나오는 목소리로

『아이구 큰일 낫서 저걸 어떠캐요』

하고 꺽정이를 처다보고 또

『할멈 좀가서 만저보아』

하고 상직할미를 돌아보앗다

『긔운이 막힌게지 좀 드려다보게』

꺽정이가 상직할미더러 말하야 상직할미가 녀편네에게 와서 손을 쥐어보고 볼을 만저보고

코미톄 손을 대어보기까지 한뒤에 동자치를 불러가지고 둘이가치 손바닥을 부벼주엇다 얼마만에 녀편네는

『후유』

하고 한숨을 내쉬더니 바루 일어안즈려는것가티 몸을 요동하엿다

녀편네가 잠시 긔함하엿슬 동안에 꺽정이는 그집에 안어다 둘생각이 난까달게 그 깨어나는것을 보고 곳 여페와서 상직할미와 동자치를 비켜나게하고 쳐늘어진 몸을 두손으로 떠밧들어올렷다 녀편네가 눈을 떠보고 죽을힘을 다하야 손짓발짓을하므로 한팔로 웃도리를 감아끼고 또한팔로 넙적다리미를 떠바처서 우그려안엇다 한다름에 담너머ㅅ집에가서 바로 내정돌입하야 안ㅅ방문을 발교 열고 안은 녀편네를 드려노흔뒤 박갓주인 늘근이의 쪼차나오는것과 동네 녀편네들의 모혀드는것을 다 본체 만체하고 돌아왓다 동자치사내가 원씨의 말을 드듸어 홍문집의 늘근생원님을 가서보고 젼후곡절이 이러저러하다고 말한즉 늘근생원님은 긴말아니하고 이다음 주인량반을 만나서 시비곡직을 가릴터이니 가라고 말할뿐이엇고 동자치가 자의로 동네 녀편네들을 보고 사본사 이만저만하다고 이야기한즉 그녀편네들은 돌려가면서 홍문집 흉을 찌어지게 보고 그런 렬녀는 봉변하야 싸다고 말들하엿다

풍파나든날 저녁때는 담너머ㅅ집에서 녀편네의 우름ㅅ소리가 간간 들리엇스나 젼에업시 조용

하엿고 다음날 아침때부터는 녀편네의 악쓰는 소리가 나기시작하는데

『이놈 이놈 내가 너하구 사생결단할테다 이놈 이놈』

똑가튼 말을 여러차례 되풀이하엿다 녀편네 별르는말에 원씨는 가슴이 덜컥덜컥 나려안건만 꺽정이는 한두번 코우슴을 칠뿐이엇다 한나지 조금기운때 한온이가 사람을 보내서 황천왕동이가 왓다고 통긔하야 꺽정이가 남소문안에가서 천왕동이와 가치 하루ㅅ밤을 자고 이튼날 천왕동이를 떠나 보낸뒤에는 박씨집에 들렷다가 박씨와 둘이 조용히 담화하느라고 해를지우고 석후에 동소문안으로 돌아왓다 전가트면 지처나 두엇슬박갓문이 잔뜩 다더질려서 적이 괴상하긴하나 그저 어쩌다가 일직 다더걸엇거니 생각하야 문열어주는 동자치사내더러

『문을 어느새 다첫서』

말하고 바로 안으로 들어오니 원씨가 굿오래 그린끄테 만난것가티 반겨하엿다 꺽정이가 아래ㅅ목자리에 안즌뒤에 원씨는 그아페 모를 꺼거 안저서 먼저 저녁을 어듸서 먹엇느냐 손님이 벌서 갓느냐 이러한말을 뭇고 그다음에 밋도끗도업시 어듸다른데로 이사를 시켜달라고 청하엿다 꺽정이가 고개를 저치어 벽에 기대고 천정을 치어다 보며

『이사를 시켜달라구』

혼자말하고 얼마잇다가 고개를 벌떡 일으켜 원씨를 바라보며

『왜』

하고 뭇는데수을알면서 짐짓 뭇는모양이 얼굴에 나타낫다

『그저요』

『그저라니 까달글 말해야지』

『이집이 실혀요』

『이집이 실흔가 이웃이 실흔가』

『이웃도 실쿠요』

『나업는 동안에 그망난이 여편네가 또 왓섯나』

『박게까지 와서 안에는 들어오지 못햇세요』

『못들어오게 누가 밀막엇나』

『어제께 다저녁때 그여편네가 우리집 기둥을 팬다고 독기를 들고오는데 동자치가 마침 박게 나섯다가 일른 압질러 들어와서 문울 다더걸고 열어주지 안햇세요 독기로 문짝을 몃번 찍다가 동네 사람들이 저여편네 미첫다고 떠드니까 고만가드래요 그래서 오늘은 식전부터 종일 문을 첩첩이 닷고 살엇세요』

『담을 넘어오면 어떠케! 할뻔햇노』

『담에 구멍을 뚤코 들어오거나 사다리를 노코넘어오거나 할까봐서 동자치 사내를 종일 어듸가지못하게 붓들어 두엇는데요』

『그러면 그년이 기둥을 와패어서 집이 무너진뒤에 어듸루 이사하지』

『얼른 이사하는게 상책이에요 그러면 시비업고 조치 안허요』

『그래 이사는 하기루 하드래두 며칠만 더두구보자구』

꺽정이가 원씨의마음을 안위시기느라고 며칠만 더두고 보자고 말하면서 속으로는 며칠안에 무슨 료정을 내야겟다고 마음을 먹엇다

원씨가 전날밤에 공연히 조심이되어서 잠을 못자고 또 나제도 눈을 부치지못한까닭에 밤이 그리 늣기도전에 눈에 잠이 가득하엿다 꺽정이는 졸리지 아니하나 원씨의 사폐를 보아서 일직자리를 깔게하고 가치 들어누엇다 원씨는 바로 잠이 곤히들어서 숨소리까지 거의업는데 꺽정이는 잠이 안와서 어두운속에 눈을 떳다감엇다 하다가 마침내 이리 뒷척 저리 뒷척 몸을 뒷척거리기까지 하엿다 이리하는중에 담너머ㅅ집 녀편네 제독줄 수단을 생각하기시작하야 잠이 영영 번노히고 말엇다

『그년의 여편네가 다시 말썽을 부리지못하두룩 단단히 제독을 주어놔야겟는데 어떠케하면 조흘까 위인이 여간내기 아닌줄은 이왕 짐작하엿지만 어끄제 욕이라구 대드는걸보니 섯부른

얼룸짱가지구는 제독주기커녕 되려 망신하기쉽겟든걸 기동을 패려구 독기들구 오거든 독긔들려서 동네조리를 돌려보까 동네것들 왁자짓걸하는것 재미업서 광속가튼데 잡어너쿠 죽일것처럼 잡두리해보까 그래서 말썽을 다시 안부린다구 항복하면 조치만 죽이라구 자꾸 발악이나하면 그걸어떠컨담 나이 이집안짝에 호랑이꽁질 붓잡구 하루ㅅ밤동안 매달려다넌 기집이라니 세상에 히한한 독종인거야 기집이란것이 대체 사내들버덤 독하긴하나 그대신 약하니까 제아부리 독종이라두 약한 기집으루서 죽는걸 겁내지 안흘쑤가잇나 그것두 독이나 악이 난매가드면 모르지만 여느매야그러치 못하겟지 시퍼런 칼날루 볼때기나 서너번 쑥쑥 문대주면 대개 다 긔절안쿠 못백일께지 오늘밤에 환두를 가지구 담넘어가서 자는년을 잡어일으켜노쿠 한번흔뜨검을 내줄까부다 그래두 제독이 안되면 아주 료정을 내는수박게』

꺽정이가 일어안저서 허리띄 다님을 다시 주서매고 벽장에너허둔 환도를 끄내고 벽장문을 다칠때 원씨가 돌아누으며 한숨을 쉬엇다 자면서도 가끔 한숨을 쉬는것이 원씨의 버릇이나 혹시 잠이 깨엇나하고 지근지근 건드려보다가 정신업시 자는것을 안뒤에 좌우쪽 이불짜락을 잘눌러주고 일어섯다 원씨를 아직 기이엇다가 나종의 재미를 보려고 원씨의 잠이 행혀 깰세라 가만가만 웃간에 나와서 지게문을 살멋이 여닷고 박그로 나왓다 이때 절긔가 립춘이 지나고 우수가 가까운때나 나제는 봄뜻이 다소잇스되 밤에는 겨울맛이 그대로 남아서 방안에잇든 따뜻한몸에 바람이 몹시 차련마는 추위를 모르는 꺽정이는 선득전득 시원하게쯤 녀기엇다 보름전께 달이 인왕산쪽으로 기운것이 한밤ㅅ중이 된모양이라 네이웃에 사람소리가 끈치어서 괴괴하엿다 꺽정이가 마당에 나려서니 강아지가 마루미테서 쪼르르 나와서 치어다보며 꼬리를 첫다 그모양이 주인더러 먼짓할 생각말고 저하구나 놀자는것 가텃다 원씨집에는 이 쥐방울만한 강아지나마 먹이지만 홍문집에는 주인 여편네가 짐승을 조하안하는지 닭기색기하나 치지 아니하엿다 개가잇서도 겁날것이 업지만 자최를 감추고 들어가려면 개업는것이 한부조이엇다 꺽정이가 담미테 와서 단번에 뛰어넘으려다가 조금이라도 소리를 내지 아니하려고 손에들엇던 환도를 허리에 질른뒤에 몸을 소처 손으로 담우를 집고 올라오며 곳 사뿐 담안으로 나려섯다 사랑방도 캄캄하고 행랑방도 캄캄하고 오직 안방에만 불이잇는데 등잔심지를 도드지 아니한듯 불비치 희미하엿다 꺽정이가 발소리를 내지안코 마루우로 올라왓다 과부녀편네 혼자자는 방이라 의례 문고리가 걸렷들려니 짐작하고 배목이소처 빠질만큼 힘것 지게문을 잡아다렷더니 고리걸리지안흔 문이 펄떡 열리며 꺽정이는 자긔힘에 몸이 한편으로 휘뚝하엿다 꺽정이가 몸을 가누며 곳 칼날을 빼어들고 방안으로 들어왓다

아래ㅅ목에서 자는 녀편네가 이불을 홱 저치고 뻘떡 일어안저서 웃목을 나려다보며

「이놈」

하고 소리를 질렀다 녀편네는 첫잠이 기피들어 정신을 모르고 자다가 지게문 열리는 소리에 놀라서 잠이 깨엿든것이다

『죽기가 시각이 바쁘거든 어서 소릴 질러라』

꺽정이가 칼을 치어들고 녀편네아페 와서 딱 서니 녀편네는 한참동안 물끄럼이 꺽정이의 얼굴을 치어다보다가 예사말소리로

『오냐 죽여라』

하고 고개를 길게 아프로 내밀엇다 꺽정이가 속으로 어이업서 하면서 목덜미 부연살에 칼등을 슬쩍 갓다대니 목이 옴찔하엿다

『네년은 그저 죽인년이 못된다 고개 처들구 말들어라』

『그저 죽이지 안흐면 어떠케 할테냐』

녀편네가 이불짜락으로 아플가리고 뒤ㅅ벽에 가서 기대어 안젓다

『우선 네죄가 죽어 싼줄을 아느냐』

『모르기에 대답이업지 내가 죄목을 일러줄테니 들어봐라 늘근시아비를 구박하는것이 하나 어린자식을 들복는것이 둘 종년을 도망질하두룩 학대한것이 셋 이웃사람에게 함부루 욕설하는것이 넷 이웃집 와서 야료하는것이 다섯 이만해두 죄가 다섯가지다 그러구 방정맛게

내수염을 끄들려서 채조흔것이 대여섯개나 뽑혓다 내가 수염아까운 생각을하면 네년의 살점을 대여섯점 포를떠두 시원치가안타』

『밥먹구 똥누는건 죄가 안되느냐』

녀편네 얼굴에 냉소하는빗치 나타낫다

『이년아 건방진말말아』

꺽정이가 칼을 녀편네 볼에대고 한번쑥 문댄즉 녀편네는 진저리가 치이는듯 몸을 옹송거렷다 꺽정이가 속으로

『기집년이란 아무리 담대한체 해두 별수업다』

하고 생각하며 빙그레 우섯더니 녀편네가 꺽정이의 웃는것을 보고는 곳 이를 바드득 갈고서

『네가 할말다햇거든 인제 내말좀 들어봐라』

말하고 꺽정이가 미처 댓구 하기전에 말을 다시 이엇다

『냥반의댁 거집종』

『냥반의댁이란 다무어냐 이년아』

『내말을 다듯구나서 말해라 기집종을 빼돌려 팔어먹구 안부인네 몸에 손찌검하구 밤ㅅ중에 냥반의댁 안ㅅ방』

「그래두 또 냥반의댁이야」

「량반의댁을 량반의 댁이라지 무어라구하랴 량반의댁 안ㅅ방에 밤ㅅ중에 뛰어들어온 놈은 죄가어떠냐 천참만육해두 싸지안흐냐 네놈이 되려 나를 수죄를해 이놈아 내가 너하구 사생결단하려구 작정한 사람이다 내손으루 너를 못죽이면 네손에서 내가 죽을작정이다 나 죽은뒤에 시아버지가 원수를 못갑허주구 친정지친들이 원수를 못갑허주구 또 나라에서 원수를 못갑허주드래두 내가 내원수를 갑흘테다 내가 죽어 아귀가 되어서라두 너를 잡어가구 말테다」

녀편네의 입귀에서 침이 튀도록 말이 부푸게나왓다

「네년이 오장이 어떠케 생겨 저모양샌가 배다지를 갈르구 오장을 좀 봐야겟다」

「오냐 배를 갈르든 목을 잘르든 하구시픈대루 해라 아무러튼지 한번죽지 두번죽겟느냐」

「배때기에 칼들어갈때두 큰소리하나 어듸보자」

「죽는년이 아풀가리라 배를 내놔주께 가만잇거라」

녀편네가 압가린 이불짜락을 한여프로 거드치고 끈풀린 아래옷을 배꼽께까지 나려밀고 아프로 나안즈며

「자 질르든지 갈르든지 맘대루해라」

하고 색색하게 말하엿다 꺽정이가 녀편네를 녀긔질르려고 하다가 도리어 녀편네에게 녀긔질름을 당하고 입맛이 썻다 그러나 녀편네의 허연 속살을 나려다보는중에 꺽정이는 생각이 달러젓다 실상은 녀편네를 처음볼때 조케녀기는 생각이 업지 아니하엿는데 이생각이 마음한구석에 들어잇다가 이제와서 온마음을 차지하도록 번저 나온것이다 꺽정이가 갑자기 칼날을 집에 꼿고 녀편네에게덥처서 달리 료정을 내려고 하는중에 녀편네는 어느틈에 손을 놀려서 사내의 가장 중난한곳을 움칼쥐엇다

녀편네 손아귀에 잡힌곳이 수염과도 달러서 꺽정이가 평생 처음 당하는경계라 이약 꺽정이로도마음에 적이 놀라웟다

「이년아 놔라」

「얼른 놔라 안노흘테냐」

하고 연겁허 꾸지즈며 손으로 녀편네의 팔을 눌러서 곰작못하게하엿다

『팔을 분질러봐라 내가놋나』

녀편네가 말은 역세게하나 팔이 아프고 손이 저려서 손아귀에 힘을 드릴수가 업섯다

「내가 조금 힘써 눌르면 팔하나 병신된다 진작 놔라」

「배를 갈르구 오장을 본다며 팔병신될것이 걱정이냐」

「죽일테면 벌서 죽엿지 이때까지잇서 작난으루 그래봣지」

「누가 너하구 작난하자드냐」

「지금 이게 작난이지 무어냐」

녀편네가 『작난』 하고 뇌고 한참만에

「그래 네말대루 작난이라구 하구 작난한뒤는 어떠케 할테냐」

하고 말하는데 얼굴비치 불거지는듯하엿다

「뒤를 어떠케 하다니」

「나를 어떠케할테냐 말이야」

「조타면 가치살구 실타면 고만두구 네소원대루 해주지」

「거짓말아니지」

「사내대장부가 부녀자에게 거짓말을 할리가잇나」

녀편네가 이를 악물고 펴지안튼 손아귀가 어느틈에 슬그머니 펴저서 꺽정이도 팔눌럿든 손을 떼엿다 꺽정이가 그제는 일어안저서 발에 신은 신발을 벗어 웃목에 내던지고 공무니에 빼티는 환도를 빼서 발채에 노코 녀편네 여페와서 들어누엇다 마침이때 사랑에서 문을 열치는소리가 나고 곳뒤미처 안으로 들어오는 신발ㅅ소리가 낫다 이불을 끌어덥고 누어잇든 녀편네가

얼른 일어나서 아래ㅅ목압문과 웃목지게문의 문고리를 모조리 걸고 다시 자리에와서 누으며 꺽정이에게 귀ㅅ속말로

『아무귀척말구 가만이잇소』

하고 당부하엿다 두어사람의 발ㅅ자국 소리가 안방아페 와서 그치더니 한참만에 명토업시

『자느냐』

하고 뭇는것이 늘근시아버지인 모양인데 녀편네는 대답안코 가만이 잇섯다 박게서 다시한번

『자느냐』

뭇고나서 압문을 흔드니 녀편네가 그제사

『누구야』

하고 소리를 질럿다

『나야』

『웬일입니까』

『문열구 나좀보아』

『밤ㅅ중에 왜 자는방 문은 열라십니까 망칙스럽게』

『물어볼 말이 잇서그래』

『물어볼말이 잇거든 박는날 물어보시구려』

『자ㅅ간만 내다보렴』

『옷을 벗어서 못일어나요』

『행낭에서 들으니까 안ㅅ방에서 떠들석하는데 죽인다는소리가 들리드라구 이애가 지금사랑으루 쫏처들어왓서』

『반실이가 귀는밝게 나혼자 자는방에 누가 떠들석해요 올치 내가 꿈에 이웃집 사내놈을 붓들어다노쿠 죽인다구 야단을 첫드니 잠꼬대를 한계로구먼』

격정이가 눈을흘기며 빰치려는 시늉을 하니 녀편네는 손을 가로흔들며 빙그레 우섯다

『나는 도독놈이 들어온줄 알엇구나 지금 들어오며 보니까 사람의 그림자가 방문에 얼른거리는것 갓드라』

『얼른거리긴 무에 얼른거려요 당치안흔소리 고만하구 나가주무세요』

『나갈테다 불을 끄구자 불켜노쿠 자니까 꿈자리가 사납지』

『불끄겟서요』

녀편네가 일어나서 벽에걸린 등잔ㅅ불을 꺼버리엇다 방문박게 발ㅅ자국 소리들이 가까운데서부터 차차로 멀어지더니 사랑방문 여닷는 소리가 들리고 그뒤에 행랑방문 다치는 소리까지

들리엇다

첫닥 울이에 꺽정이가 일어서려고 하는것을 녀편네가 더누어 잇다가 가라고 붓잡어서 달기자칠때에야 도루 담을 넘어왓다 꺽정이가 지게문을 곱게열고 방안에 들어서자 원씨가 자리에일어안즈며

『밤ㅅ중에 어듸를 갓다오세요』

하고 물엇다

꺽정이가 원씨의 뭇는말은 대답안코

『잠이 벌ㅅ서깨엇나』

하고 물으며 아래ㅅ간으로 나려왓다 어둠침침한 곳에서 원씨가 꺽정이손에 가진물건이 잇는것을보고

『손에 가지신것이 무에요』

하고 물으니 꺽정이는 흡사 숨기려는것가테

『아니야』

하고 말하며 벽장을 열고 그물건을 집어너헛다

『아니라니 그게 환도아니에요』

『환두야』

원씨는 큰일난줄로 짐작하고 긔가 막혀 한참 말을 못하다가

『담너머ㅅ집에 갓섯지요』

하고 뭇는것을 무서운일 물어 보듯하는데

『그랫서』

꺽정이의 대답은 수월하엿다

『아이구 나는볼라 그게 무슨 짓인가요』

『내가 살인하구온줄루 아는구면』

『그럼 어떠케히구 오섯세요』

『여편네를보구 왓서』

『여편네를 보구 어떠케 하섯세요』

『말썽을 다시 못부리두룩 제독을 주엇지』

『그러자니 자연 손찌검 하섯겟지요』

『손찌검 안하면 항복을밧지못하나』

『그래 그녀편네가 순순이 항복해요』

『두구보면 알지만 우리집에 와서 말썽부리는건 고사하구 저의집에서 떠들지두 안할걸』

『그러면 작히나 조켓세요』

원씨는 속으로 꺽정이의 말이 헛말아닐가 의심하엿다

꺽정이가 개잠이 든동안에 원씨는일어나 마루에 나와서 소세를 하는데 동자치가 아침밥쌀을 바드려고 인함박을 가지고 마루아페와서섯다 원씨마음에 이웃집 녀편네의 일이 궁금하야 동자치더러 이웃집 문ㅅ간에가서 안의동정을 좀 보고오라고 말을일럿다 동자치가 가기실타고 안가려고하다가 원씨말에 못이겨서

『잠ㅅ간 갓다올께 얼른 쌀 내노으세요』

하고 인함박을 마루 끄테 노코 가더니 한동안 조이지난뒤 비로소 돌아왓다

『왜 그러케 오래되엇서』

『아씨 별일 다봣세요』

『무슨 별일』

『저집 녀편네가 아주 딴사람이 되엇겟지요 지가 문ㅅ간에 섯는걸 어느틈에 보구 들어오라구 그러드니 여러말을 하는데 말하는것이 모두 멀쩡해요 자긔가 본시화ㅅ병이 잇는데 혹시 화나는일이 잇서서 화ㅅ병이 발작되면 꼭 미친사람가티 된다구요 이번에두 이웃집에 공연

히 시비를 걸어가지구 미친사람구실을 해서 우세가 적지안타구 조만이 말합듸다」

안ㅅ방에서 으하는 트림소리와 에헴하는 기침소리가 낫다

「나으리 기짐하셧서 아침 늣겟네 어서쌀갓다 씨서안치게」

동자치가 쌀인함박을 들고 부어크로 나려가면서

「아씨 제말이 고지들이지 안으시거든 잇다 할멈더러 한번 가보라십시요」

하고 수다를 부리엇다

아침후에 원씨가 조용히 꺽정이를 보고 녀편네 제독준 수단을 캐어물으니 꺽정이는 말하기를 질기지안는듯 차차들으라고 말할뿐이엇다 나제는 별일이 업섯다 밤에 원씨가 자다가 버스럭소리에 잠이 깨어서 눈을뜨고 살펴보니 꺽정이가 아닌밤ㅅ중에 새삼스럽게 의관을 차리고 박그로 나가려고하엿다

「어듸 가세요」

「담너머ㅅ집에 좀 갓다오께 가만이 들어누어 자」

「담너머ㅅ집에는 무어하러 또가세요」

「미진한말이 좀잇서」

「미진한말이 무슨 말이예요」

「차차 이야기 할테니 아직 가만잇서」

원씨는 비로소 만의심이 들어서 꺽정이 나간뒤로 공연히 잠을 이루지 못하고 긴밤을 새우다시피하엿다

꺽정이와 과부김씨가 가치잘기로 작정이 되엇는데 첫날밤에는 말이 대강령에만 그치엇고 이튼날밤에는 의론이 세절목에까지 미첫섯다 꺽정이는 김씨를 부실대접 아니할것과 김씨살림에 시량범절 돌보아줄것을 허락하엿고 김씨는 시아버지 늘근이와 양자한 아들아이를 고향으로 보내버리고 들어잇는 집에서 눌러살림하게 할것을 자담하엿다

꺽정이가 김씨에게서 두번째 반밤을 새우고 돌아왓슬때 날은아직 다박지 아니하엿는데 원씨가 벌서 자리까지 거더치우고 오두마니 안저잇섯다

「왜 어느새 자릴 치웟서」

「곤하지 안커든 좀 안저 이야기하서요」

「이야기 듯기가 그러케 급해서 오밤ㅅ중에 잠두 안자구 안젓서 사람두」

꺽정이는 혀를 낄낄 찻다

「나를 속이실껀 업세요」

「속이긴 누가속여 별소리 다하는군 속시원하게 다 이야기 해주지」

꺽정이가 첫날밤 행동한일과 이튿날밤 작정한일을 대충 다 이야기하니 원씨는 벌서 미리 의심하고 잇는일이라 별로 놀랄것은 업섯스나 일된품이 왈가왈부하기도 더러워서 말한마듸 안코 가만이 잇섯다

「삼천궁녀두 거느리구 살려든 기집뎃개를 못다리구살까 공평하게 해줄테니 념려말어」

꺽정이의 말끄테 원씨는 눈이뜨거워지며 눈물이 매처서 덧고 소사서 흘럿다 그러나 이눈물은 꺽정이의 말이 자아낸것이 아니고 자긔의 설음이 터저나오는것이엿다

이날나제 담너머ㅅ집에서는 김씨가 그 시아버지를 보고 고향으로 이사가자고 의론을내엿는데 그시아버지는 본래 서울을 시골만 못하게 여기는 늘근이라 며느리의 의론을 선뜻 조타고 찬동하엿다 그러나 김씨가 그시아버지더러 아들아이와 비부갱이를 다리고 세간짐을 령거하야 가지고 먼저 나려가서 집도 수리하고 세간도 정돈하면 자긔는 서울집을 팔아가지고 추후하야 나려간다고 주장하는것은 무능하기 짝이업는 늘근이로도 조타고 찬동하기가 어려웟다

「단 며칠동안이라도 너혼자 어떠케 잇슬테냐」

「혼자잇스면 호랭이가 물어갈까요」

늘근이는 아들죽은후로 호랑이 물어간단 소리를 남류달리 듯기실혀하는 사람이라

「그게다 무슨 소린가」

하고 상을 오만상 찡그렷다

『나혼자 잇슬껀 념려마십시요』

『집을 팔려고하더라도 나다니며 주선을 해야지』

『주선생만흔것 다 봣세요 딴소리 말구 내말대루 하세요』

늘근이가 마침내 며느리의 말을 거슬르지 못하야 그대로 작정하고 말앗다

이날부터 불과 오륙일안에 홍문집에서 이사ㅅ짐을 내실리는데 판다고 내노흔 육중한 세간과 당장쓸 솟 부둥가리 외에는 문아페부첫던 정문까지 다 떼어서 실리고 먼저 떠나기로 작정한 조손 노주세사람은 짐빠리와 한날 떠나갓다 김씨의 시아버지 늘근이가 고향에 가서 며느리를 기다리다 못하야 다시 서울을 올라와서보니 그동안 벌서 이웃사내눔과 부터서 펄처노코 사는 판이라 할길업시 그대로 도루 나려가서 늘근이의 의뭉으로 며느리가 급한병으로 죽어서 서울다가 엄토하고 왓다고 고향사람의 이목을 속인것은 뒤ㅅ날일이다

김씨가 개색기 하나업는 빈집에 혼자 남아잇게 되며부터 껴정이는 담을 넘어다니지안코 문으로 드나들되 내집드나들듯하엿다 박씨는 살끼가 잇스나 병이잇고 원씨는 대살지고 야하야 모다 김씨의 살조코 몸튼튼 한것만 못한데다가 새로만난 사람이 이왕부터 가치사는 사람과 달러서 껴정이는 김씨집에를 파고 들엇다 김씨는 그만튼 울화가 신통하게 다 읫서저서 골낼때

보다 우슬때가만코 전날긔습으로 간간 긔성을 부리다가도 꺽정이의 꾸지람 한마듸면 대번 숙지는까닭게 전에 비하면 참으로 딴사람과 가텃다 전엣사람을 개차반이라고하면 뒤ㅅ의사람은 거의 명주고름이라고 할만하엿다 박씨는 룩례를 가추고 원씨는 정실로 자처하고 또 김씨도 부실이라고 아니하는까닭게 꺽정이의 처가 광복산에잇는 본처는 치지 말고 서울안에만 세사람이나 되는셈이엇다

청석골 (五)

꺽정이가 광복산 드메구석에 업드려잇기가 답답하야 서울로 올라올때 과축 한 달포 놀다가려고 생각한것이 늦게 난봉이 나서 가진오입을 다하고 종내 기집을 셋씩이나 어더서 각살림을 시키는 동안에 세월이 가는줄 모르게 오륙삭이 지나갓다 그동안 광복산 도중에서 꺽정이에게 오라는 재촉이 업섯든가 도중에 비록 대리 괴수가 잇기로소니 정작 대장이 오래박게 나와잇는데 어찌 재촉이 업섯스랴 광복산 재촉은 성화가터도 꺽정이가 갈생각을 아니하고 서울에 누러부터잇섯다 도중에 일이잇다고 재촉이 오면 꺽정이는 그일이 무슨일인가 알어보고 서울안저서 지휘할건 지휘하고 조처할건 조처하되 멀리서 지휘하기 거북하고 조처하기 어려운 일은 뒤로 밀우기를 일수하엿다

청석골을 버리고 도망들 한뒤에 관군이 빈 소굴에 들어가 불을 질러서 도회청과 살림집이 모두 타서 업서진까닭게 광복산을 떠날때 청석골로 다시갈까 다른곳으로 올마갈까 이것이 여러 두령들 사이에 중대한 공론꺼리가 되엿는데 두가지 의론이 맛서서 서로 일치하지 못하엿다 다시 청석골로 나가서 청석골패의 전날 성세를 회복한뒤에 어느산성 한자리를 빼아서 가지고 이진(移陣)하는것이 득책(得策)이라고 주론한사람은 서림이요 이왕 청석골에 오래잇슬 작정이 아닌바엔 불탄자리에 새로 배포 차리느라고 군일할것업시 바로 어느산성하나를 가서 차지하고 웅거하는것이 상책이라고 주론한사람은 리봉학이나 두의론이 맛서게되도록 부득부득 세우고 빽빽 우긴사람은 서림이와 리봉학이가 아니고 늘근오가와 곽오주이엇다 늘근오가는 청석골에 정이 들어서 다른곳으로 올마갈 생각이 적은 사람이라 서림이의 득책이란것도 내심에는 다 합당치못하나 그나마 조타고 서림이의 말을 찬동하고 곽오주는 서림이의 말이라면 언제든지 뒤ㅅ족으로 잘나가는사람이라 리봉학이의 상책이란것이 상책인지 아닌지도 모르면서 그대로 더퍼노코 리봉학이의 말에 부쪼첫다 주론한사람들 제처노코 둘이서로 맛부터서 청석골로 가느니 못가느니 말다툼한것이 한두번이 아니엇는데 어느때는 곽오주가 이면업시 말을 뒤밧는데 늘근오가가 화증이 나서

「대체 자네가 무얼 안다구 툭하면 나서나 자네는 구구루 가만이 좀잇게」

곽오주를 구싯기도하고 또 어느때는 늘근오가가 구변으로 몰아세우는데 곽오주가 골딱지가나서

『서종사 말이라면 당신은 사죽을 못쓰니까 당신하구는 더말하기 실소』

늘근오가를 바주기도 하엿다 이와가티 말다툼들 하는중에 늘근오가의 입에서는

『다른사람 나 안간다면 나혼자라두 청석골루 갈텔세』

하는말이 나오고 곽오주의 입에서는

『난 죽어두 청석골루 안가겟소』

하는말이 나온일까지 잇섯다 일인즉 일직 결정짓고 미리 준비차려야 할일인데 꺽정이의 말을 들어보지안코 결정짓지 못할것은 고사하고 꺽정이 아니고는 늘근오가나 곽오주나 한편을 눌르고 결정지을수가 업서서 꺽정이더러 속히 나려오라고 재촉하러 황천왕동이가 서울을 올라왓섯다 꺽정이의 나려가야만할 사정을 황천왕동이가 중언 부언 말할때 꺽정이는 듯는지 만지건정으로 들으면서 속으로 광복산 떠날공론을 뒤로미루어두게 하려고 생각하고

『개춘이나 한뒤에 어두루든지 가게될텐데 공론이 어느새 무슨 공론이란 말이냐 미리 준빌한다니 준비할일이 무어냐 가령 집을 새루짓기루 하구 역사를 시키드래두 해토나돼야지 나는 아직 서울좀 더잇다 가겟스니 그리알구가거라 그러구 가서 공연이 수선들 부리지 말라

구 내말루 일러라」

하고 말하야 황천왕동이를 재촉온 보람업시 그대로 돌려보냇섯다

꺽정이가 서울와서 잇게된뒤 처음 한 달포동안은 광복산서 사람이거의 사흘도리로 올라오는데 그중에 전부터 서울ㅅ길을 자주하든 황천왕동이가 더욱 자주 올라왓섯고 광복산사람이 오는것을 꺽정이가 긴치안케 여기고 거북하게 여기고 민주스럽게까지 여기어서 한번 황천왕동이더러 별일이 업거든 자주오지를 말라고 말을하야 그뒤로 다른사람은 차치하고 황천왕동이까지도 서울ㅅ길이 전보다 드물어저서 한달에 두세번 오거나 말거나하엿섯다 황천왕동이가 자주올때 의례하루ㅅ밤은 자고 가든사람이 드문드문 오게되며부터 사대문이 다치기전에 불일이 끗나게되면 가다가자고 일직 들어간다고 당일 되지퍼서 떠나는데 이런때 꺽정이는 마음에 합당한냥 잘가라 인사하고 붓들어서 재워보내려고 하지안하엿섯다

황천왕동이가 잠시잠시 다녀가도 원체 눈치가 빠른사람이라 뒤게 이야기 들을것도 업시 꺽정이의 난봉 부리는 것을 십분짐작하엿스나 꺽정이의 긔안에 눌려서 들어내노코 말한마듸 못하엿슬뿐이지 속으로는 톡톡이 책망하고 시픈마음이 남유달리 만핫다 황천왕동이는 내외간 금슬이 조하서 다른기집에 눈을 뜨지안는까닭게 본기집두고 기집질하는 사람을 부족하게 아는데다가 더구나 세상에 둘도업는 자긔누님이 꺽정이의 안해라 자연마음이 누님편으로 쏠려서

꺽정이를 호트로 부족하게만 알지아니하엿다 그러나 누님의 속을 상하야주지 아니하려고 그런이야기를 누님에게 하지안흔것은 말할것도업고 말이 다리를 넘을가 저어하야 자긔 내외간에도 말한일이 업섯다 꺽정이가 특별한 볼일업시 서울가 누러부터 잇는것을 의심안할이 업게 되엿슬때 꺽정이의안해 백손어머니는

『정녕코 기집에 미친게야』

『절믄년을 어더가지구 죽자사자 하는게지』

이런말을하며 혼자 푸닥거리도하고

『너는 다알면서 나를 속이지』

『친동긔간에 속이니 다른사람 탓할꺼 무어잇서』

이런말로 천왕동이를 사살도 하엿섯다 꺽정이가 설까지 쇠러오지안는데 백손어머니는 속에 열방망이가 치미러서 설인지만지 지내고 재해 문안가는 사람과가치 서울을 가겟다고 부득부득 나서는것을 시누의 애기어머니가 말리고 다른 두령들까지 말리어서 간신히 주저안치엿섯다 여러두령이 꺽정이의 일을 가지고 두세사람 끼리끼리 뒤ㅅ공론들 한일은 업지아니하나 도중에서 펼치어 노코 의론한일은 업섯는데 백손어머니가 서울간다고 법석을 꾸미든 때부터 도중의 공론꺼리로 의론이 되기시작하엿다 꺽정이의 동정을 알어오자는 사람도잇고 꺽정이의

진의를 물어 보자는 사람도 잇섯지만 꺽정이 가튼 큰인물이 큰일을 낭패하도록 녀색에 침혹할리가 만무하니 가만이 기다려 보자는 의견이 나온뒤에는 동정을 알어보자 진의를 물어보자 하든 사람들까지 모두 그 의견으로 쏠리엇는데 유독 서림이가 고개를 외치고 자긔소견이 다른것을 말하엿다

『여러분 말슴은 대장께서 영웅이신 까닭게 녀색에 침혹하실리가 만무하다구 하시지만 나는 여러분과 뒤ㅅ쪽으로 영웅이신까닭게 도리어 녀색에 침혹하시기가 쉬웁다고 생각합니다 영웅호색이란 말이 영웅은 녀색을 특별이 조하한단 뜻입니다 특별이 조하하면 침혹하기두 쉽지안습니까 옛날에 진문공(晉文公)이란이가 잇섯는데 조그만 나라 임금으로 천하각국 임금들을 좌지우지 휘둘르든 영웅이엇습니다 그가 임금이 되기전에 고국에 잇지못할 사정이 잇서서 부하 멧사람을 다리구 다른나라루 떠돌아다닐때 제ㅅ나라 임금이 준 녀자 강씨에게 반해서 고국에 돌아가 큰일할것두 생각안쿠 강씨와가치 제ㅅ나라에서 늘거죽으려구 하엿습니다 그런데 그 부하들이 강씨의 도움을 어더서 제ㅅ나라를 떠나두룩 일을 꾸몃습니다 강씨가튼 동뜬 녀자가 아니엿든들 진문공못되구 녀자손에서 썩엇슬는지 모르지요 지금 우리가 대장만 밋구 가만이 잇는건 생각이 부족한일루 압니다 대장부인께서 서울가시는것두 해롭지 안흔일인걸 공연이들 못가시게 하셧습넨다』

여러두령이 꺽정이 나려오게할 계책을 공론하다가 전일에 황천왕동이가 듯고온말도 잇고하니 개춘하기까지나 그대루 기다려보자고 작정들 하엿섯다 겨울이 가고 봄이 돌아와서 양지바른 산달에 풀닙이 포릇포릇 돗고 눈녹이는 산골도랑에 물ㅅ소리가 졸졸날때가 되엇는데 꺽정이는 오지아니하야 황천왕동이가 다시 한번 재촉하러 서울가서 하루ㅅ밤 묵어가며 이야기한 끄테 겨우 수이 오겟다는 허락을밧고 돌아 왓섯다 그런데 수이 온다든 사람이 열흘이 지나고 보름이 지나도 아무 소식이 업서서 다른두령들이 황천왕동이더러 서울을 한번 더 간다 오라고 말하즉 황천왕동이가 자긔는 또가기 실흐니 다른사람이 한번 가보라고 말하고 아니가려고 하다가 빠른 거름에 속히갓다 오라 이왕 마터노코 다니다 시피하는 길이니 사피할생각말라 이번만 더갓다오면 다시 가란말을 아니하마 다른두령들이 이소리 저소리 짓거려서 마침내 황천왕동이가 또 가기로 되엇는데 대리 피수 노릇하는 리봉학이가 이번에는 대장을 뫼시고 오도록하고 정히 뫼시고 오지못하겟거든 분명히 어느날 오신다는 말슴이라도 듯고오라고 서울가서 할 소임을 일러주고 모사(謀士)행세하는 서림이가 이번에도 대장이 뒤로 미루고 안오려 드시거든 우리들이 전부다 서울로 올라가거나 그러치 안흐면 다각기 사방으로 흐터지게될지 모른다고 단단히 말슴하라고 꺽정이 만나서 할말을 가르처주엇다

황천왕동이가 광복산서 첫재벽에드 떠낫지만 해가 제법 길어저서 서울을 들어올때 승석때가

못되엿섯다 꺽정이의 처소는 가보아야 의례 비엿스려니 짐작 하고 한온이의 큰집사랑으로 들어왓더니 사랑에 잇는 서사가 나와마즈며

『황서방 오섯습니까』

하고 인사한뒤

『너머ㅅ집에를 안들리시구 바루 이리 오섯습니까』

하고 물어서 황천왕동이는 안들렷다고 고개를 가로 흔들엇다

『오늘이 우리집 자근주인 생일이지요 임선다님두 너머ㅅ집에 와서 기십니다 아니 저녁잡숫기전에 어듸 출입안하섯슬껩니다』

한온이가 꺽정이를 위하는 마음으로 꺽정이가 자긔집에서 숙식하지 안는것을 광복산 두명이나 졸개에게 알리지 안토록 하라고 집안사람들은 신칙하야 둔까달게 서사가 무심코 다른데서 온것으로 말하엿다가 얼른 출입안하것처럼 고처 말한것이엇다 황천왕동이는 꺽정이가 처소에 잇는줄을 안바엔 서사와 더 이야기하고 잇슬것이 업서서 곳

『그럼 나는 저집으루 가보겟소』

말하고 도루 사랑중문박그로 나가려고 하는데 서사가

『저 샛문으루 가시지요』

하고 일귀주어서 큰집과 너머ㅅ집 사이에잇는 일각문으로 나왓다 문열어노흔 건넌방에는 상노아이 서넛이 머리들을 한데모으고 바스락 작난을하고 문다친 안방에서는 남녀석겨 웃고 떠드는 소리가 들리엇다 황천왕동이가 뜰압 가까이 들어왓슬때 상노아이들이 내다 보더니 하나가마루로 쪼차나오며 곳 안방 웃간문을 열고 방안을드려다보면서

『임선다님 시골서 손님이 오섯습니다』

하고 고하엿다 꺽정이는 들은체 아니하는지 아무소리가 업고

『어듸』

하고 뭇는것은 한온이의 목소리엇다 황천왕동이가 뜰우에 올라서서 여긔왓노라 알리듯이 헛기침을 한번 크게하니 상노아이가 한여프로 비켜서며 한온이가 내다보고 대뜸 실업슨말로

『오늘이 무슨날인지 알구왓느냐 이왕 올라면 어제쯤 와서 오늘 아침밥이나 가치먹게 할것이지 인제 다 저녁때 온단말이냐 네가 종시 생각이 좀 부족해 하여간 삼백여리 전도에 생일날전위해온것만은 긔특하다 어서 올라와서 절이나 한번해라』

한온이와 황천왕동이가 서로 친하야 실업시 농지거리하는 사이지마는 원처에서 온친구를 보고 나와 인사도안코 가만이 안저서 농부터 거는것은 황천왕동이의 마음에 적이 불쾌하야

『실업슨자식』

하고 가볍게 대꾸한뒤 마루 고데 걸터안저서 보선을 바꾸어신고 방안으로 들어왓다
방안에 사람여섯이 들어안저잇는데 그중에 넷은 몸에 주산이것을 감은 기집이고 먹다둔 주안상하나가 중간에 노혀잇고 거문고 가야ㅅ고 장고등속이 한여페 밀처잇고 그외에 아래웃간에 벌려노힌 방세간이 잇서서 간반방이 가득 하엿다 황천왕동이가 아래ㅅ목에 안즌 꺽정이를 향하고 비좁은 틈에서 거북살스럽게 절을하는데 꺽정이는 눈도 거들떠보지아니하고 한온이가중뿔나게

『오 잘왓느냐』

하고 점잔을 빼고 말하야 기집 두엇이 서로 눈짓하며 소리업시들 우섯다 꺽정이에게 냉대밧고 한온이에게 멸시당하고 기집년들에게까지 창피보는것가터서 황천왕동이는 골이 발끈 낫다 주안상을 한편으로 밀어버리고 한온이아페 와서 안즈며 곳

『이자식 내가 네 놀림친구란 말이냐』

하고 대어드는데 황천왕동이의 거동과 긔색이 야차하면 바로 주먹질을 시작할것 가텃다 한온이가 자어낸 골에 꺽정이외 기집들에게서 옴겨온 골이 엄치어서 상글상글 우서가며 농담을 주고 밧고하든 전날사람과는 딴판이라 한온이가 도리어 어이업서하며

『자네와 나사이에 농담한다구 성낼줄은 몰랏네』

하고 말하엿다

『농담두 분수가잇저 멀리서 온친구를 보구 나와 인사한마듸 안쿠 대뜸 농담을 시작해 게다가 기집년은 끼구 방에 들어안저서 그것이 친구 대접이냐 친구는 고만두구 수하ㅅ사람이라무 그따위루 대접하는법이 어듸 잇느냐』

황천왕동이가 한온이를 토죄하는데 꺽정이에게 피침한 소리를 하엿더니 이때껏 입을 꽉다물고 잇던 꺽정이가 별안간

『듯기실타 짓거리지마라』

하고 소리를 질럿다 되지못한 기집년들 보는데서 꺽정이의 위풍부리는것을 황천왕동이는 비위사납게 여겨서 눈을 똑바루 뜨고 꺽정이의 얼굴을 바라보앗다

『나를 노려보면 어쩔테냐』

『형님은 좀 가만이 기지우 이자식하구 말좀해보구 나서 이야기합시다』

황천왕동이가 다시 한온이에게로 고개를 돌리고

『그래 네가 잘햇느냐 잘못햇느냐 말좀해라 들어보자』

하고 소매를 거드치고 팔을 뽑내엇다

『내가 잘못하기 잘못햇네 그러치만』

『그러치만 어떠탄 말이냐』

『자네두 잘한건업단말일세 자네가 나를 붓들구 조용이 책망하면 자네책망을 내가 고맙게들엇슬것인데 곳 드잡이를 노을것가티 팔을 뽑내구 덤비니 자네가 팔을 뽑내면 누가 긔절할줄아나 앗게 저리 물러나게』

『네가 되잡어 나를 책망하는 셈이냐』

『되잡구 바루잡구가 업지』

『네가 무얼 잘햇다구 뻣뻣이 구느냐』

『잘못햇다는박게 더 어떠케하란 말인가 녜 죽을때라 잘못햇스니 용서 하십시요』

한온이의 비꼬아 하는말이 입에서 나오자마자 황천왕동이의 손ㅅ길이 번개가치 한온이 볼치에 올라가서 찰싹 소리를 내엇다

『이눔이 뉘게다 손질을하나』

한온이가 일어서고

『오냐 해볼테면 대들어라』

황천왕동이가 일어서는데 황천왕동이 빰우에 룩중한손이 와서 떨어지며 눈의불이 번쩍 나고 정신이 얼떨떨 하엿다

『당장 도루 가거라』

꺽정이의 언섬이 귀에 드릴때 황천왕동이가 비로소 꺽정이에게 빰마진줄을 알앗다 대장이요 자형이요 사생을 가치하자 굿게맹세한 의형제꺽정이가 한온이의 편을 들어서 자긔의 빰을치다니 꿈에도 생각지못할일이라 황천왕동이는 긔가막혀서 말이 안나왓다

『얼른 나가기라』

꺽정이가 떠다밀어서 황천왕동이가 방구석에가서 쿵하고 너머젓다 황천왕동이는 부어오르는 빰도 아픈줄 모르고 벽에 부드트린 머리도 아픈줄모르고 일어안저서 물그럼이 꺽정이를 치어다보는중에 이십년동안 친한정분과 아프로 사생을 가치할 구든맹세가 일시에 업서지고 사라지는듯 생각이니며 부지중 눈에 눈물이 핑 돌앗다

한온이가 꺽정이 아페 가서

『선생님 자리에 가서 안지시지요』

하고 권하며 일변으로 아래ㅅ목에 몰켜섯는 기집들을돌아보고

『왜들 죽 섯나 소홍이 이리와서 선다님을 뫼서다가 안지시게하구 자네들두 다 안께』

하고 말하야 꺽정이와 기집들을 모두 안친뒤에 웃간구석에 안저잇는 황천왕동이게와서

『여보게 저리 가세』

하고 말을 부치고

『자 일어나게』

하고 손목을 잡아 일으켯다 황천왕동이는 서울온 자연이나 꺽정이에게 이야기하고 해빠지기전에 떠나가려고 생각하고 한온이 끄는대로 아프로 나와 안젓다 한온이가 여페와서 안즈며

『하위ㅅ술이나 한잔씩 먹어야지』

『먹다남은 찌꺽지루 친구대접 한다구 피까다롭 부리기전에 술을 재루 내와겟다』

하고 혼자 짓거리고나서 건넌방을 향하고

『이놈들 이리 좀 오너라』

하고 상노아이들을 불럿다

『나는 술 생각 업스니 고만두게』

황천왕동이의 말을

『이사람 하위ㅅ술 실타는데가 어듸잇나』

한온이가 대답하는중에 상노아이들이 건너와서 한온이는 곳 상노아이들 보고 방에 잇는 주안상을 내가고 안에 들어가서 새로 한상 잘 차려내오라고 말을 일럿다 상내가는 수선이 굿난뒤에 황천왕동이가 꺽정이를 향하고 안저서

『언제는 내가 오구시퍼 온것이 아니지만 이번은 엇재 그러든지 오구십지 안은것을 하두 갓다오라구 만들해서 할쑤업시 왓습니다 내가 오죽 오지 안으려구 해야 이번만 갓다 오면 다시 가란말 아니하마 말하는사람까지 잇섯겟습니까 나는 이번만 오구 다시 안오게될줄까지 생각 못하구 왓드니 인제는 참말루 다시 올리가 업습니다 사람이 입찬소리는 못할것이지요마 이번이 내 일생의 마지막 서울ㅅ길이될른지두 모르겟습니다 내가이번 온 사연은 말슴안해두 아실테니까 긴말슴 할것업구 여러사람의 하든말이나 대강 전해드리구 곳 떠나가겟습니다』

『여보게 잠ㅅ간 내말 좀 듯게』

한온이가 황천왕동이의 말끄를 무질뜨리려고하엿다

『말슴하든것 마저 다 하구나서 자네 말을 들을테니 조금 가만잇게』

『아니 내말부터 듯게 자네 떠나가긴 어듸를 떠나간다나 그러구 서울ㅅ길이 마지막이라니 내가 보기실여 서울 안 오겟단 말인가』

『아니』

『아니면 무언가 사내 자식이 그만일에 공해가지구 친구를 끈타니 말이되나 저런 색다른 친구들 듯는데 창피하니 우리 다른 이야기나 하세 뒤늣게 뭇기는 제면적지만 여러분들 다 평안하신가」

황천왕동이가 고개만 끄덕이고 나서

「오늘 가든 안가든 말슴하든것이나 다 하구」

하고 다시 꺽정이 보고 말을 이어하려고 하는것을 한온이가 손을 내저으며

「이런자리에서 말슴이 무슨말슴이야 말슴은 두엇다 나중하게」

하고 가로막아 못하게하엿다 아무소리안코 가만이 안저잇든 꺽정이가 황천왕동이더러

「이야기는 잇다가 하자」

하고 말하는데 말소리가제법 부드러웟다 황천왕동이는 꺽정이의 말이 한온이의 뜻을바더 나온것이거니 고갑져 생각하야 부드럽게 하는말을 평소에 훌뿌려하는말만큼 못여기엇스나 기집년들 듯는데서 이런말 저런말할것업시 꺽정이 말대로 잇다가 나종에 하리라 마음을먹엇다 얼마동안 안지나서 떡 벌어진 주안상 한상이 들어왓다 한온이가 황천왕동이 마즌편에 가서 안즌뒤에 기집들을 보고

「넷이 한데 포갬포갬 안젓지말구 둘쯤은 이리나와 안저서 손님께 술을 만이 권해주게」

하고 말하야 기집둘이 황천왕동이여페 와서안젓다

「내가 자네하구 하위하려구 내는 술이니까 첫잔을 자네가 들게」

『뒤에 오면 석잔이라니 자네가 더 먹어야하네』

하온이가 첫잔부터 연해 권하는데

『우리는 만히 먹엇다 어서 먹어라』

꺽정이도 역시 권하야 황천왕동이가 서너잔 폭배한뒤에 잔이 순으로 돌기 시작하엿다 황천왕동이는 술먹을 흥이 업슬뿐아니라 술먹을 마음조차 적전마는 본래 잘먹는 술을 갑자기 못먹는다고 어쌔고 비쌔고 하기가 실혀서 잔이 아페 오는대로 덥석덥석 바더먹엇다 한온이는 오입장이라 원수를 매젓다풀엇다하는 오입판에서 마음도 서그러질대로 서그러젓거니와 자긔의 탓으로 황천왕동이가 꺽정이에게 뺨맛고 거더차이고 눈물까지 먹음게된것을 미안하게 생각하므로 아무쪼록 황천왕동이의 마음을 풀어주려고

『내가 삼십평생에 생일날 불처떡을 어더먹기는 오늘이 처음일세 자네덕에 생일을 잘 쇠어서 고맙기 이가갈리네』

이와가튼 우숨의 소리를 하는끄테 황천왕동이더러

『여보게 자네 기생맛을 본일이잇나』

하고 물어보니 기집들이 가만이 듯고잇지안코

『기생이란 음식 이름인가요』

『무슨 음식입니까 댁에 잇거든 우리를도 맛 좀보이시오』

중구난방으로 나서는것을 한온이가 손을 내저어 눌르고 황천왕동이에게 하든말을 이어하엿다

『맛으루 말하면 장가처가 첩만 못하구 첩이 기생만 못하니 기생맛을 못보면 기집맛은 모르네 이번에 기생맛 좀 보구가려나 서울안 일등명기 넷이 이 자리에 모엿스니 넷중에 하나 골라보게 아니 저 선생님여페 바짝 부터안즌 분은 내가 마음대루 할쑤업스니까 빼구 셋중에서 하나를 골르게 자네가 속으루 골라노쿠 넌지시 내게 말을하면 내가 자네 위해서 조방군이 노릇을 한번함세 이름들을 일러주까 자네여페 보라저구리는 추월색 분홍저구리는 홍련화 내여픈 소월향 선생님겨튼 두자이름으루 소홍이라네』

소홍이란 기집은

『저 냥반이 기생점고를하나』

하고 하하웃고 추월색 홍련화 두기집은

『조방군이 노릇을 썩 잘하시는군』

『오입쟁이 날이나면 건달이 되고 건달이 배고프면 조방군이 된다지』

하고 서로 보며 깔깔대고 소월향이란 기집은 웃지안코

『이냥반이 오늘 미치셧나브아』

하고 한온이를 곱게흘겨 보앗다 한온이가 허허 웃고 꺽정이도 껄껄 우서서 방안의 우슴소리 요란한속에 황천왕동이만은 억지우슴으로 따라 웃는체하엿다 한온이가 우슴의소리 하는데서 황천왕동이는 소월향이가 한온이와 사이가 조코 소홍이가 꺽정이와 관계가잇는것을 짐작하야 유심히 소홍이를 살펴보며 속으로

『저따위년에게 홀려서 헤어나지를 못하다니 눈에 무에 쓰인게지 본정신으루야 그럴쑤가잇나』

생각도하고 또

『내가 서울 온일을 저년두 아마 짐작하렷다 그러면 내가 몰골사나운일 당하는것을 저년은 고소하게 여길테지』

생각도하야 소홍이가 밉기가 짝이업섯다 황천왕동이의 눈이 소홍이게로 자주가는것을 한온이가 보고

『자네두 어떤냥반처럼 살끼잇는 기집을 조와하는 모양일세그려 그러치만 그건안되겟네 처음부터 빼라니까 그래』

하고 실업시 말하야 황천왕동이가 눈쌀을 찌프리며

『미친자식이로군』

하고 욕을하니 한온이는 여테 소월향이를 돌아보며

「네가 날더러 미첫다구 하기때문에 미친자식이라구 욕까지 먹는다 욕하는입을 네가 막어다구 얼른 술한잔 부어드려라」

하고 싱글싱글 우섯다 입을 빼물고잇든 소홍이가

「욕맛이 꿀맛갓소 온갓맛 다 잘 아는이가 자청해 자실제는 정녕코 단맛이 나는게지」

하고 한온이게 말을 걸엇다

「자네 맛 좀 보려나」

「나는 실쏘」

「실으면 빨기나 하려나」

「빠는건 다 무어요 당신의 입은 사복개천이야」

「자네 입 버덤은 정할껄 자네 입은 뭇자내 입에 고만 둬라」

「왜 고만두시요 실컨하지」

「그러다가 밤참을 날리게」

「오늘 밤참은 벌서 틀렷소」

「실업손 말 고만두구 밤참은 작만하지말게 손님이 기시니까 선생님두 못 가실것갓구 나두 못가겟네」

「손님하고 가치 오시구려」

황천왕동이는 한온이와 소홍이의 말하는 손님이 자긔 말인줄 알면서도 모른체하고 아무말 아니하엿다

해질물에 기생들이 각기 저의집으로 돌아가는데 소홍이는 잠시 뒤떨어저 잇다가 일어서며 한온이더러

「되지못한 음식이나나 축불환생이니 꼭 오시요」

하고 당부하니 한온이는 대답을 아니하고 꺽정이의 입을 바라보고 소홍이가 다시 꺽정이여페 가서

「선다님 어떠케 하실랍니까」

하고 물으니 꺽정이는

「끌세」

하고 대답을 근지하엿다

「너무 그러지 마세요」

「무얼 그러지말란말이냐」

「사람을 너무 푸대접말란 말슴이예요」

『내가 누구를 푸대접하드냐』

『누가 오지락널게 남의말 할라구요 내가 선다님 뵈입구 할말슴이 만씁니다 오늘밤에 꼭 오세요』

『할말이 만으면 오늘 종일 보구 왜 말 안햇느냐』

『마부가 기다리니까 긴말할새 업세요 자 나는갑니다』

소홍이가 박그로 나갈때 황천왕동이에게

『놀러 오십시요』

하고 인사ㅅ조로 말하는것을 황천왕동이는 딴전하고 못들은체하엿다 소홍이가 마루아래까지 나려가서 다시 방압문을빠금이 열고 꺽정이를 드려다보며

『꼭오시지요』

하고 다지니 꺽정이는 빙그레 우스면서 고개를 끄덕이엇다

꺽정이와 소홍이의 사이는 기집의 욕심이 사내의 정보다 더 만허서 들어붓고 떨어지지 아니하야 꺽정이가 박씨 원씨 두 여편네를 떼리고 살면서도 이따금 소홍이 방에가서 잣섯는데 나종 김씨를 어든뒤로 한동안 통히 소홍이를 찻지아니한까닭게 한온이가 중간에서 공연한 매원을 들엇섯다 소홍이가 한온이의 생일날 사랑노름 오기로 언약할때 생일날 밤참은 저의집에서

준비할터이니 임선다님과 가치 놀러오라고 청하는것을 한온이는 선선이 허락하고 꺽정이에게 미리 말까지하엿섯다 이런속을 황천왕동이는 알까닭기 업스므로 혼자 심중에 생각하기를

「소홍이란년이 흉악한 년이다 저의 선다님을 내가 빼서가려구 온줄 짐작하구 밤에 가치 자며 이야기두 못하게하느라구 가진요신을 다 부려서 저의 집으루 끌어가는 모양이다 이별장 말대루 며칠씩 묵어가며 가치가자구 졸러야 소용업슬것 정한일이구 오늘밤에 자세한 이야기 하기두 틀린바엔 대충 할말하구서 성문 닷기전에 떠나가는게 조켓다」

하고 꺽정이를 보고

「나는 지금이라두 떠나겟습니다」

하고 말하니 한온이가 먼저

「이사람 날더러 미첫다더니 정작 자네가 미첫네그려 지금 어딀 떠나 이사람아」

하고 억개를 툭치고 꺽정이가 그 다음에

「지금 해다젓다 자구 내일 가려므나」

하고 얼굴을 물그럼이 바라보앗다 죽장가치 부어올른빰을 꺽정이는 처음 보는듯이

「빰이 아프지나 안으냐」

하고 물어서 황천왕동이가 머리를 가로 흔든뒤 곳

『내가 올때』

하고 서울 온 사연을 말하기 시작하엿다

『이별장 말슴이 이번에는 꼭 뫼시구오거나 그러치 못하면 분명이 어느날 오신다는 삼슴을 듯구 오라구 합듸다 그런데 뫼시구 갈 가망은 업는것 가트니까 어느날쯤 서울서 떠나신다구 대개 날짜라두 정해서 말슴해 주시면 조켓습니다』

꺽정이가 흰자만흔 눈을 뜨고 보면서

『내가 너이들에게 매어지내는 사람이냐』

하고 곳 호령하듯 말하는데 언성만 놉지안흘뿐이엇다

『매어지낸다니 말슴이지만 내가 오구두 십지안은 서울을 왓다갓다 하는동안에 남에게 매어지내는 신세가 가련한줄을 뼈에 사무치게 알엇습니다』

『그래 신세가 가련한줄을 알엇스니 장차 어떠케 할테란말이냐』

『여러사람들이 전부 다 서울루 오거나 그러치 안흐면 사방으루 허터진다구들 하는데 만일 서울루들 오게된다면 나는 혼자 광복산버덤 더한 드메속에 들어가 화전뙈애기를 일워 먹드래두 따라오지 안켓습니다』

『무어시 엇재 사생동고한다구 맹세한놈들 말본새 되엇다』

「도중 여러분두 가끔들 사생동고 맹세를 들춥듸다」

「너부터 말본새가 되엇느냐 말이야」

「나는 말슴 들어봐서 이번에 아주 영결루 하직하구 갈생각 까지 업지안씀니다」

「영결이든 아니든 갈눔들은 다 가래라」

「말슴을 더들어볼것업스니까 인제 나는 떠나가겟습니다」

황천왕동이가 분연히 일어서려고 할때 뗑뗑 울리는 인정소리가 들리엇다

황천왕동이가 서울 온 사연을 꺽정이에게 말하는중에 한온이는 슬몃이 마루로 나가더니 마루에서 거닐면서

「여보게 인경ㅅ소리 듯게 인제문박글 나가려면 월장하는수박게업네 그래두 갈텐가」

하고 황천왕동이더러 말하엿다

「이리 들어오게 자네에게두 좀 할말이잇네」

「나더러두 가치 가자구 졸를셈인가」

한온이가 우스며 방안으로 들어와서 황천왕동이를 마주 대하고 안젓다

「내가 자네에겐 사과를 해야겟네」

「그런말 하자구 날더러 들어오랫나 녜 이사람」

「자네 몸에 손을 댄것만은 내 잘못이거든」
『글세 이사람아 빰 한번 치기두 예사구 빰한번 맞기두 예사지 그까지일에 사과를 하느니 삼전을 하느니 할께 무어잇나 더구나 하위술까지 먹구난뒤 새삼스럽게 그런줄 몰랏드니 자네가 옹졸한 사람일세』
「그러구 내가 이번 가면 또 언제 서울을 올른지 모르니까 자네하구 다시 만나기두 쉬웁지 못할것 가테」
『글세 지금 두분 수작하시는 말슴을 내가 박게서 다 들엇는데 날가투 가의ㅅ사람이 참견할 일은 아니지만 나 듯기에는 자네두 격해서하는 말이구 선생님두 화나서 하시는 말슴이데 한번더 생각들해보시구 다시 이야기 하시는것이 조을줄아네 이왕주제넘께 말은 낸길이니 내 소견을 잠ㅅ간 말하겟네 대체 선생님께서 오랫동안 도중을 떠나기시니까 도중 여러분이 궁금할때두 만쿠 답답할때두 만켓지 그러치만 서울루 다 온다거나 사방으루 뿔뿔이 허터진다는것은 천부당 만부당한말일세 우리네가 명호를 중하게 여기구 의리를 중하게 여기는까닭게 된사람 안된사람한테 모여서 죽을꾀 살꾀를 가리지안쿠 일을하지안나 그런데 지금 선생님 명령업시 서울루들 온다는것두 부하루서 대장을 무이여기는 일이니까 안될말이지만 사방으루 허터진다는것은 명호뿐인가 의리를 통이 이저버리는일 아닌가 의리를 이저버린다는건 안될날이라구 말할나위두업네 그나마 쥐대기루 모인 도중가트면 오이려두 모르지만 그래 아무개패 칠형제라면 어느패에서든지 다 알만큼 소문이 노피 난터인데 사방으루 허터진다니 빈말이라두 듯기 놀랍지안은가 자네루 말하면 의리외에 정리가 다른 여러분과두 다른데 선생님 아페서 영결루 하직한단말이 어떠케 입에서 나오나 선생님 화내시는건 당연한 일일세 아까 선생님이 자네게 너무과하게 하섯스니까 지금 자네말이 격해나오기두쉽지 그러니 오늘밤 자구 내일쯤 다시 이야기들 하시면 조켓네』

한온이가 말을 마치고 곳 꺽정이를 돌아보며

『선생님 제발이 올치안씀니까』

하고 물으니 꺽정이가 한참만에 고개를 끄덕이엿다

이때 상노아이 하나가 방문박게 와서

『저녁진지가 다 되엿는데 진지상을 어떠케할까 여쭈어보랍니다』

하고 말하니 한온이가

『오나 내가 안에들어가 다녀나올테다』

대답한뒤 황천왕동이더러

『우리 아버지 저녁 잡숫는것 잠ㅅ간 보입구 나옴세』

하고 일어서 나갓다
꺽정이는 외상하고 황천왕동이는 한온이와 겸상하야 저녁밥을먹은뒤에 한온이가 황천왕동이더러 소홍이에게 가치가서 놀다 오자고 여러차례 졸랏스나 황천왕동이는 끗끗내 실다고 도리머리를 흔들엇다 나종에 꺽정이와 한온이가 기생년에게 실신할수업다고 소홍이집에 놀러갈때 한온이는 황천왕동이를 혼자 두고 가는것이 마음에 미안하든지 말벗으로 서사를 불러다 준다고하는것을 황천왕동이가 일직 잔다고 고만두게 하엿다
황천왕동이가 혼자 짬짬하니 안젓다가 막 자리에 누엇슬때 중문이 열리는 소리가 나고 곳마당으로 들어오는 신발소리가 낫다 건넌방의 아이놈들은 벌서 잠이 들엇는지 아무소리가 업서서 황천왕동이가 내다보려고 다시 일어안는중에 방문박게서 어떤사람이
『선다님 예서 주무십니까』
하고 말을 뭇는데 말소리가 황천왕동이 귀에 익어들리엇다
황천왕동이가 방압문을 열고 내다보며
「그게 누구야」
하고 물으니 어둔속에 섯는 사람이
『언제 오셧습니까』

인사하고 아프로 나서는데 보니 그사람이 다른사람이 아니요 곳 애꾸눈이 토밤이엇다
「아까는 눈에 보이지 안트니 어듸 갓다오나」
「어델 갓다와요 선다님을 차저왓지」
「자네 여기 안잇구 어듸 다른데 가잇나」
「선다님댁에 가서 잇지요」
「선다님댁 선다님댁이 어듸야」
「동소문안이요」
「방으로 좀 들어오게」
「방에 들어살것업지요 선다님은 대체 어듸 가섯습니까」
「여기 절믄구인하구 가치 놀러 나가섯네」
「그러치 기생방에 가섯지 그러타니까 술이 취해서 안오신다구 가 뫼시구 오라구 사람을 성가시게 구러」
「누가」
「누가 그러겟소 선다님 밋작이 그러지」
「잠ㅅ간이라두 들어오게 지금 내가 잠은 안오구 혼자서 심심해 못견듸겟네」

『그럼 잠ㅅ간 들어가 안젓다 갈까』
로밤이가 방으로 들어오며 곳 아래ㅅ목에 와서 엉거주춤하고
『방이 차지나 안은가요』
하고 요 미테 손을 너허보고 그대로 주저물러 안젓다
『여보게 선다님 첩두 기생퇴물인가』
『선다님 첩이 어듸 잇소』
『자네가 선다님 첩의집에 가서 잇다구 하지안엇나』
『언제 내가 그러케 명토박어 말합듸까 그저 선다님댁이랫지』
『그럼 선다님이 기집업시 홀아비살림을 하시나』
『여기가두 기집 저기가두 기집 기집에 걸려서 잣빠질지경인데 홀아비란 다 무어요 데리구 살림하는 사람만두 자그마치 셋씩이나 된다오 그런데 그 세사람이 다 각기 본 기집이라지 첩이란사람 하나 업소 정작 본마누라님이 이런걸 알면 긔가 찰걸』
『네기 미친사람』
『누가 미친사람이란 말이요 기집에 미친 임선다님말이요』
『그래 선다님이 서울서 장가를 세번 드럿단말인가 첩을 세씩 드려안첫대두 고지가 들리지

안네』

『공연이들 나를 거짓말 잘하는 사람으로 돌리지만 실상은 나처럼 정말을 만이 하는사람이 그리 흔치인쏩듸다』

『자네는 거짓말은 정말처럼 한다며』

『내가 정말을 거짓말처럼 한때는 혹간 잇섯슬는지 몰라두 거짓말을 정말처럼 한적은 꿈에 두업소』

『선다님 장가 세번 들엇다는것이 거짓말이아니구 정말인가 그래』

『장가를 세번 들엇다면 거짓말이되게 서울안에 본기집노릇하는사람이 셋이란말이지』

『장가안든 본기집이 어듸잇나 그말부터 구석이 비네』

『남성밋 박씨는 귀밋머리 풀구 성네를 가추엇다구 본기집이라구 동소문안 원씨는 재상딸을 자세하구 본기집이라구 역시 동소문안 나잇는집 김씨는 첫날밤에 첩노릇 안하기루 언약햇다구 본기집이라구 모두 다 본기집이라지 첩이라지 안쏩듸다 내말이 왜 구석이 빌까닭기잇소』

『박씨 원씨 김씨란게 다 어듸서 생긴것인가』

『선다님이 기십을 주름잡는 이야기를 통이 못들으섯구려』

『자네 어듸 이야기 좀 하게』

『이야기할테니 내게서 이야기 들엇다구 선다님더러 말이나 마시요』

꺽정이가 산림끝 가난한 량반의집의딸 박씨에게 장가든 이야기와 당시 재상 원판서의딸을 업어온 이야기와 정문바든 렬녀김씨와 부터사는 이야기를 차례로 다하고 로밤이 자긔가 김씨의집 기집종을 첩으로데리고 살게되어서 창피하게 행랑살이 한다는것까지 이야기하엿다

황천왕동이는 꺽정이의 난봉부리는것이 주장 기생오입이려니 생각하엿슬뿐이고 아주 첩은 두엇스리라고 까지도 생각못하엿더니 천만뜻박게 안해로 대접하는 기집이 셋이나 된단말을 들으니 어이가 업서서 말이 안나왓다 로밤이의 얼굴을 뚤허지도록 바라보고 잇다가

『거짓말루 나를 놀리면 자네 내손에 죽네』

하고 야무지게 말하니 로밤이는 말갓지안케 여기는 모양으로 히 우스며

『거짓말이면 내목을 내손우로 비어바치리다』

하고 다점두듯 대답하엿다

『자네 동소문 안으루 갈테지 나하구 가치가세』

『오늘밤에 가치 가잔말이요 길에서 순라에게 붓들려 갈라구요』

『자네는 어떠케 안붓들려가나』

『나는 성균관 수복이패를 가젓소 순라가 붓잡구 물으면 관의 급한 심부름을 갓다온다구 거짓말을 꾸며대지요 성균관을 맹공징공하구 밥먹는데라구 말하는 사람두 잇습듸다만 실상 옛날 성인들을 뫼서노쿠 나라에서 춘추루 두번 굉장하게 치성을 드리는데 그치성 드리는 것을 석전 올린다구 한답듸다 나라에서 위하는데라 밤의 순라들두 성균관 지경에는 발을 드려노치 못한다우』

『자네 그런패가 어듸서 낫나』

『그따위 위조는 이집에 드러장여잇소』

『서자더러 말하면 하나 어들쑤 잇겟네그려』

『서자가 주인의 말업시 내 노켓소 공연이 섯부른 수작하다 코떼지말구 내일 나제 선다님을 압장세우구 오시우 다 알구 상면시키라는데 설마 못한다구 하겟소』

황천왕동이는 말을 끈치고 잠자코 안젓는데 종업시 짓거리기 조하하는 로밤이는 짓거릴 만큼 짓거리고도 미진하야 혼자서 자꾸 시벌거리엇다

『남성밋 박씨는 그동안 한번 나태를 햇지요 벌서 달포나 되엇는데 아직도 그빌미루 알른답듸다 원씨는 약하듸약하게 생겻서두 강단이 잇서서 밤ㅅ잠두 별루 업는갑듸다 선다님이 안가주무실때는 밤 늣두룩 언문책을 보는데 초성조키라니 천하일품이요 우리안주인이 원씨의

책 보는소리를 기생년 노래ㅅ소리라구 비우서 말하지만 실상 기생년들 노래ㅅ소리보덤 더 듯기좃소 안주인은 사람만 딱장떼구 아무 취할것이 업건만 선다님께 제일 고임을 밧소 아마두 잠ㅅ자리를 잘하는 모양이야 원씨는 본래 내목으루 정하구 업어오기두 내가 업어왓는데 선다님이 가루채가구 김씨에 기집종을 나더러 첩으루 데리구살라구 내주기에 기집업는놈이 그나마 바덧드니 안주인이 나를 곳 비부쟁이루 대접하는구려 물계모르는 여편네는 책망할것이 업지만 선다님이 그런 대접을 시키는건 어찌 생각하면 조금 야속하다구 할듯하지요 안주인이 내첩이란것을 보구 내말을 하자면 꼭 베 서방이라구하우 비위조키루 팔도에 조문난나두 그 소리 들을때는 욕지기가 절루 납되다 그래두 내나하니까 그 아니꼬운걸 참고지내지 다른사람가트면 하루두 못살구 벌서 나갓슬것이요 나는 선다님하구 정분이 여타자별한터에 나가느니 들어가느니 할쑤가잇소 선다님이 광복산으루 가게되면 나두 따라갈 작정인데 서울살림들을 거더치우구 가지 안쿠 나보구 뒤ㅅ수습이나 하라면 성가실 모양이요」

로밤이는 꺽정이가 서울잇는 기집들을 저에게 내 맛기고 얼른 광복산으로 가기를 은근이바라는마음이 잇는까닭게 미친놈처럼 시벌거리는속에 그마음이 드려다 보이어서 황천왕동이가 속으로

「저놈이 참말 숭물스러운 놈이구나」

하고 생각하엿다

로밤이가 저혼자 실컨 짓거리다가 너무 느저서 간다고 일어서 나간뒤로 황천왕동이는 밤이가는줄도 모르고 혼자 우드머니 안저잇섯다 황천왕동이 마음속에 이생각 저생각 여러가지 생각이 나는중에 로밤이가튼 미친놈의 말을 준신할쭈는 업스나 백판 거짓말은 아닌 모양이니 뉘게든지 다시 한번 알어보아야 할터인데 서사를 끌고나가서 술ㅅ잔을 먹여가며 물어볼까 상노아이들을 꾀음꾀솜하야 물어볼까 서사는 바로 말해줄른지 모르고 상노아이들에게는 치신을일키쉬워서 생각을 얼른 질정하지못하엿다

건넌방에서 상노아이들 코고는소리가 나다마다 할뿐이고 온집안이 조용할때 큰집과 통래하는일각문을 요만하게 열어저치는 소리가 나며 곳 뒤미처서

『천왕동아 자느냐』

한온이의 술취한 말소리가 낫다 황천왕동이는 이때것 자지안코 벽에 기대어 안저잇섯스나 신발소리로 꺽정이가 오지안는것을 알고 비위가 틀려서 자는체하고 가만이 잇섯다 한온이가 방아프로 가까이 오면서

『불을 켜노코 자느냐』

하고 소리치는데 불끄고 자든 건넌방의 상노아이들이 일어나 마루로 나왓다

『손님 자리를 깔어드렷느냐』

『손님이 주무신제 오래냐』

상노아이들을 보고 말을 뭇고

『이자식 잠이 페 기피 들엇구나』

『네가 길을와서 곤한게다』

황천왕동이게 대고 혼자말을 짓거린뒤 한온이가 일각문쪽으로 도루갈때 방안의 황천왕동이는 갑자기 한온이를 불러드릴 생각이 나서

『어른 주무시는 방아페 와서 긔탄업시 떠드는 자식이 누구냐』

하고 방압문을 열치엇다 황천왕동이가 서사나 상노아이들들에게 캐어 물어보려든것을 한온이에게서 파내어들어보려고 생각한것이다 한온이가 돌아서서 황천왕동이를 바라보며

『저자식 깨엇네』

말하고 마루아프로 와서 손에든 초롱을 상노아이에게 내맛기고 방으로 들어왓다

『어른 들어오시는데 일어나지두 안느냐 버릇업는 자식이로군』

『장승처럼 버틔구 섯지말구 어서 안저라』

『너 안즌자리를 비켜다우 내가 안즐테니』

「내여페 안꾸시프냐 자 이리와 안저라」
황천왕동이가 펼쳐잇는 이불자락을 밀치고 요우에 한온이를 안께하엿다
「내가 오늘밤에 술을 먹엇다」
「배운술이 만히 먹어야 서너잔 먹엇겟지」
「서너잔 열곱절 더 먹엇다 이자식아」
「거짓말 말아 네가 삼십잔술을 먹으면 다 컷게」
「이놈 버릇업는 소리 말아」
「어린속에 점잔흔것이 들어가서 눈 뒤지펀게구나 누구더러 이눔이라늬」
「너더러 이눔이랫다 빰 한번 맛구 눈물을 찔금찔금 흘리는 못생긴 너더러 이눔이랫다」
「실업슨말 고만두세 내가 자네에게 정당이 물어볼말이 잇네」
「선생님 말을 물어보구 시프냐」
「그래」
「선생님은 기생방에 골아떨어지섯다 술을 배운 제자가 번고를 두세번 하두록 취햇슬겐 술을가르친 선생은 알쪼아니냐 너들의 대장이 내 술 선생이야 너 아늬」
「내가 자네게 물어볼 말은 다른말일세」

『다른 말은 무슨 말이냐』

『우리 대장이란이가 서울서 하는일이 무언가』

『술ㅅ상 바드면 술먹구 밥상 바드면 밥먹구 그리치』

『그동안 안해 셋이 생겻는데 중신은 다 자네가 햇다데 그려』

한온이가 물그럼이 황천왕동이를 보면서

『그런말 뉘게 들엇늬』

하고물엇다

『광복산 잇는 우리들두 귀가 둘씩일세 그런말두 못듯겟나』

『풍설이다 그따위 풍설을 듯구온까닭게 네가 선생님께 말을 막하구 내게 골부림을 햇구나』

『풍설이라니 헛말이란 말인가』

『그러치 똑똑한 사람이 왜 헛말을 고지듯는단 말이냐』

『남성밋 박씨、동소문안 원씨、김씨 그것들은 다 무언가』

『그것들이 무언지 나두 모르겟다』

『박씨는 나태한뒤 성치못하구 원씨는 약하듸 약하구 김씨가 제일 고임을 밧는것까지 다 들엇네』

「다 듯구 무얼 뭇느냐 내가 지금 정신이 들락날락한다 내일 이야기하자」

「이사람 사네가 나를 친구루 알거든 내말 한마듸만 대답해 주게 그 세기집이 다 첩이 아니구 본기집이라니 그것이 정말인가」

「본기집 아닌것이 본기집이라구하면 본기집이 되나 그런건 뭇는사람이 소견이 업지 그런것들이 본마누라 노릇을 하려구 한대두 너의 누님을 쪼처내구 들어안찐 못할테니 념려말아 허허허 네가 너의 누님대신 박아지를 글그러왓구나 허허허」

「웃지말게 속상하네」

「아따 이사람아 인생백년에 시름닛구 웃는날이 몃날이나 되겟나」

한온이가 황천왕동이의 억개를 치고「반나마 늘것스니」 노래를 내노키 시작하엿다

한온이가 노래 한마듸를 법제로 불르고 나서

「어떠냐 잘하지」

「시굴뜨기가 소리를 들을줄이나 아나」

짓고 까불듯 말하고 또 허허허 웃는데 황천왕동이는 수심에 싸힌것 가티 량미간에 주름을 잡고 펴지 못하엿다

「젓국먹은 괴양이상호를 하구 안졋지말구 좀 웃구 짓거려라」

『나는 자겟스니 고만 가게』

『내가 바루 가 잘것이지만 네가 혹시기다리구 잇슬까봐서 일부러 왓다 황송한줄을 모르구 가라다니 너두 사람될라면 아직 멀엇다』

『진정말이지 내가 웃구 짓거릴경이 업네』

황천왕동이가 말하는것까지 힘담이업는것을 한온이는 딱하게 보앗든지 홀제 정중한 말소리로

『여보게 근심말게 선생님 일간 가신다네』

하고 말하엿다

『기생방에서 그런말을 다 할 틈이 잇든가』

『기생방은 왜』

『그럼 어듸서』

『내가 선생님하구 가치 가면서 말슴을 들어밧네』

『요전뻔에 수이 나려온다구 하구 반달이 지낫스니까 그 일간두 또 얼마동안이나 될른지 누가 아나』

『선생님이 자네들에게 잠뿍 미쁘지안케 보엿네그려 그러치만 이번에 두구 보게 틀림업시 가실테니 사오일안에 가시나 안가시나 나하구 내기라두 하세』

『분명이 사오일안에 떠난단말을 들엇나』

『내가 선생님게 말슴하기를 광복산에서 뿔뿔이 허더질리는 업지만 서울루들 오기는 쉬운데 우들오면 수선스러우시겟다구 하니까 선생님 대답이 일간 곳 나려가신다구 하시데 그래서 일간이야 나려가실쭈가 잇슴니까 하구 내가뒤ㅅ수습할일을 말슴하엿더니 뒤ㅅ수습은 다시 와서 하드래두 사오일안으로 떠난다구 하시데 이왕 그러케 작정하실바엔 자네를 묵혀서 가치 떠나시는게 어떠냐구 여쭈어 보지 안엇겟나 선생님 말슴이 가기실은걸 억지루 끌려가는것 가터서 재미업다구 자네는 자네대루 보내구 나중 가신다구 하데 사오일안으로 가실전정한 일이니까 자네는 다시 긴말슴 하지말구 먼저 가게』

『그러지 안어두 나는 내일 첫재벽에 떠나갈 작정일세』

『아침이나 먹구 떠나게』

『아침밥은 기다가 지어먹든 어더먹든 할테니까 이른아침 시킬것 업네』

『그럼 조반요기래두 해야지 잔입으로 떠날수야 잇나 어떠튼지 식전일직 떠나게 해줄테니 그건 내게 맛겨두게』

『자네가 늦잠자면 보두 못하구 갈른지 모르네』

『선생님은 보입구갈테지 선생님 오실때쯤 나두 나옴세 그런데 여보게 허터지느니 서울루 올라오느니 하는것이 자네가 지어한말은 아니겟지』

『그건 왜 뭇나』

『뉘 입에서 그런소리가 먼저 나왓나』

『글세그건 왜 뭇느냐 말이야』

『선생님이 별르시데 그런말을 먼저 낸놈은 그대로 둘쭈 업스니까 가시는날루 곳 채근해서 별반조처를 하신다데』

『별반 조처를 하거나말거나 맘대루 하라게』

『그러케 대수롭지 안케 알일이 아니야 선생님 별르시는 품이 잘육이라두 내실 모양갓데 자네가 가서 미리 입들을 잘 모아두게』

『자긔아픠 벗벗하구 큰소리를 해야지』

『저사람 보게 선생님 성미를 잘 알면서 저런 소리를하나』

『자네 졸리지 안은가 나는 눈좀 부치구 일어나야겟네』

『내가 올때까지 자네 자지안엇섯나』

『지금이 어느땐가 닭기 벌서 멧홰채 울엇네』

『자 나는 갈테니 어서 자게』

한온이가 간뒤에 황천왕동이는 참말 눈을 부치려고 이불을 끌어덥고 누엇섯스나 눈이 반들반들하고 잠이 오지아니하야 뜬눈으로 밤을 새우고 파루치는 소리가 나며 곳 누구에게 간다 온다 말도업시 남소문안에서 떠나 나왓다

황천왕동이가 서울서 떠날때는 곳 아침결에 광복산을 드리대일것가티 빨리걸엇스나 불과 삼십리 다락원은 왓슬때쯤부터 일신의 맥이 풀리는듯 거름이 스스로 느리어저서 겨우 련천 와서 점심참을하고 놋다리고개를 해동갑하야 넘고 이천읍내를 캄캄하야 들어와서 저역밥을 재로 지어먹고 밥 먹고나서 한참 늘어지게 안저잇다가 광복산 륙십리를 밤ㅅ길로 걸어 나오니 벌서 한밤중이라 파수보는 졸개들외에는 모두 잠들이 들엇섯다 황천왕동이가 먼저 리봉학이 처소에 가서 자는것을 일으켜 안치고 서울 갓다온 회보를 대강 말한뒤에 자긔처소로 왓다 안해 백씨가 아들아이를 끼고 자다가 남편 목소리에 놀라 일어나서

『이밤중에 웬 일이세요』

하고 등잔에 불을 켜고

『진지 한그릇은 솟속에 너허두엇지만 해잡수실것이 업는데 국이나 끄려서 잡수실까요』

하고 광솔에 불을 달리는것을 황천왕동이는 배 고픈것보다 첫째 졸려서 못견듸겟스니 불을 끄고 자자고 말하고 안해보다 먼저 자리에 들어누어서 자는 아들을 어루만지다가 잠이 들엇다

이튼날 식전에 황천왕동이가 잠은 일직 깨엿스나 로독이 낫는지 몸이 무겁고 머리가 아퍼서 일어나지 못하고 안해가 갓다주는 조당수 한그릇을 자리속에서 어린아들과 가치 논하먹고 해가 한나절이 되도록 누어잇는중에 신불출이가 와서 여러두령이 모여 안저서 오기를 기다린다고 통긔하엿다 황천왕동이는 처음에

『골치가 아퍼서 어듸 일어나겟다구』

하고 말 하엿다가 다시 말을 고처서

『소세하구 밥 좀 떠먹구 갈테니 여러두령께 가서 그러케 말슴하게』

하고 일러 보냇다 신불출이 간뒤에 황천왕동이가 일어나서 세수하러 나오는데 세수물을 노하주는 백씨가 얼굴을 보다가 갑자기 놀라며

『한쪽빰이 부섯스니 웬 일이에요』

하고 물엇다

『인제 봣서』

『아까도 보잇겟지만 무심햇지요 빰을 뉘게 마지셧세요』

『그렛서』

『뉘게요』

『나중에 이야기할께 밥상이나 얼른 채려노우』

황천왕동이가 부지런히 세수를 다 하고 곳 밥상을 바더서 밥을 거의 다 먹엇슬때 그 누님 백손어머니가 보러왓다

『어제 밤ㅅ중에 왓다지 나는 이때까지 까막히 모르고 잇섯다 식전에 와보지 못하겟스면 긔별이라도 좀 해줄께지』

『몸이 아퍼서 인제 일어낫소』

『어듸가 아퍼』

『골치가 아프구 다리팔두 아프구』

『노독이 난게나 왜 밤ㅅ길을 걸어오늬 중간에서 자구오지 시급한일도 업슬텐데』

『이천읍네서 자구올가 하다가 고만 그대루 왓소』

『서울서 늣게 떠낫든가』

『떠나기는 첫새벽 떠낫지만 거름이 야속히 안걸려서 놋다리고개서 해를 지웟소 겨울해에두 그런일은 업섯는데』

『너 간뒤에 이번에는 그애 아버지가 너하구 가치 오리타고 모두들 말하드라만 나는 안올줄 알앗다』

『일간 온답듸다』

『너를 따돌려 보내느라고 일간 온다고한게지 수이 온다고하고 보름이 넘어도 안오는걸 봐라 일간이 또보름이 될지 한달이될지 누가 아늬』

『왓다가 다시 가드래두 오긴 곳 온답듸다』

『서울에 무에 못이저 또 가 한번 오기만 오면 누가 그러케 문문이 다시 가게둘줄 알구 썩를렷다』

『자긔 발루 가는걸 누님이 어쩔테요』

『내가 허리띄에 목을 매드래도 못가게 할테니 두고 보려므나』

『이번에 가서 이야기를 들어보니 형님이 환장된 사람입듸다』

『무슨 이야기를 들엇서』

『얘기를하자면 자연 말이 길테니까 내가 여러사람들 모인데 가보구 나중에 누님께루 가리다』

황천왕동이는 곳 일어나서 의관을 차리고 처소에서 나왓다

여러 두령이 모이는곳을 도중상하가 입에들 익은대로 도회청이라고 불르지만 대청이 열두간이든 청석골 도회청과는 비교하야 말할수업는 간반통 삼간방 하나인데 그나마 꺼정이가 따로

거처하느라고 꾸민방을 도회청으로 겸하야 쓰게 된것이엇다 청석골 도회청에서 위의들을 가추고 안질때와 달러서 일을 의론 하다가 잡담을 석기도하고 안저 잇기가 실호면 비스듬이 눕기도 하엿다 명색 도회청이란 곳에 여러두령이 모여서 혹 눕고 혹 안저 잡담들하고 잇는중에 황천왕동이가 들어왓다 누어잇든 사람이 분분히 일어안즈며 여러사람이 각인각색으로 인사들 하엿다

『잘 다녀왓나 이리 와서 안께 자네가 조금만 더 늦게 안오면 우리가 자네게루 제진햇슬지 모르네』

늘근오가는 수다하고

『며칠될줄 알앗드니 속히 왓네』

박유복이는 말수가 적고

『서울 갓다오신 회보는 이두령 말슴으루 대강들 들엇지만 자세한 이야기를 들으려구 오시기를 기다리구들 잇소』

서림이의 말은 요령이 잇고

『이번에두 대장형님을 못 뫼시구 오구 혼자와』

배돌석이의 말은 되바라지고

『밤길 좀 걸엇다구 해가 똥구녁까지 치밀두록 잔단말이요』

길막봉이는 말이 별미적고

『오는길루 우리 이쁜 아주머니를 못살게 하느라구 밤을 새운골이구려』

곽오주는 입이 막우난 창구녕이엇다 인사수작들이 끗난뒤에 리봉학이가 황천왕동이를 보고

『올때 대장 형님을 못 보입구 왓다구햇지』

하고 물어서 황천왕동이가

『보입구 더 할말 두업구 늦두룩 기다리구 잇기가 실키에 그대루 와버렷소』

하고 대답하니 좌중에서 어찌하야 뫼시고 오지 안햇느냐고 뭇는사람도 잇고 가치오시자고 더 졸러보지안코 혼자 달아왓다고 책망하는 사람도 잇고 또 안보입고 와서 화를 내시지안켓느냐고 념려하는 사람도 잇섯다 황천왕동이는 여러사람이 괴상히 여기도록 한참ㅅ동안이나 입을 봉하고 안젓다가 한번 좌중을 돌라보고나서

『지금 내 생각에는 우리 대장이란이가 꼭 오장이 바뀐것 가튼데 여러분은 어떠케 생각하실른지 이번에 내가 보구 듯구 온것을 조금두 숨기지안쿠 죄다 이야기할테니 다들 생각좀 해 보시우』

허두를 노코 이야기를 시작하엿다 꺽정이가 기생년을 끼고 방에 들어안저서 내다보지도 안코

방에 들어가서 절을하여도 눈도 거들떠보지 안튼것과 한온이와 시비를 차리는데 꺽정이가 한온이 편을 들어서 빰치고 떠다박질르든것과 꺽정이가 한온이와 가치 기생방에 놀러가서 한온이만 돌려 보내고 자긔는 자고오지아니한것과 꺽정이가 기생방에 가기전에 틈을 타서 가치오거나 그러치 안흐면 어느날 오겟다고 분명히 날ㅅ자를 말하야 달라고졸론즉 내가 너이들에게 매어 지내는 사람이냐 소리 질르고 도중에서 다 서울로 올라가게되거나 그러치안흐면 사방으로 흐터지게 될른지 모른다고 말한족 갈놈들은 다가거라 소리질르든것을 이야기하고 그 다음에 로밤이의 이야기와 한온이의 수작을 옴기어서 여럿에게 들리엇다

『그것 보시요 색상에는 영웅이 더 념려라구 내 말하지 안씁듸까』

서림이가 먼저 한마듸하고

『대장형님이 기집에 골아죽엇드면 서종사는 퍽 신통할뻔햇소』

곽오주가 뒤 바더 한마듸하고

『우리 대장이 기집질에두 대장일세』

늘근오가도 한마듸하고

『사생동고 하자구 맹세하구 갈놈은 누구며 가랄놈은 누구야』

배돌석이도 한마듸하고

『시골안해 한분에 서울안해 셋이면 대장형님두 배두령 형님과가티 사취장가까지 드신셈이군』

길막봉이도 한마듸하야 이사람 저사람이 다들 한마듸씩 짓거리는데 리봉학이와 박유복이는 입들을 다물고 말 참녜를 하지 아니하엿다

황천왕동의가 리봉학이와 박유복이를 번갈러 바라보면서

『형님네는 아이쩍 동접으루 자형 일을 고주리 미주리까지 다 잘 아시지만 기집동사에 생각이 어떠튼건 날만큼 모르시기 쉬우리다 본기집이 튼튼해서 애색기 나을만한데 첩을 두는건 잡눔의 짓이다 오입으루 기집질을 하드라두 첩은 둘것이 아니다 첩을 두면 집안이 시끄러워 못쓴다 우리누님을 보구 자네가 늣다리 되기전엔 첩을 안둘테니 안심하게 첩을 둘라면 벌서 두엇네 계제가업서 못 두엇겟나 이런말 하는것을 내 귀루두 만히 들엇소 평일에 이런 말을 하든이가 지금 첩두 아니구 본기집으루 기집을 셋씩이나 두엇다니 오장이 바꿔지 안쿠야 그럴리가잇소 우리 남매가 허항녕 무인지경에서 세상을 모르구 자란사람으루 자형 한사람을 밋구바라구 세상에 나와서 이십년세월을 지나는동안에 누님뿐 아니라 나두 자형을 하늘가티 여겨왓는데 하늘이 사람을 속일줄이야 누가 알엇소 내가 빰맛구 떠다박질린건 그 당장 야속햇슬뿐이지만 자형이 환장한것은 생각할쑤록 분하우 형님네두 우리 남매가 돼서

생갓 좀 해보시우 이러케 분할데가 어듸 잇겟소』

하고 원정하듯 하소연하듯 말한뒤에 한숨까지 길게 쉬엿다

『아주머니 보엿나』

박유복이가 묻어서

『누님 말슴이요 보엿소』

황천왕동이이가 대답하엿다

『아주머니께서 펄펄 뛰시겟네』

『누님께는 아직 말슴 못햇소』

『말슴 안하기를 잘 햇네』

『잇다가 말슴할 작정이요 누님이 그러지 안어두 동기간에 말을기인다구 늘 자살을하는데 이런일을 말슴 안할쑤 잇소』

『말슴하는게 부지러울것 가테』

『내가 말슴 안하면 모르실일일세 말이지요』

『말슴을 하드래두 좀두엇다가 하는게 조치안을까』

『다른데서 말이 나서 듯구보면 나는 누님만 기인사람이 될테니 말슴하겟소』

박유복이가 또 무슨말을 하려고 할즈음에 리봉학이가 박유복이더러

『남매간에 이야기하구 안하는건 대자가 아이니까 황두령이 자량해 할일이야』

말하고 다시 좌중을 향하야

『대장형님께서 잠ㅅ간 왓다 또 가신다면 여간 큰일이 아니나 무슨 수단으로 다시 못가시두록할까 그게나 좀 의론들 해보지』

하고 말하엿다

『서울잇는 기집들을 다 끌어 나려오면 다시 안 가시겟지』

『우리들이 못간다구 붓잡구늘면 어찌겟소』

『또 가신다거든 우리들두 다 가치간다구 나섭시다』

『우리 재물을 도루 다 차집시다 재물이 업스면 기집질두 못할것 아니요』

여러사람이 중구난방으로 말하는중에 서림이가 헛기침을 한번하고

『안팍 손이 마지면 다시 못가시게 할수 잇지요』

하고 말하야

『안팍 손이라니』

하고 리봉학이가 물엇다

「안에는 첫재 대장부인 그의에다른식구들 박게는 첫재 우리 그외에두목과 졸개들전부가 합심해 가지구 다시 못 가신다구 붓잡을 사람이붓잡구 매달릴 사람이 매달리구 사리루 말슴할사람이 말슴하구 등장을 들사람이 등장들면 대장두 꼼짝 못하시리다」

서림이가 말을 끗내고 좌중을 둘아볼때 마침 꺽정이의 아들 백손이가박게 와서 헛 기침하며 곳 방문을 열고 드려다 보앗다

「너엇재 왓느냐」

리봉학이 뭇는 말에 백손이는

「외삼촌 아저씨를 좀 보러 왓세요」

대답하고 나서 황천왕동이더러 박그로 나오라고 손짓을하엿다

황천왕동이가 방에서 나가지안코

「왜 나오라느냐」

하고 물으니 백손이가 누구의 심부름이란 말도 업시 그저

「심부름 왓소」

하고 대답하엿다 황천왕동이는 성미급한 누님이 자귀를 기다리다 못하야 불르려보낸줄은 짐작하고

『오냐 곳 갈테니 너 먼저 가거라』

하고 일르니

『심부름을 잘햇느니 못햇느니 잔소리 듯기실소 가치 갑시다』

하고 백손이가 혼자는 안가려들엇다

황천왕동이가 생질을압세우고 오는데 그누님이 싸리문박게 나와서서 기다리고 잇다가

『잠ㅅ간다녀온다드니 웬걸 그러케 오래 잇늬』

하고 더듸오는것을 나물하엿다

『언제 내가 잠ㅅ간 다녀온다구 합듸까』

『와서 이야기 한다기에 곳 올줄 알엇지 누가 오래될줄 알엇서』

『서울 갓다온 이야기가 좀길엇소』

『그럼 나두한여페 가 안저서 들을걸 그랫다』

『누님이 도회청에를 무어하려 온단말이요』

『너하는 이야기야 들으러 못갈것 무어잇서』

『누님은 들어야 화나구속상할 이야기뿐이요』

『신신치못한 이야기줄 나두 다 안다』

「누님께는 이야기를 안하구 고만들 생각두 업지안소」

「오 내가 정말러 죽는걸 보구시프냐 그따위소리 하지말구 어서 안으로 들어가자」

안방, 건넌방, 두방에 안방은 꺽정이의 누님 애기어머니가 쓰고 건넌방이 백손어머니의 쓰는 방이라 남매 모자 세사람이 건넌방으로 들어오는데 안방에서 애기어머니가 내다보고

「봉산낭반이 오시는군」

하고 말하며 박그로 쪼차나왓다 애기어머니까지 네사람이 건넌방에들 들어와서 안즌뒤에 황천왕동이가 애기어머니를 보고

「애긴 어듸 갓소」

하고 물엇다

「산상골네가 알른데 어린애 좀 가봐 주라고 보냇서」

「산상골 아주머니가 어딜 알소 대단친안키에 박두령형님이 도회청에를 왓지」

「어제 저녁밤이 체햇다나 보아」

「그런 이야기는 고만두고 어서 서울이야기나 좀 해라」

백손어머니의 말에 황천왕동이는 네 대답하고

「애기어머니두 좀 들어보시우」

말하고 나서 꺽정이에게 뺨맞고 떠박질린것부터 먼저 이야기하엿다 백손어머니는 눈이 샐쭉하야지며

『그래 너는 가만이 잇섯서』

하고 황천왕동이의 얼굴을 뚤허지게 바라보앗다

『가만잇지 어떠케하우』

『어떠케 하우란 무어야 힘이 모자라면 말루라도 해 보아야지』

『마음이 변한사람에게 말이 귀에 들어가우 말하면 말이나 귀양보내지』

애기어머니가 황천왕동이더러

『잘햇소 그사람은 덧들리지 안는게 제일이야』

하고 말하는것을 백손어머니가

『그게 자긔 동생만 아시는 말이지 아무죄업는 사람을 때려죽이려고해도 가만이 잇서요』

하고 가로 탄하엿다

『내 동생이 자네겐 아무것도 안되나』

『내게야 무에돼요 남남끼리지』

『남남끼리라는 자네가 친동긔간인 나보담 더 가까울껄』

『형님은 고만 두세요 누가 형님하구 말하잿세요』

『내가 먼저 자네더러 말 하자든가』

황천왕동이가 중간에서 손을 내저으며

『내 이야기나 다 듯구 말슴들 하시우』

하고 꺽정이의 서울안해가 셋씩이나 되는것을 마저 다 이야기하엿다 백손이는

『아버지가 미친군』

말하고 애기어머니는

『동생이 그게 웬일일까』

말하는데 백손어머니는 말도 못하고 얼굴비치 새파라케 질리고 몸까지 부르르 떨리엇다 황천왕동이가 한참ㅅ동안 가만이 안저서 그누님의 모양을 바라보고 잇다가

『누님 좀 누으시려우』

하고 물으니 백손어머니는 머리를 가로 흔들엇다

『형님이 맘 변한건 나두 분하니까 누님이야 더 말할것잇소 그러치만 참으시우 형님이 아프루 어떠케하나 하는꼴이나 좀 두구봅시다』

황천왕동이가 그 누님을 안위시키는 말에

『그럼 우리 여편네는 무슨 일이든지 참는게 제일이야』

애기어머니는 동을 달고

『두구본다나 두구보면 아저씨 무슨수 잇소 어머니가 소박뜨기 되구말지』

백손이는 뒤 바덧다 황천왕동이가 생질 보고

『나두 생각이 잇다』

말하고 백손이가 외삼촌에게

『무슨 생각이요 나 좀 들어봅시다』

말대답하야 구생간에 말이 오고가기 시작하엿다

『너의 아버지가 우리 누님을 소박하면 우리 누님두 너의 아버지를 소박하지 의소박 내소박이 맛장구치면 고만아니냐』

『아저씨가 어머니를 다른서방 어더주겟단 말이요』

『내 소박이 다른서방 하는것인줄 아느냐』

『그럼 무어요 아버지하구 맛장구를 치자면 어머니가 다른서방을 어더야 하지안쏘』

『말갓지안은말 하지말아』

『아저씨 생각을 좀 똑똑이 말해보우』

『누님이 내외간에 가치 살지 못하게된다면 나는 할쑤업시 누님을 뫼시구 다른데루 갈 생각이다』

『다른데 어듸루 갈테요』

『갈데업서 못 가겟느냐 우리부모 산수미테 가서 살다가 죽으면 죽은귀신이라두 부모형제한테모이구 조치』

『기껏하야 백두산속으루 도망갈 생각이구려 그게 어듸 맛장구요 내 생각에는 아버지가 기집을 셋이구 넷이구 끌구와야 다 따루 살리지 우리하구 한데서 살라진 안을테니까 그까지 년들 우리하구 상관업스면 고만 아니요』

『너의 아버지의 안해면은 네게 어머니야 너부터 상관업시 못 지낼께다』

『아버지가 기집에 미처서 주서드리는 년들을 어떤 쓸개빠진놈이 어머니라구하겟소 이년 저년하며 해라해두 조치』

『너의 아버지한테 마저 죽으려구』

『내가 마저죽을 지경이면 그년들을 다 때려죽이구 죽지 외자루 죽지안소』

『어듸 두구 보자』

『두구 보구려』

백손이가 외삼촌에게서 얼굴을 돌리어 어머니를 향하고

『아버지가 우리를 돌봐 주지안트래두 내가 나이 이십인데 설마 어머니 하나를 편하게 먹여 살리지 못하리까 아무 념려마우』

하고 말하니 백손어머니는 들어부튼 입이 겨우 떨어져서

『듯기 실타』

하고 소리를 질렀다

도회청에 모엿든 다른두령들은 다 각각 자긔처소로 돌아가고 리봉학이와 서림이 두사람이 뒤에 남어서 바둑으로 소견하고 잇는중에 애기어머니가 리봉학이를 차저서 도회청에를 나왓다

『누님 웬 일이지우』

『백손어머니가 서울 간다고 나갓서 아무리 말려야 말을 들어야지 백손이란 자식이 좀 지각이 잇스면 저의어머니를 못가게 붓들것인데 이자식이 저두 가치 간다구 뜨주거리구 따라갓서 모자가 서울을 가고보면 무슨일이 날른지 모르는데 이걸 어떠케 하면 조아』

『황두령이 가서 서울 이야기를 햇구먼이요』

『서울 이야기를 백손어머니가 듯고 곳 긔절할것 가텃서』

『황두령은 어듸 잇나요』

「이야기하고 한참 안젓다 자긔집으로 갓지」

「황두령더러 쪼처가서 뫼시구 오라구 일르지요」

「황두령이 혼자 가서 될듯하면 내가 바루 황두령에게 가서 말햇게 황두령 혼자 가서 안되어 여러분이 다 가치가서야지」

「여러두령들을 불러모아가지구 이야기하리다」

「멀리 가기전에 얼른 쪼차가도록 해요」

「념녀말구 누님은 들어가시우」

리봉학이가 즉시 도회청 가까이잇는 두목과 졸개를 불러서 여러두령에게 논하 보내며 빨리들 가서 뫼시고 오라고 분부하엿다

여러두령들 오기전에 서림이가 초벌 의론삼아 의견을 말하엿다

「대장의 부인과 아들이 서울을 가면 일장풍파는 나겟지만 그대신 대장이 속히 오시게되구 또 가신단말을 못하게 될른지 모르니 쪼처가서 붓들지말구 그대루 내버려두시면 조켓소」

서림이의 말을 리봉학이가 처음에는 올케여기고

「글세」

하고 고개를 끄덕이다가 다시 생각하고

『그래두 그대루 내버려둘쑤야 잇소 우리가 몰랏스면 모를까』
하고 고개를 가로 흔들엇다
『황두령을 가치 가라지요』
『황두령이 갈라구 하까』
『황두령이 안간다면 박두령이 어떠까요』
『이왕 사람이 따라갈바에는 풍파나는것을 진정시킬 수단잇는 사람이 갓스면 조켓는데』
『그건 누구누구할것업시 리두령께서 친히 가시는게 제일이요』
『내가 웬 그런수단이 잇슬세 말이지』
여러두령이 하나 둘 오기시작하야 잠ㅅ간ㅅ동안에 다 모이엇다 리봉학이가 여러두령들을 보고 백손어머니가 아들다리고 서울ㅅ길 몰래 떠난것을 말하고 여럿이 다 가치 쪼처가서 붓들어보다가 정히 붓들리지 안커든 누가 서울까지 따라가기로하고 내처 따라갈 사람을 아주 작정하야가지고 쪼처 가자고 말한다음에 고개숙이고 안젓는 황천왕동이를 바라보며
『황두령 한번만 더 가려나』
하고 물어 보앗다
『내가 다들 가는데 까지는 가치 가두 서울은 못가겟소 몸두 괴롭구 또』

『긴말은 고만두게』

리봉학이가 황천왕동이의 말을 중동무이 시키고

『너 가보려느냐』

하고 엽자리에 안즌 박유복이를 돌아보앗다

『내가 가서 되겟소』

『무에 되겟느냔 말이야』

『대장형님 내외간에 쌈이 나면 내가 어듸 말릴쑤 잇쏘』

『그야 누군 가면 말릴쑤 잇나』

『리두령형님』

황천왕동이가 불러서 리봉학이가 고개를 아프로 돌리엇다

『내가 아까 들으니까 산상골 아주머니가 편치안으시답듸다 집안에 우환이 잇는데 박두령형님이 가실쑤 잇소 그리구 형님이 가섯스면 누구버덤두 낫겟소』

리봉학이가황천왕동이의 말은 대답안코 다시 박유복이를 돌아보며

『아주머니가 병환이 낫서』

하고 물엇다

『배가 좀 아프답듸다』

『대단친 안치』

『대단치 안어요』

『그럼 긴말할것 업시 너하구 나하구 둘이 가기루 작정하구 가보자』

황천왕동이가 먼저

『그러면 더욱 조켓소』

말한뒤 다른두령들도 다 조타고 말하엿다 리봉학이가 서림이를 뒤에 남기며 졸개하나에게 겹량식을 지워서 곳 보내라고 일르고 그 나머지 두령들과가치 백손이 모자의 뒤를 쪼차나섯다 산에서 나려와서 거의 오리ㅅ길이나 오도록 백손이 모자의 그림자도 보이지 아니하야 황천왕동이를 먼저 가서 붓들고 잇스라고 압서 보내고 다른두령들은 뒤에 오는데 십리를훨씬 넘어와서 황천왕동이에게 붓들려 안즌 백손이 모자와 서로 만낫다 가려는사람은 외골시오 붓드는사람은 두동싸니 붓들릴리가 업다 리봉학이와 박유복이가 마침내 백손이 모자와가치 서울까지 가게되엇다

백손어머니가 이십년ㅅ동안 먼길을 걸어본일이 업스나 백두산 속에서 들짐생 가티 자랄때 연골에 배운 거름이 아직도 남아잇서서 일행중에 압설대가 만코 뒤 떨어지는 일이업것다 광복

산서 떠나는날부터 나흘되는날 저녁때 일행이 남소문안 한첨지집으로 드리닥치는데 이때 마침 한첨지부자는 불일간 작별할 꺽정이를 청하야 점심에 술대접을하고 술뒤에 서로 한담들하고 잇섯다

광복산에서 손님들이 오섯는데 안악네가 한분, 총각이 한분, 전에 한두번 보인듯한 어른이두분, 그외에 짐ㅅ군이 하나라고 박갓 심부름ㅅ군이 거래하는것을 서사가 바더서 한온이에게 말할때 이때까지 화평하든 꺽정이의 얼굴이 갑자기 험하야젓다 한온이는 꺽정이의 얼굴을 바라보며

『황가눔이 도망하듯 몰래 가드니 가서 무슨 소릴 짓거린게로군 모두 서울루 올작정하구 이번에 선진이 왓나 엇재 안부인네가 다 오섯슬까』

혼자말로 짓거리고 한첨지는 꺽정이의 눈치를 살핀뒤 아들을 보고

『네가 나가서 안에서는 안으루 들어가시게하구 두령들은 사랑으루 들어오게 하렴』

하고 말을 일럿다 꺽정이가 한첨지에게

『그럴꺼 업습니다』

하고 말한뒤에 곳 한온이더러

『심부름ㅅ군 시켜서 엽집에 갓다 드려 안치게하게』

하고말하엿다

『안부인네가 누구시까요』

『글세 우리 누님이 왓는지두 모르겟네』

『나가보시지 안으렵니까』

『누님이 왓드라두 잇다 가서 보일라네』

『그럼 내자 나가지요』

『고만두게 자네두 나갈꺼 업네』

『심부름ㅅ군만 시켜서야 어듸 대접이 됩니까 저사람이라두 나가봐야지』

하고 한온이가 서사더러 오신 손님들을 엽집으로 인도하라고 말하야 내보냇다 꺽정이가 공연한 늘장을 부리고 안젓는중에 마당에서

『여보 형님 우리들 왓소』

리봉학이의 말소리가 나는데 한온이가 방문을 열고내다보며

『아이구 이두령 박두령 두분이 오셧네 어서 들어오십시요』

하고 방으로 청하엿다 리봉학이와 박유복이가 방에 들어와서 꺽정이와 한첨지에게 각각 절들 하고 한온이의 절한번을 둘이 한께밧고 자리에 안즌뒤에 꺽정이가 체중꾀잇는 말소리로

『왜들 왓나』

하고 물으니 리봉학이가 선뜻

『서사에게 말을 들으니까 세분이 한담들하구 기시다기에 주인 부자분을 보입기 겸해서 형님오시기를 기다리지 안쿠 우리가 왓소』

하고 엽집에서 온것을 발명하야 대답하엿다

『시굴서 왜 왓느냐는 말이야』

『시굴서는 안올쑤가 업서 왓소』

『안올쑤 업는일이 무슨 일이야』

『우리가 형님하구 쌈질하러 왓소』

『쌈질? 못할소리 업군』

『쌈질을 해두 톡톡이 하려구 대장한분을 뫼시구 왓소』

『한다 할쑤록 점점 더하네그려 안식구하구 가치 왓다니 안식구가 누군가 우리 누님인가』

『형님이 누님하구 쌈할일이 잇소 엇재 누님으로 생각이 드실까』

『그럼 누구야 백손이 모자하구 가치 왓나』

『인제 올케 아섯소』

『천왕동이란 놈이 가서 그 누의를 충동인게군 그러나 그것들이 오는것을 못오게안하구 되려 따라온단 말인가 사람들이 지각이 잇나업나』

『아주머니 모자만 오게 내버려 두엇드면 우리는 지각잇는 사람이 될뻔햇구려』

『왜 내버려두어 못오게 못하구』

『대판 쌈하러오는사람을 뉘장사루 못오게 막겟소』

『누구하구 쌈을하러와 그년이 죽구시픈게지』

『우리들 듯는데는 아주머니께 년ㅅ자두 노치 마시우 우리들이 다 아주머니 편이요 형님잇구 형수지만 형님이 그르구 형수가 올흔데야 형수편을 안들쭈가 잇소』

『자네가 나를 싯까스르는 모양인가 무에 그르구 무에 올타고 잔소린가』

『형님이 서울와서 한일을 속으루 생각해 보시우 잘햇나 못햇나』

『잘햇스면 어찌구 못햇스면 어쩌란 말이야』

『잘못한건 잘못햇다구 말하는게 올치 그래 잘못하구두 염체업시 뻣대야 올쏘 형님이 잘못햇다구 한번 고패만 빼면 우리들은 말할것업구 아주머니두 부득부득 쌈하러 덤비지안흘께요 몰골사납구 수통스러운꼴이 나구 안나는게 형님께 달렷스니 생각해 하시우』

이런말이 황천왕동이가튼 사람입에서 나왓스면 벌서 듯기실타고 소리를 질렷슬것인데 꺽정이가 리봉학이를 황천왕동이 등대로 훌대하지안는까닭게 그말을 잠자코 들엇다 꺽정이의 내외간 쌈을 미리 방지할 생각으로 리봉학이가 꺽정이에게 실업슨말 섬죽하게 여러 말하는것을 박유복이는 가만이 듯고만 잇더니 리봉학이의 생각을 꺽정이가 잘 모를까 념려가 되든지

『형님 아주머니를 욱때길 생각말구잘 달래시우』

하고 당부하듯 말하엿다

『너의들이 짜구와서 나를 흔드는 모양이냐』

『흔들다니 그게 무슨 말슴입니까』

『발명두 듯기 실타』

박유복이는 다시 말을 못하고 리봉학이는 더 말을 아니하야 좌중에 말이 끈치게 되엇슬때 한 첨지가 리봉학이와 박유복이를 보고

『어듸서 점심들을 자셧는지 시장하시겟소』

하고 말한뒤 곳 아들더러

『저녁이 어떠케 되엇나 재촉 좀 해라』

하고 말하야 한온이가 녜 대답하고 일어서며 꺽정이에게

『저녁을 어듸서 잡수시렵니까』

하고 물엇다

『어듸서 먹다니 나는 저녁을 안줄말인가』

『내외분과 부자분이 모쪼와서 단락하게 잡수실라느냐구 여쭤보는 말슴입니다』

『허 그사람 참』

꺽정이가 어이업시 하는것을 한첨지는 보고 우스면서 다시 아들더러

『모자분 저녁만 저집으로 내보내게해라』

하고 일럿다 한온이가 안으로 들어간뒤 박유복이가 리봉학이를 보고

『아주머니가 기다리실텐데 우리라두 좀 갓다와야하지 안쏘』

하고 의론하는것을 꺽정이가

『고만두구 여기안젓게』

하고 일러서 가지못하게 하엿다

백손어머니가 광복산서 뛰어나올때는 꺽정이와 사생결단 하려고까지 마음을 먹엇섯스나 리봉학이와 박유복이가 길에 오면서 이런말저런말로 마음을 얼마끔 눅여줄뿐 아니라 나흘날ㅅ자가 지나는 동안에 마음이 절로 조금 석어저서 꺽정이가 어든기집들을 다 보내고 광복산으로

가치간다면 쌈도 이심스럽게 아니할 생각이 나게 되엿섯다 리봉학이와 박유복이가 꺽정이를 데리고온다고 나갈때 백손어머니는 곳들 올줄 알엇다가 오래도록 오지 아니하야 겁겁한 성미에 곳 쪼차가 보고시픈것을 억지로 참고 잇는중에 방안이 침침하야지며 아이 하나가 초ㅅ불을 켜노코 박갓이 컴컴하야진뒤 여편네하나가 겸상한밥상을 가지고 왓다 백손어머니가

「우리하고 가치 온 냥반들 어듸 잇소」

하고 물어보니 상 가지고온 녀편네가

「압사랑에들 기신가봅니다」

하고 대답하엿다

「압사랑이 어듸요」

「큰사랑방은 압사랑이라구 한답니다」

「여기서 가찹소」

「가찹구 말구요 한집안 속인데요」

「거기서들 저녁을 먹는답듸까」

「우리 절믄서방님까지 겸상겸상 네분진지를 압사랑으로 내갓습니다」

「그럼 이건 우리모자 먹을 밥상이요」

『네 그럿습니다』

백손이가 밥상을 보더니 시장ㅅ긔가 갑자기 나는지

『어머니 얼른 먹어치웁시다』

하고 밥상으로 대들엇다 그 녀편네가

『우리 주인아씨 동서분이 나와 보일텐데 자제 도령이 기시다구 해서 못 나오신다구 말슴하십듸다 시장들하실테니 어서 만히 잡수십시요』

전갈과 인사를 뒤석거하고 나가자 백손이가 먼저 숫가락을 들기 시작하엿다 백손어머니는 두서너술 뜨다가 고만두고 백손이는 저의밥을 다 먹고 부족하야 부리만 헐다 말은 어머니의 대궁까지 마저 다 먹엇다 저녁상을 내간 뒤에도 또 오래잇다가 꺽정이가 비로소 오는데 그뒤에 리봉학이와 박유복이가 따라오고 또 백손어머니의 낫모를 사내하나가 따라왓다

꺽정이가 여러 사람의 아플서서 방안에 들어설때 백손이 모자가 모두 웃간에 올라와 잇는데 백손어머니는 치마짜락을 휩싸고 살천스럽게 안저잇고 백손이는 떡 일어서 잇다가 들어서는 발미테서 절을하엿다 꺽정이가 뒤따라온 세사람과 가치 아래ㅅ간에 나려가서 안즌뒤에 리봉학이가 백손어머니의 낫모르는 절믄사내를 가르치며 백손어머니게

『이친구가 이집 절믄주인인데 아주머니를 보이러 왓습니다』

하고 인사를 부치고 한온이가 일어서서

『절하구 보입겟습니다』

말하고 공손히 절하는데 백손 어머니는 일어나기 실흔것을 억지로 일어나듯 가까스로 일어나서 절을 마젓다 한온이가 다시 안즈며 리봉학이를 돌아보고

『저 총각이 선생님 자제 백손이지요 선생님을 만이 달멋습니다』

하고 인사를 시켜달라는 눈치로 말하야 리봉학이가 백손이를 한온이에게 절하고 인사하게하엿다 꺽정이는 아래ㅅ목벽에 비스듬이 기대어 안젓고 백손어머니는 아래간ㅅ을 등지고 돌아안저서 서로 보지안코 백손이는 골난사람가티 뿌르퉁하고 안젓고 박유복이는 어리석은 사람가티 덤덤이 안저서 모두 말이업고 오직 리봉학이와 한온이가 몃마듸 수작을 하다가말다가하고 한동안이 지낫다 한온이가 더 안젓기 자미업든지 리봉학이와 박유복이 더러

『우리는 도두 나갑시다』

하고 말하니 리봉학이는 선뜻 한온이와 가치 일어서고 박유복이는 무침무침하고 잘 일어서지안는것을 리봉학이가 가자고 끌어서 세사람이 가치 마루로 나가서 수군수군 공론하고 넌방으로 들어갓다 백손어머니가 이제 좀 말을 해보려고 꺽정이를 향하고 안저서 말시초를 시비까라으로 낼까 인사쪽으로 낼까 자저하는중에 꺽정이가 몸을 일으켜 꿋꿋이 안즈며 큰 기침을

하번 하고
『너이들이 내말업시 엇재 서울을 오는거냐』
아들과 안해를 한데 껴잡어서 말을 내엇다 백손이는 말 대답을 아니하여도 조흘것인데 아비의 입에서 그런말이 나오기를 기다리고 잇슨것가티 얼른
『나는 아버지를 보이러 왓소』
하고 대답하엿다
『누가 보구십다구 오라드냐』
『보입구 할 말슴이 잇소』
『할 말이 무어냐』
『나두 장가 좀 드려주시우』
『장가 이눔 뺀뺀스럽게』
『아버지는 장가를 자꾸 드신다며 나는 안드려 주실라우』
『네가 뒤어지구 시프냐 이눔』
담적은 사람은 초풍을 할만큼 꺽정이가 큰 소리를 질럿다 백손이는 본래 무섭게구는 아비아페서 할말 다하는 위인이라 조금도 겁내지 안코

『아버지더러 장가 드려달라는게 무슨 죽을죄요』

하고 드리대엇다

『아가릴 찌저 노키전에 가만이 닥치구 잇거라』

꺽정이가 호령할때 웃간방문이 열리며 리봉학이가 백손이를 드려다보고

『잠ㅅ간 이리 나와서 내말 좀 들어라』

하고 불러 내가더니 억지로 끌고 건넌방으로 들어가는 모양이엇다

『자식에게나두 그러케 당해 싸지』

하고 백손어머니가 혼자말로 말을 내기 시작하자

『무엇이 싸단 말이야 이년아』

꺽정이가 대뜸 년ㅅ자를 내부첫다

『무얼 잘햇다구 큰 소리야』

『이년아 내가 네게 큰 소리 못할께 무어냐』

『코꾸멍 둘 마련 잘햇다 사람이 긔가막혀 죽겟네』

『되지못한 날 짓거리지 말구 가만이 잇거라』

『되지못하게 긔광부릴 생각 말어』

「이년을 곳」

「곳 엇재」

「내가 창피한 생각이 업것스면 너의들은 벌서 초죽엄햇다」

「꼴에 창피를 다 알어」

「지금 한 말 다시 한번 더 해봐라 가만 두니까 팬듯시퍼서」

「다시 한번만 백번이라도 더 할테야」

꺽정이가 뻘떡 일어나서 한거름에 뛰어오며 곳 백손어머니의 머리채를 움켜잡앗다

꺽정이가 해거를 부리러 들자말자 백손어머니 입에서 발악이 막혓던물 터진것가티 쏘다저 나왓다

「오냐 어듸 해보자 네가 나를 죽이기박게 더 하겟느냐 내가 네손에 죽지 안흐면 내손으로 자결해서라도 죽지 뒤ㅅ방에서 천덕구레기 노릇하고 살지안는다 첩도 안엇겟다든놈이 본기집이란게 자그마치 셋씩이야 본기집 명색이 한꺼번에 셋씩 넷씩되는법이 어듸 잇드냐 이놈아 지금은 부모 거상을 삼년입는 세상인데 너혼자 옛날 법이라고 스무닐헤 입고 시지부지 고만두더니 상제복색입고 기집질하기 거북해서 미리 고만두엇느냐 내 머리에 힌당기는 너 아버지거상이다 힌당기드린 머리를 끄둘르는것이 죽은 부모 대접이냐」

꺽정이가 백손어머니를 머리채 잡아서 치켜들고 내둘르다가 힌당기 내세울때 손을 노하서 백손어머니는 방바닥에 나동그라젓다 백손어머니가 다시 일어나며 곳 꺽정이게로 바락 바락 달겨들어서 꺽정이는 치고차고 백손어머니는 물고뜻고 싸홈을 하는데 건넌방에 잇든 사람들이 우건너와서 리봉학이 박유복이 한온이 세사람이 꺽정이의 아플 둘러막고 백손이가 저의 어머니 아플 가로 마아서 싸홈을 떼어 노핫다 꺽정이도 몸에 몃군데 상채기가 낫지마는 백손어머니는 그동안에 벌서 참혹하게 당하엿다 룩중한 손에 너마가 터저서 피루성이가 되고 센 발ㅅ길에 압정강이가 부러저서 다리 한짝이 병신이 되엿다

부러진 뼈를 드리마친다 산골을 갈어서 먹인다 버드나무 쪼각을 압뒤로 대고 버들 겹질로 동여맨다 찬찬한 리봉학이와 진중한 박유복이까지 황당스럽게 구는 백손이와 한온이만 못지 안케 수선들을 부리는중에 박갓방에 나가잇는 상노아이들 들어온것은 말할것도업고 대소가의 안팍심부름ㅅ군이 만히 몰려와서 마루에도 사람이요 마당에도 사람이엇다 아래ㅅ간에 가서 가만이 안저잇든 꺽정이가 훌쩍 말업시 일어서서 박그로 나가는데 백손어머니가 쪼차가 붓들려고 안즌채로 날뛰면서

「이놈아 사람을 이지경 병신 만들어 노코 어듸로 도망가느냐 내가 오늘밤에 죽든사든 냥단간 끄틀 낼테다 도망갈 생각말고 이리 들어 오너라」

하고 악을 드리썻다 꺽정이가 문박게서

『저년이 참말 미첫지 성하구야 저럴리가 잇나』

혼자말로 말하고 건넌방으로 들어갓다 꺽정이는 동소문안이나 남성미트로 갈까하고 일어서 나온것인데 도망질 친단 소리를 듯고 가기도 창피하고 그러타고 들어 오라는데 도루 들어가 기도 창피하야 건넌방으로 들어가 버린 것이엇다 백손어머니가 꺽정이를 노칠까 겁이 나서 곳 건넌방에 쪼차갈 작정으로 동인다티를 드듸고 일어서려고 하니 리봉학이가 잠ㅅ간만 참으라고 말린 뒤에 백손이를 시켜서 물추긴 수건으로 면상의 피를 씨어주게하고 기름에 개어온 밀타승을 너마상처에 발러주게하고 머리까지 거두어주라고하는데 백손어머니가 자긔손으로 허트러진 머리를 거듬거듬 거더서 모양업시 틀어언지며 백손이더러

『나를 좀 붓들고 건너방까지 가자』

하고 말하엿다

『그만하면 아버지 맘을 다 알엇는데 또 쪼처가서 무어하우 성한 다리하나 마저 부러트리구 십소』

백손이 입에서 곰살궂지 안흔 대답이 나오니 백손어머니가 매서운 눈으로 아들을 노려보며

『고만 둬라』

하고 한다리를 뻐든채 안질뱅이 거름을 처서 아프로 나가다가 다리가 문찌방에 다닥드려서 니를 악물고 아픈것을 참고 갑자기 문설주를 붓들고 혼자 일어섯다 박유복이가 백손이더러 붓들어 드리라고 말하야 백손이가 마지못해 와서 부축하려고 하는것은 백손어머니는 매물스럽게 뿌리치고 외짝다리로 깨금을뛰어서 안방에서 건너방으로 건너갓다 리봉학이와 박유복이는 쓴 입맛들을 다시면서 바로 뒤를 따라가고 백손이는 눈물이 나는것을 주먹쥐인 손ㅅ등으로 이리씻고 저리씻고 하다가 뒤 떨어저서 쪼차가고 한온이는 마루우와 마당아래 여러사람을 구지저 내쫓느라고 한동안 마루에서 지체 하엿다

백손어머니가 건넌방 문찌방을 넘어서며 곳 주저물러 안저서

『자 속 시원하게 아주 죽여라』

하고 니를 갈며 몸을 옴겨서 꺽정이 아프로 들어가니 꺽정이는 어이가 업는지 긔ㅅ구녕이 막히는지

『허 그거 참』

하고 눈쌀을 찌프리고 잇다가 가까이 간 백손어머니의 성한다리 무릅께를 한손으로 내밀엇다 꺽정이의 힘드리지 안는것이 분명히 사렴을 두고 미는것이건만 백손어머니의 몸은 이때것 애써 들어간것이 헛일이 되도록 주르룩 밀려나왓다

『왜 못 죽이느냐』 백손어머니가 다시 아프로 들어가며 이번에는 내밀지 못하게 소매라도 붓잡으려고 생각하엿스나 몸을 옴길때 두팔로 방바닥을 집는까닭게 미처 손을 놀릴사이업시 또 주르룩 내 밀리엇다 실컨 내밀어 보아라 안채우듯이 백손어머니는 부적부적 들어가고 누가 지나보자 배ㅅ장을 먹은듯이 꺽정이는 자꾸 내밀엇다 쌈의 승부가 여기달린것가티 내외가 서로 지지안코 들어가면 내밀고 내밀면 들어가고하는데 리봉학이와 박유복이는 백손이를 데리고 한여페 가만이 서서 구경들만 하엿다 한온이가 안과 심부름군들을 다 내쪼친뒤에 건너방문을 열고 들어오려다가 말고 안ㅅ방에서 방치우는 상노아이를 불러서 일각문과 중문을 아주 걸어두라고 말을 일르며 한발을 먼저 드려노코 남은발을 마저 드려노흘즈음에 꺽정이 손에 내밀린 백손어머니의 몸이 한온이 다리에 부딕첫다 다리가 삐끗하여 몸이 휘뚝 아프로 고끄라저 백손어머니를 덥처눌르게되는데 한온이가 놀라서 몸을 얼핏 가눈다는것이 백손어머니 등뒤에가서 쓰러지게되엇다 한온이는 백손어머니를 인사 하려고 의관을 정제하고 온 사람이라 활개가 벌어질때 큰소매가 너푼하고 머리가 방바닥에 다을때 널분 갓량태가 꺽겨서 깔렷다 한온이 입에서

『아이쿠』 한마듸는 경황업시 나왓스나 뒤미쳐 나온

『새우 쌈에 고래 등 터지네』

하는말은 말소리까지 익살스러웟다 한온이가 일으켜 주기를 기다리는것가티 쓰러진채 누어잇는것을 박유복이가 쪼차가서 붓들어 일으켯다 한온이 평지락성하는 동안에 꺽정이의 내외쌈이 잠시 중단되고 또 조금 물거젓다 백손어머니가 뭉기적 뭉기적 한온이를 피하야 안즌뒤에 슬금슬금 꺽정이게로 가까이 오는것을 꺽정이가 보고 손을 내저으며

『대들 생각 말구 거기안저서 말루 해』

자긔부터 비로소 말로 하는데 말소리도 그대지 거칠지 아니하엿다 리봉학이가 얼른 백손어머니 아페 나와서서

『아주머니 그러케 하십시요 두발부리를 하실때하지드라두 우선 지비를 말루 가리구 나서 하십시요』

은근히 백손어머니를 가로 막엇다

『이리 와서 안께』

꺽정이가 리봉학이를 여페불러다가 안치고 그 다음에 박유복이와 한온이를 보고 이리들오라고 말하야 박유복이가 한온이와가치 꺽정이 아페와서 모꺽거 느런히 안젓다 백손어머니가 꺽정이게로 가자면 리봉학이의 자리를 지나고 박유복이의 무릅을 스치게 되어서 갈생각을 안먹

고 도리어 뒤로 물러나안고 백손이도 혼자 섯기가 실튼지 저의 어머니여페와서 쭈구리고 안저서 꺽정이와 리봉학이가 아래ㅅ목자리를 차지하고 박유복이 한온이와 백손어머니 백손이가 량엽자리에 각각들 마주 대하야 안께되엇다

『오늘 저녁가튼 창피한 꼴은 내 평생 처음이야』

꺽정이가 리봉학이를 돌아보니 리봉학이는 꺽정이의 말은 대답안코

『아주머니 말슴 안하시우』

하고 백손어머니를 바라보앗다

『서울에 기집이 며치야 어듸 속시원하게 말좀 들어보자구』

백손어머니가 말을 부치고

『기집이 며치냐구 뜨내기 기집은 이루 헤아릴쑤가 업구 부빽여 데리구 사는것만이 셋이다 인제속이 시원하냐』

꺽정이가 말을 바더서 살풍경의 드잡이가 거연히 옥신각신하는 말다툼으로 변하게되엇다

『뻔뻔도 하다 인두겁을 쓰고 그런 말이 입에서 잘나온담』

『이년아 말이라면 다하는건줄 아느냐 서방더러 뻔뻔은 무어구 인두겁은 무어냐』

『그버덤 더한말은 못하까 망난이 대접 그것도 과하지』

『내 부아를 도드면 네게 돌아갈것 주먹밖게 업다』

『오냐 다리하나 마적 분질러라』

『안질뱅이가 되구 시퍼서 몸살이 나느냐』

『죽인대도 섭안난다 맘대로 해라』

『죽여달나구 지다위하러 왓느냐』

『지다위가 무슨 지다위야』

『그럼 무어냐』

『나 몰래 기집질하는걸 알고 가만이 잇스까 죽든 사든 해보고 말지 내가 딴서방을 몰래 이드면 가만이 잇겟나 생각좀 해보지』

『기집년하구 사내대장부하구 가트냐』

『사내나 여편네나 사람은 매한가지지』

『저게 소견업는 기집년의 생각이야 그래 가튼 사람이면 아이나 어른이나 마찬가지구 종이나 상전이나 마찬가지냐』

『아이에 머슴애도 잇고 종에사내종드 잇지 기집애만 아이고 기집종만 종인가』

『말꿔나 더젓시야 남의말을 알어듯지 누가 머슴애나 사내종이 업다느냐 기집을 아이루 치면 사내는 어른이구 기집을 종으루 치면 사내는 상전이란 말이지』

『사내가 어른이면 기집도 어른이고 사내가 상전이면 기집도상전이지 어른을 아이로 친다고 아이가되고 상전을 종으로 친다고 종이될까』

한온이가 홀제 허허 우스며

『초록은 동색으루 저두 사내니까 선생님 편을 들어서 말슴 한마듸 하겟습니다 아이와 여자를 한데 처서 아녀자란 말은 잇서두 아남자란 말은 업지 안씀니까 또 여편네를 문서업는 종이라구는 하지만 사내더러야 누가 그러케 말합니까 안그럿습니까』

하고 백손어머니를 바라보니 백손어머니는 독살스러운 눈으로 마주 바라보며

『그따위 다가튼 심장이니까 맛부터서 가진짓들 다햇지』

하고 쏘아부첫다 백손어머니의 위인이 낫설은 사내라고 부끄러워 말못할 숙긔 업는 녀편네가 아닌데다가 더욱이 악이 오른 판이라 나치 설거나 말거나 가리지안코 해내려고 하엿다

『천왕동이란 자식이 무슨 말슴을 어떠케 여쭈엇는지 모르나 저는 원통한 꾸중을 듯습니다』

『천왕동이란 자식여라니 천왕동이가 자긔 자식인가 내가 천왕동이 누의인줄 번이 알면서 내아페서 그게 무슨 말버릇이야 그러고 천왕동이가 무슨 말을햇다고 공연한 사람을 말밥에

올려』

『무심쿠 한 말이 잘못됏습니다』

꺽정이가 백손어머니에게

『너는 죽으려구 환장한 년이니까 가만 둔다』

말하고 곳 한온이를 돌아보며

『자네 망신이 아니라 내 망신일세』

하고 말하엿다 리봉학이가 꺽정이더러

『아주머니는 형님이 환장햇다구 하시니까 내외분이 피장파장이요』

하고 말하니 꺽정이는 새삼스럽게 화를 벌컥 내면서

『저깟년은 말할꺼 업지만 그래 너의들이 나를 망신시키려구 저년을 데리구 온단 말이냐』

하고 언성을 노피엇다

리봉학이는 목소리를 도리어 나추어가지고

『형님 새삼스럽게 화내실께 무어잇소 조용이 이야기합시다』

말하고 잠시 꺽정이의 눈치를 살펴본뒤

『망신이라면 형님이나 아주머니나 다가치 망신인데 형님버덤두 아주머니가 더 톡톡이 망신한셈 아니요 우리가 형님 망신시키러 왓다는건 역설이니까 발명두 할것 업구 아주머닌들 형님망신시키구 자긔 망신하자구 서울까지 오섯슬듸야 잇소』

하고 차근차근 말하엿다

『그럼 왜 왓서』

『내 생각에는 아주머니가 형님께 말슴 한마듸를 하려구 허위단심하구 삼사백니 길을 오신 줄아우』

『무슨 말을 하러 왓단말이야』

『아주머니 속에 잇는 말을 내가 짐작으루 말 해보리까 형님이 서울서 어든 기집들을 다 내버리구 우리와 가치 팡복산으루 가잔 말외에 다른 말이 업슬께요』

『버리라면 버리구 가자면 가구 내가 장이 문문한모양일세』

『처분은 형님께 달렷지요』

리봉학이 말 끄테 한온이가

『지금 선생님께서 내일 모레 낭일간 떠나가시기루 작정하구 기십니다』

말참녜하고 나섯다 리봉학이는 한온이의 말을 듯고 백손어머니에게

『아주머니 조금만 참꾸 기섯드면 조흘걸 공연이 오섯소』

하고 말하뒤 다시 꺽정이를 보고

『우리들두 하루 쉬어가지구가게 모레쯤 떠나시면 꼭 조켓소』

하고 말하니 꺽정이가 볼메인 소리로

『나는 내일 떠나겟네』

하고 대답하엿다 리봉학이가 한온이더러

『우리 아주머니는 내일 가시자면 승교바탕이라두 타서야 할텐데』

하고 말하야 한온이가

『그런 준비는 념려 마십시요』

하고 대답할때 백손어머니가 리봉학이를 바라보며

『나는 내일 안가요』

말하고 고개까지 가로 흔들엇다

『타구 가시면 될텐데 왜 안가신답니까』

『나는 서울좀 더 잇다 가요』

『우리가 다 가두 혼자 떨어저 기시겟단말입니까』

『백손이는 나하구 가치 가겟지요』

『서울 구경하구 가실랍니까』

『구경할 경이 어듸 잇나요』

『그럼 무슨일루 내일 안가신답니까』

『볼일이 잇서요』

『볼일을 말슴하면 우리가 내일 식전 봐드리지요』

『아니요』

『아니라니 우리더러 말슴못할 볼일이 무업니까』

『말못할것도 업지만 먼저들 가시면 백손이를 다리고 찬찬이 볼일보고 갈테요』

백손이가 여페서 듯다가

『어머니 무슨볼일이요』

하고 물으니 백손어머니는 아들을 돌아보며

『나종에 알려므나』

하고 핀잔주듯 대답하엿다

『볼일은 무슨볼일이요 내일 다한께 갑시다』

『너는 어미원수도 갑하줄 생각이 업늬』

『원수라니 무슨 원수요 난모르겟소』

『그 못된 기집년들 탓에 내가 다리까지 분질러젓는데 그년들을 그대로 가만두고 간단말이냐』

『아이구 참 어머니두 그 기집들이 어머니 다리를 분질르라구 아버지를 교대기기나 햇다면 또 모르지만 어머니다리 부러진데 그기집들이 무슨상관이요 쓸데업는소리 하지마우』

『고만 둬라 네까지자식이 자식이냐 나 혼자 떨어저 잇다가 그년들을 보고 갈테다』

『보구 어떠케 할테요』

「보고 어떠케 하든지 그건 알어 무어하니』

모자간에 말이 왓다 갓다 하는동안 꺽정이는 백손어머니를 노려보며 주먹까지 몃번 부르쥐고 리봉학이는 꺽정이를 돌아보며 연해 고개를 흔들고 박유복이는 지수굿하고 안저서 쓴 입맛을 쩍쩍 다시는데 한온가가 백손어머니를 건너다 보며

『내말슴을 좀 들으십시요』

하고 말하야 백손어머니가 한온이에게로 고개를 돌리엇다

백손어머니가 꺽정이 갈때 가치 안가고 뒤에 떨어지면 자연 한온이게 정화를 바치게 될터이므로 한온이는 백손어머니를 호구별성마마처럼 배송이라도 낼생각이 잇섯슬것이라 그래서 백손어머니더러 기라는이나 진배업시

『서울구경을 하신다거나 다른 볼일이 잇스시다면 몰라두 지금 말슴하신 일루는 혼자 떨어저묵으실께 업습니다』

하고 말을 하니 백손어머니는 코우슴을 치면서

『댁에서 못묵게 하면 객주를 잡고 나가리다』

하고 비양스럽게 대답하엿다

『제게서 묵으시는게 실여서 하는 말슴이 아닙니다』

『그럼 무슨 말이요』

『지금 시앗쌈하러 가셧다가는 되려 던테를 만나시거나 망신을 당하실테니까 그래서 말슴입니다』

『엇재서요』

『선생님이 다 내버리구 가시는판아닙니까』

『내 버리다니 아주 관계들을 끈엇단말이요』

『네 그럿습니다』

백손어머니가 다른 말을 하기전에 백손이가 한온이에게

『참말이요』

하고 다진족 한온이는 부러진 갓량태가 근덩근덩 하도록 고개를 끄덕거리엇이다 이때까지 롱히 말참견을 아니하든 박유복이가 흘쩨 꺽정이를 보고

『형님 기집늘을 다 버렷소』

하고 말을 물으니 꺽정이는 눈쌀을 찌프리고 대답을아니하엿다 꺽정이가 마음이 불쾌한때 누가 무슨 말을 뭇든지 대답을 잘아니하는것이 평소의 버릇이라 박유복이나 다른 사람들이나 모두 꺽정이의 대답 안는것을 괴상히 여기지 아니하는데 한온이의 거짓말이 제절로더피어서 리봉학이가 백손어머니더러

『아주머니 인제 내일 가시지요』

하고물을때 백손어머니도

『글세요』

하고 갈 의사를 보이게되엇다 박유복이가 얼굴에 만족한 비츨 띄우고

『그러면 그러치 형님이 그럴리가 잇나』

하고혼자말로 짓거리는것을 꺽정이가 듯고 박유복이를 뻔히 바라보다가

『무에 그럴리가 잇느냐 말이냐』

하고 캐어 물엇나

『형님 결단성으루 기집버덤 더한것이라두 끈으러 들면 못끈을리가 업는데 형님이 기집에 빠저서 영이 헤어나지 못할것가티 말들하니까 사람이 속이 답답하지 안켓소』

『그러케말들 하는사람이 누구누구냐』

『광복산 잇는 사람은 거지반 다 형님이 나려가서두 서울기집은 못이저서 얼마안기시구 곳도루 서울 오시려니 생각들 하구잇소』

『내가 기집에 홀려서 정신 못차릴줄루 아는 사람이 한둘이 아니러군』

『다들 서종사의 말을 고지듯구 그러케 생각하지요』

『서림이가 내 흠담을 만이 햇단말이지 참말 내가 좀 물어볼말이 잇다 여럿이 다 서울루 오거나 사방으로 허터지거나 하자구 공론들 햇다지 그런 공론을 누가 먼저 냇느냐 서림이가 냇느냐』

『그런 공논은 한일 업섯소』

리봉학이가 박유복이의 뒤를 이어서

『서종사가 한번 황두령더러 그런 말을 합듸다』

하고 말하니 꺽정이는

『그럴테지』

하고 고개를 끄덕이엇다

이날 밤에 꺽정이는 리봉학이 박유복이 두사람과 가치 안방에서 자고 백손어머니는 아들을 데리고 건넌방에서 잣다 이튿날 식전에 꺽정이가 한온이를 차저가서 지난밤에 여러가지로 생각 끄테 박씨 원씨 김씨 세기집을 다 버리기로 결심하엿다고 이야기한뒤 아무쪼록 속히 팔자들을 고처가도록 권하고 가기들 전까지는 시량범절을 돌보아주라고 부탁하엿다

『팔자들을 안고친다면 어떠케 합니까』

『반년이구 일년이구 두구 봐서 끗끗내 다른데루 안가면 내가 데려가두룩 하지』

『선생님이 아주 말들을 일르구 가시렵니까』

『식후에 한바퀴 돌아다니며 말을 일르겟네』

『울며 불며 선생님 뒤를 쪼처들오지 안을까요』

『글세 모르지 내가 대개 운만 떼어서 일러두구 갈테니 뒤는 자네가 잘 알아서 조처해주게』

『제가 한군데 성화를 안바드려구 거짓말을 햇더니 거짓말한 죄루 세군데 성화를 밧게 됩니다그려』

꺽정이는 한온이와 이러한 수작을 하고 와서 곳 길떠날 준비를 차리엇다

백손어머니만 교군바탕을 태우고 꺽정이까지 보행으로 가기로하엿는데 광복산서 온 졸개하나 외에 짐ㅅ군들이 더 늘어서 한첨지 집사람이 교군ㅅ군들 아울러 넷이 가는 까달게 일행이 모다 열사람이 되엿다 식후에 꺽정이는 리봉학이더러 일행을 데리고 먼저 떠나서 가는대로 가다가 점심참에 기다리라고 말하고 남성밋골과 동소문안으로 돌아다니며 작별들 하는데 생니사별하는 사람가티 말을 막 잘러하엿다 다시 만나기가 어렵다는 말에 박씨는 눈물이 비오듯하고 원씨는 긔함하야 쓰러지고 김씨는 못간다고 옷자락을 붓잡고 날치엇다 세집에서 세차례를 각각 조이 지체하고 해가 한나절이나 되엇슬때 꺽정이가 작별나오는 한온이와 가치 동대문박그로 나오니 김씨집에서 나올때 보지못한 로밤이가 미리 압질러 성박게 나와서 기다리고 잇다가 아프로 나서며

『저는 보두 안쿠 가십니까』

하고 원망하듯 말하엿다

『너를 보려구 찻다가 업서서 네 기집에게 말을 일러두구 왓다』

『무슨말을 일러 두섯습니까』

『무슨말이야 못보구 간단말이지』

『못보면 못간다구는 말슴 못하시구요』

「이눔아 시룽거리지 말아」

「제가 지금 몸이 다 는데 어느 해가에 시룽거리구 잇겟습니까 선다님이 대체 저를 비부쟁이무 늘거죽으라구 내버리구 가시는 셈입니까 어떠케 하시는셈입니까 제가 도덕여울서 팔포재상부럽지안케 지내는걸 서울까지 끌구와서 하인으루 부리구 비부쟁이루 부리다가 지금와서 나모루다 하구 내버리구 가시다니 말이 됩니까」

「도덕여울이 못이치거든 도루 가려므나」

「선다님하구 일평생을 가치 지내기루햇지 언제 중간에 갈리기루 햇습니까 하루ㅅ밤새 변덕이나서서 정납게 가치 살던 여편네들을 노끈 끈툿 몽창 끈으시는 선다님두 저는 끈치못하십니다」

「나를 따라가구십거든 지금이라두 가치 가자」

「진작 그런 말씀을 해주서야 저혼자 생각두 하구 기집년하구 의론두 하지요 선다님 문안으두 도루 들어가서 오늘 하루만 더 기집시요」

「미친눔가트니」

「선다님가티 인정 업는냥반 저는 처음 보왓습니다」

「네눔하구 가지 짓거리다간 길 늦겟다」

꺽정이가 거름을 떼어 노흐려고 하니

『제말 한마듸만 더 들어줍시요』

로밤이가 아플 막아 들어섯다

『이눔이 날 붓잡구 실랭일 하는셈 아닌가』

『제가 선다님을 마주막 뵈입구 다시 안뵈입습니까 그럴리가 잇습니까』

『어서 저리 비켜라』

『말한마듸만 더 여쭈어보구 물러 가겟습니다』

『무슨말이냐』

『서울 안으서들을 나중에 데려가시지 안으시렵니까』

『그건 왜 뭇느냐』

『안데려가시구 영 내버리신다면 저두 기집을 내버리구 나오든지 달구 나오든지 냥단간에 작정하구 선다님 뒤를 쪼처 갈랍니다』

『나중 봐가며 데려갈른지두 모르지만 지금은 내버리구 간다』

『시량이나 용은 전대루 대어주십니까』

『나를 바라구들 잇는 동안까지 대어줄테다』

『그럼 제가 아직 서울 처저 잇서서 세집으루 돌아다니며 박갓일을 보살펴줄까요』

『그건 네 생각대루 해라』

『안으서님들을 잘 보호하는것두 선다님을 위해서 하는 일이니까 그러면 저 혼자 뒤에 떨어저두 섭섭하지 안씁니다』

『더 할말 업거든 고만 들어가거라』

『다락원까지나 뫼시구 갑지요』

로밤이가 어실렁 어실렁 꺽정이의 뒤를 따라오다가 한온이가 작별하고 들어갈때

『저두 다락원까지 갈것업시 여기서 하직여쭙구 들어가겟습니다』

하고 한온이와 가치 떨어젓다

먼저 간 일행중의 백손어머니는 꺽정이가 뒤에 떨어진까닭그로 천천이 가자고 말하는것을 리봉학이가 비선서리 가서 중화하며 기다린다고 길을 재촉하야 다락원에서도 교군ㅅ군 짐ㅅ군들 술ㅅ잔 먹이는동안 박게 더 오래 쉬지 아니하엿다 중화참을 대어 왓슬때 해가 한나지 훨씬지낫섯는데 점심을 지어노코 기다리고 먹고나서 기다려도 꺽정이가 오지 아니하야 백손어머니는 공연이 빨리 왓다고 사살사살 하다가 마침내 서울로 도루 가자고 졸르게되엿다 리봉학이도 기다리기에 갑갑증이 나겟지만 백손어머니의 마음을 가라안치느라고 조금도 갑갑한티

를 보이지안코 늘어진소리를 하엿다

『아주머니 여기서 눌러 잘 작정하구 기다려 봅시다』

『며칠이고 몃달이고 여기서 묵을테요』

『그건 공연한 말슴이지 며칠식 묵게될까닭기 잇습니까』

『안오는 사람을 기다리면 무어하오 얼른 가보는게 수지』

『안오실리 업스니 갑갑하드래두 좀 참으십시요』

『우리를 따돌려 세우랴는 꾀로 가치 떠난다고 어벌쩡 하다가 기집의 집에 가서 들어누엇는지 누가 아우』

『아주머니 의심이 너무 과하십니다』

『전가트면 의심할까닭기 업지만 지금은 오장이 바뀐사람이니까 미들쑤가 업소』

『기집들을 다 보냇다는데 무슨 기집이 또 잇스리라구 당치안은 의심을 하십니까』

『한씨집 아들이 거짓말로 우리를 속엿는지 누가아우』

『어제밤 한온이의 말이 거짓말 아닙니다』

『어떠케 거짓말 아닌줄 분명이 아시우』

『오늘 아침에 형님이 한첨지 늘근이하구 수작하는걸 여페서 듯구 분명이 알엇습니다』

『무어라고 수작합듸까』

『한첨지가 형님더러 서울을 언제쯤 또 오시겟느냐구 뭇는데 형님이 이번 가면 언제 또 올는지 모른다구 대답하니까 한첨지는 형님의 대답을 의외루 여기는 눈치가 보이며 한번 우리들을 돌려보드니 다시 형님더러 서울 벌려노으신 일은 어떠케 하시우 하구 뭇는것을 형님이 그건 다 거더치우구 갑니다하구 대답합듸다 한첨지까지두 아직 잘 모르는모양이나 형님이 기집들을 다 보낸것은 분명한줄루 압니다』

『그런일을 한첨지가 엇재 모를까요 한첨지 모르는것이 우선 안보낸 표적이 아닐까요』

『한첨지는 기긔 집안일두 자근아들에게 쓰러 맛기구 알은체 안하는 늘근이니까 모르기두 쉽지요』

『엇재든지 여기서 기다리구 잇느니 도루 가봅시다』

『오늘 하루 어기서 묵을 작정하구 기다리면 꼭 오십니다 만일 안오시거든 내일식전 도루 가십시다』

백손어머니가 다리만 성하면 리봉학이가 아무리 말리더라도 혼자서울로 쪼차 올것인데 쪼차 오지는 못하고 접접한 마음을 억지로 참느라고 눈물까지 내엇섯다 여러사람이 귀진하도록 기다린끄테 꺽정이가 오기는 왓스나 해가 벌서 서쪽으로 다 기울어저서 길을 더 가지못하고 비

선거리서 자게되엿다

서울서 떠난뒤 나흘되는날 저녁때 일행이무사히 이천읍내에 당도하엿는데 이때 해가 노루꼬리만밧게 남지 아니하야 광복산까지 대어가자면 밤ㅅ길을 것지 안흘쑤 업섯다 교군ㅅ군과 짐ㅅ군들은 모두 자고 가자고 말하는것을 꺽정이가 듯지안코 밤ㅅ길로 나가기로 작정하야 리봉학이가 박유복이와백손이더러

『우리 셋이 홰ㅅ군노릇하차』

하고 말한뒤 홰 세자루를 준비시키고 졸개는 빈 몸으로 먼저 나가서 선통을 노케하엿다 이천읍내서 저녁요긔들까지하고 밤ㅅ길을 걸어서 광복산으로 나오는데 삼십리 남짓오니 황천왕동이가 혼자와서 마중하고 다시 이십리쯤 더오니 배돌석이와 곽오주와 길막봉이가 가치 와서 마중들하고 광복산에 다다르니 늘근오가와 서림이가 여러두목과 졸개들을 거느리고 산미테 나려와서 기다리고 안식구들까지 산우에 나와 서서 기다리엇다

여러 두령이 꺽정이의 돌아온것을 바루 큰 경사가티 녀겨서 소잡아 잔치하려고하는것을 꺽정이는 못하게 금지하다가

『형님이 오래간만에 오서서 두목과 졸개들을 한번 호궤하는것두 조흐니 금지하지 마시우』

리봉학이의말을 듯고 여러두령들 하는대로 내버려두고 알은체 아니하엿다 꺽정이가 돌아오든

이튼날부터 이삼일ㅅ동안 소잡고 도야지죽이고 떡 만들고 술걸러서 도중상하가 배들을 불리엇다 꺽정이가 새로 도임한 원이나 감사처럼 사흘만에 비로소 일을 보기 시작하엿는데 여러 두령들을 모아노코 공식으로 할말하고 들을말 들은뒤에 서림이를 돌아보며

『서종사 군법을 좀 물어볼것이 잇소』

하고 말하엿다

『무어시오니까』

『부하루서 대장을 멸시하는일이 잇스면 그죄가 무엇에 해당하우』

서림이가 꺽정이의 눈치를 살피느라고 대답이 조금 더듸엿다

『모르겟소』

『참하야 마땅합니다』

『또 종업는말루 도중 인심을 소동시키는 일이 잇스면』

『그것도 참하야 마땅합니다』

꺽정이가 바루 박글 향하고

『이리 오너라』

하고 좌우시위를 불러서

『서림이를 잡아내라』

하고 호령하엿다 좌우시위는 영문을 몰라서 어리둥절하다가

『빨리 잡어내지 못하느냐』

벽력가튼 호령소리에 경겁하야 당장 서림이를 잡아끌고 박그로 나갓다

『의관을 벗기구 계하에 꿀려라』

계하에 꿀어 업친 서림이를 꺽정이가 내다보며

『너는 네입으루 참하야 마땅하단 죄를 두가지 겸처 지엇스니 죽어두 원통하게 생각말아』

하고 일르니 서림이가 고개를 치어들고

『제가 언제 대장을 멸시한일이 잇스며 언제 도중인심을 소동시킨 일이 잇습니까』

하고 발명을 시작하엿다

『너의 죄상은 내가 다알구잇스니 발명하야 소용업다』

『제가 혹시 뉘 모함에 들엇는지는 알쑤 업스나 그런 죄를 지은 일은 꿈에두 업습니다 인명에관계업는 적은 죄라두 모호하게 죄주는법은 업스니 제죄상을 아신대루 자세이 일러주십시요』

『네가 내 험담을 한일이업느냐 또 여럿이 가치 서울루 가거나 사방으루 허터지자는 말을

한일이업노냐』

『제가 무슨 험담을 하엿다구 들으셧습니까』

『기집에 홀렷느니 신세를 망치느니 그런 소리를 안햇느냐 햇다면 그게 나를 멸시하구 험담한것이 아니구 무어냐』

『제가 영웅이란 원래 색을 조와한다구 말한 일이 잇슨법 합니다 영웅호색이란 옛말이지 제말두 아닙니다 대장께서 색에 범연치 안으시단 말이 나기에 제가 영웅이신까닭이라구 말한것갓습니다 그게 무슨 험담입니까 더구나 그게 무슨 멸십니까』

『그래 한가지는 네 발명대루 죄가 되지 안는다구하자 또 한가지두 마저 발명할말이 잇느냐』

『발명할 말슴이 잇다뿐니오이까 그말은 제가 한말입니다 그러나 그말이 도중 여러사람의 맘을 소동시키려구 한말이 아닙니다 제가 말할때 리두령 황두령두분밧게 더 들으신 분이 업는걸 보서두 아실일이구 또 졸개 하나라두 그말루 소동된일이 업는걸 보서두 아실일이아닙니까 대장께서 오래 도중을 떠나 기신까닭그루 도중일이 정체되어서 어떠케하면 대장을 속히 나려오시게할까 여러분이 모두 고심들할때 제가 여튼 생각으루대장께서 그런말을 들으시면 맘이 혹시 움직이실른지 모른다구 말한것이옵시다 그게 죄될것두 업슬것인데 무슨 죽을죄가 될까닭기 잇습니까 설사 죄업시라두 죽이시면 죽지 별수업는 목숨이지만 억지로 죄명을 씌우시면 죽어두 눈을감지 못하겟습니다」

서림이가 절절히 발명하는 말을 꺽정이는 듯고 말업시 여러두령을 돌아보앗다 꺽정이가 서림이와 황천왕동이 두사람을 속으로 별르는중에 서림이는 흥와조산(興訛造訕)하엿다고 죽여 업새려고까지 마음을 먹고 온터이라 공사를 개시하는 첫날 바로 죽이려고 거조를차리게 된것인데 서림이의 발명하는 말을 듯고 본즉 실상 죽일만한 죄가 업서서 도리어 어색하여젓다 꺽정이가 여러두령을 돌아본것도 다른뜻업시 전수히 어색한데서 나온일이건만 여러두령들은 거지반 다 꺽정이가 각사람의 의견을 들으려는줄로 짐작하엿다 그중의 늘근오가가 계제를 노칠까 겁내는것가티 얼른 먼저

「서종사의 말이 조금두 흔휘업는 말이요 만일 죽일죄가 잇스면 군법아래 연감생심 두호할리가 잇겟소만 사실로 죽일죄가 업스니 서종사를 용서해주시우」

하고 말하는데 평소의 능난한 말주변이 다 어듸갓는지 말이 대단 꺽꺽하엿다 늘근오가의 말이끗난뒤에

「죽일죄 업는 사람을 죽여쓰나요」

박유복이의 말은

『죽을죄 업시두 죽는사람이 세상에 들어섯지안소』

곽오주가 뒤밧고

『형님 거조가 좀 과하섯소』

리봉학의 말은

『과하지요』

『과하다뿐이요』

배돌석이와 황천왕동이가 부쫓는것은 꺽정이는 듯는체 만체하고 가만이 잇다가 얼마만에

『여럿 생각에는 서림이가 죄가 업단말이지』

하고 말하니 말참녜 들지못한 길막봉이가

『녜 그러치요』

하고 말을 대답하엿다 꺽정이가 다시 두말안코 좌우시위에게

『서종사를 방으루 뫼서드려라』

하고 분부를 나리엇다 서림이가 의관을 다시 가추고 좌우로 부축을 밧고 방에 들어와서 자리에 안즈며 곳 꺽정이를 향하야

『유죄무죄간에 촉노(觸怒)한것은 불민한 탓인데 용서하야 주서서 황감합니다』

말하고 머리를 구피니 꺽정이는

『불안하우』

한마듸로 대답하고 긴말을 하지아니하엿다 늘근오가가 꺽정이를 보고

『서종사의 놀란 가슴을 진정시켜주자면 불가부득 술이 잇서야 할테니 엇덧소 우리 고만 술판을 차려 보실라우』

하고 너스레 잘치는 본색을 내놋는데 꺽정이는 고개를 외치고 바로

『이애 천왕동아 네게두 말을 좀 물어볼것이 잇다』

하고 천왕동이를 바라보앗다

『네가 나를 안보구 내빼온것이라든지 너의 누의를 충동여 보낸것이라든지 모두가 괘씸한일이지만 그런건 다 더퍼두구 네가 내아페서 마주막 하직을 하느니 마느니하지아엇느냐 마주막하직이란게 어떤것이냐 공사간에 네가 내게다가 그런 말을 할사람이냐 소견을 말해라 어듸 좀 들어보자』

꺽정이의 역정으로 하는말을 황천왕동이가 숫제 대답안코 가만이 잇섯스면 한껏해야 호령이나 듯지 별일 업슬것인데 황천왕동이는 자긔가 빰맛고 떠다박질릴때 배리틀린것이 누님의 정강이 부터 진것을 보고 다시 일층더 틀려서 꺽정이를 미워하는 마음까지 생긴데다가 뒷생각

각이원체 좀 부족한 탓으로

「것그두 참할 죄요」

하고 엇나가는 대답을하엿다

「무엇이야 네가 참을 당하구 시프냐」

「목을 잘르든지 사지를 찢든지 맘대루 하시구려」

「네가 나를 넘보구 대드느냐」

「예 넘봣소 멸시햇소 멸시하면 참한다지요」

꺽정이는 얼굴에 피ㅅ대가 서고 눈ㅅ귀가 찌어지게되엿다

「불출아」

「능통아」

좌우시위 신불출이와 곽능통여예 이름을 꺽정이가 연달어 불럿다 좌우시위가

「예 예」

대답하고 방문아페 들어서자 꺽정이는 곳 졸개 대여섯놈만 빨리 불러 대령하라고 호령하엿다

박유복이는 황천왕동이더러 괴탄업시 대답하엿다고 나물한뒤 황천왕동이를 대신하야 꺽정이의 용서를 빌고 리봉학이는 꺽정이에게 황천왕동이의 방자한것을 처서 말한뒤 화를참고 조용

히 꾸중하라고 권하엿스나 꺽정이는 눈을 딱 감고 안저서 검다쓰다 대답한마듸가 업섯다 열마동안 안지나서 좌우시위가 졸개들을 데리고 와서 대령하니 꺽정이가 벌떡 일어나서 황천왕동이를 잡아 일으켜 방문 박그로 내밀며 시위와 졸개들에게

「너의들이 이놈을 끌구 나가서 당장 목을 베여 바처라 시각을 천추하면 너의들두 다 목이 떨어질테니 그리알구 거행해라」

하고 추상가튼 호령을 나리엿다

방안에 안젓든 여러두령이 우들 일어섯다

「형님 망녕이 나섯소 이게 무슨일이요」

「녕을 얼른 도루 거드시우」

「사생을 가치하자구 맹세한 사람을 죽이다니 말이되우」

「무슨 큰죄가 잇소 불과시 말다툼한죄루 죽인단 말이요」

「우리들을 그대루 두구는 황두령을 죽이지 못하우」

누가 무슨말을 하는지도 알지못할만큼 여러말이 한꺼뒤석겨서 떠들석한중에 늙은오가의 입에서

「여보게 이사람들 내말좀 듯게」

굴근말소리가 나왓다 늘근오가가 여러두령더러
『여럿이 한꺼번에 떠들어서야 대장께서 잘 들으실수가 잇나 찬찬이 차례차례 말슴들을 여쭙게』
말하고 박글 내다보며
『아따 이눔들아 나가지 말구 게좀 잇거라』
소리치다가 꺽정이가
『장녕을 어린애 작난가티 여기는 모양이요』
하고 눈을 부라리는 바람에 다시는 입을 뻥긋못하고 한구석으로 비켜섯다 여러두령들중에서 형님 형님하며 꺽정이 아프로 대어드는 사람도잇고 대장형님 나좀 보라고 꺽정이의 소매를 잡아다리는 사람도잇섯다 꺽정이가 소매를 뿌리치고 소요 떨지말라고 소리를 질른뒤에 여러두령들을 돌아보며
『천왕동이루 말하면 여럿들버덤 내가 사정으루 가깝지만 용서할쑤업다 이자리가 사석가트면 모르지만 대장이 부하에게 말하는 공석에서 그따위루 무엄하구 방자하게 말대답하는것을 어떠케 용서하란 말이냐 숫제 나더러 대장노릇을 고만두라지 천왕동이를 용서하란 말은 말아』

하고 말을 일르는데 뜨문뜨문하는말에 말뒤까지 꾹꾹 눌러하엿다 박유복이가 한거름 여러사람 아프로 나서서

『대장형님 죄를 주시드라두 죽이진 마십시요』

하고 말하니 정꺽이는 고개를 가로 흔들면서

『대장의 체모를 보전 하자면 천왕동이를 안죽일쑤업다 죽이는 내가 죽이지 말라는 너의들버덤 속이 더 아프지만 그건 사정이니까 사정으루 장녕을 변개할쑤업다 정내 다른사람의본보기루 천왕동이는 죽어야한다』

하고 대답하엿다

『천왕동이의 죄를 우리가 다 나눠서 당할테니 천왕동이의 목숨을 부처주십시요』

박유복이가 애걸하듯 말하는것을

『쓸데업는소리 말아』

꺽정이가 불호령으루 나려눌럿다 박유복이가 눈물까지 떨어트리며 물러설때 배돌석이가 야무진 말소리로

『나는 사생을 가치하자구 맹세한 황두령하구 한께죽지 더럽게 살지안켓소』

말하고 바루 박그로 뛰어나갓다

『그럼 나두 가치죽으러 가겟소』

길막봉이가 백돌석이의 뒤를 이어 나가고

『죄를 나눠당한다구 말까지한 내가 남의 뒤에 떨어질쑤업스니까 나두 가치가서 죽겟소 일이 하직못하구 가니 용서하시우』

박유복이가 길막봉이 다음에 나가고

『나두 갈테니 가치갑시다』

곽오주가 박유복이의 뒤를 쪼차 나갓다 꺽정이는 어이가 업서서 우두머니 보구섯는데 리봉학이가 아페 나와서

『다들 의리루 죽으러 가는데 혼자 떨어질쑤 업서서 나두 형님을 버리구 가겟스니 용서하시우 형님 이다음 저승에서나 만납시다』

말하고 하직으로 절을하엿다

『자네까지 마저』

꺽정이의 말이 뒤가 업섯다 리봉학이는 뒤ㅅ말을 기다리는것처럼 잠시ㅅ동안 꺽정이의 얼굴을 바라보고 섯다가 한숨을 한번 쉬고 돌아서서

『오두령 서종사 마주막 작별이요』

하고 말한뒤 천천이 걸어서 빙문빅그로 나갓다 뒤에 남은 늘근오가와 서림이는 꺽정이의 하는꼴을 두고보자고 약속한것가티 둘이다 입을 함봉하고 아무 소리도 아니하엿다

꺽정이가 펄석 주저안듯 안즈면서 늘근오가와 서림이더러 안즈라고 손짓하고 한참만에

『이런법두 잇소』

말하고 물끄럼이 두사람을 바라보앗다 꺽정이의 눈치가 말들 하기를 기다리는것 가터서 두사람이 함봉한입을 열게되엇다

『다섯분 두령이 의리를 세우려구 죽엄으루 나가는걸 보니 의리는 태산갓구 죽엄은 홍모(鴻毛)갓단 옛말이 헛말이 아니요』

늘근오가는 강개한 어조로 말하고

『다섯분이 가치살 의리는 생각안쿠 가치죽을 의리만 세우려구 하니 다섯분의 일을 꼭 옳다구는 말하기어렵습니다』

서림이는 주저주저하며 말하엿다

『서종사 나가서 여럿이 알어듯두록 말하구 가치들어오게 하우』

『황두령까지 가치데리구 들어오리까』

꺽정이는 고개를 가로흔들엇다

『황두령에세 사를 나리신다면 모를까 그러치안쿠야 여러분이 들어올리가 잇습니까』

『그럼 내버려두구려』

『여러분이 나 업구보면 대장께서는 어떠케 하시렵니까』

『저의들이 다 죽으면 나두 죽지』

『대장가트신 천고에드문 영웅을 하느님께서 이세상에내실때 일생을 그러케 허무하게 마치시라구 내셧슬리가 잇습니까 한번다시 생각해보십시요』

신불출이와 곽능통이가 방문박게 와서서 굽신거리는것을 꺽정이가 내다보고

『엇재들 들어왓느냐』

하고 물으니 신불출이가 다시 한번 굽신하고

『여러분 두령께서 다각각 나먼저 죽이라구 죄인을 제치구 대드시니 소인들 힘우루는 어찌할수가 업습니다』

하고 말을 알외엇다 꺽정이가 한참ㅅ동안 잠자코 잇다가

『황두령을 도루 끌구 오너라』

하고 분부하야 신불출이와 곽능통이가 일시에 네 대답하고 나가더니 얼마 뒤에 황천왕동이를 좌우로 붓들고 들어 오는데 다섯 두령도 뒤를 따라 들어왓다 꺽정이가 황천왕동이를 뜰아패

세워노코

『대장의 체모를 손상한죄가 죽여두 싸지만 여러가지루 생각해서 이번은 특별이 용서하니 이다음에 다시 그런일이 업두룩 조심해라』

하고 라일른뒤에 다섯두령과함께 방안으로 들어오게 하엿다

서림이와 황천왕동이가 참을 당할뻔하든 이튼날 꺽정이가 여러두령을 모아가지고 광복산떠날 의론을 결정지을때 리봉학이의 의론과 서림이의 의론을 다시 자세히 들어본뒤에 서림이의 의론을 조타고 청석골에다가 림시로 거접할 배포를 차리고 나가기로 결정하니 늘근오가가 싱글벙글 조하하는 대신에 곽오주는 골이 나서 식식하면서

『나는 청석골로 안간다고 말한사람인데 나를 내버리구 갈라구 그러케 작정하우』

하고 꺽정이에게 드리대엿다

『내가 한번 결정지어서 녕울나린뒤에는 다른소리 할생각말아』

『그러키에 그런 녕울 나리지말라구 미리 말하지안쏘』

꺽정이가 곽오주의 말은 대답안코 다른두령들을 돌라보며

『아무리 임시거접이라두 집몃채는 세워야할테니 이두령 오두령만 여기 남아서 식구들과 가치 잇구 그나머지 두령들은 다 날따라 청석골 나가서 역사를 시키자 이뒤에 만일 청석골루

가느냐 안가느냐하는 사람이 잇스면 용서업시 군법을 쓸테다』
하고 명령으로 말하엿다 곽오주가 덩치큰 갑도 업시 간드러지게 애개개 소리를 질르는것을 박유복이가 눈을 흘기며 그리말라고 고개를 흔들어보이엇다 곽오주가 여페안즌 황천왕동이더러

『품아시 해줄라우』

밋도끗도 업는말을 물으니 황천왕동이는 무슨말인지 몰라서

『무어야』

하고 되물엇다

『내가 죽게된다면 가치죽는다구 할테냐 말이야』

『실업슨소리 하지말아』

『내가 청석골루 안간다구 우기면 군법으루 죽인다구 할테니까』

잡담들 말라고 꺽정이가 소리를 질러서 곽오주는 말끗도 마치지못하고 목아지를 움절하엿다 곽오주가 서림이의 주장을 좃기가실코 또 늘근오가와 말다툼에 지기가 실혀서 청석골로 안간다고 황소고집을 부리엇스나 청석골을 가기실흔 까닭기 업는건 고사하고 도회청과 살림집이 다 타고 자긔 거처하든 등너머의 외딴집만 성하게 남아 잇단말을 들은뒤로 은근히 한번 가보고

시퍼생각까지 업지아니하엿다 곽오주가 꺽정이 장령에 눌리기도하고 또 눌리는체도 하야 일ㅅ자이후로 청석골을 간다 안간다 말할일이 업섯다 청석골로 역사하러갈 준비들을 차릴때 는 근오가가 지꾸더 곽오주를 보고

『안간다든 자네가 나버덤 먼저가겟네』

하고 쐣까스르니

『갈라면 전등 가는게 조치』

배ㅅ속편하게 대답하고

『자네가 죽어두 안간다구 하지안헛나』

하고 오굼을 박으니

『내가 죽으면 당신에게 조흘께 무어요』

넉살조케 댓구하엿다 그러나 서림이의 주장이 득성(得勝)한것만은 곽오주가 마음에종시 불쾌하야

『청석골 가서 군일하는 품싹은 서종사가 내야할껄』

『청석골 역사는 서종사가 다 해놔야 경계가 올치안쏘』

서림이를 안처노코 빈정거린 일도잇고 리봉학이가 꺽정이의 수고를 대신하려는 뜻으로 청석

골 역사시키며 가기를 자원하야 꺽정이가 광복산에 남아잇기로 변경하게될대

『갈사람은 바꿔두 갈ㅅ자리는 바꾸지못하나』

꺽정이 면전에서 군말한일도 잇섯다

꺽정이와 늘근오가이외에 여러두령이 두목과졸개 근이십명을 데리고 청석골로 나가는데 이십명사람이 한께 몰려갈 묘리가 업다고 세패로 떠나갓다

청석골 소굴은 형지가 업섯다 질비하든 기와집과 총총하든 초막이 하나도업고 깨어진 기와ㅅ장과 타다남은 끄트럭과 다탄 재가 땅바닥에 깔렷슬뿐이엇다 리봉학이 이하 여러두령이 두목과 졸개들을 거느리고 빈터를 돌아볼때 여긔저긔 보금자리친 짐생들이 사람 발자취에 놀라서 이리닷고 저리닷고하엿다 등너머에 남아잇는 곽오주의집이 방이간 퇴한간 삼간뿐이라 좁기는 하지만 달리접할곳이 업서서 상하 이십여명 소솔이 삼간에서 복닥이를 치는데 졸개들중에는 뜰우에 나가서 한잠하는 사람이밤마다 서너너덧식되엿다 리봉학이가 여러두령과 상의한뒤 금교역말어물전에서 량식과 장건건이며 당장한진할제구로 차일과 멍석이며 아수운대로쓸 연장들을 어더오고 그다음에 장단 토산 강음 각처에 무더두고간 졸개들을 모아드리엇다 식구가 나날이 작구느니 량식이 큰일이라 친분잇는 린근읍아전들에게 힘을빌고 관할하든 각동네 백성들에게 패를 끼처도 뒤가연해 달리어서 리봉학이와 서림이는 청석골 안저서 일을 보고 황

천왕동이는 각처로 연신을 다니고 박유복이와 배돌석이와 곽오주와 길막봉이는 두패 세패 혹네패로 졸개몃명씩 거느리고 백리내외로 나다니며 화적질을하야 량미와 재목을 거두어 드리엇다 모든것을 림시배포로 차리는까닭게 도회청과 격정이 거처할집 외에는 살림집을 몰밀이서 삼간초가로 짓고 졸개들의 초막이란것은 궤딱지만큼 쥐대기로 짓게되엇다 모군서는 사람은 수효가 적을때 사오십명씩되고 목수일 미쟁이일하는 사람도 십여명이나 되어서 일이잘붓는데다가 닷는말에 채질하듯 리봉학이가 일을 건몰아서한달안에 역사가 얼추다 끄티낫다 그전생각을하면 신풍스럽지만 한달전에 비하면 딴세상이 되엇다

꺽정이가 여러집권속을 데리고 광복산에서 나와서 집들을 벌러드린뒤에 도거리로 락성연을차리는데 림군읍 아전에게서와 각동네 백정들에게서 부조가 만히들어와서 주식이 진진하엿다

청 석 골 (六)

청석골 도회청은 관군의 불고렴이가 한번 지나간뒤에 고래등가튼 기와집이 정자비슷한 초가로 변하고 벽도업고 분합도업는 네모번듯한 마루 사간뿐이나 드놉고 시원한것만하여도 광복산 움 꾸석가튼 방에는 대일것이 아니고 좌우의 익랑(翼廊)터와 정면의 대문ㅅ간자리를 모두 마당으로 닥거서 마당이 전보다 곱절이나 더널벗다

청석곰을 비서노코 도망할때 여러군데 감추어두구간 곡식과 세간과 병장긔를 모두 차저내서
쌕어못쓸것은 골라버리고 쓸것이라도 세간과 병장긔는 못질하고 푸례질하고 칠벗은것 칠 올
리고 녹쓴것 녹벗기고 이외에 아주 재로 만드는 물건도 잇서서 졸개 이삼십명이 오륙일동안
분주히 일를한뒤에 도회청 마루우에 교의도 노히고 도회청 축대아래 긔치도 꼬치게되엇다
도회청뒤에는 청포로만든 휘장을치고 도회청 안에는 해와달을그린 두쪽병풍아페 주홍칠한 큰
교의 하나를노코 큰교의 좌우로 각각 적은교의 넷씩 휘우둠하게 늘어노코 도회청아페는 각색
긔치외에 창검과 부월(斧鉞)을벌려세웟다 휘장은 밥낫처두는것이요 교의는 날마다 면고닥
고 하는것이오 긔치는 아침이면 내어꼿고 저녁이면 빼어드리는것이요 창검과 부월은 특별한
일이잇슬때에나 내세우는것인데 이날 점고가 잇는까닭게 창검부월이 아침햇빛에 번쩍이엇다
두령들은 아직 겹옷을 벗지 아니한때지만 벌서 만히 홋것을입은 졸개들이 바람ㅅ긔가 쌀쌀한
해ㅅ살 퍼지기선부터 도회청 널분마당으로 모여들어서 두목들이 지휘하는대로 칼잡이 활잡이
가 다각각 떼를지어섯다 사산의 파수보는 졸개들과 두령들집의 심부름하는 졸개들과 그외에
다른조임가진 졸개들도 하나빠지지안코 모두왓다 해가 서너발죠이 올라왓슬때 두령들이 하나
색 둘색 오기시작하고 시위하사람이 와서잇다가 여러두령이 다 온것은 보고가뒤 대장 꺽정이
가 비로소 와서 일월병아페 노힌 큰교의에 전좌하엿다 졸개들은 머리를 수건으로 질끈 질끈

동이고 두목들은 머리에 벙거지를 셧슬뿐이고 여러두령과 두시위는 산수털 벙거지를 쓰고 군복을 입엇고 종사관 서림이는 탕건에 진사립을 눌러쓰고 창의를 입엇고 꺽정이는 머리에쓴것은 금관이요 몸에입은것은 홍포(紅袍)이엇다 마루우의 두령들과 축대아래 두목들이 두시위의 창을 따라 국궁진퇴하야 조사를마친뒤에 꺽정이 입에서

『점구를 시작해보지』

말한마듸가 떨어지며 곳

『점구를 시작하랍신다』

두시위가 쌍으로 바더나리고

『네이』

여려두목이 일시에 긴대답을 올렷다 서림이가 꺽정이에게 품하고 마루끄테 나와서 점고할방법을 자세히 지휘하엿다 졸개들 섯는편에는 청긔(靑旗)하나를 세우고 건너편에는 홍긔(紅旗)하나를 세우게한뒤 졸개들이 성명이 불리거든 청긔아래서 대답하고 홍긔미트로 건너가되 건너갈때 대상을 향하야 군례를 한번씩 하라하고 좌우시위더러 축대에 나가서서 전날 도록에 적힌성명을 차례로 불르되 세번불러서 대답이 업거든 그성명에는 표를 질르고 다음을 불르라 하고 점고를 시작할때와 끗마친때에 군호로 북을치고 처음북소리 난뒤부터 나종북소리 나기

까지 일체헌화를 금지하라하엿다 서림이가 자긔교의에 도루와서 안즌뒤에 꺽정이가 서림이를 돌아보며

『헌화금지하는걸 두목들에게만 맛겨두지말구 두령며치 나가서보면 어떠켓소』

하고 물어서 서림이가

『청홍기 남쪽에 한분씩 두분만 나가서셋스면 조켓습니다』

하고 대답하야 꺽정이는 곳 좌우편 곳교의에 안즌 황천왕동이와 길막봉이를 마당으로 나려보냇다

둥둥둥 북소리가 낫다 마당이나 마루나 다가치 조용하엿다 무식한 신불출이는 도록책을 펼처 들고 글자아는 곽능통이는 성명을 불럿다

『이오종이』

『네 등대하엿소』

『김몽돌이』

『네 등대하엿소』

『최오쟁이』

『네 등대하엿소』

「안되잘이」

「녜 등대하엿소」

「정갑돌이」

「녜 등대하엿소」

「박씨종이」

「박씨종이」

「박씨종이」

「신복동이」

「녜 등대하엿소」

「구봉득이」

녜 등대하엿소」

「장귀천이」

「장귀천이」

장귀천이는 귀가 먹어서 못알어듯고 가만이 섯는것을 여패사람들이 눈짓 입짓으로 가르처주어서

『네 네』

연접허 대답하며 뛰어나왓다

『김억석이』

전에 뒤ㅅ산파수ㅅ군패두이든 김억석이가 아직까지 다시 오지아니한것은 다들 잘아는까닭게 곽능통이가 세번까지 불르지안코 다음에 적힌 성명을 불럿다

졸개가 하나 하나 연해 청긔미테서 홍긔미트로 건너가서 청긔홍긔의 사람수효가 거의 반반쯤 되엿슬때 꺽정이가 정을 때고 이름만 얼른얼른 불르라고 분부를 나렷다

『화선이』

『네』

『춘선이』

『네』

『산봉이 산봉이 산봉이』

『백만이 백만이 백만이』

『차돌이』

『네』

「쇠돌이」

「네」

「수동이」

강수동이 차수동이 수동이둘이 쌍대답을 하엿다

「강수동이」

「네」

「차수동이」

「네」

「강득이」

「네」

「몽득이」

「네」

「서노미」

노미가 서노미 허노미 이노미 서넛이나 되어서 일껀 성까지 껴서 불르는데 허노미는 제가 불린줄 알고 서노미보다도 압질러 대답하엿다가 다시 서노미 불르는것을 듯고 뒤통수를 글것다 다른졸개들은 이것을 보고 우슴을 참느라고 입들을 악물엇다 홍긔쪽에잇는 황두령은 가만이 한군데 섯슬뿐아니라 만히 딴데를 보는 까닭게 졸개들이 소근소근 짓거리기도하고 가만가만 웃기도하지만 청긔쪽에잇는 길두령은 어떤놈이 혹시 웃나 짓거리나 하고 큰눈을 두리번거리면서 어실렁어실렁 돌아다니는까닭게 졸개들이 찍소리도 못하엿다 허노미와 이노미가 다 불린뒤에 개똥쇠와 자근쇠가 불리고 그다음에 덜렁쇠가 불리엇다 덜렁쇠는 이름과가치 사람도 덜렁이라 네 대답하고 곳 쏜살로 홍긔쪽으로 건너갓다가 두목에게 불치맛고 다시나와서 현신하고 들아갓다 연하야 불리는 이름중에 돈이, 출이, 녹이, 복이, 동이가튼 외자이름도 패만코 삽살개미치, 자릅개동이가튼 다섯자이름도 혹잇고 광노, 양필, 맹효가튼 점잔흔 관명도 더러잇스나 강아지, 도야지, 부억개, 마당개, 쥐불이, 말불이, 쇠미치, 불미치가튼 천한 아명이 제일 만헛다 청긔아래 두목과 졸개가 하나도 남지아니한뒤에도 도록에 적힌성명은 두서넛 더잇섯스나 팍능통이가 불르지안코 표를 질럿다 해가 느진아침때가 지난뒤에 점고가 끄티낫다 북소리가 붕둥둥 나며 홍긔아래는 와글와글하엿다 도회청직이 소임을가진 아이들만 남아잇고 그외는 다들 가라고 격정이가 령을 나려서 두목과 졸개들은 모두 뿔뿔이 흐터저갓다 도록에 성명이 적힌 두목과 졸개는 백명이 넘으나 점고바든 수효는 륙십여명박게 더아니되엇다 이때까지 다시오지 아니한것들은 종내 오지아니할것이고 설혹 오더라도 바다두지 안는다고 꺽정이가 사람업는 빈성명을 모두 꺽자치게 하엿다 서림이가 곽능통이의 표질르던 붓을 달래가지고 도록에 표질한 성명을 꺽자처나려가다가 홀째 붓을 멈추고 꺽정이를 돌아보며

「김억석이는 아직좀 그대루 두구 보시지요」

하고 꺽정이의 의향을 물엇다

「어듸루갓는지두 모른다는걸 두구봐 무어하우」

「사람이라두 내놔서 차저보는게 조치안흘까요」

「그럼 안온놈들을 다차질테요 누군 찻구 누군 안찻겟소」

「김억석이는 다른놈들과 다르지 안습니까」

「오 배두령의 가시아비라구 차저야 한단말이요」

「배두령의 장인두 되려니와 우리청석골의 유공한사람이 아닙니까」

「차질때 찻드라구 다른놈들과가치 꺽자처두우」

서림이가 꺽정이의말을 드듸어서 김억석이 성명까지 꺽자처 버렷다

꺽정이가 먼저가고 그다음에 여러두령이 각각 헤어저갈때 배돌석이가 서림이와 가치오다가

「그러지안허두 나는요새 집에서 졸려못살지경이요 제아비 제동생을 차저달라구 사람을 오복전 졸르듯하우」

하고 안해에게 성화밧는것을 이야기 하엿다

『일부러 내보낸 이야기를안쿠 가만내버려 두엇스면 도망한걸루 알구서 차저달란말두 못할 것인데 왜 그런이야기를 해들리랍듸까』

『저의 부녀가 다시 만나게 될때까지 나는 이야기 안하구 더퍼두려구 햇섯는데 올 정월초생인가보우 싱검쟁이 오주가 놀러 왓다가 죄다 이야길 해주어서 오주간뒤에 미리 이야기 안햇다구 포달을 떨어서 내가 한바탕 곤경을 치럿소』

『결자해지루 꽉두령더러 차저다가 주랫스면 조켓구려』

『우리집에선 서종사더러 차저달라구 야단이요』

『검억석이를 못찻는날이면 내가 칼침맛지 안켓소』

『하는대루 내버려두면 벌서 서종사에게 시비를 부트러 갓슬른지두 모르지요』

『이거 큰일낫구려』

서림이와 배돌석이가 서로보며 우섯다 얼마압서가든 길막봉이와 황천왕동이가 두사람의 우숨소리를 듯고 둘이가치 돌아서면서 길막봉이가 큰소리로

『여보 성님 서종사하구 무슨이야기를 그러케 재미잇게하우』

하고 물엇다

『자네들은 못들을 이야길세』

『우리 못들을 이야기가 무어람』

『못들을 이야기라니 구지좀 들으러갈까』

길막봉이와 황천왕동이가 쪼차들와서

『무슨 이야기들햇소 역적모이햇소』

황천왕동이가 먼저 말을 부첫다

『우리들 밤낫하는것이 역적모인데 무슨 역적모이를 따루한단말이야』

『대장을 들어내자구 하면 따루 역적모이가 되지안쏘』

『빈말이라두 큰일날말을 다하네 자네가 광복산에서 혼구멍이 나구두 대장이 무서운줄을 모르나』

『그런소리는 듯기실소 고만두우』

『자네가 먼저 듯기실흔말을 하지말지』

『글세 고만두어요』

길막봉이가 다시 황천왕동이 뒤를 이어서

『무슨 이야기들햇소』

하고 물으면서 배돌석이와 서림이를 번가러보앗다

『배두령이 장인과 처남을못차지면 내외간의초가 상하겟다구 나보구 사정이야기를 하신끄티요』

하고 서림이가 우슴의말로 말하엿더니 길막봉이는 그저

『암 김패두는 차저야지』

들떼어노코 말하고 황천왕동이는

『사정이 무슨사정이요 치사 스럽게』

배돌석이를 핀잔주엇다 배돌석이가 황천왕동이에게 핀잔을밧고 얼굴비치 붉거젓다 처음에 황천왕동이가 대장들어낼 역적모의 햇느냐고 말한것이 실업슨말이라도 귀에거친데다가 또 서림이의 우슴의말을 꼬지듯고 정말 창피한 사정이나 한줄로 아는것이 마음에 불쾌하야 배돌석이는 골이난것인데 황천왕동이는 배돌석이가 자긔말에 무안을 타는줄로 짐작하고 풀어말한답시고

『무안해할것까진 업소』

하고 말하니

『무안하긴 무세 무안해 별긔급할소릴 다듯겟네』

하고 소리를 빽 질럿다

『소린 왜 질르우 사람귀ㅅ청 떨어지겟소』

『자네가 날 깔보는 모양인가』

『무안에 취해서 골이 낫구려』

『굴세 내가 무안할께 무어야』

『그럼 왜 골을내우』

『골내는게 잘못인가』

『그러케 골낼것가트면 내가 잘못햇나보우』

『골낼것가트면 잘못햇나보우』

『잘못햇다는데 다시 뇔껀 무어잇소』

『다시뇌면 어쩔테냐』

『이거 막 쌈을하려 덤비는구려』

『쌈할테면 해보자 너가튼눔은』

『너가튼눔이라니』

황천왕동이도 얼굴을 불키엇다 길막봉이가 사이를 타고 들어서며

「이러다간 참말루 쌈되겟소」

말하고 그다음에 서림이가

「내가 공연이 실업슨말 한마듸를 햇다가 두분사이에 말썽이되어서 미안하우」

하고 말한뒤에

「배두령 고만 갑시다」

하고 배돌석의 군복소매를 끌엇다

「도독질을 해먹구 살드래두 도독놈의 의리는 잇서야지」

배돌석이는 황천왕동이를 노려보고

「내가 의리업는짓한게 무어야」

황천왕동이는 배돌석이를 노려보앗다

「칠장사 부처님 아페서 맹세할때 이러케 막보기루햇드냐」

「누가 먼저 막보구 대들엇기에 말이야」

「네가 대장형님 내버리구 어듸루 간달제부터 맹세를 소중이 안여기는줄 알엇다」

「그건 웬 되지못한 수작이야」

「되지못한수작 나는 뒨수작할줄 모른다」

배돌석이가 다시한번

『되지못한수작』

하고뇌며 곳 서림이손에 잡힌 소매를 뿌리치고 아프로 내다라서 황천왕동이에게 덤비려고하엿다

『이거 웨들 이러우 글세 고만두우』

길막봉이가 사이에서 가로막고

『졸개들이 보면 창피하지안쏘 고만두구 갑시다』

서림이가 뒤에서 붓들엇다 황천왕동이가 다시 아무 소리안코 잇섯스면 배돌석이도 그럭저럭 고만두엇슬지 모를것을 빨끈하는 성정에

『덤비면 어젤테야 검억초립의 버릇이 그저남어서 아무데나 덤비려구』

황천왕동이 뇌까리는말이 타는불에 기름을 끼어 언진것가터서 배돌석이는 펄펄뛰게되엇다

『오냐 내미천은 역놈이다 너가티 미천을 잘찻는놈이 엇재지지하천 백정놈아들에게 누의는 바첫느냐 이놈아 검억초립이 어떠탄말이냐 말좀 더해봐라』

뒤에서 붓드는 서림이를 떠다박질르며 곳 군복을 훌훌벗어서 내던지고 저구리아플 풀어제치고 칼자국에 군살이 더덕더덕부튼 가슴을 주먹으로 땅땅첫다 아페서 가로막는 길막봉이를 밀어

저치려고하나 잘 밀리지 아니하야

『저리 비켜라』

소리를 질럿다

『이게 무슨짓이요』

『말리지말아 내가 오늘 죽든지 청석골을 하직하든지 할테다』

『여보 좀참우 우리형제들새에 이래서야 말이되우』

『형을 형가티 안아는눔하구 형제가 다무어냐』

『우리 가서 여럿이 모여안저서 시비를 따저봅시다』

『아니다 내가 서눔하구 단둘이 따저볼테다 저리좀 비켜라』

『글세 좀참우』

『너까지 날 막보느냐』

『막보는건 다 무어요』

『안비켜줄테냐』

『못비키겟소』

배돌석이가 길막봉이를 잡어먹을것가티 노려보다가

『오냐 안비켜줄테면 고만둬라 난 집으루 갈테다』

말하고 버서던진 군복을 주서들면서

『우리 잇다가 단둘이 만나자』

하고 황천왕동이를 별럿다

배돌석이가 나종에 왕천왕동이를 말릴사람 업는데로 끌고가서 단둘이 맛부더 톡톡이해보려고 마음을먹고 자긔집으로 가려들때에 박유복이가 뛰어오고 또 뒤미처서 리봉학이와 늘근 오가가 쪼차들왓다 졸개들이 어듸서보고 가서 말들을한것이엇다 박유복이는 배돌석이를 붓들어세우고 늘근오가는 배돌석이의 군복을 입혀주엇다

『대체 웬일이요 서종사 본대루 이야기좀하우』

박유복이 뭇는말에

『두분재에 말다툼난것이 귀기본하면 내가 우슴의ㅅ소리 한마듸 잘못한탓이요』

서림이가 이야기시초를 내노흘때 리봉학이가 손을 저으며

『여기저기서 내다보는것들이 창피하니 우리 어듸가 들어안저서 이야기합지다』

하고 서림이의 이야기를 가로막앗다

『대장ㅅ댁사랑으루들 가실까요』

『아니 대장ㅅ댁사람은 재미업구 어듸루 갈까 좁드래두 우리집으루들 갑시다』

리봉학이가 배돌석이와 황천왕동이와 기외에 다른사람들을 다 끌고 집에와서 계향이 모자를 다른집으로 보내고 방을치우고 들어안즌뒤에 서림이 시켜서 두사람의 말다툼한것을 자초지종 이야기하게하엿다 서림이가 두사람면전에서 이야기를하는까닭으로 한편에 치우치지안토록 말을 극진히 조심하고 옥신각신한말을 옴길때도 연해연방 길막봉이를 돌아보며 틀림이업느냐고 물어보앗다 서림이의 이야기가 끗난뒤에 리봉학이가 황천왕동이와 배돌석이를 번갈러보면서

『우리가 각성바지루 모여서 형이니 동생이니하구 지내는데 친형제버덤두 더우애잇게 지내야하지안는가 그까진일에 서루 얼굴을 붉켜가자구 쌈질을 하려구하다니 자네들 둘이 다 지각이 업는사람일세』

하고 두사람을 한데 꾸짓고 그다음에 황천왕동이더러

『대체루 말하면 자네가 형대접잘못하는데서 말다툼이낫스니까 자네 잘못이 만흔데다가 점억초립이니 무어니 그게 무슨철딱선이 업는말인가』

또 배돌석이더러

『천왕동이가 자네게는 전날 친한동무요 지금정다운동생인데 말버릇이 좀고약하다구 옷통을

버서부치구 곳 사생결단이나 할것처럼 대들엇다니 그게 어듸 지각잇는사람의짓인가 그러구 형이란사람이 매자에 용서썽이 잇서야하지안는가」

하고 두사람을 각각 책망하는데 두사람은 다가치 고개를 숙이고 말한마듸못하엿다 늙근오가가 허허우스며

「친형제간에두 비위틀릴때는 쌈질을하는데 의루모은 형제간에 말다툼좀하기두 예사지 무어 이사람들 부끄러워할꺼업네」

하고 너스레를 내노핫다 박유복이가 황천왕동이더러

「자네가 먼저 사과하게」

하고 말하야 사람이 싹싹한 황천왕동이가 선뜻 배돌석이를 보고

「내가 잘못햇소」

하고 사과하니 배돌석이는 악까님쓰듯이 웅쏘리를 한번하고 나서 가까스로

「나두 잘못햇네」

하고 마주사과하엿다 배돌석이와 황천왕동이의 말다툼이 낙착이 다낫슬때 신불출이와 곽능통이가 가치와서

「배두령 황두령 두분을 대장께서 오라십니다」

하고 꺽정이의 분부를 전하야 배돌석이와 황천왕동이가 꺽정이게로 불려오는데 리봉학이외의 여러사람도 모두들 따라왓다

꺽정이는 배돌석이와 황천왕동이가 도회청뒤 길ㅅ가에서 드잡이를하엿다고 말을듯고 화가 대단이난까달게 여러두령들이 한께몰려오는것을보고 불르지안흔사람은 나가라고 소리를질럿다 다른사람은 다무류하야 말도못하고 나가려고하는데 리봉학이가 아프로 나서서

『둘이 말다툼하는것을 시종부사람이 서종사하구 막봉이너 두사람의 이야기를 들어보시는게 조치안쏘』

하고 말하엿다

『길ㅅ가에서 드잡이를 햇다는데 말다툼이라는게 다 무어야』

『어떤놈이 형님께와서 풍을떨엇구려 서종사더러 이야기를하라구 들어보시우』

배돌석이와 황천왕동이의 서로 말다툼한것과 서로 화해한것을 서림이가 모두 이야기하야 꺽정이는 다듯고 한참ㅅ동안 생각하다가 황천왕동이를 아프로 불러내세우고

『네가 정말 사과를하려면 김억석이를 차저와야겟다 조선팔도를 다 휘매서라두 차저오너라 만일 못차저오면 돌석이는 고만두구 내가 우선용서를 못하겟다』

하고 분부하엿다

서림이가 뜰우에 올라가서서 이야기하는동안에 다른사람들은 박그로 나가지안코 마당에 선채로 서잇섯다 꺽정이가 황천왕동이에게 분부하는말이 끗나자마자 여러사람틈에 끼어섯든 배돌석이가 아프로 나서서

『잘못하기루말하면 나나 천왕동이나 똑가티 잘못햇스니까 천왕동이만 잘못한걸루 치실일두 아니구 그러구 천왕동이하구 나하구 서루 용서하기루 벌서 말까지 다 햇는데 김억석이를 차저와야 용서한다는건 공연한 층절입니다 어듸가 파무처잇는지 조식두 모르는 사람을 건공대매루 나가서 어떠케 찻습니까 억석이를 차지실생각이 잇스면 차차 수조문해서 찻두룩하시지요』

하는말이 배돌석이로는 한껏 구변을 다한것이엿다

『너는 용서를 햇거나말거나 억석이를 못차저오면 내가 용서 안할테란말이다』

『엇재서 하필 억석이를 차저와야 용서를 하신답니까』

『억석이차질이야기루 천왕동이가 발칙스럽게 굴엇다니까 그벌루 차저오란말이지』

『그럼 나두 천왕동이하구 가지 차지러가겟습니다』

『너는 못간다』

『왜 못갑니까』

『내가 너는 안보내겟다』

리봉학이가 배돌석이여프로 나서며

『말다툼한벌루 검억석이를 차지러보내실라면 둘을 가치보내는게 올치안습니까』

하고 말하는것을 꺽정이가 중뿔나게 나서지말라고 말하고

『천왕동이는 오늘해안으루 떠나가거라』

하고 더 분부한뒤 곳 열어노코 안젓던 방문을 소티나게 다치엇다 여러두령들이 한동안 서로 돌아보다가 박그로 몰려나오면서

『대장 처자가 공평치못하시군』

『화가 잔뜩 나섯다기에 나는또 좌긔를하느니 군법을 쓰느니 할까봐 속으루 념려를햇섯지』

『군법두 쓸매가잇지 말다툼좀햇는데 무슨군법이란말이요』

『군법에 비처서 처단할라면 할쑤잇지』

『말다툼하는것두 죽일죄란말이요』

『어듸 죽이는것만 군법인가』

『요전에 황두령이 대장하구 말다툼하다가 군법을 당할뻔하지안헛서』

『그때는 대장명령 거역한다구햇지 언제 말다툼한다구햇는가베』

『우리가 그때처럼 들싼을 노으면 군법을 쓸라니 쓸수잇소』

『들싼을 노을까봐서 우리를내쪼치려구 하섯는지 모르지』

『내쫏는다구 우리가 모르게되나』

여럿이 밧고채기로 짓거리는중에 황천왕동이는 고개를 숙이고 말업시 걸어나왓다 배돌석이가 황천왕동이 여페와서

『어떠케 할텐가』

하고 물으니 황천왕동이는 흥심업시

『어떠케 하다니 오늘 떠나지 별수잇소』

하고 대답하엿다

『그럼 나두 가치갈텔세』

『고만두우 거름이 재지못해서 동행하기두 갑갑하구 또 가지말라는걸 가면 뒤에 말썽스럽소』

『길낭식지구갈 아이하나는 데리구가겟지 그리자면 자연거름을 맘대루 못걸을꺼아닌가』

『홀가분하게 괴나리보찜이나 하나 해지구 혼자 떠나갈라우』

『사람두 하나 안데리구 갈까닭가 무언가』

『사람안데리구 혼자다니는건 성가시지안쿠 조치만 긔한두 업구 정처두 업시 떠돌아다닐 생각을하니 긔가막히우』

황천왕동이 말끄테 늘근오가가 황천왕동이를 보고

『이사람아 억석이를 생전 못차지면 생전 떠돌아다닐텐가 그저 한 열흘동안 유산 나선셈잡구 이리저리 돌아다니다가 들어오게그려』

하고 말할때

『박게나와서 무슨공론들하우』

곽오주가 마즌편에서 오며 소리를질럿다 곽오주는 동너머ㅅ집에 넘어가잇다가 배두령과 황두령이 쌈을하고 대장ㅅ댁에 잡혀갓단소리를듯고 쪼차오는길이엇다 곽오주가 와서 박유복이의 이야기로 전후사단을 다들은뒤에 황천왕동이더러

『김억석이란놈은 보낸사람이 차저봐야할텐데 공연이 횡액에걸렷구려 지금 그놈을 찻자면 천왕동이성님이 조선팔도 동소임두령노릇을해야겟소』

하고 말하엿다

황천왕동이가 곽오주말을 대꾸하기전에 늘근오가가

『동소임의 도두령이란 뭐 말러뒈진겐가』

하고 물으니 곽오주는 싱글싱글 웃기만하고 대답을 아니하엿다

『되지안흔소리 짓거린걸 뭇는 내가 실업지』

『김억석이란놈이 지금 어듸가잇는지 모르지안소』

『그래서』

『어듸가잇는지 모루는놈을 찾자니 아무래두 각골각말루 돌아다녀야하지안켓소』

『그래서』

『그러니 각말에 들어가서 소임이 동네오이듯 하는수박게 업겟단말이요』

『참말 꼭 된줄세』

서림이가 곽오주듯거라하고

『실업슨말슴두 할때가 잇지 황두령은 곳 떠나야할텐데 실업슨말슴하다가 해지우겟소』

하고 늘근오가를 핀잔준뒤에 곳 황천왕동이를 향하고

『여보 황두령 내생각에는 김억석이가 관상쟁이를 따라간것갓소 강음현감의손에 단련을 밧다가 노혀나갈때 금교역말 어물전주인에게루 가느냐구 물으니까 어듸루갈른지 나서봐야알겟다구 하구 동행이 잇느냐구 물으니까 동행이잇다구하드라우 잡혀가첫다가 노혀나오는길루 곳 어듸서 다른동행이 생겻겟소 그동행이란것이 십상팔구 관상쟁일것이요 또 설혹 동행

을하지안헛드래두 관상쟁이는 억석이의 거처를 알듯하니까 관상쟁이의뒤를 알어보는게 억석이찻는데 접경이될듯하우」

하고 말하야 여러두령이 둘러서서 관상쟁이의뒤 알아볼도리를 의논들하엿다 관상쟁이가 청석골외서 잡혀잇는동안 늘근오가가 데리고 한담설화하는중에 혹근지를 캐어 물어 보왓건만 고향이 청홍도(충청도)라고하고 골이름도 말하지아니하야 청홍도사람 조가로만 알엇더니 향일에 금교어물전 젊은주인이 인사치러 들어왓슬때 억석이이야기 끄테 관상쟁이말도 낫섯는데 젊은주인의말은 청홍도사람이아니요 근긔(近畿)사람이라고하니 관상쟁이가 처음에 적굴인줄을 모르고 왓다가 알고서는 겁이나서 고향까지도 바로 말하지안흔모양이엇다 관상쟁이의 사는곳을 아는것이 제일긴요한데 그것을 누구에게 가서물으면 알쑤잇슬까 여기에 여러가지 의논이 분분하엿다 관상쟁이가 금교찰방과 가장 친분이잇섯다니 금교찰방에게 다리를노하서 물어보자는 사람도잇고 금교찰방이 강음현감에게 천거하야 관상쟁이가 강음관가에서 오래 묵엇섯다니 강음리방더러 알어보내라고 긔별하자는 사람도잇고 또 지금 서흥부사 로인이 관상을조하하는까달그로 서흥부중에 관상쟁이가 만히모인단말이잇스니 관상쟁이조가도 혹시 거기가서 잇지아니한가 알어보자는 사람도잇섯다 서림이는 여러사람의 의론을 잠자코듯다가 남나종

「여러분 내말슴좀 들으시요」

하고 말을 내엇다

『대장께서 황두령더러 오늘해안으루 떠나라구하섯는데 언제 금교찰방에게 다리 노쿠 물어보구 언제 서흥을가서 알아온단 말슴이요 황두령 오늘강음읍내 들어가서 이방을 차저보구 물어보시구 강음서 알쭈가업다거든 금교역말 나와서 어물전주인 시켜서 찰방에게 다리놀노쿠물어보두룩 하시구려』

황천왕동이가 서림이의 말을 듯고나서

『서종사 말대루 오늘 강음읍네루 가겟소』

하고 여러두령들을 돌아보앗다 늘근오가가 황천왕동이더러

『자네 점심뒤에 곳 떠날텐가』

하고 물으니 황천왕동이가

『글세 오늘 강음읍네 가서 잘작정하면 다저녁때 떠나두조켓지요』

하고 대답하엿다

『그럼 떠나기전에 우리 모여서 술이나 한잔씩 먹세』

늘근오가의 말끄테 리봉학이가 술을 내겟다고 말하고 바로 한께가자고 끌어서 여러두령이 다시 리봉학이집으로 몰려오는데 황천왕동이는 자긔집에 잠ㅅ간 다녀온다고 따로떨어젓다 늘근

오가가 황천왕동이를 돌아보며

『잠ㅅ간이란게 한정업시 오래되텃다 정다운 절믄내외가 작별할이야기를하느라면 해가는줄 모르기쉽지』

하고 우서서 다른두령들도 따라우섯다

술ㅅ자리에서 배돌석이가 화해술로 권하고 여러두령이 작별술로 권하야 황천왕동이는 술을나우먹어서 점심도 궐하고 길을 떠나게되엇다 떠날때 해는 벌서 서으로 만히기우럿스나 그해만 가지면 황천왕동이의 빠른거름으로 백여리길도 넉넉히 갈만하엿다 그러나날이 따듯하고 바람이 차지안코 거기다가 술이취하야 황천왕동이는 눈이 절로 감기도록 졸려서 거름을 걸을쑤가 업섯다 잔듸밧 잔솔포드기미를 차저와서 보따리를벼개삼아비고 드러누엇다 강음읍 오십리길은 한숨자고도 갈쑤잇거니 생각하엿든것이다 저녁바람이 산들산들 불때에 황천왕동이가 눈을 뜨고 아플 바라보니 장등우에 해ㅅ발이 업서지고 골안에 어둔비치 생기엇섯다

『아뿔사 너무 느젓구나』

허둥지둥 일어나서 비틀비틀 몃거름 걸으며 곳 줄달음을 노키시작하엿다 한참 오는중에 등이 서운하야 보따리노코 온것을 생각하고 거름을 멈추며

『이런제기』

소리를 잘렷다 보따리속에는 고의적삼이 들고 길목이 들고 또 상목이 들엇다 과객질로 돌아다닐작정하고 길량식은 한되도 안가지고 술ㅅ잔이나 사먹을때 쓰려고 두자ㅅ자리 상목을 여나믄필 너허가지고 나왓섯다

『내가 이러케 정신이 나가두룩 취햇섯나』

혼자말을 짓거리며 돌아서서 자든데까지 다시오는중에

『강음읍네까지 가자면 밤두들려니와 우선 허긔가저서 못갈텐데 어떠커면 조흘까 산으루 도두들어갓스면 조켓지만 하직작별다하구 나왓다가 도루들어가기 계면적구 오늘밤에는 금교역말 어물전에 가서 자까부다 어물전주인부자더러 찰방에게 알어봐달라구 부탁하구 내일강음읍네루 들어가지』

생각하고 그제는 거름도 재게 것지아니하엿다 황천왕동이가 보따리를 차저가지고 금교역말을 향하고왓다 아주 캄캄 어두어서 어물전늘근주인이 방아페 들어서는 사람을 못알어보고 누구냐고 뭇다가 목소리로 황천왕동인줄을알고 어서들어오라고 방으로 마저드리엿다

『어듸를 갓다 오시우 어듸를 가시우』

『산에서 나오는길이요』

『저녁을 일작 자시구나오셧소』

「아니 저녁 안먹엇소」

「그럼 저녁은 자서야겟구려」

「군저녁울지ㅅ거 미안하우」

「천만에말울 다하지우 얼른 안에가서 이르구 나오리다」

「아들은 어듸갓소」

「그애가 어듸 밤에 집에 부터잇소 저녁만 떠먹어치우면 나가버리지」

「간데를 알거든 좀 불러오시우」

「집의애보구 할말슴이잇소」

「부자분하구 사치상의할일이잇소」

「무슨수나 생길일이요 곳 오라구 불르러보내리다 잠ㅅ간만 혼자 안저기시우」

늘근주인이 일어서 나간뒤에 황천왕동이는 팔버개하고 누엇는데 늘근주인이 다시와서 누어잇는것을 드려다보고

「누어기시우 목침이 저구석에 잇소」

말하고 도루 안으로 들어갓다 한동안 늘어지게 지낸뒤에 술이 건아하게취한 젊은주인이 방으로 들어오며 첫대

『무슨 상의할일이잇서서 밤을도아 나오셧소』

하고 뭇는것이 그아비에게 먼저 말을들은모양이엇다

『내가 김억석이를 차지러나선길일세』

『김억석이라니 상쟁이데리구 도망한사람말이요 그사람이 어듸가서 잇단소문을 들으셧소』

『소문두 못듯구 그대루 차저나섯네』

『그사람이 어느분의 장인이라든가』

『배두령의 장인이지』

『그럼 배두령 안해의 청을 밧구 나섯구려』

이때 늘근주인이 방박게서

『이애 상좀 바더라』

심부름군 들려가지고 나온 밥상을 아들시켜서 바더드려 노케하엿다 황천왕동이가 시장한끄테 밥한그릇을 훅닥 다먹고 상을물린뒤에 관상쟁이초가의사는곳을 찰방에게서 알어내달라고 부탁하니 절믄주인은 우스면서

『내가 요전 산에 다녀나와서 찰방께 친쫍게다니는 사람을 다릴노쿠 알어봣소 그상쟁이가 마전(麻田)ㅅ사람이랍듸다 산에서 들은 청홍도ㅅ사람이라구 하셧지 마전적성이 어듸 청홍

도땅이요 경긔땅이지」

하고 언죽번죽발하엿다

마전 소지명까시 알엇느냐고 황천왕동이가 물으니 절문주인은 고개를 가르흔들면서

「소지명은 알지못햇소」

하고 대답하엿다

「다시한번 자세히 알어봐줄수업겟나」

「알어봐달라구 부탁은곳할수잇지만 그회보를 듯자면 보름이될지 한달이될지 모르지요」

「엇재 그러케 오래 걸릴까」

「내가 부탁할사람이 찰방께가서 그런말슴을 엿줘보자면 엿줘볼만한 계제를 봐야히니까 자연오래 걸릴것아니오」

「그러케 오래걸릴래전 부탁할것두 업네 내일 읍네 들어가서 알어봐달라지」

「읍네! 들어가서 누구더러 알어봐달라실라우」

「이방보구 말해볼라네」

「그런건 이방더러 말햇자 소용업조 이방이 찰방한테는 길이 잘 닷지안쏘」

「아니 강음원님한테 알어봐달라구할텔세!」

『원님이 알른지두 모르구 알기로서니 이방으로서 원님더러 그런말을 물어보기가 어듸쉽소』

『이방은 모르까』

『모르구만구 마전ㅅ사람인줄두 모르리다』

관상쟁이란것이 유표하야 마전읍에 가서 물어보면 그의 사는 소지명을 곳 알수잇스려니 생각하야 황천왕동이는 강음읍에를 들어가지안코 마전으로 직행할마음을 먹엇다

이튼날 아침후에 황천왕동이가 금교서 떠나서 개성 장단 적성땅을 지나서 마전읍에를 오니 해가 겨우 점심때쯤되엇섯다 읍내바닥으로 돌아다니다가 그중의 좀 정갈스러워보이는 술집에 들어가 안저서 술을 사먹으며 주인기집더러 말을 물어보앗다

『이골에 유명한 관상쟁이가 잇다는데 그관상쟁이가 어느동리사는지 아우』

『나는 장단서 살다가 이리온지가 얼마안돼서 여기일을 잘몰라요』

박게섯는 사내하나가

『여보 관상쟁이는 왜 찻소 상을 보러왓소』

하고 물어서 황천왕동이가

『네 그럿소』

하고 대답하엿다

『여기 달골이란데 상잘보는이가 하나 잇습넨다』

『그가 성이 무어요』

『조씨요』

황천왕동이가 속으로

『올타 됏다』

생각하며 달골가는길을 물엇다 달골은 읍에서 지척이라 술집에서 나서는길로 바로차저나왓다 상보는 조씨의집이 동네안침에 잇는데 초가집일망정 제법 큼직하엿다 황천왕동이가 삽작박게서 주인을 차즈니 한참만에 아이놈 하나가 안에서 나오며 곳

『샌님 집에 안기시요』

하고 말하엿다

『어듸 가섯느냐』

『풀무골 잔치에 가섯소』

『풀무골이란데가 예서 머냐 가까우냐』

『풀무골이 여기서 가찹소』

『그럼 곳 오시겟구나』

『저녁전에 오시겟지요』

『애 너의댁샌님이 어듸서 데려오신 사람이잇지』

『샌님이 데려온 사람이 누구요』

『너만한 아이 하나하구 그애 아버지하구 데려오셧지』

『난 몰라요』

『너는 못 봣느냐』

『난 몰라요』

『모르거든 고만둬라 잇다가 너의샌님보이러 다시오마』

황천왕동이가 달골동네외 동네근처로 바장이며 해를 보내고 이집저집에서 저녁연긔가 일어날 때 조씨의 집에 다시와서 물어본즉 주인이 아직도 오지아니하야 그집아페서 오락가락 하는데 먼저보든 아이놈이 어듸를 갓다오면서

『여보시요 나좀 보시요』

하고 소리를 질럿다

『나를 불럿느냐』

『네 샌님이 풀무골서 자구오시기가 쉽답듸다 여기서 기다리지말구 갓다가 내일아침에오시

우』

『풀무골서 사람이 왓느냐』

『샌님하구 가치갓든 냥반이 한분 오셧습듸다』

『내가 난데서 온사람이라 갈데가 업스니 너의집에서 자야겟다』

『마나님 말을 들어봐야지요』

하고 아이놈이 집안으로 들어가더니 곳 도루나와서

『마나님이 안된다구합듸다 난 공연이 야단을 맛낫소』

하고 볼메인소리를하엿다 황천왕동이가 읍에 들어가서 자고나오려고 생각하다가 읍에 들어가야 마찬가지 과객노릇을 할바에는 이동네 어느집에 가서하루ㅅ밤을 자자고해보리라 다시 생각하고 잘곳을 차지러다니엇다

황천왕동이가 이집저집 기웃거리며 다니는중에 어느집아풀 지나가자 삽작안에 섯는 사내가 태가 버슨품이 촌농군갓지 아니하야 말벗이 훌륭히될듯하므로 그사람의 집에서 하루ㅅ밤 신세를 저보려고 삽작아페 가까이 들어서

『여보』

하고 불르니 그사람이 삽작박그로 나와서

『누구를 찻소』

하고 뭇는데 말소리가 제법 우렁우렁하엿다

『댁이 이집주인이시요』

『네 그럿소』

『나는 지나가는 손인데 하루ㅅ밤 자자구 청하러왓소』

『어렵지안흔 청이나 내집이 협착해서 손님을 재울데가 업소』

『봐하니 댁이 그다지 협착하지안흔데 재우기실혀서 핑계하는 말씀아니요』

『남의집 요리를 어찌알구 핑계라구 그러우 방이라군 안방 건느방 둘뿐인데 안방은 식구가 쓰구 건느방은 독개그릇이 차지햇소』

『방이 업스면 봉당두 조쿠 헛간두 좃소』

『쓸데업는 소리말구 어서 다른데나 가보우』

『내가 유년 과객질을하구 다녓서두 한번 자자구 청한집에서 못자본일이 업소』

『이냥반이 뉘게 떼를 쓸 작정아닌가』

『여보 노형가튼 손대접할줄 알만한 친구에게 떼를 못쓰면 무지렝이 농군들에게 가서 떼를 쓰란말이요』

『허허 그친구 떼를 잘쓰는군 그러치만 참말루 손님을 재울데가업소 그러니 저녁밥은 내게서 자시구 자기는 다른집에가서 자우』

『독개그릇 여피라두 몸하나만 부빌틈이잇스면 잘쑤잇슬테니 건느방에서 좀자게해주구려』

『저녁 자신뒤에 잘데를 내가 지시해드리든지 어떠케 할테니 우선 들어오시우』

황천왕동이가 집주인을 뒤따라서 삽작안으로 들어올때 부억에서 녀편네가 내다보는데 얼굴이해끔하엿다 주인이 방웃간에 들어가서 방안의 어질더분한것을 거두어치웟다 이동안 황천왕동이는 방문아페 서잇섯는데 부억안에 해끔한얼굴이 두어번이나 나왓다 들어갓다 하엿다 황천왕동이가 방안에 들어안즌뒤에 비로소 주인을 보고 인사를 청하야 주인의 성이 김가인줄을 알엇다 주인은 인사만 겨우 마치고 바로 일어나서 부억으로 나려가더니 사내 녀편네의 짓거리는 소리가 한동안 뒤석겨 들리고 그끄테

『들어가 안저 이야기나 하우 밥상은 내 갓다 드릴께』

녀편네의 말과

『얼른 차려주어 내가 들구갈테야』

사내의 말이 똑똑히 들리엇다 주인이 불부튼 광솔가지를 가지고와서 벽에 걸린 등잔에 불을 달려노코 다시 가서 겸상으로 차린 밥상을 들고왓다 겸상한것을 가지고 주인은 상이 하나 박

세 더 업서서 외상으로 대접못한다고 발명하야 말하고 황천왕동이는 일시지나가는 손을 너무도 정숙하게 대접한다고 치사하야 말하엿다 황천왕동이가 머리에 쓰고잇든 갓을 버서노코 주인과가치 겸상밥을 먹는중에

『물그릇 바드시우』

해끔한얼굴이 한번 방안문으로 나타나고

『찬이업서 싱겁지요 고추장을여기 떠왓소』

해끔한 얼굴이 또한번 아래웃간사이문으로 나타낫다 해끔한얼굴이 나타날때마다 주인의 미간에 주름살잡히는것이 환하엿다 저녁밥들을 다먹고 상을 치운뒤에 주인이 황천왕동이더러

『웃간이나마 여기서 주무시려우』

하고 물어서 황천왕동이는

『웃간은 조치만 너무 내근해서 거북하니 건넌방에가서 자게 해주시우』

하고 청하엿다

『건느방은 페방한방이라 사람이 잘쑤업소 내근한건 조금두 관계업스니 여기서 주무시우』

『초면만난 친구에게 신세를 너무 지우』

『별말을 다하는구려 자 옷을벗구 좀 누으시우』

말하고 주인은 사이문을 열고 아래ㅅ간으로 나려갓다

『오늘저녁에 마슬을 좀 가야 할텐데』

『꼭가야 할일이 무어잇소』

『가야할일이 잇스니까 말이지』

『가지안허서 낭패될일이면 잇다가 손님 잠든뒤에 잠간 갓다 오구려』

『글세 그래보까』

아래ㅅ간의 주인내외가 이러한 수작을 하는중에 박게서

『김서방 김서방』

불르는 소리가 낫다

『박게 누가 오시안헛서』

『저우의 오서방 목소리 갓소』

『그런거 갓군』

아래ㅅ간 압문을 주인이 박그로 나가느라고 여다치고 얼마만에 다시 들어오느라고 또 여다치엇다

『오서방이 왜 왓습듸까』

「옵베가자구 왓서」

「옵베는 왜」

「이주부 소상에 인사치러 가자구」

「이주부 소상이 벌서 되엇서」

「덧업는 세월이 일년이 잡ㅅ간이지」

「그래 못간다구 말햇소」

「남이 가자는데 안가면 나중에 이주부아돌들이 알드래두 섭섭하달것아니야」

「그건 그러치만 손님을 집에두고 어떠케가겟소」

「그래두 가봐야지 어떠커나」

「그럼 가서 잠ㅅ간인사만 치고 올테요」

「가면 자연 제사까지 보구오게될테지」

「나는 밤에 혼자 잘수업소」

「손님이 웃간에서 주무시지 안는가베」

「웃간에 손님이 기시니까 말이지 뒤ㅅ집 할머니나 청해다가 가치자리까」

「그건 맘대루 하라구」

「지금 오서방이 박게서 기다리구잇소」

「아니 내가 옷갓하구 가마구햇서」

「옷간의 갓을 메어와야겟구려」

「갓두 떼어오려니와 손님더러 말두 해야지」

아래ㅅ간에서 주인내외가 하는말을 웃간의 황천왕동이는 다듯고 안젓는데 주인이 사이문을 열고 올라와서

「내가 오늘밤에 어딀 좀 갓다가 내일식전에올테니 밤에 잘주무시우」

하고 인사로 말히엿다

「주인이 어듸가시면 내가여기서 자는게 피차에 거북하니 잘데를 한군데 지시해주구 가시우」

「단내외 사는집에 내가 어딀나가면 집이 쓸쓸해서 안ㅅ사람이 무섭다구하는데 오늘밤에는 황서방이 외의네 와주무시게되어서 든든해 조흐니 조금두 거북하게 생각마시우」

「나버덤두 안에서 거북하실것 아니요」

「든든해 조타는데 그러우 아무 념려말구 편이 주무시우」

「주인 내외분이 나를 그처럼 미더주시는바엔 염체업시 여기서 그대루 자겟소」

『내가 내일 식전일직 오리다』

주인이 말꼬지에 걸린 갓을떼어들고 다시 아래ㅅ간으로 나려갓다 얼마아니 잇다가 주인이나가는데 주인녀편네도 따라나가는 모양이더니 삐걱 삽작문을 다치고 짝짝 신발을끌고 들어왓다 황천왕동이가 목침도 달라고 말하기 어려워서 보따리를 비고 누어잇다가 아래ㅅ간의 녀편네가 사이문을 바시시 여는바람에 벌떡 일어안젓다

『이부자리를 좀 나려가야겟습니다』

『네 나려가시지요』

녀편네가 웃간에 나려와서 실경에언친 이불을 나리는데 발을 저겨드듸고도 잘 나리지못하므로 황천왕동이가 일어나서 거들어주엇더니 녀편네는 이불을 방바닥에 나려노코 나서 황천왕동이를 돌아보고 쌩끗 우섯다 해끔한 얼굴에 도화진 두불이 두드러지게 눈에 뜨이엇다 녀편네가 맵시낸것이나 몸가지는것이 촌생장 갓지안코 허울쓴것도 그만하면 면추라고 할만하엿다

『아이그머니 딱하지 보따리를 비섯섯네』

녀편네가 실경에서 벼개하나를 나려서

『이 베개를 비세요』

황천왕동이 아페 밀어놋는데 벼개마구리에 부튼 불근헌겁이 검어지도록 때가 무든것이

엇다

『배개는 고만두구 목침이나 하나 주십시요』

『베개가 더러워서 실타십니까』

『아니요 천만에』

녀편네가 또 실겅에서 헌천의 한쪽을 나려서 여페갓다 노흐며

『더럽지만 밤에 배우에나 걸치십시요』

말하고 연해 겻눈질을하엿다

녀편네가 얼굴해끔한 갑스로 조신치못한 모양이라 황천왕동이는 말대척을 아니하고 잠자코잇섯더니 녀편네가 한동안몸을 비비꼬고 섯다가 훌쩨 골난것가티 이불을 덤썩 집어안고 뽀르르나려가며 사이문을 탁 다치엇다 아래ㅅ간에 가서 한참 무어라고 종알종알하고 그뒤에는 자는것가티 조용하엿다 황천왕동이가 고정하게 벼개를 내노코 보따리를 다시비고 누어서 잠을 청하는중에 아래ㅅ간에서나는 긔척에 귀가 절로 쏠리엇다 잠안자는 표를 알리려는 뜻인지 헛기침을 가끔하고 사내냄새가 코속을 간질르는지 재채기를 여러번하엿다 갑작스럽게 병이난것처럼끙끙 알른소리를 하더니 얼마뒤부터는

『아이구』

『아이구머니』

『아이구 아퍼죽겟네』

죽어가는 소리를 줄달어하야 황천왕동이는 들랴말랴하든 잠이 고만 번느히엇다

『손님』

『아이구 손님』

자지러지게 불르는것을 대답안하고

『나려와서 물조금만 데워주세요』

『얼른와서 가슴좀 눌러주세요』

안탑갑게 사정하는것을 가만 내버려두엇다 사이문이 별안간 펄떡열티고 녀편네가 근두질치듯 굴러들어오며 곳 여페와서 달러부텃다

『속의 적이 치밀어요』

『숨이막혀 죽겟세요』

『아이구 죽겟네』

『사람좀 살려주세요』

『억센손으로 팍좀 눌러주세요』

황천왕동이가 이이업서서 누은채 가만이 잇섯더니 녀편네의 얼굴이 가슴에와서 닷고 녀편네의 손이 허리에와서 언치엇다 황천왕동이는 본래 방외색에 대하야 근엄하기가 도덕군자 볼쥐어지를 사람인데다가 녀편네의 행실이 하도더럽고 망측해서 마음이 움즉이지안코 도리어 더단단하여젓다 녀편네를 떠다밀고 일어안저서

『네병은 내가 말루 고처줄테니 일어나서 말을 들어라』

해라를 내부첫다 녀편네가 무침무침하고 잘 일어나지 안는것을 황천왕동이가 잡아일으켜 안치고

『너가티 부끄럼이업는 기집은 내평생에 처음봣다 서방업는 기집이라두 부끄럼이 업스면 못쓸텐데 뚜렷한 서방잇는 기집으루 너가티 부끄럼이 업서서야 사람이냐 개짐생이지 개짐생두 너버덤은 낫다 암캐가 수캐에게 먼저덤비는법이 업구 수캐가 덤벼두 꼬릴 사태낄때가 만타 너가튼 기집은 개짐생으루 치구서 잔등이가 부러지두룩 패주어두 조켓지만 네서방 낫을봐서 내가 십분 참꾸 고만둔다 이후에는 아예 더러운 행실을 할생각마라 내말이 네병에는 당약이니 명심해 들어두어라』

통통이 꾸지젓다 녀편네는 알른소리도 못하고 낫바닥이도 못들고 안저잇다가 황천왕동이 입에서

「고만가서 아무ㅅ소리말구 자거라」

말이 떨어진뒤 비로소 힘업시 일어나서 아래ㅅ간으로 나려가며 바로 일장통곡을 내노핫다

「이웃사람이 쪼처와서 우는까달글 물으면 저년이 무어라구 대답할라노」

황천왕동이는 이웃사람이 아닌밤중의 곡성을 듯고 쪼차오려니 생각하엿는데 통곡이 긋나도록 오는사람이 업섯다 녀편네가 곡을 끄치고 압문을열고 박그로 나가서 안방뒤ㅅ겨트로 돌아가더니

「김도령 김도령」

사람을 불럿다

「저년이 내게 분푸리를 하려구 이웃집 총각놈을 청병하지안나」

황천왕동이가 귀를 기우리고 잇자니 남녀의 짓거리는 소리가 나는중에 녀편네의 가는말은 분명치안코 사내의 굴근소리만 똑똑하엿다

「밤ㅅ중에 왜 울엇소」

「나는 또 놈팽이게 어더맛구 우는줄 알엇서」

「과객놈이 덤비거든 바더주지」

「우름을 내노으니까 찔곰해서 내빼드란말이지 그자식 얼뜬 자식일세」

녀편네가 들린나고 말을햇는지 사내소리도 가늘어젓다 한동안 지난뒤에 남녀의 발자국소리가 뒤에서 아프로 나오고 박게서 방으로 들어왓다

『총각눔이 저년의 거짓말을 고지듯구 분푸리를 해주려 왓스니까 몽둥이라두 들구 셋문으루 뛰어들려니』

황천왕동이가 일어다서 사이문을 바라보고 잇는중에 아래ㅅ간에서 음탕한소리가 나기시작하엿다

『저년을 가만둘쑤가잇나 쫏처올라가서 년놈을 한데 짓발버 줄까부다』

황천왕동이가 생각할때 아래ㅅ간 압문이 왈칵 열리는 소리가낫다

『년놈다 꿈쩍말구 가만잇거라』

말하는 목소리가 박갓주인이 틀림업섯다 소상집에 가서 밤새우고 온다든 사람이 어느틈에 소리업시 돌아왓다 황천왕동이는 아래ㅅ간에서 천변수륙을 다하더라도 모른체하려고 마음을먹엇는데 사이문으로 총각놈이 뛰어들어오려고하야 사정업시 발ㅅ길로 내질럿다 총각놈이 나가잣바지자 쪼차들어온 주인의 손에서 긴칼이 번쩍하엿다 방구석에 부더안즌 녀편네가

『잘인이야』

의 치는데 주인이

『이년』

하고 칼로처서

『아이구』

소리를 질르며 안즌자리에 쓰러젓다 피비린내가 코를 거슬렷다 황천왕동이가 살인에 참섭되는것을 재미업게 생각하야 사이문을 다치고 자리에 와안저서

『어듸 다른데루 가는게 조켓는데 밤ㅅ중에 갈데두업구 관상쟁이를 보구가야할텐데 멀리갈쑤두업구 어떠커면 조흘까』

하고 생각을 얼른 질정못하는중에 주인이 아래ㅅ간에서 나려오더니 아페와서 절을 너푼하엿다

『절이 웬일이요』

『세상에 드무신 냥반을 몰라뵈입구 잘못한일이 만씁니다 용서하십시요』

『무에 세상에 드물단말이요』

『밤ㅅ중에 품속에 기여드는 절문기집을 꾸지저내쫏는게 어듸 제마다 할쑤잇는 일입니까』

『꾸지저 내쫏친건 어떠케 알엇소』

『제가 죄다 엿들엇습니다』

『그럼 벌서 잇구려』

『당초에 읍에를 안가구 삽작문으루 나갓다가 울타리구멍으루 들어와서 집안에 숨어잇섯습니다』

『내가 하마트면 죽을껄 아슬아슬하게 면한모양이군』

『그년이 행실이 부정한줄을 짐작하구 조련질까지두 몃번해봣지만 죽어라구 로설을 아니해서 언제든지 한번 등시포착을하려구 속으루 별르구 잇는중인데 그년이 당신을 뵈입구 눈치가 달르기에 거짓말루 소상ㅅ집에를 간다구하구 숨어서 지켯습니다』

『인제 살인까시하구 어떠케 할테요』

『등시포착으루 살인한것이니까 관가에 들어가서 자수하면 대잘당할리 만무하지요만 부모두 업구 처자두 업구 단지 저한몸인데 구태어 옥속에 들어가서 고생할까닥잇습니까 이밤으두 도망할랍니다』

『나는 어떠케햇스면 조켓소』

『박는날까지 여기 기시다간 횡액으루 고생하실테니 밤에 떠나가서야합니다』

『밤에 떠나가긴 어렵지안치만 이동네 관상쟁이 조씨를 꼭좀만나보구 가야겟스니 난처하우』

『관상쟁이 조생원은 무슨일루 만나보실텐니까』

『조씨의일을 자세이 다아우』

『한동네 살구 친하니까 소상이 압니다』

『조씨가 잔년구월에 금교역말서 올때 김억석이란사람 부자를 이리 데리구오지 안헛소』

『조생원이 작년구월에 금교역말을 간일이 업는걸이요』

『조씨가 작년가을에 강음 평산등지루 돌아다니엇는데 금교역말을 간일이 업다니 그게 무슨소리요』

『하하 잘못아시구 오섯습니다 그려 작년가을에 청석골적굴에 잡혀가서 죽을뻔하다가 살어온 관상쟁이말슴 아닙니까 그사람은 나이아직 오십못되엇지요 여기 조생원은 근칠십한 노인입니다』

『그럼 그관상쟁이는 어듸 사우』

『두일 삽니다 두일장터에 조씨가 여러집 살지요』

『두일이 어듸요』

『역시 마전땅인데 적성 접겝니다』

『마전땅에 조가성가진 관상쟁이가 둘인줄이야 누가 알엇나 인젠 나두 밤에 떠나가겟소 두일을 가자면 어듸루 가우』

『저두 그쪽길루 갈테니까 두일장터까지 뫼시구 가겟습니다』

『그럼 곳 가치 떠납시다』

『옷이나 좀 갈이입구 찬찬이 떠나십시다』

『아닌밤ㅅ중에 곡성이 나구 살인이 나두 이웃에서 꿈쩍 아니하니 괴상한 동네두다만쏘』

『가까운 이웃이란것이 총각놈 모자가 사는 뒤ㅅ집하나뿐인데 총각놈의어미가 귀가 절벽이라 벼락이나 치면 모를까 여간 큰소리는 듯지못합니다』

『그래서 아주 태평밋구 일을 차렷구려』

주인이 손좀씻고 들어온다고 일어나 박그로 나가더니 얼마뒤에 세수를 멀쩡하게하고 들어와서 실경우의 옷고리짝을 나려노코 재고의적삼을 차저내서 피무든옷과 갈어입고 집신감발까지 하엿다

이날밤 닭울녁에 황천왕동이는 그집주인과가치 달골서 떠낫다 별비치 잇서서 길ㅅ바닥이 희미하게 보이는까닭게 밤을 더듬어 떼어노치안코 그대로 길을 걸을만 하엿다 달ㅅ골동네박글 나온뒤에 읍내가는길을 등뒤에두고 서쪽길로 나오게되엿는데 길모르는 황천왕동이가 항상 아풀서서 가름ㅅ길을 만날때마다 뒤에오는 김가를 기다티느라고 한참씩 서성거리엇더 김가가 처음에는

『밤ㅅ걸을 잘 걸으십니다』

『어떠케 빨리 걸으시는지 저는 따라올쑤가 업습니다』

거름이 빨른것을 칭찬하야 말하다가 나중에는

『이러케 빨리 걸으면 달기자치기전에 두일장터를 가게될텐데 오밤중에 가서 어떠케 하실랍니까 숫제 길에서 날새울작정하구 천천이 가시는게 조치안습니까』

빨리걸을 묘리가 업는것을 깨우쳐 말하엿다 황천왕동이가 그제는 김가를 압세우고 늘쩡늘쩡 걸어오며 서로 이야기를 하기시작하엿다

『둘다 목숨만은 부쳐주엇소』

『목숨을 부쳐주다니요 목아지들을 도려 노쿠 왓습니다』

『어 느름에 그러케 참혹한짓을 햇소』

『저는 조금두 참혹하게 생각이 들지안씁니다』

『전에두 그런일을 더러해봣소』

『천만에요』

『초대루는 제법 다부지게햇소 다죽어잣바진 사람을 재칼질할때 손이 떨리지안씁듸까』

『그런말씀 고만두구 다른 이야기나 하십시다』

「집에를 한번 다시 가보구시픈 생각은 나지안쏘」

「글세 다른 이야기나 하집시요」

「김서방 올에 나이 며치요」

「병출생 설흔다섯입니다」

「여편네는 이십남짓박게 안되어 보이든데」

「제가 두번 상처하구 세번재 장가든 기집입니다」

「그래서 나이 치지햇군 나는 첩인줄 알엇소」

「댁이 어듸십니까 이담에 혹시 차저가뵈입드래두 알어두엇스면 조켓습니다」

「금교역말이요」

「금교역말이 청석골서 가찹지요」

「청석골은 엇재 뭇소」

「제가 청석골 적굴에가서 피신할 작정입니다」

「청석골 적굴에 아는사람이 잇소」

「그적굴의 괴수 임꺽정이가 저의 큰아버지게 검술을 배운사람입니다」

「그럼 임꺽정이를 잘 알겟구려」

『임꺽정이를 한번본적두업구 서루상종한일두 업지만 만나서 이야길하던 잘알겝니다』

『김서방 이름이 무어요』

『산입니다』

『김산이 김산이』

『성명이 우습습니까 경상도 골이냐구 조롱하는 사람두 잇습니다』

『임꺽정이가 큰아버지게 검술을 배울때 엇재 한번보지두 못햇소』

『큰아버지가 재주가 특별하니만큼 성미가 괴상해서 저의부모가 뫼시구 지내려구 해두 말을 안듯구 부평요광원이란데 가서 혼자따루 사섯습니다 그때 저의집은 파주멀원니 잇섯스니까 임꺽정이를 만나보지못햇습지요』

『임꺽정이 말은 뉘게 들엇소』

『큰아버지가 마주막 저의집에 다니러왓슬때 저더러 네가 이담에 검술을 배우구십거든 양주 백정의아들 임꺽정이게 가서배워라 그아이가 내게 배웟스니까 네가 내조칸줄 알면 성심껏 가르처줄께다 말해서 그래서 알엇습니다 그런데 지금 청석골 화적괴수 임꺽정이가 양주 백정의아들이랍듸다』

『그럼 왜 임꺽정이에게 가서 검술을 배우지안햇소』

『제가 점술을 배울맘두 부족하구 부모가 백정의 자식에게 가지말라구 보내주지두 안허서 그럭저럭 못배우구 말엇습니다』

『부모는 파주서 농사를 지엇소』

『녜 부모는 농군이엇습니다 그러치만 저는 첫번장가든뒤에 처가발련으루 적성가서 구실을 다녓습니다』

『무슨 구실을 다녓소』

『처음에 통인으루 들어가서 수통인으루 제색색니루 열냇해동안 관가물을 먹다가 연전에 남에게 먹혀서 구실이 떨어지구 달골루 이사를 왓섯습니다』

『세상에 공교한일두 다만쏘』

『무슨일이 공교합니까』

『내가 다른사람이 아니라 청석골 임꺽정이의 처남되는 사람이요』

『그러습니까 그러세요 그럼 잘됏습니다 저를 데리구 가주십시요』

『내가 김억석이란 자를 찻자면 아프루 며칠이 걸릴는지 모르니까 나하구 동행하기는 좀 어렵겟소』

『만나보신다는 관상쟁이나 만나보시구 곳 가시지요』

『관상쟁이를 만나본뒤 다시 이야기합시다』

두사람이 거름도 더듸 걸엇거니와 솔고개에 와서 늘어지게 안저잇슨까닭게 두일장터못미처 찬우물동네 가까이 왓슬때 날이 환히 밝것다

김산이가 개울건너 동네를가리치며 황천왕동이더러

『저동네에 저 친한사람이 잇는데 그사람에게 들어가서 조반을 어더먹구 두일루 나려갈까요 두일이 바루 요 아랩니다』

하고 말하야 황천왕동이는 김산이를 따라서 찬우물 동네로 들어오게되엇다 동네어구에 다왓슬때 나무가는 초군아이 너덧이 동네에서 나오는데 그중의 한아이가 황천왕동이 눈에 낫이익어보이어서 이목구비를 자세히 보며 생각하야보니 분명이 김억석이의 아들이라 황천왕동이가 그아이이아플 막아서며

『이애 나좀봐라 날 알겟느냐』

하고 물엇다 그아이가 한번 치어다보고 놀라는듯 입을 벌리고 한참만에

『여기를 엇재 오섯세요』

하고 말하는데 황천왕동이는 뜻박게 만난것을 너무도 신통하게 여겨서

『날 알지』

하고 공연히 다저물엇다

「그럼 물라요」

「너의아버지가 이동네서 사느냐」

「아니요」

「아니라니」

「저만 이동네 와서잇세요」

「너의아버지는 어듸잇구」

「꼿뫼서 살어요」

「꼿뫼가 어듸냐」

김억석이 아들이 대답하기전에 김산이가 나서서

「꼿뫼라구 이우에 조그만 동네가잇습니다」

하고 말한뒤

「저애아버지가 차지시는 사람입니까」

하고 물어서 황철왕동이는 고개를 끄덕이엇다

「그럼 두일 관상쟁이는 만나실꺼 업지안씁니까」

「인제는 두일울 갈것업시 꼿뫼루 가야겟소」

「하여튼지 조반은 여기서 잡숫구 가시지요」

「이애를 데리구가면 조켓는데」

「저는 꼿뫼 못가요」

하고 김억석이 아들이 말하야

「왜」

하고 황천왕동이가 돌아보앗다

「주인ㅅ집 나무를 가니까 어듸 갈쭈잇세요」

「너 이동네 와서 머슴사느냐」

「네」

황천왕동이가 김산이를 보고

「나는 이애보구 말을 좀 물어보겟스니 그동안에 먼저가서 밥을시키면 어떠켓소」

하고 말하니 김산이는 선뜻

「그러케 하시지요」

대답하고나서

『집을 모르실테니 제가 조반을 시켜노쿠 다시 뫼시러 나오겟습니다』

말하고 동네로 들어갓다

『어듸가 좀 악저서 이야기하자』

황천왕동이가 안즐자리를 둘러보다가

『저기 조켓다』

하고 길ㅅ가의 편편한 언덕을 가르치니 김억석이 아들은 동무 초군아이들더러

『너들 먼저 가거라 나두 곳 가께』

하고 말한뒤 황천왕동이의뒤를 따라왓다 언덕에와서 안즌뒤에 김억석이아들이 비로소

『우리누나 잘잇세요』

하고 누의의 안부를 물엇다

『너의누님은 너를 보구십다구 늘 말하는데 너는 누님을 보구시픈 생각이 업느냐』

『누나를 차저가보겟다구 아버버더러 말까지 해봣세요』

『너의 아버지가 못가게하든』

『그러면이요 남들 듯는데서는 누나말두 하지말라는데요』

『이번에 나하구 가치가자』

『아버지가 가래야 가지요』

『너의 아버지두 내가 데리구갈테다』

『새어머니가 못가게 할껄이요』

『너이아버지가 여편네를 어덧느냐 올치 그래서 귀여운아들을 머슴살이를 내놧구나』

『아버지가 지금두 저를 귀애하지만 전만은 못해요』

『새어머니가 사람이 조호냐』

『무당이랍니다』

『화랭이 화랭이두 너의 아버지가 엇재 무당서방이되엇서』

『처음에 조생원이 조생원 아시지요 관상쟁이 말슴이요』

『그래』

『아버지를 은인이라구 붓잡구 노치안허서 두일조생원집으루 가치왓지요 조생원 안악네는 우리온것을 조하안해서 우리때메 내외가 쌈까지 햇세요 아버지가 다른데루 가기루 작정하구 곳떠난다구 하드니 그집에 다니는 과부무당하구 어떠케 이야기가 되어서 갑자기 가치살게되엇세요 아마 조생원이 부처주엇는갑듸다』

『그래 조생원이 끗뫼다가 살림을 차려주엇느냐』

『아니요 꼿뫼십이 새어머니집이에요 새어머니가 송도 대왕당 큰무당의 조카딸이구 장단판가 단골 무당의 이성사촌이라나요』

『꼿뫼가서 무당집을 차지면 너의아버지를 만나겟구나』

『그러치요』

한동안지난뒤 김산이가 동구박게 나와서 황천왕동이를 오라고 불럿다

김산이 친한사람의 집에서 식구들이 먹으려고 해노흔 이른아침밥으로 먼저 손님을 대접하야 조반요긔가 별로 지체되지 안흔까달게 황천왕동이가 김산이와가치 찬우물서 꼿뫼로 올라왓슬때 해가 아직도 느진아침때가 못되엇것다 꼿뫼동네는 적은동네요 무당집은 단한집이라 한번 뭇고 두번물을것업시 바루 집을 차젓다 삽작은 지처잇고 집안은 사람업는것가티 괴괴하엿다 황천왕동이가 삽작을 밀어저치고 안으로 들어오며 주인을 불르니

『주인 어듸 갓습니다』

방속에서 대답하는 사람이 잇섯다

『주인업다는 사람은 누구요 나좀 내다보우』

김억석이가 방에서 목을 내밀고 바라보더니 무서운것을 본사람처럼 눈이 휘둥그래지며 목이 자라목가티 움치리저 들어갓다

『여보게 억석이』

김억석이가 허둥지둥 나와서 황천왕동이에게 문안하고 낫모르는 김산이에게까지 문안하엿다

『자네 집숙이 들어와서 숨어사네그려』

『제가 여기와사는걸 어떠케』

『어떠케 알엇느냔 말이지 청석골이목이 사방에 벌려잇는데 자네가 꼿뫼와서 무당서방노릇하는걸 모르겟나』

『황송하외다』

김억석이가 구상전을 만난것가티하 벌벌 떠느라고 말을 똑똑히 못하엿다

『우선 방으루좀 들어가세』

황천왕동이가 김산이와 가치 김엄석이를 따러서 방으로 들어왓다 밥그릇 물그릇 반찬그릇 등속이 방바닥에 노혀잇는것을 김억석이가 부산히 치우는데 황천왕동이가

『인제 아침인가 먹다말엇거든 마저먹게』

하고 말하니 김억석이는

『다 먹엇습니다』

대답하고 물그릇에 담긴물을 꿀꺽꿀꺽 마시엇다 황천왕동이와 김산이가 안준뒤에 김억석이도

쭈구리고 안젓다 김억석이가 물을먹고 떨리는 속이 진정되엇든지 비로소 똑똑한말로

『저를 보시려구 전위해 오섯습니까』

하고 물엇다

『자네를 잡으려왓네』

『제가 무슨 죄야 잇습니까』

『다시 오지안구 숨어사는것이 도중을 배반하는것이니까 그게 죄지 무엔가』

『어찌하다가 그러케 됏습지 제가 딸생각을 하기루 배반할맘을 먹을리야 잇습니까』

『그럼 두말말구 나하구 가치가세』

『오늘 가잔말슴입니까』

『지금 곳 나서란 말일세』

『말슴하긴 황송하지만 먼저 행차하시면 저는 추후해서 가겟습니다』

『가치가지 못할일이 무어신가』

『재루어든 기집이란것이 송도에잇는 저의고모가 알어서 어제 갓습니다 지금은 집이비어 못 가겟습니다』

『대장분부내에 자네가 무슨핑계를하구 가치오지 안흐려구 하거든 자네목을 비여가지구 오

라섯네』

『핑계가 아니올시다』

『자네는 핑계가 아니라지만 대정께서 그러케 아시나 잔말말구 가치가세』

『제가 가면 죄를 당하겟습니까』

『지금 나하구 가치가면 무사할껄세』

『다시 나오진못하게 되겟습지요』

『자네가 여기와서 무당의서방노릇하구 살구십다면 내가 배두령하구 상의해서 되두록 힘써 줌세 도록에 실린 성명을 업새주지』

『꼭 그러케 해주시겟습니까』

『내가 언제 자네보구 실업슨 말하든가』

『그럼 집을비구라두 뫼시구 가겟습니다』

『집을 맛길만한 사람이 업나』

『이웃집 늘근이에게 부탁해보겟습니다』

『어서가서 부탁하구 오게』

황천왕동이가 김억석이를 재촉하야 곳뫼서 별로지체안코 곳 떠나게 되엿다 밥재 웃고개 길로 고랑진까지 나오는데는 김억석이와 김산이가 길라장이 노릇을 하엿고 고랑진서 점심료기하고 장단을 지나 총도까지 오는데는 황천왕동이가 압서오며 뒤의사람을 재촉하엿다 황천왕동이는 놀양으로 걸엇지만 김억석이와 김산이는 따라오느라고 죽을애들을 썻다 점심뒤에 팔십리길을 오고보니 삼사월 긴긴해도 벌서 다지고 달비치생기엇다 세사람이 달을 보고 청교를지나올때 황천왕동이가 뒤를 돌아보며

「시장들하지 우리 어듸가서 술ㅅ잔이나 먹구가세」

하고 말하니 김억석이가 풀ㅅ긔업는 말소리로

「총도서 주무시지안쿠 바루 나가실랍니까」

하고 물엇다

「그럼 밤에 나가지 이삼십리남겨 노쿠 잔단말인가」

「저는 발병이 나서 십리두 더 못갈것갓습니다」

「밤ㅅ중에 들이갈 작정하구 찬찬이 걸어가세」

「제처의 고모가 검은학골서사너 거기가서 하루ㅅ밤 주무시구 가시지요」

「자네 여편네가 검은학골 와서잇나」

「어제 당일은 못왓슬께구 오늘 왓겟습지요」

「그래 여편네를 보구갈생각인가」

「집을 비여노쿠 왓스니까 얼른가라구 말을 일르구 갓스면 조켓습니다」

황천왕동이가 김산이를 돌아보며

「어떠케 하까」

하고 의향을 물으니 김산이도 다리가 아퍼서 밤길 걸을덧정이 업는판이라

「검은학골 가서 주무시구가는게 어차어피 조흘겻 갓습니다」

하고 대답하엿다 황천왕동이가 고집을 세우지안코

「셋동행에 둘의말을 안조칠수잇나」

하고 말한뒤에 김억석이를 압세우고 검은학골로 올라왓다 무당의집 아페 와서 김억석이가 잠시 서잇스라고 말하고 집안으로 들어가더니 한동안 착실이 지나도 나오지아니하야

「잠ㅅ간 섯스라구하구 들어간사람이 꿩구어먹은 소식이니 웬일일까」

「집을 비여노쿠 왓다구 여편네가 사살낫이나 하는가 봅니다」

「아지미집두 남의집인데 손들을 끌구왓다구 조와안는지 모르지」

「글세요 그럼 어듸 다른데 가서 주무시지요」

「요긔들이나하구 그대로 가는게 조흔걸 공연히 왓서」

황천왕동이와 김산이가 서로보고 젓거리는중에 김억석이가 녀편네를 다리고나왓다 녀편네가 거름거리는 덧들어보이고 허리는 늘씬하고 얼굴은 말상이엇다

『이게 제처올시다』

김억석이 말끄테 녀편네는 황천왕동이와 김산이를 향하고 긴허리를 굽씬굽씬하엿다 황천왕동이가 녀편네더러

『이러케 우들와서 미안하우』

하고 말하니 녀편네는

『천만에 이러게 박게 오래 서기시게해서 지가 미안합지요』

대답하고 말하기 어려워하는 모양을 보이면서

『제고모가 대난히 알어서 지금 경황들이 업습니다』

하고 말을 내엇나 황천왕동이가 김억석이를 보고

『우리 가는게 조켓네』

하고 말하자 녀편네가 선뜻

『이런 미안하고 황종할떼가 업습니다 그러나 사정이 난처한것을 통촉하서서 용서하십시요』

하고 말하엿다

김억석이는 말할것업고 김산이와 황천왕동이도 검은학골서 자려고 장을대고갓다가 자지못하고도루 큰길로 나려오는중에 술파는집을 차저들어가서 술ㅅ잔으로 요긔들하고 청석골로나오는데 김억석이와 김산이가 모두 거름을 못걸어서 황천왕동이는 갑갑한것을 참다못하야 마침내 탑고개동네에 와서 그날밤쉬고 이튼날 식전에 산속으로 들어왓다

황천왕동이가 차지러간 김억석이외에 김산이까지 새로 데리고 온것을 여러두령들이 모두 조하하는중에 꺽정이는 녯날 검술선생의 생각으로 그조카를 못내반겨하엿다 나종에 김산이는 꺽정이의 특별한 대접으로 청석골서 두령이되고 김억석이는 황천왕동이의 주선으로 곳뫼가서 무당서방노릇하고 살게되엿다

林巨正

火賊編 一

臨時 定價 七〇〇圓

一九四八年七月十五日 發行

著者 洪命憙

發行所 乙酉文化社

서울市鍾路二街永保빌딩

振替 京城 三三五四三番

電話光化門 三四九二番 三九七〇番 〇一八七番

서울신문社 印刷局 印刷

(一九四七年九月三〇日 登錄一二四八番)

(1947年 9 月30日 登錄 • 第248番)

林巨正 全帙 目錄

임꺽정 화적편 I

펴 낸 날/ 초판1쇄 2020년 3월 27일
지 은 이/ 편집부 편

펴 낸 곳/ 온누리
펴 낸 이/ 김용항
출판등록/ 1982년 12월 6일(제아-20호)
주　　소/ 충북 청주시 상당구 수동 90-4
문　　의/ (대표전화)02-324-4790, (전송)0505-115-62879

정가 20,000원

ISBN 978-89-8367-315-2 03810

ISBN 978-89-8367-315-2
03810>
9 788983 673152